U0924776

DIANE ACKERMAN

爱的自然史

A Nutural History of love

[美]
戴安娜·阿克曼 著
庄安祺 译

中信出版集团·北京

图书在版编目（CIP）数据

爱的自然史 /（美）戴安娜 · 阿克曼著；庄安祺译
. -- 北京：中信出版社，2017.4
书名原文：A Natural History of Love
ISBN 978-7-5086-7102-4

I. ①爱… II. ①戴… ②庄… III. ①散文集－美国
－现代 IV. ①I712.65

中国版本图书馆 CIP 数据核字（2016）第 303424 号

爱的自然史

著　　者：[美] 戴安娜 · 阿克曼
译　　者：庄安祺
出版发行：中信出版集团股份有限公司
（北京市朝阳区惠新东街甲 4 号富盛大厦 2 座　邮编　100029）
承 印 者：北京通州皇家印刷厂

开　　本：880mm × 1230mm　1/32
印　　张：12
字　　数：294 千字
版　　次：2017 年 4 月第 1 版
印　　次：2017 年 4 月第 1 次印刷
京权图字：01-2014-0949
广告经营许可证：京朝工商广字第 8087 号
书　　号：ISBN 978-7-5086-7102-4
定　　价：48.00 元

服务热线：400-600-8099
投稿邮箱：author@citicpub.com

目录

爱的色情

序　爱的词汇

爱是最难捉摸的。在梦魇中，我们以纯粹的情感创造野兽。憎恨带着濡湿的獠牙，在街道上昂首阔步；恐惧鼓动双翼，飞越狭隘的窄巷；嫉妒则在天际编织黏网。在幻想中，我们可以泰然自若，指挥若定，击败对手，在荣耀的竞技场上，在群众的欢呼声中，获得高分，正中冒险的核心。然而爱是处于怎样的梦境呢？狂乱而又平静，警醒而又镇定，焦灼而又笃定，暴躁而又安详——爱统御着庞大的情绪大军。为期待胜利，因最近小冲突而疲惫的情人再一次进入这个竞技场。我们端坐不动，如同罗马竞技者一般勇敢。

我在窗台上安置了一个玻璃三棱镜，当阳光穿透，色彩的光谱就在地板上舞动。所谓的“白色”，是由于彩色光线紧紧挤在狭小的空间中而形成的。三棱镜释放出它们。爱是一道白色光芒，包含了许多的情感，我们却因为懒惰和困惑，把这些情感挤入一个简单的词汇中。艺术是三棱镜，将它们释放，让它们旋转。当艺术把这一团缠绕的情感解开之后，爱就袒露了骨骼，但它既不能测量也不能绘制。人人都承认爱是美好而必要的，但爱究竟是什么，却众说纷纭。我曾经听过体育广播员提到一名篮球明星时说：“他会做所有不可捉摸的事，请看他舞动。”

虽然爱的观念至高无上，但任何意象都可以加以说明。多年前，我曾爱上某人，一个花俏爱玩的家伙，虽然最后，他在我的生活中消失了，然而有一段时间，爱却发挥了不可捉摸的魔力，让我们跳出最美好的舞蹈。

他想望

爱。我们用多么渺小的一个字来表达多么巨大有力的观念；爱改变了历史，抚慰了野兽、创造了艺术作品、激励孤寂的人，使铁汉脆弱，安慰了受奴役的人，让坚强的女性疯狂，使谦卑的人荣耀，造成了全国性的丑闻，资本家为之破产，彻底击溃了君王。单一音节的狭隘限制怎能传达爱的宽广呢？如果我们追寻这个字的来源，就会发现一部模糊含混的历史，回溯到梵文的“lubhyati”（他想望）。我确定其语源必定延伸到比那更久远之前，到如心跳一般沉重的单音节字眼。爱是古老的呓语，是比文明更古老的欲望，其根深入黑暗而神秘的过去。

我们以如此草率的方式使用“爱”这个字，因此它可能什么也不代表，也可能代表一切。这是拉丁文学生学习的第一个动词变化，是全世界人类都理解的犯罪动机。“啊！他恋爱了，”我们叹息，“这就能解释一切。”其实，只要犯罪动机是出于“热情”，在某些欧洲和南美洲的国家，甚至连谋杀都可以宽宥。爱就像真理一样，是无懈可击的防卫。首先说出“爱让世界旋转”（是一名佚名的法国人）的人也许想到的并不是天体力学，而是爱渗入生活的机关，使一代一代永不止息运转的方式。我们把爱想成积极的力量，总能使感受到它的人更高贵。朋友坦承他在恋爱时，我们恭喜他。

在民间故事中，常有毫不知情的少男少女食用了爱情灵药而丧失理智。一如所有的麻醉剂，爱也有许多种伪装和力量。爱有混合的芳香，也可能包括某些刺激辛辣的成分。人对爱的品位和个人的文化、教养、世代、宗教、年代、性别等因素有很大的关系。具有讽刺意味的是，虽然我们偶尔会把爱想成是根本的唯一，但爱却并不是千篇一律的。就像由许多情感色彩所创造的蜡染一样，爱是图案和色彩千变万化的布料。我的教女听到她母亲说："我爱樱桃冰激凌。""我真的爱我高中时代的男朋友。""你不爱这件毛衣吗？""我爱今年夏天到湖边度过的一周。""妈咪爱你。"她会做何感想？由于我们只用一个字表达这一切，因而这种叠加让爱也变得笨拙。"你有多爱我？"孩子问道。因为母亲不能表达无条件的父母之爱，只好把双臂大大张开，仿佛在欢迎太阳和天空一般，把身体伸展到最大极限，张开手指围绕天地间的一切，然后说："这么多！"或是："想想你所知道最大的事物，然后把它加倍，我爱你百倍于此！"

我有多爱你?

伊丽莎白·勃朗宁（Elizabeth Barrett Browning，英国女诗人）最有名的十四行诗《我有多爱你？》，并非因为她有数学的心思而"算一算方法"[①]，而是英国诗人总得努力搜寻表达爱的方式。我们的社会谈到爱，总觉得难为情，视之为淫猥之物，不情愿承认，甚至说出这个字，都会使我

① 这首诗头两句是：How do I love thee？ Let me count the ways。

们结巴和脸红。为什么我们对这么美而自然的情感感到害羞？我在指导写作班的学生时，经常给他们出情诗的作业。我提醒他们："要精确，要独特，能够叙述说明但不要陈腔滥调。"这样的作业是为了让他们能够了解我们如何压抑爱。爱是我们生命中最重要的事物，是我们会为之而战或因之而死的热情，但我们却迟疑着不愿说出爱的名称。我们因为缺乏合适的词汇，甚至不能直接谈到或想到爱。另一方面，我们却有很多强烈的动词，说明人类相互伤害的方法，大量的动词形容憎恨微妙的程度，但爱的同义词却少得可怜，我们对爱和做爱的词汇竟如此微不足道，使得诗人得用陈腔滥调、亵渎的言语或委婉的说法来表述。幸而，这却创造了想象力丰富的艺术作品，激发诗人创造个人独特的词汇。布朗宁夫人送给丈夫爱的诗意算盘，以迂回的方式表达她情感的总数。其他的情人则尝试以其他同样巧妙的方式计算出他们的爱来。在《跳蚤》一诗中，约翰·邓恩（John Donne）见到跳蚤吸吮他和心上人手臂上的血，因彼此的血在跳蚤的胃中结合而欢欣。

是的，情人最常因比较级和数量而被贬抑。"你爱我比爱她多吗？"我们问道："如果我不照你的话做，你会比较不爱我吗？"我们害怕正面面对爱，把爱当成心灵的交通事故。这种情感比残酷、暴力、憎恨更使我们害怕，我们容许自己因这个字的模糊意义而裹足不前，毕竟，爱要求极度的脆弱。我们把刚刚磨利的刀子交给某人，彻底裸露自我，接着邀请他靠近自己，还有什么比这更可怕的？

如果你由古埃及带来一个女人，置于底特律的汽车工厂，她一定会迷失方向。什么事物都是新奇的，尤其她一按墙壁就能使光线充满房间，再按墙上另一处，就能让室内充满夏日和风或冬日暴风。她会对电话、电脑、时尚、语言和风俗惊讶不已；但如果她见到一对男女在僻静的角落悄悄亲吻，却会微笑。不论是何地或何时的人，都了解爱的现象，一如他们了解音乐的吸引力，发现音乐的意义一样，虽然他们不能明确地解释究竟意义为何，或是为什么对某位作曲家的作品感受深刻，却对另一位作曲家毫无感觉。我们的古埃及女性喜爱叉铃（一种手摇乐器）如鸟啼啭一般的声音，20 世纪的男性喜爱重金属音乐的撞击声，他们俩却共有对音乐的热情，也都能够理解这种热情。同样的情况也发生在爱身上。价值、风俗和礼节也许古今有别，但爱的高贵庄严却不然。人们走路、穿着和姿态各有不同，但我们却能够看到穿着西装和穿着纱笼的两个人，了解到他们俩都穿着衣服。爱也有许多时尚，有些奇特，有些（在我们看来）骇人，有些则熟悉，但这全都是我们心中变化多端所知幻影中的景物。在心灵的旷野，时间和国家是不相关的，在这个辽阔的平原上，所有的热情都相同。

有益健康的伤害

记得你在向所爱说再会时，胸中如电梯猛然下沉的失落感受吗？分别不只是一种甜蜜的忧伤，它在你们俩如胶似漆之际，把你们拉开。分离感受起来如同饥饿，人们以痛苦名之，也许这是为什么丘比特带着一筒箭，因为有时候爱感觉起来就像穿胸而过似的，是一种有益健康的伤害，如生孩子一般普遍。爱难能可贵，总是突如其来地攫住某人，却不能教导学习；每一个孩子都会重新发现，每一对伴侣都会重新定义，每一个父母亲都会重新创造。人们追寻爱，仿佛爱是失落在沙漠中的城市，在那里，欢乐就是法律，街道上排列着织锦的坐垫，而太阳永不下坠。

如果爱如此明白而普遍，那么究竟什么是爱？我开始为本书收集资料，因为我有许多问题，而不知道自己是否会找到答案。就像大多数人一样，我相信人家告诉我的：爱的观念是希腊人所创，浪漫之爱始于中世纪，现在我知道这种传说多么荒唐。我们可以在人类最早的文字中，发现对浪漫之爱的描述。许多爱的词汇，以及情人所用的意象，数千年来未曾改变。为什么人们描述他们的浪漫感受时，心中会涌现同样的意象？风俗、文化和口味会改变，但爱本身却不变，这种情感的本质也不会改变。

“动物吸引力。”我们有时候这么说。一番热情的缠绵之后，女人也许会形容她的枕边人为“真正的动物”，并视此为对他性能力的恭维。如果她当着他的面说，附带模仿咆哮之声，通常会使缠绵作乐重新开始。其实，动物可以教我们许多关于我们自己的浪漫习性，人和动物有很多相似之处。雄性动物经常馈赠相当于订婚戒指的物品给意中人，雌性则经常检视雄性的银行存款，而“羞怯”或“卖弄风情”通常也是雌性鸟类、昆虫或爬虫的王牌，就像女人所擅长的一样。在本书中，我有时候会提到其他动物的交配习性，不过篇幅不长，因为我曾在其他书中写到这个内容。我认为重复自己努力想要在其他地方表达的内容，以不同的词换汤不换药，是不对的（唯一的例外是我对亲吻的想法）。

本书有关历史的部分，我研究了中东文化（埃及），因为我们在那里发现了关于爱最早的文字，接着我探索古代和现代西方世界中，爱不断改变的本质，以便能够尽量遵循单一的脉络。

然而，提到爱的历史，我们也必须记得，我们对富裕者的爱情生活比对一般人的爱情生活知道得更多。一般人有闲暇，他们居住在洞穴或小房间里，和许多人共享床铺；他们的恋爱生活与拥有闲暇和隐私的人必定完全不同。穷人最特别的时间可能是新婚时期，也许只有9个月长，当他们还能独处的时候。幸而爱是草莽的情感，在马厩和在宫殿一样能够兴盛繁荣。

你很容易就把爱想成是一种进步——由无知朝向精雕细琢的理性之光，但那是错的。爱的历史并不是一级一级向上攀爬的阶梯，人类的历史并不是跨过风景、穿越一个又一个都市的旅程。游牧民族永远在移动，带着所有家当，记得我们所居住过每一个地方的艰辛，每一个祖先的信念、伤痕和骨骸。我们的行李很沉重，不能忍受与任何使我们之所以成为人类的事物分离。20 世纪，我们爱的方式不但是过去观点的累积，也是对现代生活的回应。

爱的最爱

我开始为本书收集资料时，在图书馆翻找关于爱这个主题的名作，发现已完成的严肃作品非常稀少。例如“人类关系领域档案”中的微缩片，包括全世界 300 种文化的人类学资料库，从离婚到鼻饰各种各样的条目，但却没有关于爱的独立分类。为什么对爱的研究那么少？当然并不只因为爱是主观的，假设无法证明，太情绪化，难以让社会学者严肃认定（同时也难据此申请补助）；毕竟，有数不清的研究是以战争、恨、罪恶、偏见等为主题。社会学者喜欢研究负面的行为和情感，也许他们研究爱本身时，会觉得不自在。我加上“本身”这两个字，因为社会学者的确在研究爱——他们经常研究当爱不够多、受到阻挠、扭曲或是缺乏时，会发生什么。

为什么爱会演变？在进化方面有什么意义？爱的心理学是什么？性爱和非肉体之爱本质是否相同？谁比较钟情，男人还是女人？母爱是什么？

爱如何影响我们的健康？男人和女人是否有不同的性爱时间表？缺乏爱和犯罪之间有什么关系？爱的化学作用是什么？我们是天生一夫一妻制，还是天生就会欺骗自己的夫或妻？爱的观念多年来与时俱变吗？春药是否存在？动物也能感受到爱吗？爱的习俗和放纵有没有例证？

我们多么幸运能够居住在充满人类、植物和动物的星球上，而我也经常对进化加诸众生身上的神奇造化惊讶不已。在生命的所有使命之中，在所有使我们迷醉的神秘之中，爱，是我的最爱。

幽长的渴欲

埃及：历史的情妇，蛇般的艳后

克丽奥佩特拉（Cleopatra）。她的名字唤起东方的神秘与浪漫，在她死后2000年，依然支配着男人的幻想，激起女人的嫉妒。我们叹息特洛伊的海伦（Helen of Troy）是女性美的化身，但我们嫉妒克丽奥佩特拉，因为她魅力无穷，能够驶入任何男人的生命，掳走他的心。我们把她想成是通晓人性的春药，是浑身散布官能的女人；我们童心未泯，依然偷偷相信幻术，深信她如魔杖般的力量能够诱惑一个又一个的恺撒。她的传奇诉说的是我们的幻想和渴望，而非她本身。

克丽奥佩特拉于公元前69年生于埃及，是一位马其顿将军的后裔，国王托勒密十二世（King Ptolmy XII）的女儿，她的母亲不详，不过当时王族兄妹通婚的情况极为普遍，因此克丽奥佩特拉应该以希腊血统为主。近亲通婚会造成孱弱低能的子孙，不过，只要有一次荒唐的婚外性行为，就足以使遗传基因有所变化，创造健康的后代。十之八九，王室妇女偶尔也会孕育外族的子嗣，所以虽然克丽奥佩特拉以希腊血统为主，但她也可能有其他系的祖先。

虽然她同时代的作家和艺术家曾详尽地描述她，如今已全数散佚，所剩的，只有两百年后普鲁塔克（Plutarch）所写的传记，依据的是曾见过她的人留下的回忆录。他们说她不漂亮，但却很迷人，个性刚烈，声音美妙。她统治时代所铸钱币上的肖像必然经过美化；没有艺术家胆敢侮辱这位女王，而她也一定不希望臣民四处散播她难看的头像。我们由那些钱币上所见到的浮雕女子画像有着大大的鹰钩鼻、瘦削的脸庞、尖下颚、大眼睛和相当窄的前额。揣度古代遥远国度的美，对缺乏想象力的人而言，并非易事。

她拥有的是风格。富贵华丽、变化多端，她一人就足以唱独角戏：丝绸和香水、面纱和宝石、异国风情的化妆和华丽的发型、谄媚的奴婢和身材魁梧的舞者——全都是她的戏码和扈从。若她想让臣民或来访的罗马人留下深刻印象，便在陆地和海上表演复杂的仪式，穿着豪华的衣服，她也知道该摆出什么样的场面。她也许曾写下震撼人心的演讲稿，的确也有些书挂她的名，但她的臣民多半是文盲，她得以超越文字、以无须太多阐释的方式表达自己。她选择意义深远的象形文字，无须言语却能叫人理解。普鲁塔克记载，当她驶往塔尔苏斯城会安东尼（Antony）时，打扮成希腊性爱女神阿芙洛狄忒（Aphrodite）的模样，由装扮成丘比特的男孩为她扇扇，乘着香气四溢的紫金色彩船抵达：

> 船夫以银桨抚触水面，配合着长笛、风笛、琵琶的音乐……彩船上没有船夫，而是由她侍女中最美的，打扮成海的女神和美丽、魅力、欢欣三女神，有的司舵，有的掌帆。无数的香炉不断散发出难以言喻的浓郁香气，由船上漂浮到河岸边。

阿芙洛狄忒有时候和埃及的守护女神伊希斯（Isis）混为一谈，她对塔尔苏斯城是个重要的女神。塔尔苏斯的宗教史中，也谈到她和一位东方神祇的结合。想象那派狂热的景象：塔尔苏斯的人民见到他们的女神驾着馨香的云朵翩然降临，他们聚集在港口欢迎她、崇拜她。这种登场方式不坏。安东尼见到这种华丽的排场，一定震撼不已，同时也认定，他俩的结合乃是天意。

我们并不是以埃及人的眼光来看克丽奥佩特拉，并没有把她当成有威权的君主，广受人民的尊崇与膜拜；而是接纳罗马人的宣传，把她当作卑鄙的狐狸精，专门毁灭伟大的男性。这没什么好奇怪。罗马是她的敌人，在征战中，诋毁她对罗马最有利。如果不把她描述为美丽、淫荡、情欲旺盛的妖精，又怎么解释罗马的将军相继坠入彀中？

她是否卑鄙？显然她曾设计杀害手足，以便当上女王。她是否有很多情人？据说某些男人和她共度春宵，必须支付昂贵的代价，云雨之后，她甚至会杀死对方。她既然是女神，任何情人在她的怀抱也成了半神。也许她觉得除去某些危险或有魅力的男子并无不当，他们反正注定永生。身为广大而又纷乱王国的领袖，她大概没有多少调情的时间，但我并不相信某些学者说她多年禁欲的说法。克丽奥佩特拉应该是艳丽而大胆、既世俗又崇高的。

如果说她现在看来不似真实人物，那么我们该记得，就算在当年，她也仿佛是虚构者。来自罗马的敌人把她描述为邪恶的巫女；她则把自己形容为仁慈的女神。她相信自己是神的说法吗？她公开的全是女神形象，私底下她是什么模样，没有任何记录。我们对她所知不多，只知她聪颖、博学，有文化修养，她使人神魂颠倒。她会讲数种语言，包括一般人所说的埃及语，加上她崇拜埃及而非希腊的神祇，使得她更受人民欢迎。许多人说她曾写过有关化妆品、妇科学、度量和炼金术的论文。10 世纪的历史学者艾尔马苏迪（Al-Masudi）写道："她精通科学，对哲学也有兴趣，并视学者为密友。她写过有关医学、符咒和其他自然科学方面的作品，这些她挂名作者的书，在精通艺术与医药的圈子中相当有名。"

她真是擅长诱惑和欺骗的女妖吗？克丽奥佩特拉最大的魅力在于埃及是地中海最富裕的王国，任何想要统御天下的罗马人，都需要她的权力、海军和宝藏。和埃及结盟有极重要的军事意义。恺撒和安东尼追逐的是权力，而非爱，虽然她可能极惹人爱。安东尼和克丽奥佩特拉的确断断续续同居了 6 年——他经常为了军事征战出远门，在这段时间，她为他生下两男一女。屋大维（Octavius）在阿克提乌姆打败他们之后，他俩自杀，因为丧失了一切——帝国、权力、财富、尊崇。有人对他们双双自杀持浪漫的看法，认为是因他俩不能失去对方，也许如此，但他们也知道罗马人在街上展示战败的敌人，极尽侮辱、折磨、夸耀之能事。而克丽奥佩特拉自视永远不朽，毕竟，她是伊希斯的化身，期待能在来世获得隆重的接待。虽然在最后关头她可能害怕或退缩，但她却小心翼翼计划自己的死亡，以伊希斯华丽的服饰装扮自己，确定别人能够在纯金的床上发现她的遗体。

矿物式的爱

我直觉以为克丽奥佩特拉和安东尼共享了丰富的爱与敬重，以及神圣的使命感。她魅力无穷吗？她聪颖、灵巧，相当了解男性心理。她有着深如礁湖一般的官感，如石英一般使人魅惑。石英（quartz），中古的高地德语是quarz，西斯拉夫语是kwardy，印欧语系是twer-Twery-en，"掌握、绑缚、迷醉的女性，即希腊文的seiren，女妖”。石英是女妖，把你永远置于她的掌握中，坚硬而纯净，千面的女郎。她可能是蛋白石，可能是打火石；她可能包容火，也可能引火。石英和意志或欲望无关。这是一种矿物式的爱，蚀骨使人销魂。

每一种文化都依当时的社会趋势和道德标准重塑克丽奥佩特拉，我们所谈的乃是其辉煌的敌人罗马所留下的版本。屋大维因击溃她而自豪，他在公元前 27 年，把埃及纳入罗马的版图，并自称“奥古斯都 · 恺撒”（Augustus Caesar），他以自己的名字为八月（August）命名，因为在那个时候，他征服了最难缠的敌人，克丽奥佩特拉——历史的情妇，蛇般的艳后。有人说，要爱你的敌人，但讽刺的是，正是她的陨落使得他的心灵和未来无比光明。

历史是众人皆同意的虚构故事。即使在克丽奥佩特拉统治的时代，学者也从未见过她卸下妆容和王冠珠宝，更不用说听闻影响她生活的关键事件了。他们也许误解了她的某些行为，或者对她持有偏见。接近她的人——家人、爱人、女祭司，可能未必完全是她的心腹；就算是，也未必有记载事物的兴趣；就算他们记载下来，也未必能保存流传。流传至今的文献，可能夸大其词，或隐藏政治动机。我们顶多只能臆测。

最能显露一个民族内在生活的，莫过于艺术。艺术在古埃及相当兴盛，外来访客经常谈论音乐、舞蹈、故事、歌曲的丰富多样，他们为雕像的规模与精致目眩神迷，对绘画的壮观、舞者的多变、语言大师的灵巧赞叹不已。19 世纪欧洲的作曲家创造“交响诗”，想要在音乐中捕捉如草原、云雀或牧羊神午后的大自然奇景；在古埃及，舞者化为风的灵动、天空的开阔、太阳的炙热。抒情诗（伴着七弦琴的歌曲）大兴，作家则编织出想象的故事、道德寓言，甚至水手的冒险，这也可能是荷马史诗《奥德赛》的灵感泉源。乐团经常在宴会、宗教仪式和一般宴会上，使用竖琴、七弦琴、小鼓、叉铃、鼓、琵琶、铙钹和长笛。希腊君主在孟菲斯参加皇家宴会时，请一队乐师表演以娱嘉宾，接下来：

> 两名舞者，一男一女，走入群众，击出韵律，然后两个人独舞一曲单人面纱舞，再一起共舞，会合又分离，再以和谐的连续动作相聚。年轻男子的脸孔与动作，表达了他对女孩的思慕，女孩则一再企图逃离他，拒绝他恋慕的追求。整个表演既协调又活泼优雅，使人愉悦。

埃及人借着艺术歌颂神明和法老，他们也赞美尼罗河，歌颂庭院花园之美景，记录城市和乡村人民的生活。他们赞颂无所不在的美，在人群之间，在大自然之内。但埃及艺术还有另一层面，使它在本质上，有时成为生死攸关的大事。

埃及人相信想象能够成真。如果我们雕刻驴子的肖像，放在坟墓之中，它就能够获得生命，在阴间服侍死者。艺术有无比的力量，可以改变物质、扭曲时间、逃避死亡。艺术有神奇的使命。埃及的艺术其实是一种物神崇拜，美丽的艺术乃是实用的艺术，但所谓实用，是指陶土变成血肉、油彩成为成束的麦草，宝石的眼睛唤起神明的保护。

在绘画中，男性多半裸胸，高大英挺，肩膀宽阔，曲线逐渐缩小至窄腰——是猎户星座的猎人形貌。女性则高挑丰胸，穿着华丽，涂着流行的眼妆，长长的黑发细心地编结起来，以软膏涂香。埃及妇女并不参与政治（除了偶尔有女法老外），但可以自由旅行，享受和男性一般的娱乐活动，远比其他地区的女性受到更多敬重。

爱的象形文字（名词或动词）由锄头、嘴和一只手在嘴里的男人组成。埃及人谈到爱的时候，显然并不会深究此字的字源，就像我们说到英文的“肌肉”（muscle），也不会想到皮肤下奔跑的“老鼠”（muscle来自拉丁文*musculus*，“小老鼠”之意）。这个符号字面的意思是“想要、选择，或欲望”，但也可能包含时间的持续，长时间的欲望，就是爱。埃及古文物学者并没有以象征意义看待嘴和锄，而把它们视作发音，就像我们看“love”的“l”和“v”一样，我总是把这些字母想作如风吹过沙的声音，你得把嘴缩拢，形成等待接吻的姿态，才能发出它们的声音。但我们并不知道古埃及文字的发音，就像我们对那时的希腊文发音一无所知一样。手在嘴里的男子经常出现在与吃、喝、说、思考——任何与嘴和心的功能有关的文字字尾（当时人们以为感情存在脑子里）。

埃及人的“爱”字意味着什么？在弗洛伊德派的学者看来，可能是性的委婉说法，长而坚硬的锄头代表阳具，嘴巴代表阴道，而手放在嘴巴里的男人代表性爱。如果以这个方式阐释，这个字就强调我们对于口部的重视。这个字也可能完全是农业含义——情人们耕耘土地，培育爱的食物，以此互相滋养。也许这符合经济原则。婚姻主要是经济制度，融合姓氏，在家族间形成联盟，合并财产。爱的象形文字中没有女性存在，除非她是以口为象征，没有成形的吻，因此也可能是由男性观点来描述爱，白天劳动，晚上则以亲吻填满。

埃及恋爱的主要背景在花园，诗文中经常提及花园的景色与气味。在古代的沙漠世界，罕有比绿洲更能打动人心。在干燥无味的人生中隐藏着秘密花园，成了对爱的隐喻。在《圣经》中的所罗门之歌（古埃及和幼发拉底河口的苏美尔亦有类似的歌曲），所罗门王（King Solomon）向所爱歌唱，称她的纯洁就像他即将进入的丰美花园。他一一提到所要采撷的水果，所要呼吸的各种香气。我们经常忘记，所罗门王的多次婚姻乃是异教繁衍种族的仪式，他有 700 个妻子，300 个妾。如果他曾以同样的热忱和诗篇来追求其中一些女子，我们只能悲叹他的作品有多大的数量已经散佚。

而克丽奥佩特拉的情诗何在？以她的年轻和性情，以及她和安东尼长期的分别，她必定曾把心事托付文字。

情诗

埃及古文物学者在纸草和花瓶上发现 55 首佚名的情诗，可以追溯到公元前 1300 年。当然，更早的时候也有诗歌，但纸草和花瓶容易毁坏。虽然我们不知道这些情诗的作者是谁，可能男女都有，其中有些是情人交替的二重唱，先由一个观点开始，接着换另一个观点，显示出因忐忑而痛苦、焦灼的心灵。下面就是一首典型的象形文字情诗《求爱对话》，其中的男子把情人描述成：

> 比其他所有女性都可爱、光辉、完美，新年降临天际的一颗明星，丰年，色彩明艳，眼波流转诱惑。她的唇使人着迷，她的颈项长短适中，她的胸脯使人惊叹；她的发是闪亮的琉璃，她的手臂比黄金更灿烂，她的手指宛若花瓣，如莲花一般。她的侧影宛若雕像天成，她的腿远超过其他美人。她的步伐尊贵，若她拥抱我，我心成奴隶。

另一首诗《情人在田野中会你的欢乐之歌》中，我们看到一名妇女正在猎获鸟禽：

> 我爱——我心所属——你的爱授权予我，请聆听我：我往田野中鸟雀聚处。我一手拿着陷阱，一手拿网与矛。我见到许多鸟来自庞特之地覆满了甜香，降落在埃及的土地上。第一只由我手中取饵。他色泽美丽，爪中握着馨香，但，为着你的缘故，我爱，我将放他自由，因为我愿你，在远方，倾听鸟的歌声充满没药的芳香。（没药：一种有香气、苦味的树脂）心中填满爱时来到原野是多么使人欣悦！鹅声大作，鹅取走食饵而陷入陷阱。你的爱使我分心，不能持续。我要收网，但我该怎么告诉母亲每一天都空手而回？我要说我无能设网，因为你的情网网住了我。

虽然这些诗是 3000 多年前写的，但其主题、忧愁与欢乐，都和当今的情诗相同，说明埃及的恋人苦恼什么（至今也依然困扰着我们）。几个主题是：

一、爱点石成金的本事，即爱的转变力量。听起来虽然很悲哀，但人类对于现状似乎永远也不满足，即使是人类当中最美丽的那一位，依然总觉得自己是丑小鸭，渴望变成天鹅。进化的恶作剧是，我们的脑子进化到了能够想象我们永远达不到的完美状态。柏拉图写道，地球万事万物，在天堂中都有理想的版本。许多人照字面解释他的意思，但在我看来，柏拉图的理想形体，其重要并不在于它们是否真实存在，而在于我们对无瑕疵的追求。没有人能达到完美，我们甚至也不要求别人完美，但我们对自己的要求较高。埃及的恋人感受到自己因爱的力量而转变，他们的信仰建立在潜意识对魔法的信念上。置身险恶恍惚的世界里，唯有信仰能够解释，唯有魔法能够控制。

爱的转变力量有另一个特色，那就是追求进步。为什么我们孜孜于改进身旁的事物？我们的草坪、我们的铝制墙板、我们的机会、我们自己？不论才干、外表或财富，我们都觉得自己不足，需要更多的天才或才能或精力或沉着。或许这是因为我们的人生经验大半来自思想、内心独白和梦想。语言协助我们界定情感，但许多情绪和心情却难以言传。偏偏记忆又让我们想起各式各样的缺点瑕疵，这些缺失或许是在我们年轻一些、走投无路时、在恐惧或较缺乏智慧之时发生的，然而我们却不计较这些，只觉得自己是骗子。我们悄悄隐匿起自己的短处，认定世上没有别人像我们这样神经过敏，没有人像我们这样有特别的缺失。深深吸引我们的绝美对象不可能如我们这样脆弱，他是美德的延伸，我们爱他，颂扬他，强调他的一切优点，我们重新为他定义。我们经由爱，学习感受自己的可爱。

二、引用大自然中的形象将所爱理想化。为什么把人喻为星星、宝石、花朵或香气，会使人愉悦？为什么不把他比喻为摩天大楼、波斯地毯、金银细工饰品、加顶篷的桥梁，或是冒着热气的碎石路？有时候人们会这样比喻，尤其是现代诗中，但情侣依然狂热地把对方的身体、器官比喻为太阳、月亮、植物和小丘，情人把他对肉体的崇拜理性化，自语道：“她棕色的眼睛如同黄昏一般纯粹，她的嘴如清晨般露湿。”或是如同埃及求偶诗所写的：“她的黑发如琉璃般闪烁，她的双臂如同偶像的纯金。”爱情的宣言是绝对的，而我们唯一知道的绝对事实，乃是大自然的天工，或是众神的杰作。

三、爱是奴役。有时候，我把人生想成一场保持自我自由，或是窃取他人自由的搏斗。你我如此相似，有时你以为一个人的声音就能代表全体，但不论国家或家庭——只要一个独裁者出现，反抗就会随之而起。自由是值得抛头颅、洒热血的理想。我们的一生常会觉得被家庭、社会、年龄、性别和工作所俘虏，更受到许多无形的束缚：传统、宗教，以及我们对自己和别人对我们的期望。一想到被疾病或伤害所奴役，就让人不得不战栗。机器人是不符合人性的，而我们也珍视自己人性面的好奇标记。接受命令，乃是成为图腾柱上低下的角色，而顶天立地的猿人却永远向上攀登。

然而一旦坠入情网，我们却情愿成为囚徒。如果你以暴君来取代爱侣的位置，但却保有相同程度的固执、屈从、牺牲、善变，以及自由的丧失，结果会是什么？极权国家。在心灵的小小热带王国，小小的暴君可以为了轻微的疏失，而在黄昏之前把人拖走。爱使得狂热有了借口，不只奴役人们，还发号施令。情人常借诗句传颂："爱命我前行，我得遵从。"人常把爱形容为一种占有记忆的状态，爱的精灵通过语言，怂恿他们以无拘无束的方式行动。我们只让统治者和神明拥有我们的身心，使我们如同腹语术士的玩偶，指使我们行动，决定我们的命运。我们建造爱的神龛和庙宇，以祈求者的身份进入，把爱当作一种宗教仪式，有个人的救主、沙弥和仪式。如果我们不把爱当作暴君之作或是大自然的力量，又怎能解释爱的鲁莽狂放，如旋风一般笼罩我们？

四、爱使人丧失能力。爱是使人坚强又使人无能的矛盾情感，恋人彼此发呆、互相叹息，幻想着对方；他们不能专心工作，也无心追求平日的目标。恋人成为符咒，席卷对方一切的思绪，其他事令人心烦。恋人处于清醒的昏迷状态，我们常用喝醉酒或着魔来形容这样的爱侣，这种情况相当常见，不足为奇。我们时时见到恋爱中人的疯狂兴奋，丧失了清明思考的能力，腹痛，睡不好，做白日梦。这样的状态有疾病的所有征象，而一如埃及爱情诗提醒我们的，人们经常把爱形容成疾病。

五、爱是向父母隐瞒的秘密。没人愿意向父母承认自己恋爱。为什么要这么偷偷摸摸呢？为人父母者，也曾打情骂俏、坠入情网，感受性的吸引力。然而情侣却因自己毫无道理的固执觉得难为情，他们想隐藏自己的感受，担心亲人知晓，其中有邪恶或羞愧的感觉。我觉得这是一种背叛的感受，仿佛他们要叛离家庭，对父母的爱将由对伴侣和子女的爱取代，他们会偷偷溜到另一个部族去，向外人宣誓效忠。

六、感官重现。象形文字的诗人写道："她的手指使我见到花瓣。"爱产生"联觉感"，所有寻常的感官界限全都模糊，让人重新体验世界，仿佛承受了感官的瀑布。我们常说爱使人"再年轻一次"，或是"使我们重回童年"，你也可以由相反的观点来看，如果我们观察嬉耍的小动物，也会看到它们不自觉地展现所有追求的行为。爱让我们恢复到无忧无虑的时光，回到一切仰赖父母的年岁——食物、温暖、照料、情感和温柔。

姊妹新娘

古埃及使人最惊骇的习俗，乃是乱伦。诗中的情侣经常柔情蜜意地称呼对方为兄弟姊妹，然而在我们，在全世界无论什么时代的人看来，乱伦是禁忌，是无从想象的恐怖行为，不合自然而且该受诅咒。亲子相好是最可憎的，因为建立在剥削、权力和权势之上，长辈压榨天真无知而无力自保的小辈。希腊神话中，俄狄浦斯（Oedipus）虽然在不知情的状况下与母亲同床共枕，依然因此注定失明、终生漂泊。他把自己身体的某部位重新嵌回降生之处，这个想法特别使人不快。十数个世纪之后，弗洛伊德因为提出做儿子的会感受到俄狄浦斯的欲望——嫉妒父亲，期待与母亲结合，而受到精神病学界的讥笑，他的同事不光不相信他的理论，简直还吓坏了。

乱伦成为禁忌的另一个原因，是会造成近亲繁殖，因此这也是其他动物的禁忌。如果个体只在一个小家族中婚配，同样的基因就会传递给所有子孙，但是环境会改变，新疾病会发展，有时会遇到饥荒，兽群有时会消失，新的掠食者会出现。在不稳定的世界，唯有聪明的才能存活，血脉融合才能进化，适应改变者才能生存。多元多样不只是人生的调味料，而且是进化必要的成分。我们需要遗传的变异，才能面对变化的环境和生命中所遭遇的一切。近亲繁殖只要 20 代，就会造成同质的后果。

由当今的动物世界，即可看到肆意乱伦的后果——印度豹的困境。印度豹濒临绝种的问题相当严重，因为它们在野外只有少数宝贵的几只，已经近亲繁殖了一段时间。如果用显微镜观察它们的DNA，就会看到使人困扰的结果：全都是相同的复制品，不但长相相同，复原的方式也都一样，没有新的特色或优点可以传给下一代。杀死任何一头印度豹的病毒，就可以杀死所有印度豹。在动物王国，杂种的动物身体较强壮，能够繁衍更多的后代，也能活得更长久。乱伦的禁忌必定有生物的基础，但也有许多社会学、心理分析和人类学的理论，最有力的理论乃是遗传和社会因素的结合。

可以确定的是，在遥远的过去，人类数量远比现在少。100 万年前，全世界的人口总数只有 50 万，比奥斯陆或内罗毕等都市还少，为了繁衍种族，乱伦乃是必要的，尤其当时婴儿的死亡率相当高。但随着部族增长，基因混合的可能增高，恋爱的机会也增加。人们交换众人垂涎的女子，以形成政治上的盟友。坦纳希尔（Reay Tannahill）在《历史上的性》（*Sex in History*）中提示我们："'一见钟情'唯有在陌生人之间才可能发生。"《圣经》上经常提到（而且宽恕）乱伦的婚姻：在旧约年代，人们鼓励亲上加亲；到埃及时代，出嫁离家已经很普遍，但如果方便，兄弟姊妹间婚配也很常见。这并不意味着他们会圆房，忠实不渝，为对方生孩子。对埃及人而言，兄妹通婚乃是保住家产的实际方法，因为女孩子也可以继承财产，这种风俗是基于经济原则，而非性关系。纵然如此，我们也只听说兄弟姊妹之间通婚，而非亲子之间通婚。家族就像城邦，人人都要依据相互之间的关系扮演重要角色，如果父女通婚，就会有如下的角色转变：

> 两人生的儿子成为母亲的同父异母兄弟，是他祖母的继子，是他母亲兄弟的同父异母兄弟，也是爸爸的儿子兼孙子！注意此处身份和权能的问题：他该做母亲的儿子还是兄弟？他该以叔叔还是兄弟的方式对待叔叔？……如果兄弟姊妹结婚又离婚，能否恢复原先的关系？

这种情况不但使家庭无法保持原来的完整，日常生活也会乱成一团。不论如何，婚姻能够巩固关系，同时建立个人在社会中的角色，乱伦让爱受到束缚，却能控制家庭。

幽长的渴欲

乍看之下，古埃及人似乎和我们截然不同，自有其风俗习惯，在某些方面的确也如此，但谈到爱时却不然。我们对爱的态度一如金字塔般古老，埃及人对爱也是多愁善感而浪漫的，他们的“爱”字义即“幽长的渴欲”，他们的情诗虽然有时候天真戆直，但却毫无罪恶感、屈辱感，或是今天常见的爱恨交织的感受。埃及的诗文并没有谈到同性恋本身，但《死者的埃及篇章》(*The Egyptian Book of the Dead*）却有一段，死者发誓他并没有和男孩发生性行为，同性恋在当时必定很普遍，男孩的引诱必是常见的诱惑，否则就不会遭禁。我们也在埃及诗文中发现恋物癖、受虐狂和其他奇特的性行为，当时的人对避孕也相当关切，女性用大象和鳄鱼粪制的子宫套。人们有时候把爱当成甜蜜的陷阱，有时候则视为期盼的疾病，不过并没有神明指引爱侣的路径、扰乱他们的努力、引诱他们的信心。他们虽然遭到爱的力量席卷扫荡，却并不责怪他人。诗歌中记述了民族的悸动，借着埃及诗人，我们得知爱在古代也兴盛繁茂，一种熟悉而现代的爱，和婚姻的现实毫不相关。他们也如当今的恋人一般，感受同样甜美的灾难。

希腊：以民为主的世界

一提到 20 世纪 60 年代，就让我想起当时热血沸腾、想要改造社会的感受。那是集体恋爱、迷幻药和越战的时代，我们处在日复一日的骚乱状态中。愤世嫉俗和理想主义携手并存，传统的真理不再合宜，我们自觉有特权、也有义务要重新加以塑造。我们所搭乘的云霄飞车急遽转弯，脱离了轨道，奇异的装扮成为乐趣，摇滚乐以高分贝的标语教我们心荡神驰。“战争”弥漫在所有的事物和人之间，我们为追求平等而战，我们抗议，我们被捕，我们入伍，我们被征募，我们逃跑，我们静坐抗议，我们自由恋爱，我们尝遍麻醉药物，了解知觉的极限。我们和每一个时代一样，承受道德的困境。在校园中，我们在上课前后，甚至在课堂中讨论政治，我们改写了课程。

在我想到公元前 5 世纪雅典城时，那种动荡、社会变迁和希望的气氛，也回荡在心中。战争和政治造成骚乱而激进的民主想法，公民可以发表意见，不论多么怪诞，也可以在议会中投票达成决议。30 岁以上的公民，都有资格任公职。这种活泼的自我管理架构必定使法庭忙碌不堪，也成为人们闲谈的题材。雅典约3万人，不比我们纽约州北部的家乡大多少，但却产生许多启发后人的思想家和创作者，他们的思想是西方文明的起源。他们大部分是朋友，经常有所往来，至少是点头之交。这是个紧凑而竞争激烈的城市——希腊人喜爱举行身心双方面的竞赛，成为雅典的公民意味着地位、身份、经济机会（仅有公民才能拥有不动产）以及高人一等的感受（你的双亲都得是雅典人——在4世纪，雅典人和非雅典人婚配是不合法的）。雅典以其公民为重，尊重其权利。伯里克利（Pericles，雅典政治家）骄傲地做了说明，后来殖民时期的美国几乎全盘接纳同样的想法：

> 我们的政体称为民主，因为力量操之于民，而非少数人手中。在解决私人争端之时，法律之前人人平等：选择公职候选人时，重要的并不是身为特定阶级的一员，而是此人所拥有的能力。只要有能力贡献城邦，绝不会因贫穷而遭埋没……这是我们的特质：如果有人对政治没兴趣，我们不说他自扫门前雪，而说他根本不属于这里。

中年丈夫、少年妻

在人人都可参与的理想之下，政治对雅典人而言，必然如补药一般；然而，却是男性专用的补品，女性不允许成为公民。政治对女性来说，太过刺激，人人都知道女性天生就缺乏理性、神经兮兮、好吃、时常酒醉、满脑子性爱；女性不够理智，也没有坚强的意志，足以承担自我管理的重责大任，甚至无能参与精彩的谈话。妻子不能与丈夫共餐，如果丈夫带男性访客回家，所有女眷都该退到女人的角落。如果女人参与男性的聚会——纵使只是参与谈话，都必定会被当作妓女。并不是男性不疼爱女眷，希腊文学中经常温柔提及妇女，希腊古瓮上也时时亲切描绘天伦之乐的景象，法庭中的演说惯用多愁善感的诉求，提到诉讼当事人的母亲、姊妹、妻子或女儿，要不是男性认为这一招有效，绝不会使出这样的法宝。一个家族必须严格监督妻子，才不会让血统混杂，而妻子地位就和其他种种财富一样，居于家庭中阴暗的储藏室。血统纯正的雅典女孩得早早结婚，必须是从来没和男人交往过的处女。男人则晚婚（通常30来岁），并不需要保持贞节。这意味着男女两性都没有机会异性恋爱，通常的情况是：教养良好、受过教育、有性经验、在政治方面很活跃的中年丈夫，回到家里备受呵护的、不识字的16岁妻子身边。青春期的少女不可能出现在街上供男人遐想，不过，生得漂亮的青少年却成为青春性爱的诱惑者。朋友们经常在体育馆见面，好欣赏年轻的雅典男孩裸体运动（包皮系在生殖器的顶端保护它）。既然雅典女人成了禁脔，男人去找年轻的男性情人或妓女也就不足为奇，这些人既可作为友伴，也可成为性的对象，高尚的女性则被放逐在社会之外。

夫妻有时候会相恋，但爱却与婚姻无关，婚姻只是为了生儿育女。米南德（Menander，雅典剧作家）说，婚姻的套语如下："我把这名女子（我的女儿）交给你，好耕耘出正统的子女。"女性和农业结合，成为耕种收成的田地。男人代表理智与文化；女人则是大自然野性的力量，等着男人来驯服。

驯服之地与交际花

在我客厅壁炉上挂了一幅很大的蚀刻版画，名叫《狄安娜的追逐》。这名艳丽的女神带着侍女跳跃闪避，全身摇摆，几乎赤裸地跑过森林，追逐一只雄鹿，仿佛它就是乐趣的化身。狄安娜（Diana）也就是阿耳忒弥斯（Artemis），这位“贞洁而美丽的女猎人”散发出官能之乐和精力，她因大自然野蛮和自由的极致而欢乐。身为“野兽女主人”的狄安娜是公认的野兽保护人，在它们之间活动，拥有风一般细微的筋肉，太阳一般轻灵的动力。希腊婚礼的高潮是在新娘放弃守护女神阿耳忒弥斯，宣誓向农耕和已婚妇女的女神得墨忒耳（Demeter）效忠之时。得墨忒耳（意为“大地之母”）设法做到既不耽溺官能之乐，却又多产。完美的妻子乃是驯服的野地，荒芜的土地经过清理而有了生产。男性所有的社会、智慧、文化和浪漫的需求，必须在她处寻求满足。

古希腊的妇女有两个特别的节日：雅典的主妇一年一度庆祝希腊感恩节（Thesmophoria），低阶层的妇女和所有男人都不得参与，这个节庆也必须禁欲一段时间；交际花、妓女和她们的情人则庆祝另一个反传统的节日，也就是公开放荡的阿多尼斯（Adonia）节，歌颂阿芙洛狄忒的情人阿多尼斯。这个节庆更像有血有肉的狂欢庆典，还包括在屋顶上的花盆象征地撒播谷粒。在炫目的地中海阳光下，种子很快发芽抽长，绽放色彩，但也同样迅速凋萎。在泥土草屋顶上播种虽然迅速有趣，但人们并不期待收获，也许他们印证了米姆奈尔摩斯（Mimnermus，小亚细亚的希腊诗人，创作时期约公元前 630 年）的诗句：

> 生命为何，欢乐为何，如果没有金黄的阿芙洛狄忒？
>
> 如果偷偷摸摸的情爱、甜言蜜语和床——这些事物不再打动我，不如死亡。

雅典城内活泼、有智慧、有文化、喜爱逸乐且引以为傲的女性，如果想要呼朋引伴谈论要事，她们就成为交际花。虽然她们的生活并不安定，有时候并不名誉，但至少这些女性可以享受雅典丰富的文化。她们时髦而机智，精通艺术和政治，在称谓上介于艺妓和妓女之间。男人特别喜爱他们禁止妻子拥有、却在交际花身上发掘的才能。雅典的确充满了矛盾，人们虽然倡言民主，自己却经常畜养奴隶，有时还在奴隶身上取乐。更廉价而不注重感情的则是流莺，曾有流莺的一双鞋历经千年保存下来，在它的鞋底上镶嵌着字样，随着每一步伐印刻在沙土上，这个邀请的字样是：跟我来。

男人爱男人

爱而不只是性的关系也在年纪较长的男性和青少年之间发展，这是一种浪漫和教育的组合，不但社会祝福，哲学与艺术也歌颂。历史学者查尔斯 · 贝伊（Charles Beye）指出："贵族的理想是结合各种体育活动，创造美丽的身体和音乐和诗，以创造美的人格。"阿里斯托芬（Aristophanes）的戏剧《云》（*Clouds*）中，有一段谈到教育男孩：

> 如何谦逊，坐时不要暴露鼠蹊，起身时抚平沙地，使臀部的痕迹不会被人所见，以及如何坚强。……重点在于美。……美的男孩就是好男孩。教育与男性之爱密不可分，这是雅典亲斯巴达意识形态的想法。……爱慕年长男性而获启发的年轻人会试图模仿对方，这也是教育经验的核心，而年长的男性因为渴欲年轻人之美，会尽力改善它。

不过，让男色关系成为男孩教育的一个精练阶段，这个架构却不一定总是如此纯洁。希腊文学充斥着低俗的爱情景象，折磨或背叛，醉酒或杀人的情节。在阿里斯托芬的《鸟》(*The Birds*)剧中，一名长者向另一名长者说：

> 这可是个巧妙的情况，你这混蛋！你碰见我儿子由体育馆出来，刚刚沐浴过，浑身肉感，而你竟没有亲吻他，没有向他说一个字，没有拥抱他，也没有触摸他的睾丸！而你还算是我们的朋友！

柏拉图笔下的苏格拉底和朋友在用餐之际讨论好色的情事，他的《飨宴》(*Symposium*，源自饮酒友伴的希腊字)除了思想外，也有感官的飨宴。直到今天，我们依然发现不论晚宴或是三明治午餐，都是激发灵感或是交换飞短流长的好场所。

我第一份教学工作在匹兹堡大学，这份工作让我见识了蓝领阶级学生好学的心灵。一天，一堂研究所诗歌研讨课上得比较晚，课后我们全到附近的比特酒馆，学生喜欢在这里啜饮爱尔兰威士忌和钢城淡啤酒。大家以白煮蛋配辣酱当晚餐，在方言的喧闹和工人爱听的音乐声中，即兴展开另一场飨宴。虽然没有人这么说，但沉思的年轻心灵聚在一起时，总是受同样话题的吸引。他们讨论的题目包括自然与教养、美学的理想、爱的目的——不知不觉地，他们谈起柏拉图。那天晚上，一名年轻女性问我："你觉得哪一个比较重要？比较真或美？""没什么差别。"我流利地回答道，并向她说明数千年前希腊的理想，后来诗人济慈(John Keats)也在《希腊古瓮颂》(*Ode on a Grecian Urn*)中引用。济慈说："美即是真，真就是美，那是所有／你在世上所知，也是你所须知道的全部。"在雅典，俊美的人就会被认为道德良好。在对称、平衡、和谐的世界中，怎么可能不作如是观？至今我们潜意识里依然有如此错误的想法，认为有吸引力的人动机高尚，智慧较高，品行良好。研究一再地证实长相好的学童成绩较好；好看的罪犯判刑较轻。而在希腊，俊美的人道德也必然崇高——与生俱来的善必须以美的形式表现，因此同性恋爱事件可能包含宗教的热忱和宇宙的真理。我们可以想象这会造成全心全意的奉献，以及所谓浪漫之爱的信念。女性表达爱，就被视为淫荡而丧失理性，但若男性爱上男性，却是同时崇拜肉体与美德，全都收容在被爱者的形体之间，不及于此的都是异端。

男人必然也由夫妻间的性行为获得乐趣，否则如阿里斯托芬的剧本《吕西斯特拉忒》（*Lysistrata*）叙述妇女展开性行为的罢工，迫使男性停止对佩洛波尼瑟斯半岛用兵，就丧失意义。不过当时并没有夫妻能够互相满足对方需要、自给自足的观念；也没有独善其身者的想法。我们所谓的白痴，就是源自希腊人非难政治上不活跃的人。

无爱的婚姻

孩子们好像在伊斯兰教国家的闺房内一样，在女人堆里长大，很少见到父亲，被社会放逐的母亲必然是他们生活中的坚强力量，她很可能表现大量郁积的愤怒、排斥、嫉妒和挫折，这是什么爱的榜样？在小女孩看来，这可能是特别让人痛心的生活，如果她渴望追求心灵的生活或是任何一种冒险，意味着她将接纳不道德的生活，拒绝母职的神圣。在以农业为主的希腊，人们梦想收获，母亲乃是大地的女神，是荣耀和神奇的象征。怀孕的女神包容了大自然的力量，她的乳房倾泻出星星，而怀孕的妇女为家事而忙碌，也象征所有神秘的丰饶。

在这个以鲜活神话为燃料、充满动力的世界中，神祇之间相互有关系，一般人对神话也深信不疑。在众神之中，家庭乃是一切，但家庭并不只是雅典的一个家族而已；它是城市本身，所有的人都参与其事，扮演其中的角色。男人有了合法继承人之后，女人的束缚就放松一点，甚至可以离婚脱离特别恶劣的婚姻。雅典女性偶尔也有婚前或婚外情，但这总是惊世骇俗、不合道德规范之举，何况她们哪有机会遇到男人？普鲁塔克在《索伦的一生》（*Life of Solon*）中说，如果妇女白昼出门，必须有人保护，身上除了一条披肩和一点点心之外，什么都不能带。日落之后，她得乘坐有照明的马车。有些女性则追随当时最擅长写抒情诗的女诗人萨福（Sappho），成为同性恋；其他人也找到比较简单家常的发泄方法，如史学家坦纳希尔描述的：

> 自慰对希腊人而言，不但不是罪恶，而且是安全的发泄，有相当多的文章提到……
>
> 小亚细亚海岸附近的富裕商业城麦里塔斯，是制造出口希腊人称为olisbos这种商品的中心，后来几代，这种用具委婉地称为dildo（人造阴茎）……这种仿制的阳具在希腊时代是用木头或装有衬垫的皮革制作，使用前得涂抹橄榄油。在公元前3世纪留下的文学作品中，有一个短短的剧本，记述两名年轻妇女米特萝和柯芮多的对话。开头是米特萝向柯芮多借人造阴茎，但不幸的是柯芮多把它借给别人，而后者又把它转借给了另一个朋友。

我们可以假定希腊人的婚姻生活并不美满，男女双方都可能没有爱情的成分。男人可以公开发展婚外情，而女人则得寻找替代品，而且必须掩人耳目。

然而希腊和其他古文明不同的是，希腊人崇拜两位爱神——阿芙洛狄忒和厄洛斯（Eros）。爱在希腊人的生活中，是相当重要的观念，让希腊人烦忧不已，需要两位专职的神祇，接受他们的恳求和责难。荷马的史诗说，造成特洛伊战争的原因，是阿芙洛狄忒玩弄海伦。爱是自然而有力的情感，必然有超世俗的来源。朱利安·杰恩斯（Julian Jaynes）在《二分心智的崩塌：人类意识的起源》（*The Origin of Consciousness and the Breakdown of the Bicameral Mind*）中认为，我们现在所谓的“良心”或“反省”，史前的人却把它们当成心中的命令，是神明告诉他们该如何做。爱带来这么大的危害，因此不可能是俗世的凡人自找的。荷马并没有像后来的希腊抒情诗人那样探讨爱的心理学，而是以观察者敏锐的眼光，由外人的身份讲述，他的爱情故事克服了艰难险阻，最后圆满收场。我们知道墨涅拉俄斯王（King Menelaus）娶了年轻的海伦，她遭绑架后，国王发动战争抢她回来，但我们不知道这对夫妻的情感如何。一直到克里斯托弗·马洛（Christopher Marlowe，英国诗人）在17世纪的英国，才写诗称颂美丽的海伦有一张“使千艘战船开动的脸”。特洛伊之战是因对一个女人之爱而战，还是因为国王的私有财产遭窃而战？

俄耳甫斯与欧律狄刻

关于俄耳甫斯与欧律狄刻的希腊神话，更清楚地说明男人对女人爱情的深度。俄耳甫斯是河神俄阿戈斯和缪斯女神卡利俄珀（Calliope，意为“声音美好的她”，主司史诗的缪斯）之子，她在色雷斯地方的贺布卢斯河畔生下了他。全希腊都知道色雷斯人是了不起的音乐家，俄耳甫斯更是其中天赋最高者。他边弹七弦琴边唱歌时，形成坚强的意志力，没有任何事物能够抵挡，人、动物、植物，甚至非生物都不能抗拒。他的音乐由原子和细胞渗透进各种各样的物质，任他重新改造，改变河道，移动岩石树木，驯服野兽。他的歌使阳光跃动，仿佛太阳消失一般，在山顶上笼罩一层珍珠的雾。他年轻时曾乘阿尔戈号（Argonaut）航海，制定了桨的长度，同时也拯救了同伴，不致受塞壬催魂的音乐所惑。塞壬唱起阴森怪诞、使人昏昏欲睡的歌曲，划船的水手便不由自主朝向满布岩石的岸边划去，俄耳甫斯乃奏起令人神志清醒的歌作为驱解之道，让水手清醒，划向安全的海域。

我们不知道俄耳甫斯怎么邂逅欧律狄刻，也不知道他俩追求的细节，不过他必定是用歌声打动她的。她是“水的精灵”，是住在森林和洞穴中的少女，本质狂野的自由精灵，是大地的孩子。精灵和狄安娜一同狩猎，与酒神共饮，和凡人同游，有时候也和凡人婚配，但俄耳甫斯和欧律狄刻并没有机会享受婚姻生活。他们婚后不久，欧律狄刻漫步走过草地，遇到好色的亚里斯泰欧（Aristaios，阿波罗另一子），向她猛扑过去，她设法逃脱，但因受惊过度，没有看到路上有条蛇正在太阳下睡觉，一时不及而踩上蛇的尾巴，蛇转过身来，一口咬中她的足踝，使她香消玉殒。数小时后，俄耳甫斯发现她倒在田野之中，已经死亡，他深感哀痛，决心走下冥王的国度，带回他的新娘。他听说特那隆有个洞穴可以走入冥府，因此带着七弦琴朝那儿去。他明知这是可怕的旅程，但却忍受不了丧失所爱的痛苦，而他也知道他的音乐是力量极大的抚慰武器，世上没有任何事物能够阻挡，他心想：

用我的歌曲我可以迷惑得墨忒耳的女儿（冥王之妻），我可以迷惑冥王，以我的旋律打动他们的心。我可以由冥府哈得斯（Hades）把她带走。

他一边步向洞穴深处，一边弹奏出最甜美、最哀伤的歌，在他心房中酝酿的歌。洞穴中的精灵怜悯他，并未伤他毫发，满眼盈泪的卡隆（Charon，在冥河上渡亡灵往冥府的神）用船带他渡过司提克斯河（River Styx），就连看守地狱之门、生有三头蛇发的猛犬塞伯洛斯（Cerberus），都安静地躺下让他通过。俄耳甫斯用哀伤的歌声，顺利进入冥王的国度，他不停地歌唱，直到大地也浸润了他的歌声，他的歌曲美妙，使死亡的魂灵也感到欢喜，为责罚所苦的人也获得一天的自由，让他们能聆听俄耳甫斯的情歌。冥府的国王与王后受他的哀歌所感动，深深着迷于他的歌曲以出乎意料的新方式说服他们，让他们抛开思想，铁石心肠化为流沙，因此冥王特别开恩，准许俄耳甫斯凡人从未有过的恩惠——可以把他的新娘带回光明的国度，但却有一个条件。

冥王警告说："有一个条件，你不能回头。她可以追随你回到人间，但在你们两人完全步入光明之前，你就回头看她，那么她永远不再属于你。"俄耳甫斯同意了。于是冥王召唤来欧律狄刻，他引她沿着来时路往回走，边唱着希望和援救的歌曲，同时安全通过塞伯洛斯，越过司提克斯河，重新进入洞穴之中，开始上险峻的坡，攀登滑溜的岩石，担忧欧律狄刻会摔倒，想要为她找到最好走的路径。他朝向洞穴的入口爬去，正在上方，他的歌曲也越发狂野欢喜。最后他终于到达顶端，跃入灼热的日光之中，他兴高采烈地转向欧律狄刻，却战栗地发现自己转身太快；她才刚抵达洞口，正准备步出洞穴。他朝她踉跄而走，她却迅速地向后倒下，坠入黑暗，坠入死亡，边喊着“再会”，也消失在洞口。俄耳甫斯因绝望而疯狂，随她潜入地下，再一次找到卡隆，恳求他再一次摆渡他过冥河，他说自己不会再回头，会留在冥府与他的新娘同住。但卡隆不愿再摆渡他过河，而且绝不妥协。整整一周，俄耳甫斯坐在岸边饮泣，不饮不食，全身覆满泥浆黏土。最后他伤心地回到色雷斯，孤独地流浪 3 年，对女人断了念。后来他成为僧侣，在当地一间小寺庙中负责简单的劳役。孤独的他为动植物弹奏七弦琴，而他的歌曲也一如往常，使得森林着迷，甚至也感动了大自然，唯一的例外是酒神狄俄尼索斯（Dionysus）的信徒，这些眼睛充血、头发蓬乱的狂人没有来由地恨他，尤其是他抗拒他们的寻欢作乐，抗拒所有女性的青睐。他们是脾气暴躁、性情残暴的无赖，他的音乐对他们不啻对牛弹琴，破坏情绪，使他们毛骨悚然。因此一天早上，这一群胸膛赤裸的刺客躲藏在庙堂之外等待俄耳甫斯，当他们见到他时，变得穷凶极恶，以矛和石头攻击他，再徒手抓他，拉断他的手臂，丢入草丛之中，扯下他的腿，地面浸满了血，他们再拉断他的头颅，和七弦琴一起丢入河里，这原该是他的结局了，但当他随波逐流，向下游漂去时，他的七弦琴自动地奏起音乐，弹奏出低沉的挽歌，俄耳甫斯被切断的头颅，舌头也神奇地开始动作，唱出自己的丧歌。他漂浮出海，沉入波涛之下，悲歌飘荡在波涛上，久久不消失。

很少有神话如此耐人一再重述想象。我常常疑惑，俄耳甫斯为什么回顾？因为他不相信神明吗？因为他没有听到欧律狄刻动作的声音，所以有如此自然的人性反应——也就是说，就连他神奇的天赋，也不能阻止他的人性？他是出于弗洛伊德所提出的自毁欲望，企求自己的失败？还是出于傲慢，以为他的音乐使自己比诸神更有力量？这是他伴随天赋而来的自然缺陷（他是超自然的乐手，时间对他是流动的）？还是——如我们在读惊险故事时忍不住会说的，这个神话的作者有强烈的戏剧感，否则就不成其为故事？因为比人类更了解人性的诸神一开始就知道俄耳甫斯必然会回头，所以让欧律狄刻随他去并不会损失什么？在这种情况下，俄耳甫斯回头乃是命中注定，而诸神让他尽量顺己意而行，直到极端，让他以为自己已经赢了，好让幸灾乐祸的果实更甜美，享受他虐待的快感。因为不付代价，就不可能享有天赋？也许这个神话的教训乃是要让凡人了解自己的地位：如果你想胜过诸神，就会有这样的结果。或者这是和性别定义有关的社会教训——身为乐师，俄耳甫斯拥有敏感、直觉的心灵，这并不符合大丈夫的气概。在希腊，女人是男人的财产，因此他自然以为自己踏入光明时，财产也会跟随他步入光明。也许他的悲剧就在于没有把欧律狄刻想作拥有和他不同的命运的个体。

罗马：女孩的梦魇

隔邻的小女孩科妮莉亚，并不知道她和公元 1 世纪罗马一个政客家族的母亲科妮莉亚 · 葛莱克斯（Cornelia Gracchus）同名。我一边写作，一边看着她在横跨两家庭院的树干上玩耍。邻居都知道自己地产的起点和终点，这条界线两方皆同，但我们称最近的这端“开始”，一如我们称呼出生一般，称最远的那端“结束”，一如称呼死亡。我想这是由于我们认为时间与生命是持续进行的。很早以前，人类就发明时间的概念。公元前 1 世纪，人们对日晷着迷不已，贵族与平民都喜爱。但最早的日晷可以追溯至公元前 3500 年的埃及，由一根垂直的木棒构成，影子可以显现太阳越过天空的程度。公元前3世纪巴比伦的僧侣和天文学者贝洛瑟斯（Berosus）加以改进。希腊和罗马人也都有水钟，在没太阳的时候使用。生命的观念则因人而异，但人的个性和行为有很多来自遗传，必定有胆怯的基因。我朋友的儿子艾萨克天生是个情种。去年，7岁的他在他们长岛的家门口迎接我，他双臂围绕，用力攀到我身上，然后说："你是谁？"他的情感自然流露，一如山中的溪流。

5岁的科妮莉亚擅长交际，乐于助人。我看她从小长大，而她一向也有大胆、持久的好奇心。她喜欢蛇、虫、毛虫和蛞蝓，不是像小男孩那样喜爱粗野或吓人的事物，舞动那恐怖的东西来吓唬大人或迷惑小女孩，她只是觉得大自然很有趣。她拥有洋娃娃、各种游戏和教育玩具，还有一个正在咕噜咕噜学说话的小弟弟，白天双亲外出工作时，请保姆来照顾她，但她独自一人在庭院中度过许多快乐时光，探索昆虫、山茱萸的花朵、橡实和蕈类。她喜欢把爬虫命名为"毛毛"——这是毛毛虫的昵称。我把后院的束带蛇（无毒黄纹蛇）命名为"没有尽头的世界"显然使她困惑，但她却了解我为它取名的需要，同时也感受作为朋友的她该赞美我的选择，虽然很微弱。她还不合社会要求，没有伪装情感的技巧，但她正在学习。她并不知道自己在重复亚当的工作，为走兽取名；她只是感受到强烈的召唤，让大自然成为个人的。她不知道上周在幼儿园发生的情节是她后来会发展更完整的恋爱翻版：由于她是班上最大的两个孩子之一，其他孩子都追求她，不只因为和她结为一党有地位（黑猩猩和其他灵长类也有相同的小团体嫉妒行为），而且有的男孩极度迷恋她。上周，深深为她着迷的5岁男孩内森踢了她足踝几下示爱，她大发脾气，告诉他休想再和她做朋友。内森经此打击，哭着回家，他的意中人驱逐了他。到晚上，他母亲打电话给科妮莉亚的母亲，两人一起想出和解的方法。她们暗示科妮莉亚，说她对内森太过无情，并把她带去内森家玩——只有他们俩，两个孩子都很欢喜。在这出权力、崇拜、驱逐和复合的小小戏剧中，科妮莉亚的母亲波希丝看出了恋爱的种子。一天清早我们一起晨跑时，她苦乐参半地向我叙述这次事件。

“内森这么敏感脆弱，”她说：“你可以想见将来会有个女孩使他如何心碎。”正好我们跑到山坡上，越过紫灰两色的印第安学生中心、刚割过草的棒球场和新生的砖造宿舍，我们放慢步伐，还走上陡峭的斜坡，这也使我们有更多谈话的机会。

“你觉得科妮莉亚恋爱时会是什么样子？”我问道。

波希丝望向远处微笑起来，她的双颊高高拱起，就像有时候她和孩子们玩耍的样子，兴奋地摇着头。“我不知道，”她说，眼前仿佛有许多回忆：“我等不及想知道。”

虽然波希丝被动地表达想法，一副愿意后退旁观的样子，但我们俩都知道这件事对波希丝的心灵震撼很大，波希丝得在顾问和旁观者两个角色之间取得平衡。协助孩子治疗爱情的第一次创伤必定相当困难，我心中浮现出一个景象：港务船引导船只穿越成排隐藏的礁石和阻碍船身的珊瑚，驶向远方的汪洋大海。

占有欲

波希丝期望女儿嫁给她所爱的人，但在科妮莉亚·葛莱克斯的时代，可不容许这样的想法。女孩子能够存活已属侥幸，因为遗弃新生儿，尤其是女儿，把她们丢在荒郊野外，乃是做父亲的特权。这虽然听来很残忍，但在罗马人眼里想必是正当的：孩子们由大地出生，也回归大地。父亲可以在子女出生时，决定其命运，端视新生儿是男是女。母亲在怀孕的 9 个月中，必须暂时搁置自然的母爱，心中不知做何感想？母亲是载运子女入港湾的海洋，但只有父亲愿意用自己的名字作为绳索绑缚，子女才能留下。“占有欲”这个词汇在最疯狂的情况下，指的是一阵阵强烈的嫉妒，恰能说明罗马人对其财产的看法。男人所拥有的任何事物都能增进其高度，使他看来更高大魁梧；他取得土地、奴隶、牲畜、财富和妻子，就在大地上投下越长的影子，仿佛能由他所得的财物延长自己的身体，因而在地球上消耗较大片的资源。也许做母亲的能够自我安慰，如卢克莱修（Lucretius，古罗马诗人）所写的：她的女婴在死亡中，能够获得“安眠和长睡”。种植农作物和畜养动物的人相当清楚大自然的循环过程，同时也明白：“所有的事物，如你一般，有生有死；由死而生。”不过妇女依然设法请人拯救被弃在荒郊野外的孩子，并偷偷抚养长大。

罗马人并不是没有柔情，由他们的文学作品中，即可发现每一个领域都有激情灌注。罗马本身——全世界第一个大规模的都市，拥有约 75 万人口，据说也是狂热恋爱事件之后建立的，每一个罗马人都知晓其动人的细节。诗人维吉尔（Virgil）在史诗《伊尼特》（*The Aeneid*）中，描述了引人入胜的情节。虽然故事的背景是在久远的过去，但维吉尔的读者却身处公元前 1 世纪的罗马，这篇史诗在他们看来必然逼真写实，因此多少也反映出他们认同的男女关系。故事如下。

黛多与伊尼亚斯

特洛伊城陷落之后，英雄伊尼亚斯（Aeneas）扬帆入海寻觅新家，一阵暴风雨使他和大部分人马分散，结果在非洲海岸女王黛多（Dido）建立的城市迦太基附近着陆。伊尼亚斯与友人艾克塔斯（Achates）借魔法隐身，潜入城内，发现城里正在大兴土木，兴建剧院、海港、庙宇和工厂，忙忙碌碌，使他眼花缭乱，而当花容月貌的黛多女王带着随从出现时，他更希望能终老此地。不久伊尼亚斯的部属找路入城，求见女王，向女王说明他们的领袖伊尼亚斯在海中失踪，并求女王容许他们栖身，好让他们修理"被暴风雨粉碎"的船只。他们悲哀的故事打动了她，她全心全意地欢迎，并为伊尼亚斯没有安全抵达而遗憾。伊尼亚斯和艾克塔斯听了这话，决心现身：

> 语音未落，转瞬间他们所穿的云朵斗篷裂为碎片，化为清澄的气体。伊尼亚斯矗立在明亮的光晕之中，脸孔姿态神圣庄严：因为维纳斯亲自把男子气概和英勇的光吹进他的双眼……

女王自然深深着迷，而当他说："我在此地，在你眼前，你所找寻的人……"也仿佛说出了她的命运。

其实，她并未寻找他，但他来得恰是时候。黛多是悲伤的寡妇，她的情感激烈，并经常戏剧化地表现自我。她曾誓言：

> 最先和我结婚的人，死时带走了我爱人的权利；让他保有它，在那里，在坟中，永远。

但永远是很长的一段时间，而伊尼亚斯似乎是"天赐"来重燃她几乎已忘怀的"昔日烈焰"。

“昔日烈焰”。我们和古人对爱和情感有多少相同的比喻。流行歌手布鲁斯·斯普林斯廷（Bruce Springsteen）在最近的一首摇滚歌曲中悲叹：“我着了火”；另一首（也是斯普林斯廷写的）歌中，点子姊妹（Pointer Sisters）唱道：“我说我不爱你／但你知我撒谎／因为我们一接吻就——”黛多也提及同一使人欢愉的烈焰。注意她说的并不是皮肤烧灼的身体痛苦，而是每一个细胞内升起原始的“火”，使它燃烧得更明亮。爱在体内点燃了百万篝火。黛多不只觉得伊尼亚斯外表吸引人，他战争和海上的故事令人神往，而且她和他也有许多相似之处，虽然两人有不同的文化背景。两人都是王族，尤其她认同他所遭受的苦难：“我也经历许多，和你一样，遭到命运粗暴的待遇；但它最后却决意要我在此安居。我识得忧伤苦痛，也学习协助不幸的人。”

她慷慨地把数百头牛、羊、猪及其他物品赠予伊尼亚斯的人马；为他举行家宴，并邀请他随他高兴留住下来。她不知不觉深深坠入情网，很快成为“为情痴迷的女人……因欲望驱使而在城里游荡，仿佛被箭射穿的母鹿”。一天，黛多带伊尼亚斯去狩猎。暴风雨来临，他俩躲入洞穴，发生肌肤之亲，并且山盟海誓。在黛多和罗马人的想法中，这就是婚姻。经过一段卿卿我我的幸福日子，善变的神指示，伊尼亚斯的命运乃是返回意大利，他所失去的家乡，建立自己的新城市，他们命他立即启程。伊尼亚斯在爱情和责任之间两头为难，他打算瞒着黛多趁天黑前偷偷溜走。虽然这种行为懦弱，但读者却原谅他，因为许多英雄面对内心挣扎，都会丧失勇气。这个计划的谣言传到黛多耳中之时，她因忧伤而错乱。这位权倾一时、无所不能的女王突然觉得自己一无所有，她未来的道路消失在尘幕之后，她方寸大乱。没有爱情，生命乃是充满恶狼的荒夜。第一任丈夫死后，她的心已冬眠，她和其他痛苦的人一样，暂停了生机。就算她麻木，至少也可免于痛苦。一如睡美人的故事，高贵的英雄来到她身旁，把她由无梦的睡眠中唤醒，她敞开心怀，冒着丧失一切的危险，当他背叛她时，她崩溃了。黛多的哀叹乃是遭弃女子永恒的哀歌，她转而惩罚自己，恳求爱人留下。她精神恍惚地哀求他，运用机敏的逻辑和她所能想到的每一个计谋。哪一种诉讼当事人比恋爱中的女人更热切？哪一种律师如她一般高明？下面就是一小段她极度痛苦的心声：

> 借这些泪水，借你伸给我的手——它们是我仅剩的一切，今天，我痛苦地——恳求你，借我们心灵的结合，借我们还未开始的婚姻，如果我曾协助过你，如果我身上的任何事物取悦你，为我们破碎的家哀伤，放弃你的目的，我哀求你，除非我的祈求已经太晚！因为你，利比亚的部落和游牧民族的酋长憎恨我，招来推罗（迦太基的港都）人敌视；因为你，我丧失了过去忠实的声誉——原本这能使我不朽。喔，我将死亡！我的客人，你为何弃我而去？
>
> 如果在你走之前，我能怀有你的孩子，小伊尼亚斯能在宫殿内玩耍，而让我不顾这一切，能够因他的面容想起你，哦！那么我就不会觉得如此绝望不安。

她的恳求一点也没打动他，而他要弃她而去的事实已经很明显时，她发怒诅咒他遭到灾祸，海浪汹涌，遇上不幸。于是她把两人燕好的床以及他还来不及收拾的一些物品——她赠他作为礼物的宝剑及九件衣衫，拖到中庭，并升起烽火。她爬上顶端，坠向伊尼亚斯的剑因而香消玉殒，心里明白他由船上可以看见她火葬时的柴火。在《伊尼特》后面的章节中，伊尼亚斯安全进入冥府寻访父亲，却见到黛多的魂魄在林间游荡，仿佛沼泽中的气体。他心中充满怜悯之情，恳请她宽宥，发誓他并无意弃她而去，而是奉“上天之命”。他温柔地对她说话，“想要安抚这双眼充血／胸怀激情的鬼魂”，但她对他的请求充耳不闻，最后匆匆跑开，没有原谅他，“依然恨他”。

严父慈母

罗马人严酷的生活规则不容许这样激情狂野的爱情故事，他们受法律和社会规范约束，颂扬一夫一妻的婚姻制度、效率和束缚，但他们也纵情肉欲、酗酒，及其他隐秘之乐，一如许多世纪后英国维多利亚时期的上流社会一样。理想父亲的形象是严厉、禁欲、拒斥诱惑的，孩子们称呼父亲“大人”，他也是身教的典范。人该如何抗拒邪恶的诱惑？答案是辛勤工作，筋疲力尽自然能够保有美德。母亲则应不时表现慈悲，人们认为女性可以情绪化，偶尔可以兴奋。

人们不只用婚姻，而且也用收养过继作为维系家族之间忠诚和财富的手段。孩子们乃是可以随时用来交换金钱或权力的动产，做父母的经常把呵护子女的工作交给保姆和仆人。男孩子由保姆养大，由教师教导，学习神话、希腊语文、修辞学，及其他高尚的科目。希腊人认为教育应该遍及全身，罗马人则不然，他们不会把一半的时间花在运动上。高尚的人应该精通神话，虽然他自己未必相信。人们重视教育，并不是因为能启发心智，而是因为教育赋予人威信。受过教育的人会受人尊重。12 岁的女孩不需要受教育，因为到 14 岁就会被宣告为女人，不久就会出嫁，此后如果丈夫愿意，才会教育她。年轻男子可自由和同性的恋人交往，光顾娼妓，或与情妇同居；但结婚后，就该抛开所有荒唐的行径，成为端正的一家之主。罗马法制一个奇特的现象是，男孩不论年纪多大，也不论已婚未婚，都受制于全能的父亲。父亲可以严厉地责难儿子，甚至置他于死地。在社会眼里，成年的儿子毫无力量，对成年男子而言，做生意、签法律条约、就业，甚至结婚，都需要父亲的准许，必然是相当羞辱的。儿子的收入归父亲所有，父亲随时可以剥夺儿子的继承权。根据法律，结婚时，需要女方当事人的同意，但另一方面，她又不能违抗父亲的旨意。因此不难了解家庭争端经常越演越烈，使得孩子的继承权遭剥夺，或是父亲遭到谋害。

在早期罗马，奴隶不得婚配，关于他们的生活记录也很少。有社会地位的人结婚时，和政府并无牵连，虽然有许多仪式和典礼，却没有任何法律上的牵扯，没有治安推事参与，也不签订任何文件。但继承法要求孩子必须“合法”，因此人人都必须知道夫妻确实已经结婚。情况证据就已足够证明，但若举行婚宴，或至少找几个证人更明智。为了招待宾客，会在婚礼中分发礼物，但目的也可能是让宾客和新婚家庭的情谊更巩固。新郎给新娘一枚婚戒，她戴在和现代新娘相同的手指上。詹利斯（Aulus Gellius）说明为什么选择这只手指：“埃及人解剖人体，发现一条极纤细的神经，始于无名指，导向心脏。因为这层关系，人们认为在无名指上套指环是适当的。”

新郎接下新娘的“手”，戒指也就意味着她借着手，交付给他最深层的自我。每当手指相触，他们就心灵相通。婚礼的仪式是神、人的法律结合，是精神与公民的熔铸，是整体生命的完整联合。新娘穿着白衣，腰部绑结，丈夫期待在婚礼之后私下将它解开。她的头发经过悉心整理，覆上亮橙色的纱，象征黎明。宾客向新人布撒米谷，祝愿他们子孙满堂。婚礼之后有宴会，大家举杯向新人祝贺，新娘被抱过门槛，祈求好运。如果我们觉得这样的婚礼很熟悉，那是因为许多仪式都由擅长保存传统文化的基督教会接收，除了奉献动物之外，并没有多少改变。接着是洞房花烛夜，社会史学者韦恩（Paul Veyne）描述的情况一点也不浪漫："新婚之夜可说是合法的强暴，依惯例女方'被丈夫侵犯'（做丈夫的因为习惯随性使唤奴婢，所以很难分别强暴和在性关系中采取主动的差别），新郎在初夜会顾及新娘的羞怯放弃辣手摧花，但为补偿他的节制，所以他会鸡奸她。"

这并不是为爱结合的婚姻。婚姻的目的是生儿育女、家族联姻、建立血缘，但其间产生新的谦恭之道，夫妻之间应相敬如宾，其间没有快乐和欢愉，性只是为了生育宝宝，额外的亲吻抚触都是浪费，而禁欲的哲学并不容许浪费的行为。妻子依然是次等公民，但她们可获得尊重。在古希腊，结婚是男人作为公民的义务，他公民的角色取代了丈夫和一家之主的角色；而在古罗马，男人有结婚的义务，同时也期待他做个端正的丈夫。真正高尚的男人应公平对待所有眷属——仆人、子女、奴隶、妻子。妻子是否被当作一生心灵盟约的平等伙伴珍爱？她和丈夫是否以配偶的身份出双入对于社交圈？夫妻燕好时，是否相互享受肉体上的乐趣？真让人怀疑。罗马人称颂家庭和乐，视为宝贵而值得期望的，但这是额外的红利。诗人奥维德（Ovid）遭放逐后，一度写出他对妻子的柔情，以及"使我俩成为伙伴的爱"。但他也知道这样情深的盟约多么罕见。奥维德经常在别处寻求并得到爱；但要在家里找到爱，在他忙着各种差使和闲暇之间，在他每天早晨醒来之际，甚至在他吃饭穿衣的时刻——那是奢侈。他和妻子是否曾在白昼燕好？果真如此，那么他们也是秘密行事，而且还因打破禁忌而有快感，因为当时罕有比白昼性行为更被视为淫荡的。情人得像梁上君子一样，借着夜色掩蔽自己，他们的肉体则由偶尔出现的月光照明。

哦，维多利亚！

为了某个原因，我们把罗马人想成性的战士，不论如何、不论何时、不论和谁，时时刻刻只想交欢；要不然，我们也把罗马人想成堕落的醉鬼，乐于耽溺长久的团体宴会。罗马人把阳具当成美或崇拜的对象，不以为耻。在他们的艺术中，生殖器物代表权力、优越、保护和性的形象。代表魔法的拉丁词“fascinum”和生殖器的神明法西纳斯（Fascinus）有关联。做父母的会在子女颈项挂上状如阳物的护身符，以避开凶神。在罗马早期的避暑地维多利亚，人们曾建庙祭祀以男性生殖器形状出现的神明土土纳斯（Mutanus Tutunus），女祭司和已婚妇女以花朵缀饰神明的塑像，新婚夫妻则在卧房中放置神明的偶像。新娘子在大喜之日必须坐在这个偶像上，奉献出童贞。

不过，罗马人虽然有狂欢的饮宴、生殖器物和生殖神明，却也受制于禁欲的禁令。通奸和乱伦是不可冒犯的禁忌，和裸体女人交欢也是。妓女可以脱得精光；但好女孩至少得保留胸罩，以示谨慎。罗马人讲究男子气概，在同性恋情中，这就意味着攻而非守。不论男女，重要的是要主动而非被动，要受人服侍而不是侍候别人。他们尤其希望自己绝不要对任何人或任何事如奴隶一般——包括爱情。根本的阶级意识不只包括个人的地位身份，也包含思想观念。热情会使人成为奴隶——不论我们多么情愿戴上它的枷锁。爱情引入背弃大众的利益，因此是社会的背叛。因为它使人依赖女人——在道德精神上是次等公民的女人，因而降低男人的精神地位，因为爱情使人在追求主宰支配的文化中失控，性质恶劣。

但爱是煽动骚乱的行为，是推翻理智的背叛，是统一政体的暴动，是秘密的叛变。作家总爱做爱情的革命书记。劳伦斯（T. E. Lawrence）在后来被改编为电影《阿拉伯的劳伦斯》的作品《智能的七根柱石》（*The Seven Pillars of Wisdom*）中，经由一名阿拉伯酋长宣告："我是人民的河川。"每一个时代，诗人都成为满溢着情感的河流，连接农场工人和都市市民，滋养情侣。在古希腊，萨福以气势磅礴的成熟文笔，愉快地描写女同性恋人的种种情事，因此女同性恋"lesbian"这个词乃是由她的故乡莱斯博斯（Lesbos）得来。罗马也有许多爱情诗人，每一位的特质都有些微不同：傲慢而神经质的卡图卢斯（Catullus）、浪漫的提布卢斯（Tibullus）和普洛佩舍斯（Propertius）、擅长叙事诗的维吉尔和奥维德——爱的书记和劳工。

诱惑者手册

奥维德生在乡下地方一个骑手的家庭里，10来岁移居城市，一生大部分时间都在城市里写轻快、着重感官的诗，反映出罗马上层社会追求喧闹的情景。这是罗马人为了对抗无聊，全力以赴的战争。女性较以前有更多的自由和信心，但依然与公职生活无缘。一名学者曾经挖苦说："她们可以做许多事——只要她们不做任何有建设性的事。"因此妇女把大部分精力放在美容秘方、装饰、晚宴和恋爱上。三度结婚的奥维德风流韵事不断，并凭经验描写爱的急流。由他的诗看来，他的心情似乎永远紊乱不宁，他渴慕、他以眉目传情、他心痛、他调情、他批评、他大笑、他嘲弄、他追求——全都以活泼、狂暴的诗句表达。他以充满个性和与今人一样内省的风格，勇敢地谈及自己的性无能、偶尔有的恋物癖，或是嫉妒。他彻底暴露自己的欲望。人们常引述他的"爱欲常谈"，但当他写《爱的艺术》（*The*

Art of Love）这本技巧高明的“诱惑者手册”时，却成了罗马的淘气宠儿。下面就可一窥堂奥：

> 爱是种战争，不是懦夫所能胜任的课题。在旗帜飘扬之处，英雄总警戒着。嘘，这些军营？他们懂得长途行军，恶劣的天气，黑夜和冬天和暴风雨，忧伤和极端的疲惫。雨经常由乌云满布的天空落下，你经常躺卧在地上，包裹冰冷的外套。
>
> ……
>
> 如果你被活逮，不论隐藏得多好，虽然事态像白昼一样明白，指天誓日那是谎言。不要过于卑躬屈膝，也不要过度殷勤，否则你的罪证更加确凿。如果必要，尽可耗尽精力，在她床上证明，你可不是来自另一女孩的床铺，否则表现必定不能那么好！

奥维德在奥古斯都统治时期出版《爱的艺术》，运气实在太坏。当时这位皇帝正打算提升罗马直线下坠的生育率。罗马人不孕、流产和死亡的比例居高不下，极可能是慢性铅中毒的后果。每一天，他们由输送饮水的水管、含铅成分的香粉和其他化妆品、锅子、添加在劣酒中使味道更香甜的糖浆，不知不觉地食用了铅。另一个可能是男人呵护睾丸太过，造成了不孕。当时的人不论男女，都花许多时间在浴缸中泡浴，而我们现在知道在热水浸泡，会使睾丸的温度升高，减少精子的数量。不论造成不孕的原因是什么，奥古斯都在公元前 18 年决定以一套赏罚办法来改善困境。他定下严峻的婚姻法，防止私生子出生（因为私生子可能会遭堕胎或杀死），他鼓励大家庭，而且也不浪费任何能生育妇女的子宫。通奸原是极严重的私人、家庭事件，奥古斯都把它带入法庭，使之由不义行为变为妨害治安的罪行。因此他下令，任何发现妻子通奸的男人，必须和妻子离婚，否则自己就会被起诉；妻子和情人得依不同的方向放逐，两人财产的一半得充公，同时禁止两人结婚。丈夫可以嫖妓，但不得养情妇。寡妇得在两年内再婚，离婚者则须在 18 个月内再婚。没有子女的夫妻和不结婚的男子一样，会遭受歧视；有 3 名以上子女的父母亲则会获得奖励。乱交会受惩罚。奥古斯都的原意是巩固家庭制度，但却产生反效果，离婚率暴增，因为那是唯一不受责罚的调情方式。

不忠指南

如此看来，这并不是出版“不忠指南”的理想环境，但奥维德却选在此时出书，为什么？奥维德有一种自鸣得意的调皮特质，我觉得他自以为是游走边缘的淫猥商人，承办违禁的道德操守。不论如何，他在上流社会掀起轩然大波，吸引大批追随者，成了知名恶棍。奥古斯都大感震惊愤怒，并以此为借口严惩奥维德。但证据显示另有隐情，奥维德卷入某件神秘的高层丑闻，没有人知道究竟发生了什么事——部分原因在于他得在缄默或死亡之中，做一选择。不过在他的诗文中，却有线索暗示两个可能，不是他斗胆和皇后有私情而被皇帝发现，就是阴谋军事叛变。如果是皇后在读了他的作品后迷恋他，那么他进退维谷，既不能答应，也不能拒绝。不论发生什么事，都严重到让奥古斯都把他放逐到遥远未开化的疆域，令他在该地度过余生，渴盼着罗马的文明和欢乐。

有些古典学者认为奥维德是无赖，是春宫作家，只对性征服有兴趣。有意思的是，这么多年之后，人们依然为他的直言不讳害臊。有些人因他的敢言而畏缩。奥维德和莎士比亚一样，向女友们承诺她们会经由他的诗永垂不朽，他的确是对的。我们仍旧为他的爱人——他早期《爱》(*Loves*)的女主角和诱惑者柯琳娜（Corinna）叹息。虽然我们不知道她的真实身份，不过她可能是他的首任妻子。他们正青春年少，“两个青少年，探索成年人一触即发的激情与诱惑世界，玩秘密的游戏，先是和他们所在的世界，接着则是——危险关系，相互游戏……”在奥维德的作品中，我们可以看见整套的爱，由贞洁的崇拜到罪恶深重的默许。虽然奥古斯都禁了《爱的艺术》，但这书却经历了时间的考验，成为发人深省的冥想，探讨爱、虚空和诱惑。

以爱装点

随着罗马城日渐扩大，土地、物种和人民的想象范围也随之扩展，爱的途径也增加了，这部分是因为追求欢娱成为消磨时间的方法。希腊人借运动锻炼体魄；罗马人则改善其休闲生活，这样的生活或许喧闹或许前卫，前提是必须要丰裕充足。罗马的妇女拥有较多自由，使得她们有新的信心和自尊。希腊女性因为足不出户，几乎没有什么机会见到可能发生一段情的对象，纵使有此意愿，亦属枉然；但罗马妇女则有偷情的时间与机会，当时的道德观也相当有弹性，虽然没有正式的宽赦，却也能够体谅她们的私情。上流社会的妇女忙于修饰外表，整个早上都花在发型、化妆、选择最完美的配件衬托服装；下午时分，她们用午餐、外出购物、整理家务，接着整理妆容，准备稍晚参加晚宴。时尚成为阶级的标记，同时也是创造力的发泄方式，不过罗马妇女也汲汲于改善并强调自己肉体的吸引力。装饰可能成为广告的形式，她们要推出的新商品乃是自身的价值与魅力。

政府必须建立在秩序上，而爱是无政府状态，我们在混沌和激动中，努力想把理想强加在身边的事物上，并处罚没有实现我们理想的人。今早我散步时，经过忍冬丛，闻到甜美的香味，使我转身寻找其来源。我无意因欢乐而逸出常轨；只是情不自禁。同样地，爱引领我们逸出最井然有序的计划、最狭隘的路径、最清楚的目标。罗马人对社会秩序的期望增长，爱的帝国也随之成长。奥古斯都虽努力把道德制定为法律，却是和人类天生的骚动热情搏斗，是和人性交战。对罗马人而言，爱虽不是婚姻的好理由，但人人都明白其力量，也了解爱就像狂暴的河流，能够冲过艰难险阻、法律，或死亡。

中世纪：骑士制度的诞生

中世纪时，法国充斥着矛盾的事物。瘟疫、饥荒和污秽是一般人经常的伴侣，所谓的巫婆经常被绑在木桩上烧死，各种各样的异教徒则遭酷刑流放。贵族相互争战作为棋戏，过程之中摧毁了农作，在各个城市实施恐怖统治，杀害无数无辜的家族。成群结队的歹徒肆虐地方，掳掠放火。不论对大自然或人们彼此之间，都没有人感到安全。但同时，欧洲开始萌生现代化的文明。人口逐渐增加，建立了新都市，改良的犁和其他工具也使农业兴盛，商人有货品可卖，工匠在城市中奔波，而朝圣者在道路和河流上跋涉。世界在运转，乔叟（Chaucer，英国诗人）说得好，任何人都可能在通往任何地方的十字路口，遇上任何人。

尖塔这时开始在教堂中出现并非偶然。这整个时代都由尖塔的象征所主宰，尖塔连接大地与天空，具体与抽象，连接显而易见的陋室——充满实用的功能、贫穷和劳苦——以及看不见的城市的崇高现实。尘世的汗水和腐朽可不可能永无解脱？悲惨的生活可不可能只朝下引向炼狱中的肉体竞技场？人们热切地朝天空仰望，将之描述为纯洁、清新，去除了气味，同时有鲜明的光亮。自古以来，女性也和清新纯净有不解之缘，她们得负责打扫清洁，并以其房屋的清洁程度和家人衣着的光洁程度接受评断。她们在性方面，也得要“纯洁”、“干净”，她们的贞洁和美德被人阐释延伸到家庭中。

由语源学来看，尖塔（spire）乃是花朵的尖端。这个时代的大教堂尖塔用石头铸造，并以小石块围起，允诺了春天的复苏。我经常在春天走过这样的教堂，并透过萌芽的树枝，向上仰望教堂的尖塔。中世纪的漫游者无疑也有同样的举动，也为这样的象征而安心。曾有记录说，在宗教节日，农民聚在教会的墓地，举行淫荡而如异教徒般的庆典，结果遭神父斥责。然而人们渴望超越。在他们希望的天堂里，他们放弃了日常生活的疲乏困顿，那个时代充满了伟大的灵性。

在这种崇高和世俗交错的气氛之下，产生了一套仪式化的行为规范，称为骑士制度（chivalry，源自法文，意指骑在马背上的人，引申为义侠的行为。cavalier也出自同样的来源），调解了交战和宗教的世界，让这两个世界有共同的敌人。“道德的润饰是需要的，这使教会能够心安理得地容许战士，也让战士能够在精神的慰藉下追求他们的价值。”若战士成为天主的骑士，他们就应该是为真、善、信仰和教会而战。在神圣的奉献仪式上，骑士经由忏悔、领受圣餐和立下神圣的誓约，涤清灵魂，然后就可以为神圣的理由而展开杀戮。

做骑士并不容易，他唯一的工作就是战斗，亦即穿着不太灵活且重达50磅的甲胄徒手战斗。矛、剑和战斧是他们喜爱的武器，而且使用在相当于今天的交通事故之中——两名骑士以全速向对方疾驰，接下来双方互撞，通常至少一名骑士会落马，要爬起身来，好像四脚朝天的乌龟要翻转回来似的。要做武士需要极大的力量和活力，而且若你不表现出所谓的英勇，就会被归为胆小鬼。受伤是家常便饭，而伤口通常也会腐烂，唯有年轻人才能长期忍受这种生活。为了防止骑士无法无天或精神错乱，因此骑士的行为法则要求他们在接触平民时，必须谦恭有礼而仁慈。后来的花花公子会把披风铺在水坑上，让女士走过而不沾污足踝，他们献殷勤的行为乃传承自骑士。骑士的承诺就是他的契约；打破承诺乃是叛逆行为。不论如何，这就是规则。不过这个理想却经常与现实有差异。军人这行原本就是大老粗，他们以暴力解决争端，有时候为领主打仗，接着却又谋害抢劫领主，或利用骑士的外衣来诱惑少女，加以玩弄或强暴。骑士蓝德瑞说，他和同伴骑马进村子，向当地的女孩子撒漫天大谎，为的是要骗她们上床，接着他们骑马离开，宛若一群穿着甲胄的舞男。

骑士不打仗的时候，就参加由贵族举办的马上竞技：这些贵族既有时间可供消磨，又渴望欣赏由人主演的斗鸡。马上竞技的时间可能长达一周，除了战斗，还穿插各种各样的活动。百余名骑士成群结队，互相竞技。就像赛马或足球赛通常伴随宴会和宣传一样，这种竞技活动也让盛馔酒席和欢乐喧嚣有了正当的借口，吸引各个阶层的人，包括赌徒、骗子、妓女、兜售纪念品的商人和狂热的追随者。如果骑士在竞技时死亡，教会即视之为自杀，意味着他们直接被打入地狱，但这并不能阻止骑士，他们想要在竞技中获得奖赏和名望，也希望借此掳获女人芳心。竞技让骑士有机会赢得甲胄马匹，同时也在安全的小环境下，演练骑士规则。在面对必须全力以赴的严酷战争之际，礼节和形式恐怕早已被他们抛诸脑后。

12 世纪的前 30 年，法国一半的骑士都加入来自英国和西班牙的骑士队伍。由圣地归来的骑士成了战胜英雄，想想看他们心中洋溢的欢乐和被拥护的心情，更不用说神的恩典了。他们全见到朋友在剑尖底下残酷死亡，很多人可能为我们现在所谓的“创伤后压力综合征”（posttraumatic stree syndrome）所苦。活泼的年轻人精神饱满而又调皮淘气，他们习惯了血腥的场面、阴谋和新的渴望。他们带回了对东方异国风味香料的品位，亮丽的丝绸和感官的香水也诱惑着西方的脾胃。骑士们高唱征服、淫秽和勇气的歌曲。在最细腻的时候，他们称颂大自然赐予他们美丽的田野，供他们杀戮敌人。如《罗兰之歌》（*Song of Roland*）之类的史诗则赞颂骑士之间的兄弟情。而由于城堡和骑士与战争密不可分，由城堡的胸墙传出的，就是这些歌曲。

男人外出作战之时，掌管家产的责任就落到女人身上。虽然教会与社会都鄙视女人，认为她们是脆弱无能的生物，是一辈子长不大的孩子，她们却泰然自若地管理家产，不由得提升了形象和自尊。必要时，她们也会上法庭。虽然这并未根本改变女人在法国社会的地位，但给了她们信心，扩大了社交圈，也改善了女人法律上的地位。她们身为新的决策者，当然有更大的行动自由，更重要的是，女人有了更大的思想自由，随之而来，乃是对爱情的幻想，雇请抒情诗人，以及纵情恋爱。

要知道，基督教传统谆谆告诫：肉体的爱是危险的，是通往地狱的大门，甚至在夫妻间，都不能够得到宽宥。他可以亲吻、抚触、爱抚她——只要他并不真由其中得到快乐。性欲是正常而且可容许的；激情则否。任何对妻子怀有过多肉欲激情的人，就是犯了通奸之罪。夫妻应该像生意合伙人那般一起生活，对对方怀有感情，相处融洽，碰巧生了子女。全心全意的爱这种观念，则该留在别处。

爱的道德义务

一般人对于爱的看法，大部分来自阅读异教徒或基督徒思想家的书籍。书虽然很罕见，但学生可以在寺院或大教堂的图书馆找到一些，他们或可在其中零零星星读到希腊和罗马的作品，有些才刚刚翻译好。柏拉图很受欢迎，因为他放弃了物质世界，抛开了肉体的欢愉。对肉体抱着怀疑态度而追求精神寄托，这种想法很符合基督教教义。柏拉图和西塞罗都歌颂男人之间崇高而非肉欲的爱，这也很合独身僧侣的胃口。由维吉尔的黛多和伊尼亚斯，学生明白了爱是发狂的热情，是喜悦和硬生生危险的混合体。人可以因爱而死，因此爱必然是一种折磨，一种致命的气质，一场瘟疫。奥维德自以为是的《爱的艺术》向他们介绍了色欲坦率粗俗的欢乐，但他们也在奥维德的作品中，找到了对女人柔情的描写。俄耳甫斯和欧律狄刻的神话则教导他们爱的豪情，引领人们深入冥界又再返回人间。

他们由基督教的作家学到了慈爱的上帝，虽然我们现在视这个观念为当然；但对古人而言，这是个惊人的想法。异教的神并不在人类身上浪费情感，他们只把人当作撒娇的宠物玩弄。这些神虽体型巨大、与人类互异，而且拥有神力，但他们的虐待狂、反复无常和坏脾气，却和人类没有两样。相较之下，旧约的上帝则充满了爱，他谕令子民首先要“尽心、尽性、尽力爱主你的上帝。”感受爱是人的道德义务，这也持续到新约中，我们看到“上帝是爱”、“上帝爱世人，甚至将他的独生子赐给他们”以及人必须爱邻如己。圣保罗以多么强烈的语调说明爱的新重要性：

> 我若能说万人的方言，并天使的话语，却没有爱，我就成了鸣的锣、响的钹一般。我若有先知讲道之能，也明白各样的奥秘、各样的

> 知识，而且有全备的信，叫我能够移山，却没有爱，我就算不得什么。我若将所有的赈济穷人，又舍己身叫人焚烧，却没有爱，仍于我无益。……如今常存的有信、有望、有爱，这三样；其中最大的是爱。

《圣经》教导说，上帝的爱是无条件的，是溺爱父亲的恩赐，不需要争取，而且也不只施在值得被爱的人身上。爱他主义成了道德上的义，虽然爱你的邻人的确有布道的热忱：不改信基督教的人，将得不到救赎，因此使邻人改信基督教，是你所能给予他的最佳礼物。

旧约中的异性之爱有时候相当世俗，非常物质且官能，如所罗门告诉他未来的新娘：

> 你的身量好像棕树，你的两乳如同其上的果子，累累下垂。我说我要上这棕树，抓住枝子。愿你的两乳，好像葡萄累累下垂，你鼻子的气味香如苹果，你的口如上好的酒，下咽舒畅，流入唇齿中。

但在新约，性成了非肉欲的，且充满自我否定。保罗劝告说："男不近女倒好。"但他承认，婚姻是无法独身者最后的手段，因为郁积的欲望可能会造成乱伦或通奸："男子当各有自己的妻子，女子也当各有自己的丈夫。"其义务乃是利用性作为安全阀，并生育子女。离婚是禁止的。保罗警告说："我对着没有嫁娶的和寡妇说，若他们常像我就好。倘若自己禁止不住，就可以嫁娶。与其欲火攻心，倒不如嫁娶为妙。"他把欲火攻心描述为个人的地狱，罪在其中折磨人，仿佛是拉紧的绳索。在这传统的混合之中，柏拉图召唤世人升华欲望的呼吁和基督教的想法完全吻合，有时候独身也被当作是反面的肉欲。圣奥古斯丁描述他禁欲的誓约如下："现在我的灵魂完全脱离了奔走获得、在污泥中翻滚的啮人忧虑，摆脱了色欲的想望。”这真是自我牺牲。接着却发生了某些事，改变了西方世界中爱的道路。

美的诱饵

阿基坦公爵威廉九世（William IX, duke of Aquitaine）自军旅生涯返国后，开始创作关于爱和恋慕的歌曲，也就是我们今天视为首批抒情歌曲的作品。他的灵感理所当然可能来自摩尔（Moorish）作家，因为摩尔人歌颂爱情崇高的力量，女人则为超然的女神。阿拉伯与西班牙定期交换艺术家与大使，其文化也传布到法国南部，最有名的，就是西班牙南部安达鲁西亚的诗人伊本–哈珊（Ibn-Hazm），他在经典之作《鸽之环》（*The Ring of the Dove*）中写道：“灵魂的结合比肉体的结合美丽千倍。”他的态度既属柏拉图式，也符合伊斯兰教的想法，尤其当他提到必须和爱人合而为一，这是个自然的需求，如沙一般普遍，但却如镭一样有力，因为爱是灵魂的复合。在开天辟地之前，灵魂原是由同样原始的物质所创，后来在宇宙之中，却遭分割。他说：“情人的灵魂永远都在找寻对方，努力追求它、搜寻它、渴望再邂逅它，把它吸向自己，一如磁石吸铁。”

美是诱饵。灵魂是美丽的，而且也受肉体之美吸引。但若性是唯一的吸引力，那么灵魂就不能长久掌握美丽的物体让爱现形；它需要找寻到类似的魂灵作为胶合。他表示色欲是卑俗的感情，但耽溺在对方的官感之中却是伟大的。他描述情人是情妇的奴隶，应该称她为“sayyidi”（我的主人）或“mawlaya”（我的君主）。他警告情人不要真正地拥有他的爱人，他详细描绘相思之苦，甚至提供了下面的指南，协助解读爱的脸部讯号：

以眼角示意乃是禁止情人做某事，低垂眼睛则意味着首肯，长久的凝视象征痛苦和烦恼，停止凝视则意味着解除烦忧，做出闭上眼睛的记号则代表威胁。瞳孔迅速瞄向某个方向再转回乃是注意到在该处的某人，双眼眼角秘密的讯号乃是提出问题，迅速地把瞳孔由眼睛中央转向内侧眼角表示拒绝，双眼瞳孔以这样的方式飘动就是全面的禁止，其他类似的信号则只能在真正看见的时候了解。

伊本-哈珊作品中的情人因爱而改变，越来越强壮勇敢，高贵而大方。他的国人也以类似的内容写爱情故事，充满了官感。他们依赖自然意象，通常有乐器伴奏。东方的感官世界在法国社会一定像香水一般受人欢迎，因为当时的上流阶层越来越富有而空闲。

威廉和伴他同去的骑士在圣战之中，发现了伊斯兰教闺房中的佳丽，美丽、遥不可及而不可知，在墙后静寂无声，她们的贞洁是难以越雷池的花园。阿拉伯的男人注视着她们羞怯的眼睛，编织丰富的幻想。这些女人隐藏了感情，像心理分析师一样没有个性，是男人幻想的空白画板。在中东，骑士以异国风情的游戏为乐，激发他们的官能，磨炼他们的智力，如棋戏，奇特武器的战争游戏，以及肉体的游戏——新的性技巧，新种类的欲望。

威廉以普罗旺斯的言语写作歌曲，因此歌曲中有直接而通俗的写实成分，吸引了宫廷里贵族的兴趣。厚脸皮、猥亵、大胆，同时又有一点流氓味道的他，根本不觉得趁丈夫不在抢夺人妻有什么不对，也不在乎在盾上画上情妇胴体的图像。如果有人对此提出异议，他就傲慢地回答说，她也经常把他带在她臀部的垫子上。他曾夸口说，自己在一周内，和两位知名爵爷的妻子上床达 188 次。不论我们相不相信他的虚张声势，或是性冲动，他都因为夸口而违反了宫廷之爱的规则。拨响利己的算盘固然很诱人，但宫廷之爱却有守密的规则，不只因为这提高刺激，而且也因为如果抓到妻子不忠实，会有极惨痛的后果。在她，中古时期不忠贞是相当重大的罪，到后来，则意味着被驱逐入修道院，做丈夫的甚至有权杀死她和情人。由于要冒这么大的险，难怪女人用各种各样的考验折磨男人，确定他们的诚意。

大部分的吟游诗人都是平民，相当于中古时期四处游历的民谣歌手，他们演唱其他人的歌曲，也搭配一些自己的作品。如果他们有才华又够幸运，找到富有又好客的领主，就能定期在城堡内表演，那个小世界可能在空闲之时按时变得更小。当时没有罗曼史小说，没有八卦杂志，也没有电影院可看恐怖片，聪明伶俐的歌手，满肚子连续剧式的故事和让人毛骨悚然的冒险，是很受欢迎的客人。由于吟游诗人，使得爱情故事成为韵文传说广受喜爱的题材，因此爱情故事首度进入欧洲文学。英雄的版图扩大了，而“一对”的观念——两个人却用一个单数动词，则开始在社会上兴风作浪。

爱的双人舞

中世纪最大的改变之一，乃是由单方面的爱转为双边的爱。爱能够分享，两个人能够相互感受到热情的关切，一开始是前卫而危险的想法，因为教会说，爱只能献给上帝，相互的爱这种想法简直不可能。毕竟，人必须不计报酬地爱上帝，不期待任何回报。在圣职者心中，爱并不是心的融合，不是双人舞，不是双向道，不是用来交换商品和服务，而是一种孤独的状态。

吟游诗人说爱的闪电能够在两个人之间流动，而不只是朝向上帝，并无颠覆的意图。然而，他们让爱能够在尘世中获得，能在凡人之间存在，可能会遭鼓励崇拜为神的指控。他们引介了情侣的形象，由两人组成的团体，视之为高贵且重要，他们尊重相互感受到激情的情侣。在那之前，男女之间的爱总被视为罪恶而卑俗的，甚至经常造成疯狂，总是不名誉的。把爱描写为神奇而值得追寻的理想，实在惊世骇俗。接纳性的欲望可以说是爱的自然结果，但若把爱当作更形而上，是密不可分的一体，则不符合古代的教训。毕竟在希腊悲剧之中，爱是折磨，是恐怖，会造成残酷和死亡。对神学者而言，人类的爱只是真实事物的残缺映象，真正的爱只能在精神的狂喜中获得。如果把女人认为是爱情中平等的伙伴，甚至因爱而更高贵，在当时是奇怪的想法，因为这干预了封建生活的自然顺序。封建制度中，男人侍奉其领主，女人则忠于男人。如果男人的情人值得他完全奉献，那么他封建制度中的主人又如何列入这个等式呢？

爱的法庭

随着宫廷之爱兴起，教会的势力逐渐减弱，贵族的力量也逐渐消失。爱的新观念彻底改变了人们定义自己及寻求实现的方式。也许其中变革最大的，是引进了个人选择的想法。在受阶层束缚的世界之中，人的忠诚首先应该献给上帝，其次是庄园的领主。选择自己所爱的对象——表达出自己的喜好，乃是明白的叛逆行为，是对当时伦理的反抗，因为当时完全否定个人。但这个叛变的领导人，却是来自政府的最高阶层。

爱的竞赛真正开始兴盛，是在阿基坦的埃莉诺女王（Queen Eleanor,

威廉的孙女）及其女玛丽的宫廷中，吟游诗人在那儿写下了最大胆、最细腻的歌曲，经常把爱情和冒险故事结合在一起，例如居尔特人亚瑟王和圆桌武士的神话。歌曲中的淑女有如“美丽的一瞥”、“纯粹的喜乐”、“美丽的希望”这样的名字，而诗人对她们投以大量的称赞与崇拜。他们由音乐、诗和纯粹的欲望中，塑造出一种艺术形式，后来被称之为“宫廷之爱”，故意用意思含混不明的词语（courtly love的名称始自19世纪末期，法国一名研究中古时代的学者帕里斯[Gaston Paris]以amour courtois这样的词语提到12世纪的法国。courtly亦有谦恭、有礼的意思）。追求的行为在宫廷中发生，但它也是宫廷中玩的游戏。一如人们在竞技场进行运动活动一般，宫廷之爱也发生在城堡的小世界，所有的人都明白其严格的规则，经常公开排练，在众人面前上演。当时流行的一种游戏乃是“爱的法庭”，像是辩论，又像是诉讼。人人都集合在中央大厅，讨论某一爱情问题，每一名参与者都选择一种立场，并为它辩护。问题可能是“谁比较容易诱惑？性无能者之妻，抑或是嫉妒者之妻？”或是“你喜欢冬日穿着温暖的衣着，或是夏日拥有一名谦恭的情妇？”或是“如果你的心上人愿委身于你，但条件是她得和一名没有牙齿的老人共度一宵，那么你希望她在之前或之后履行这个条件？”显然没有人期待听到这些困境的答案，他们只想听机智的戏谑之词，并享受公开谈爱的乐趣。有一次，埃莉诺女王就被问道，她希望哪一种男人做情人——毫无美德的年轻男子，或是道德崇高的老年人，结果她选择了老人，因为在宫廷之爱中，美德是至高无上的，在宫廷的旋转世界中，参与者相互认识，有时候是点头之交，有时候则是闻其声名，但超越这个圈外，宫廷之爱则遵循较纯洁的道路。

城堡是文明和文化的岛屿，让漂泊的骑士有休憩的地方，能够振作他的精神，一如水手在海上待了一阵子之后，可能停泊到忙乱的港湾一般。这一定像使人目眩神驰的海市蜃楼：女领主和少女，孩子们和其他的亲戚，以及所有的仆从和侍女。骑士在遭逢这样的岛屿之后，会选择一位美丽、遥不可及而已婚的“女主人”，这是他理想的对象。他起初会藏身树丛之中，由远处崇拜他的偶像，像是窥淫狂因为看不见的亲热而兴奋。她的裙裾拂地都会使他脸红，她无意中露出手腕，使得他浑身战栗。于是他及时现身，做她谦卑的仆人，誓言献出他的心和灵魂，他的忠诚和勇气。这也是垫子首次在西方世界中出现；情人要在他意中人之前屈膝，必须有一块柔软的地方着地，而期待情人出现的淑女也总是准备好垫子，当然，她把垫子放在多远的地方则是使人着迷的卖弄风情。不论她为他安排了什么样的考验，他都发誓要通过，爱她就成了她自己设计的朝圣之旅。在封建世界中，农奴向领主鞠躬，他就是她的农奴，而她是他的领主。每一次考验，都使他和她更加亲近，其过程可能包括她屈尊降贵叫他的名字，然后他获准崇拜地坐在她身畔度过一段短时间，然后也许他们俩一起在花园中漫步。最后，她允许他亲吻她，再让他看（但不能触摸）她的裸体，最后，他也许获准与她燕好，但这部分倒不是游戏的重点，这会破坏浪漫的情调，也使得他的追求终止。勇敢的武士必须杀死最凶猛的毒龙——他的独立自主、对性的渴望和骄傲，才能证明自己的价值。他力求冷静沉着，应该爱却不占有所爱。这在现实中相当重要，因为她属于丈夫，也因为冒险的整个重点是骑士借着所爱而求自己的完美。因此宫廷之爱的本质乃是拖延的兴奋，是难以忍受的渴望造成的狂热妄想。唯有保持完全迷恋的状态，充满了升华的欲望热情，才能使人不知疲惫地挖掘自己的感情，同时追寻更高的目标，冒更多的危险，也达到更崇高的目的。这种永远持续的兴奋需要官能的训练，是需要耐力和技巧的严苛肉欲，排除了只想赶快上床的人。

唯有在骑士值得淑女之爱的情况下，她才会爱骑士。女性让男性经历考验，之后才接纳他为情人，倒不是人类独创的文明想法，而是动物王国四处可见的仪式，由昆虫到造园鸟到麋鹿无不如此。另一方面，骑士则是为了淑女的天生丽质而爱她，这并不是古人所熟悉的柏拉图式的对美之爱。先崇拜所爱之美，再由它了解如何崇拜其他人之美，对宫廷爱人将是诅咒，没有人能把他由他崇拜的神圣力学拉开，这全都围绕在他所爱身畔，就像不得脱身的卫星，受重力的牵制。骑士乃是战士；淑女使他们为了她之故变得温柔高尚，以柔克刚，多么让人感动。“服侍”乃是一切。罗马人和希腊人鄙视服侍任何人——尤其是女人的人，但现在我们却发现服侍提升为一种艺术形式，骑士则渴望因爱而遭侮辱。如果由所爱的吩咐，他甚至愿意故意在马上枪术比赛中落败，不告诉任何人他是故意输掉，像傻子一样偷偷摸摸溜走：

> 宫廷之爱服侍的本质乃是克服男性的骄傲。在随从向所爱的人自愿服从的情况下，有意味深长的真理：由于男性根深蒂固的厌恶女性观念抑制了相互之爱的冲动，因此这种爱也起源于男性力量象征的谦卑。

吟游诗人着迷的，是爱的初步阶段，他们记录了爱摇摆不定的情绪，在恋爱开始，双方一见钟情的震颤时刻，双方互为对方的本体吸引，但又因不确定而颤抖。性行为使得这样的故事终结，而夫妻之爱也毫不吸引他们，因为那太沉闷。他们喜欢的是夜里辗转难眠、深情注视、秘密的暗号、盲目地崇拜和私情标记、浓烈的幻想、对着枕头呻吟、害怕被发现、分离的烦恼、狂猛的喜悦，以及随之而来的绝望时刻。

宫廷之爱的价值观和它所存在的世界有多大的差异！中世纪法国的生活是野蛮、暴戾、迅速、鄙俗，充满了战争的傲慢矫饰，而另一方面，情人则希望是谦卑、忠实、优雅、温和而谨慎的。他们开始谈“真爱”，并非愚蠢，而是神奇、合乎道德的。教会以铁般的意志统治，但宫廷之爱却是非关宗教的活泼事业，是近乎马克思式对教会的反抗。它不但宽宥了通奸之罪，甚至宣称通奸可以产生好结果（使男人变得更高贵、谦卑、优雅），使得通奸甚至凌驾于婚姻之上。歌颂热情和以大自然的言语为爱下定义，在当时都是冒渎的想法，但因为法国那时是艺术、知性和政治生活的中心，使得这种相互之爱的激进观念形成时尚，散布全欧洲。由法国东南部的普罗旺斯向南传播到意大利——经由但丁改编润饰，使之符合他基督教的信仰，接着又向北流传，克雷蒂安·德·特鲁瓦（Chrétien de Troyes）等人也写出了一种新的故事，谈论人们如何思想、感觉。

淑女：女性的精华形式

为什么这种形式化的爱在历史的这一刻发展？有许多说法。有人说宫廷之爱反映出当时的经济情况——骑士服侍意中人，一如封臣服侍领主，或是人服侍上帝。刘易斯（C. S. Lewis，英国小说家）说：“新的事物经常以旧事物的面貌伪装，才能顺利前进。”男性之间的封建关系也许为男女之间的浪漫之爱提供了基础，刘易斯写道：

> 男性的情感——虽然完全没有古代所谓“友谊”的言外之意，但其本身却像爱人一般；其浓烈、其故意排除其他的价值，以及其不确

定，它们为灵魂提供了一种练习，和后来世代在“爱”之内所发现的并不完全相异。

有一件事是可以确定的：征战之时，骑士发现了更有包容性的社会感，同时也领略到对女性更尊重的文化。他们的眼界扩展，因而更能接纳自己不在之时法国发生的社会变化。在拜占庭，他们见到了崇拜玛利亚的教派，这和教会多年来认为夏娃的堕落使我们全都沉沦的教诲全然相反。也许是出于恋母情结，高贵的淑女，这种亵渎的想法和玛利亚这种神圣的观念终于合而为一，对玛利亚的崇拜或爱甚至超越了对耶稣的爱或崇拜。教堂被命名为“圣母”（如巴黎圣母院）。骑士不服侍女人，而服侍“淑女”，也就是女性的精华形式。

然而，重大的改变乃是女性成了爱的对象这种观念，这绝不是社会全体所持的态度。中世纪的哲人总是把女性描绘为不适合教育的次等人类，她们是仍待耕耘的土地，一如希腊罗马人的看法一样。阿奎那（Thomas Aquinas，中世纪意大利神学家）对这种情况的解释乃是，本质上——

> 女人是有瑕疵而设计拙劣的，男性精液的积极力量较可能产生男性的完美外观，女性的产生则来自积极力量的瑕疵，或是来自某些外在的变化，如哲学家所说的，潮湿的南风。另一方面，关于宇宙的本质，女性的设计并没有瑕疵，她们是包含在大自然的架构之内，为了传宗接代而生。

女性经过3000年的压抑，当然不介意地位提升到超越英勇的武士之上，她们享受自己较高的地位，而骑士则享有宫廷之爱所赐予的纯净与高尚。在和平无战事的社会，很难提升自己，骑士希望能成为精神上的贵族，这是任何阶级的人都能达到的优秀分子。

宫廷之爱的种子部分来自阿拉伯国家，这些国家的诗的风格与心境，也取悦了法国南部的吟游诗人。然而，法国女人和伊斯兰教国家闺房中理想化而教人渴望的女人之间，却有相当重要的差别——法国女人是可以得手的，你可以在市场、城堡、马上竞赛，或是宫廷中遇见她们，使得部分的挑战和神秘感因而消失。而要把伊斯兰教的爱改变为较自由的欧洲世界，必须更换障碍。坦纳希尔说："美德使妇女提升到纯洁的层面，使她们的爱洗除所有肉欲的污点，让它能自由飞扬至精神的领域。美德乃成为欧洲妇女的闺房。"注意，迷人的是妇女的美德，而非人格。在追求过程中，有血有肉的女人（有才干和烦恼、过敏和头脑），并不会出现。骑士所追寻的，乃是借由美德征服美德。他的淑女只是一个辅助记忆的工具，使他在战场上、力量减弱之时，能够记得美德是什么，能够用他的脉搏把它拼排出来，在他的心中，使它具体成形。她使他能够在精神上觉醒，她的报偿就是她自己提升的形象。稍后，在中世纪，骑士与淑女之间的盟约变得更抽象，虽然他们带着意中人所赠的护身符上战场，他们也同样可能为旗帜或国家而战。

虽然通奸未必是这个游戏的一部分，但在宫廷之爱之初，骑士却发现私通的宽广范围。有些人与妻子保持像廷臣一般的关系，慷慨地赞美她们，做她们完美的情郎，但这是极少数的例外。不论是基督教或异教的作家，都没有讨论过婚姻之爱，也没谈过男女之间的性爱，这种观念在当时是荒唐可笑、无法无天，也是不道德的。中世纪的婚姻和爱或相互的吸引力毫不相干，婚姻是商业合约，男人经常根据仔细规划的亲戚网路来交换女人，王室的婚姻尤其如此，可以结盟、共享财富、巩固地位和权力。女人可以拒绝与所憎恶者结婚，或是秘密由情郎安排私奔，但大部分情况下，她别无选择，只得同意。

许多男人长时间外出打仗，由女人主控了宫廷生活，因此有许多深具影响力的已婚妇女，垂涎婚外情，渴盼着情人们可以用调戏和献殷勤的方式取悦她们，这是丈夫不会做的事，他们可以任意与女人上床。丈夫浪荡并没有大碍，但若妻子也如此，则可能会发生丈夫得养育私生子的情况，因此丈夫自然对肉体之爱不以为然，吟游诗人对丈夫的评价也不高。他们的歌曲经常提到丈夫在紧要关头出现，坏了情人的好事，他们也承认一种双重标准——情人感受到的嫉妒是高尚的，丈夫感受到的则是卑劣的。

我们得记住，骑士的淑女是完完全全的陌生人，是他在旅途中所遭遇的一张漂亮脸庞。甚至远亲之间的通婚，教会也不容许，因此骑士得离家觅偶。但也可能有独立的骑士，既没有土地，也不服侍任何封建的领主。这种骑士以勇敢的行为为标榜，他们珍视好名声——自尊的小剧场。他们的目的乃是以风格和温柔向其他人的妻子求爱，这和没有爱情婚姻的单调沉闷恰成对照，危险乃是滋补品。

热情的奉献是可能的，因为情人是欲望的抽象目标。他们的爱遭禁止，是禁忌也是新鲜事物。情人之间的亲昵是最新的观念，一点也不符合中世纪的气氛，但却逐渐因情人要求秘密的压力显现。他们沉溺于对方的眼中，以手势交谈，交换纸条与记号，学着成为秘密社会，还附有密码、仪式和圣战，成为两人的宗教。

我们有那么多的小说、诗歌、歌剧和歌曲都以爱为主题，我们也视为当然。我们想，不描写爱，作家还描写什么呢？但这个风尚其实始于 11 世纪的法国，总有一天，会像时尚一样改变，由众人对其他事物的迷恋取代。但同时，我们依然实行中世纪的骑士规则和礼节——男性为女性开门，协助她们穿上外套等。我们也把爱当作高贵的热情，更领略恋爱的滋味。这可是相当大的改变。刘易斯说得好：

> 法国诗人在11世纪发现或发明或是首先表达了浪漫的激情，英国诗人到19世纪依然以这种激情为素材。他们造成的改变影响到我们的伦理、想象或日常生活的每一角落；他们也在我们与古典的过去或东方的现在，树立起无法跨越的鸿沟。和这个革命相比，文艺复兴仅是涟漪……

20世纪末，匪徒在社区为非作歹，各国争相竞逐权力，警笛在街上呼啸而过，我们却如梦似幻地谈论宫廷之爱。20世纪瑞士哲人德·鲁日蒙（Denis de Rougemont）对此大加挞伐，称之为瘟疫，是烦恼，是明白的错误。他鄙视情感凌驾理性的方式。通晓事理的人期待健全的判断，而浪漫爱却使人完全失控。他问道："这种热情使人痛心，也不符常识，为什么西方人还要受其折磨呢？"他觉得这令人类情感太过浓厚而不稳定，他也不喜欢公开追寻及享受痛苦的方式，或是它破坏个人快乐婚姻的方式，婚姻当然不能和回忆中爱的甜美相比。此外，浪漫爱还会导向隐藏、危险而未明言的本能——对死亡的渴望。人秘密地感受到这个吸引力，但却不能冒险承认这个现象。这如此混乱，是要保持秩序的战后。生命中的每一秒都挣扎着要对抗最后击败个人的可能，陷入如冰河一般深沉的疲惫，使得人私下渴望灭绝。没有人这么说，但这种有组织的苦难与折磨，在见到所爱的那一刻想死或盲目——这种感受就和在死亡本身的诱惑下屈服相当接近。

也许德·鲁日蒙是对的。但另一方面，宫廷之爱的确协助提升了女性和许多骑士的地位，让个人有权对其命运作某些选择，鼓励相互的情感，怂恿情人感受相互的柔情和尊重。情人就像满心温柔的朋友，充满亲密与关心，他们要改进自己的性格和才能，才值得爱，难怪它有如此强烈的吸引力。

阿伯拉尔与爱洛伊丝

另一种艰难痛苦的中世纪之爱，则发生在教士身上，他们受到教会与心灵冲突的折磨，结果通常都很悲惨。阿伯拉尔（Abelard）与爱洛伊丝（Heloise）们热情、希望、绝望和痛苦的伟大事迹特别凄凉，感动了每一个时代的人们。神话中的情侣意外地喝下爱情灵药，因此在生理上遭到强迫，不能为他们沉重如水泥般的命运负责，他们无法阻止一切。在人类独特的才智中，最奇怪而又流传最广的，乃是人们相信事物是“天生注定”，我们是命运的囚徒。这种感受如此强烈，因而造就了许多神话、传说和宗教，迄今依然。存在主义之所以会发展出来，有部分原因也是为了要反抗这种心理上的束缚。阿伯拉尔和爱洛伊丝就以全然存在主义者的方式，自由选择了命运，也因此，他们的故事加倍凄恻；因为他们虽有最善良的意向、最亲爱的心灵，却造成了自己的毁灭。

阿伯拉尔于1079年出生于布列塔尼，是拉贝雷贵族贝仁格（Lord Berengar）的长子。他曾阅读异教与基督教作家的作品，接受一流的教育，特别喜爱奥维德，经常引述他的文章。他既聪慧，求知欲又强烈，在当时只有走上圣战一途。因此他进入当地教区学校，到20岁时，前往巴黎。他是来自全欧洲5000名说拉丁语的学生之一，学习修辞与辩论的艺术。他的声名迅速播扬，22 岁时，已设立自己的学校，吸引许多自费学生。阿伯拉尔的事业一帆风顺，荣誉接踵而来，仿佛没有达不到的目标。最后，他被指派为圣母修道学院的校长（他自言："早已注定要给我的职位。"），学生蜂拥而至听他讲课，成为全欧洲最受欢迎的课堂。他聪明颖慧、博览群书、辩才无碍，魅力十足，不免自以为是，自诩为"世上唯一够格的哲学家"。到 40 岁时，阿伯拉尔邂逅了邻人 17 岁的侄女爱洛伊丝。

据大家说，她是个长相不坏的女孩（"身材高挑，比例匀称……高而浑圆的额头，洁白的牙齿"），头脑灵活，受过良好的教育，充满活力。阿伯拉尔对她一见钟情，说服她叔叔福尔拜让他付费住进他们家，还附带免费教导爱洛伊丝的条件。由于女人不得去课堂听他上课，这算是相当慷慨的提议。爱洛伊丝深为他的相貌、名声和博学所吸引，他是极优秀的教授、超级巨星、充满魅力的健美男子。"哪一个为人妻者、哪一个年轻女孩，在你不在的时候不曾为你兴奋，在你出现时不曾为你激动？"她后来写道。在这方面，他既骄傲，又好色，躁狂地追求性伴侣。他在爱洛伊丝身上，发现了性感、年轻、唾手可得的猎物，他知道自己可以左右她的感情。他自白道：

> 当时我有如此的知名度，拥有年轻和躯体的美，一点也不担心我所看中的女人会拒绝我。我认为这名女孩更容易倾心于我，因为她教养良好又热爱所学，会更容易拜服我。甚至在我们分开之际，依然能以书信往来，写下难以言传的事物，因此我们愉悦的关系永远不会破裂。

他自陈福尔拜把"柔嫩的羔羊托付给饥饿的狼"。不久，热情开始燃烧，他们时常整夜亲热，书籍四散身旁。始于机会者，却终于真爱。他为她写下情歌，她则为他写情书；两人深深为对方倾倒。但他们被热情冲昏了头，粗心大意，终于有一天，她叔叔发现了两人的丑事。福尔拜眼见自己的侄女受辱，不由得勃然大怒，立即要阿伯拉尔卷铺盖走人。不久之后，爱洛伊丝发觉自己怀了孕，于是和阿伯拉尔私奔至布列塔尼阿伯拉尔姊姊那儿，生了一个儿子，取名阿斯特莱伯斯。阿伯拉尔辩称两人深深相爱，恳求她叔叔的宽宥。他甚至愿意娶爱洛伊丝，只要这段婚姻保守秘密，因为这会影响他晋升为圣职者的前途。这样的条件似乎很公平，福尔拜同意了，但爱洛伊丝却不肯，她知道结婚会让阿伯拉尔遭受什么损失——造成丑闻，足以毁掉他的事业。因此她毫无私心地敦促他保持单身。不过这对情侣最后还是把孩子留在布列塔尼，两人回到巴黎，秘密地结了婚，但在世人的眼中，他们却像是未婚的浪荡男女。于是她叔叔放出风去，表示两人有婚姻关系，但爱洛伊丝却坚决否认，接下来是严重的争吵。阿伯拉尔为了让爱洛伊丝远离暴风圈，带着她到她儿时所在的阿尔让特伊修道院，让她穿上修女服，两人冒渎圣地行鱼水之欢——在休息室，有时候甚至在教堂里。爱洛伊丝的叔叔发现她离开，不由大怒，他觉得这似乎表示阿伯拉尔要把她藏匿起来，就像一般的情妇。显然福尔拜关心自己的名誉更甚于侄女的幸福。遭诱惑的女儿（被监护人）玷污了家族的名声，成为公开的私通，如果福尔拜不采取行动，就会丢面子。不论出于何种原因，他和友人计划了可怕的复仇。阿伯拉尔描述道：

> 一天夜里，我在室内睡觉，一名仆人被金钱买通，送我去任他们报复，全世界得知真相都会目瞪口呆：他们切除了我身体冒犯他们的

部位，然后逃走。

消息传播得很快，不久大家都知道了阿伯拉尔的遭遇，他说自己受到侮辱的折磨更甚于身体的痛楚，的确，侮辱折磨着他，当他想到《圣经》上描述宦官的话，是多么恐怖：“上帝也会恨恶，如同恶臭、不洁的怪物，不准进入教堂。”没有了睾丸，他再不是个完整的人，不再是男人，不再圣洁。羞惭之下，他隐身圣丹尼斯修道院，并命 19 岁的爱洛伊丝成为修女，终生独身。在她而言，他们的恋情不是全部，就是乌有，她完全陷入热情、奉献和爱之中。她曾说，她会追随他“下地狱”。而且我们也得记住，在那个时代，人们真的相信地狱的存在，认为那是折磨和诅咒的真正地点。阿伯拉尔等她先宣誓修道——他明知她会听从，然后遁入空门。有 10 年，他们以修士、修女的身份分隔两地，甚至也没有信件的往来。以抽象的定义来看，这是另一种阉割。最后，阿伯拉尔恢复了心灵的平静，重回讲坛，再一次，他成为知名的演讲人，宣扬大胆——有些人说是颠覆性的教义观念。当时教会不容许异端的存在，他很快就遭放逐到偏远的修道院，以免他捣蛋。他身为布列塔尼狄卢地方圣吉尔达修道院的院长，当爱洛伊丝的女修道院有关闭之虞（这时她已是院长），他有能力协助她。因此，10 年的别离之后，阿伯拉尔与爱洛伊丝重逢了。彼时阿伯拉尔视她为“我在基督的姊妹，而非我的妻子”。他开始撰写自传，他的“灾难史”，以率直、偶尔自我抑制的态度说明他的生活与婚姻。有一本送到爱洛伊丝处，促使她写情书给阿伯拉尔。她充满热情、迷惑、折磨，因而在情书之始这么称呼：“给她的主人，不，她的父亲；给她的丈夫，不，她的兄弟；由他的仆人，不，他的女儿；由他的妻，不，他的姊妹；给阿伯拉尔，由爱洛伊丝。”显然他在她心中扮演这么多角色，让她难以把它们缩减为只有一个。阿伯拉尔崇敬上帝，而爱洛伊丝则崇敬阿伯拉尔：

> 你可知，我的爱，全世界都知道，失去你，我也失去了一切……唯独你可以使我伤悲，或带来快乐安慰……我已遵你所嘱执行你所有的命令。我不能为任何事反对你，却有勇气因你的一个字眼而毁灭自己。甚至，更奇怪的是：我的爱转变成如此的狂热，牺牲一切，不能复原。你一命令，我就改变自己，不只是我的服饰，而且是我的心灵，以证实你是我灵魂的主宰，一如你是我身体的主人。

这两个情人之间往来的情书如此热情而婉转，如此痛苦而坦白，感动了许多代的读者。在爱洛伊丝看来，爱本身就已经是慰藉，它赐予我们平静、快乐和自由；对阿伯拉尔而言，爱则是通往真理与救赎路上的危险。爱是她的人生观，但却干扰他的哲学。就算已身为女修道院院长，她还是在房内放了他的画像，经常对着它说话；唯一的另一张画像则是基督。

阿伯拉尔和爱洛伊丝两人都觉得，自我牺牲最能表达爱。在心灵的经济法则之中，花费最大者也最受珍视。但阿伯拉尔视上帝为至高无上，爱洛伊丝向他坦承爱他比爱上帝更重要，使他震惊。由她的信中可以看出爱以净化的火焰填满她，使她觉得自己因世俗的异教信仰而神圣，而受洗；她受爱人的支配而成为修女，她是爱的殉难者。爱才是她宣誓效忠的真正神职。她告诉阿伯拉尔，人们称扬她的美德和独身，但只有她知道自己的思想和双手是多么的淫荡。阿伯拉尔对她的自白感到恐惧，他发现她依然是当年那个为爱奋不顾身的少女，因此他回信责备，说明他的去势乃是“神恩”，因为这使他更接近上帝，他很乐于去除肉体的欲望，因为那不过是个骇人之物，是个负担，也会使他容易犯罪。于是她不再写信给他。

阿伯拉尔把他肉欲的精力放在改革教会上，结果遭到异端的指控而被逐出教会。他前往罗马朝圣，要求教皇英诺森二世（Pope Innocent II）的恩典，但因健康不佳而先留在克鲁尼，最后于1142年死于当地，享年63岁。爱洛伊丝一接获他的死讯，就提出请愿，最后也得到赦免阿伯拉尔罪愆的信。20年后她也在63岁去世时，遗体也如她所要求的放在他的墓中。当时有传言说，她的遗体放入时，他的双臂张开拥抱她。如今两具遗体都安息在巴黎拉吉斯公墓，和其他情侣的尸骨一起长存。两人都深深信仰爱——宫廷之爱——保持秘密，在婚姻之外，充满追求和探测，是秘密的社会。这也是为什么爱洛伊丝宁可被视为阿伯拉尔的情妇。在中世纪，情妇还是更高尚的称谓。

下面就是一封她真心诚意的信：

> ……我恳求你，看你已经使我落入多么悲惨的境地：悲哀、苦恼、毫无慰藉的可能，除非慰藉来自你。……在我房中有你的画像，只要经过，我总会驻足观看。然而当你与我同在时，我却很少瞥他。如果只是物体沉默存在的画像可以给我们如此的愉悦，那么还有什么是信函不能启示的？它们有灵魂，它们能说话，它们本身拥有表达心灵交流的所有力量；它们拥有我们热情的所有烈焰，仿佛情人本身就在我们身畔；它们有言语的温柔和优美，有时候甚至有超言语的大胆表达……但我已不再为我对你无边际的热情羞惭，因为我做的远超过这些。我恨我自己爱你；我来此以永远的禁锢毁灭我自己，让我使你安静而从容地生活……啊！想我，勿忘我；记得我的爱，我的忠实，我

的坚贞；爱我如你的情妇，珍惜我如你的孩子、你的姊妹、你的妻。把我当作依然爱你，却又努力不要爱你。这是什么样的字眼，什么样的打算，我因恐怖而战栗，而我的心却反抗我所说的话。我的信纸全都要沾上泪痕了。就此搁笔，愿你，如果你能够如此的希望（愿上苍佑我能如此），永远地再会。

现代：天使与女巫

中古时代，人们更紧密地融入社会结构。为人家臣，受封采邑使人套上服从的绳索，受到更大的控制。这点对女性更为真确，她受到与男人间关系的束缚，其生存意义也基于此：她是父亲的女儿、丈夫的妻子、儿子的母亲。大部分人都生活在众人眼前，很少有人能够逾越那小小的社区，人人都互相认识，也互相飞短流长，价值观完全一致，所有的人都知道哪些是可耻的行为。有些爱冒险的人会在城市之间游历，但大多数的人终生未离开自己的土地，最多只到村落的外缘。他们从未见过来自远方的访客，离家不但没有必要，而且使人害怕。怪物才会在山坡之外的土地上徘徊。参加远征归来的武士，虽然带回富丽都市的故事和丝绸，但也带回野蛮残暴、恐怖奇异和亵渎神明的风俗习惯。

随着中古时代的没落，村落如雨后春笋一般成长，更多的大城市出现，也更难追踪每个人的行为。想要发动战争或做生意的贵族，需要商人、制造业者和银行家这些正在成长的阶级的支持。由于交际来往能够使业务交易更顺利，上层和中产阶级之间更常往来，有时也互相通婚。原本人如果落入某个阶级，就像陷入泥淖，必须停留在该地，如今聪明人却能够游走跨越。如果穿着正确，言谈合宜，就可以穿梭于各个阶级。男人得要借由决斗或夸耀来维护自己的名誉地位。荣誉至高无上，是个人地位的冠冕，需要忠实维护，人们因此会创造气氛，塑造体面的过去，外表成为一切。

虽然当时社会结构暧昧不明，但艺术家和学者再度受到古人——尤其是柏拉图的吸引，他们由其中发现清楚明白的永恒真理。他们虽然有宗教般浓烈的热情，却根植于人性中世俗的一面，因此生命的焦点由教会转为人本身，他们描述人为生命的塑造者，是善良与高贵的守护者。至今我们依然保有如此的想法，虽然未必相信世上有天使，却崇尚神圣高尚和英勇的日常行为。当时艺术作品则以对称和古典形式为主，喜爱称为“透视法”（perspective）的特殊技巧，以一个平面、二维空间的物体创造出三维空间的幻象。人们常说，透视法是文艺复兴时期发明的，并不真实。更早之时，人类已经会应用透视法——我曾在法国拉寇长达 17000 年历史的动物壁画上，看到古人巧妙地运用透视法。但文艺复兴时期的人对透视技法着迷不已，使这种诡谲技法更加完美。所有的艺术都是欺骗，只给心灵看一个核心，却指挥心灵据此想象整个世界。也许因为社会变化得如此迅速，当时的人希望确切地知晓个人和其他每一个人之间有什么关系。如今我们常说“透视事物”，这是文艺复兴时期的人最重视的观念。透视法把时间的观念带入绘画中，时间逐渐缝缀入平面，这是个遥远的地方，也是个不同的时刻。元素和主体相互搭配，其间有连带关系，可以说画的视界是悸动整体现实的视觉世界。

用生殖器思考

人们希望像男女神祇一样，裸体入画，光辉荣耀，女体被颂扬为美的庙堂。一如我们所知的，到中古时期，女性的地位已经有所改进。玛利亚成为另一个阿芙洛狄忒，成为波提切利（Botticelli，意大利画家）、提香（Titian，意大利画家）及其他画家所喜爱的题材。他们画的妇女有强健的肉体，散发着色泽、精力，摆出种种姿态，每一个细胞都散发着生命。她们被画得细致美丽，而依柏拉图所言，美就是善。但就在同一时代，人们对女性的厌恶也达到了顶点，没有任何时代能够相比。有些人，尤其是神学家们，觉得女性是世上一切邪恶的渊薮，因为她们比男人有更多的兽性，必须被遏止、惩罚，甚至杀死。历史上没有任何时刻有更多的女性被判罪为女巫，遭折磨至死。在欧洲有6万名妇女被冠上女巫罪名，新英格兰更多。但还有两倍于此的人数，是以其他方式处决，而不是被烧死。两名西班牙多米尼加（Dominican）的神学者，基于多年来担任教皇审讯者的经验，做了如下的结论：

> 女人看起来很美，触摸起来却会污染你，保有她们必会致命……是必然的邪恶，是自然的诱惑……由于女性的心智和身体都比较软弱，因此她们会受巫术诱惑（比男人容易）不足为奇。……女人比男人容易受肉欲的引诱，巫术来自肉欲，女人对肉欲永不餍足。

20世纪总把男人描述为是性方面的食肉动物，天生掠食者，当荷尔蒙作祟时，就会失控，无法克制性或暴力的行为。女人抱怨“男人是野兽”：男人则承认自己“用小鸡鸡思考”。然而在历史上，用生殖器思考的却是女性，这种把女人视若蛇蝎，描述为卑贱、魔鬼一般生物的看法，并非始于文艺复兴时期。女人和夏娃一体，就是这堕落的女人，引诱男人失足，她的名字（Eve）听起来就像邪恶（evil），这种想法始终存在。克鲁尼修道院的院长奥登（Odon）神父，在公元200年写道：

> 如果男人有天赋，像波提尔（希腊古城）的山猫那般，有透视的力量，能够看穿皮肤以下的事物，那么光是见到女人，就足以使他们作呕：那种柔弱的优雅只不过是口臭、血液、体液和胆汁。想想看隐藏在鼻孔之内、喉咙里面、肚腹之中的是什么：到处都是污秽。……我们怎能期望臂中怀抱的是粪便袋本身？

男人既轻视又崇拜女性，他们觉得女性既神圣又低贱——是天使也是妓女——这种双重的看法在文艺复兴时期特别刺目。女性的身体被描述为无瑕的美丽殿堂，应该研究崇拜，但同时却有许多所谓的女巫当众遭到辱骂、折磨和杀害。

把女性视为天使的观念创造了辉煌的艺术作品，后来则转变为生殖崇拜。我们可以见到许多母性浓厚的图画，通常是长相甜美的圣母抱着圆滚滚、天真无邪、和善的圣婴。但这些画无疑只是理想；当时一般人对怀孕妇女和婴儿的营养状态所知无几，疾病夺去许多人的生命。然而，在日常生活却不时可见如圣母般的形象，因为几乎你所遇见的每一名妇女（除了年长或不能生育的之外），都在怀孕或哺乳。富有的女性不必自行哺乳，她们雇用奶妈，以便更快地再怀孕，她们也有尽量多生孩子的义务。马丁·路德（Martin Luther）曾说："就算她们生得很疲累，甚至因生孩子而死……这是她们存在的目的。"高生产率是未来新娘的重要特性，有时候人们甚至鼓励女性在婚前怀孕，在她和男人的资产发生关联之前，证明她可以生育。就经济观点而言，女儿是赔钱货，除非她们可以生出子嗣。因此嫁妆相当重要。有女儿的家庭得贿赂男人，让他接下养育这家女儿的担子。

供需造成市场上的价格。文艺复兴时期，有许多待字闺中的女性，因此嫁妆暴涨到荒谬的高点，赠送嫁妆给没有嫁妆不能出嫁的孤女，乃是极慷慨的慈善行为。单身而尚未有所属的妇女，如果不是某人的女儿、妻子、寡妇或姊妹，她的人生就没有意义，在社会上没有地位。文学作品中，经常提到穷苦的少女夜以继日工作，好赚足嫁妆，因为没有嫁妆她们就没有结婚的希望。

在这样的环境下，女孩只不过是商品，婚姻更只是商业契约。选择丈夫时，女人没有置换余地。疼爱女儿的双亲想要选择合意的人选，但对大多数人而言，女儿虽然不如儿子有利，却是相当重要的财富，可以说是期货交易；家庭依赖她的婚姻跨越不同的社会阶层，收入和继承人的寄托全依靠她，只有不知感激或不忠实的女儿才会反抗。怀孕是妇女的生活与行业，离婚则永不可能。这些都是如山一般不可更移的真理。但女孩也知道社会虽然不宽宥不贞，却能体谅不道德的事发生。如果运气好，她生出健康的男孩，甚或两三个儿子，就可以恋爱、偷情，不让人知道就好。牧师训示，夫妻应该是最好的伙伴、真正的密友、相爱的男女，共同关怀养育子女。他们的确如此，夫妻的遗嘱和其他法律纪律都充满出自柔情的言辞，但更多时候，婚姻是情感的沙漠，合伙人得由他处获得滋养，才能跨越这个沙漠。

一见钟情：罗密欧与朱丽叶

事先安排婚姻是自古以来的传统习俗，让人惊讶的是，此时有相当多人开始反抗。莎士比亚的剧本中，充满选择婚配物件的冲突，也有许多男女抱怨，希望恋爱结婚。其中最有名的主角，罗密欧与朱丽叶，并不是莎士比亚所创造的角色。他们曾在许多文化以各种形式反复传诵。在公元 2 世纪，以弗所（Ephesus，古希腊小亚细亚沿岸的贸易城）的色诺芬（Xenophon）就曾经以《安西亚与艾伯罗克马》（*Anthia and Abrocomas*）讲述这个故事，但故事可能更早就已存在。多年来，它满足人们多少想象，男女主角名字也不断更替。1535 年，达·波多（Luigi da Porto）把这个故事改为慢节奏的闹剧，编在名叫《拉吉拉塔》（*La Giuletta*）的小说中，女主角只有 18 岁。这个故事一直到 16 世纪下半叶还以诗和散文的形式流传。甚至知名的西班牙作家维加（Lope de Vega）也曾以此为经纬，写过一个剧本，叫作《卡帕莱特与蒙特鸠》（*Capulets and Montagues*）。莎士比亚在重述这个故事时，就像伯恩斯坦（Leonard Bernstein）改编《西城故事》一样，把众所周知、经久而陈旧的老故事改头换面，加上现代的衣着、场景和事件。他们知道人们会认同让人心碎的“朱丽叶与罗密欧”（这个剧本最后的两行是：没有故事能令人黯然伤神 / 像朱丽叶与罗密欧这样动人），把重心放在这个女孩的浪漫希望上，这样说来，罗密欧听起来仿佛不像男人，而像朱丽叶所拥有的条件或特点。

朱丽叶是个美丽、贞洁的维罗纳（Verona，意大利北部、威尼斯西面城市）女孩，她遇到了令她产生浓烈感觉的男孩。他是热情的化身，是与爱坠入情网的人。“爱情是叹息引起的烟雾。”他起先这么告诉朋友班伏里奥（Benvolio），然后又说，它并不温柔，而是“太粗、太野了。”罗密欧刚向一位名叫罗萨兰（Rosaline）的女孩求爱却遭拒，心生反弹，就像闪电等着找闪击的地方。他遇见朱丽叶，于是这个剧本的感情好戏就上场了。

爱，即分离

故事在两家贵族的敌视，以及其子女罗密欧与朱丽叶遭禁的爱情之间展开。偶然、命运和优美的剧本，使得他们俩命定将要相遇成为不幸的情人，命运悲哀而清晰。他们俩很明显都有青少年的特质，他们感受到相同的幸福，遭受同样的折磨，面对年轻恋人经常遭遇到的障碍。长久以来，恋人都有一个共同的特征是，他们必须瞒住父母，这个主题曾在古埃及情诗中，表达得很美。不容于父母的陌生人，其性吸引力是古老的主题，不论他是来自敌人的阵营，或只是不同道。此外，爱即是分离的观念，是把你拉离你的家庭、过去、朋友，甚至邻人的力量，也是长久的主题。同样古老的是爱是疯狂的想法；还有拜物的欲望，想要成为情人所穿着的衣物（“啊，我愿化身为她手上的一只手套，那样便可抚摩她的香腮！”罗密欧喊道。）在古埃及情诗，诗人想要“做她的戒指，她手指上的印章”之后数世纪，产生回响。（1993 年记录下来的秘密电话录音，英国查尔斯王子向情妇信誓旦旦地说，他希望成为她的卫生棉条。）

莎士比亚在叙述故事之时，做了重要的改变。朱丽叶在他的剧本中，只有 13 岁，其他的版本中，她年纪较大。在他的剧本中，她和罗密欧相识才 4 天；在其他版本，这项追求延续了数月。就算我们接受了他那个时代的看法——意大利女孩比英国女孩早熟，但他为什么让这对情人这么年轻，让他们的爱这么急切呢？莎翁在写这个剧本时约 30 岁，一如他美丽的十四行诗所显示的，他知道爱的领域。在一首十四行诗中，他悲叹自己把男性的恋人介绍给女情人，显然他们互相倾倒，把莎士比亚孤零零地丢在一旁，忍受双重的忧伤。我认为他想要在《罗密欧与朱丽叶》中显示的是，爱的情绪是多么鲁莽、多么容易陷入、多么朝生暮死，尤其是年轻人，尤其是当我们把它与较年长者的爱比较。莎士比亚其他的剧本中，大部分的女主角也都很年轻。例如《暴风雨》中的米兰达（Miranda）和《第十二夜》的薇奥拉（Viola）只有约 15 岁，而《泰尔亲王配力克里斯》(*Pericles*）中的玛利娜（Marina）才只有 14 岁。

在整个剧本中，我们可以见到宫廷之爱的教条，但有两个例外：爱总是引向婚姻关系，莎士比亚并不宽宥通奸。情人必须年轻，社会地位良好，穿着得体，有良好的个性。男的得要勇敢，女的则得贞洁而美丽。情人很少经介绍才相爱，通常都一见钟情，意中人美丽的脸庞代表了他们需要知道的一切。通常危险就隐伏在身边，但他们却任性地坠入情网，无法抵挡爱的魔力。情人往往迷恋对方，他们赞颂心上人如神一般的特质，也举行如宗教一般的崇拜和奉献仪式。他们交换护身符——戒指、丝巾，或是某些微不足道的小东西。中古时代的淑女会给她的骑士衣服或是首饰来保护他，作为爱的符咒。情人今天依然交换这样的信物，依然灌输它们类似的力量。在中古时代，情人是秘密的，为的是要避免女主角的丈夫发现她不忠贞；而在英国女王伊丽莎白一世时代，情人依然得保守秘密，为的是避免女孩的父亲发现他们私会。

莎士比亚的情人宣布他们的爱情之时，就有结婚的意图。一场考验使得他们必须暂时分开，在这段寂寞、混乱的日子里，他们哭泣、叹息、健忘，茶饭不思，向心腹呻吟，写出优雅动人的情书，整晚辗转反侧。剧本以婚姻及（或）死亡结束。这些是莎翁笔下恋人唯一能有的选择，因为他们只能爱一个人，没有这个人，人生就毫无价值。在莎士比亚的剧本中，所有的角色都遵行宫廷之爱，但却有重要的不同点：他们渴望的不是诱惑，而是婚姻。他们的家庭可能很疯狂，可能为此斗争，也可能把女主角送去修道院，不过在法律上，情人并不需要其父母的准许才能结婚。如果最后爱战胜一切，并不是因为诡计、敲诈，或是怀孕，而是因为父母明白这对情人爱情的真挚。

随着《罗密欧与朱丽叶》的故事发展，剧中角色清楚地说明了爱有许多种形式。斯宾塞（T. J. B. Spencer）在企鹅版本的评论中综合爱的形式如下：

> 有朱丽叶的（爱）——在她坠入爱河之前之后；罗密欧的——在他自以为爱上罗萨兰和当他的热情真的被朱丽叶引燃之后；迈丘西奥（Mercutio）的——他的聪明才智使得所有以性为基础的热情都显得无稽可笑；劳伦斯教士（Friar Laurence）——对他而言，爱是与生俱来之物，如果爱得猛烈或未经宗教的洗涤，就应该受到责难；朱丽叶之父的，在他看来，爱是该由智慧的父亲为继承人，也就是他为女儿所决定的事；朱丽叶之母——对她而言，这是世俗智慧之事（她自己还不到30岁，却有一个在30年前已经放弃跳舞的丈夫）；奶妈——在她眼中，爱再自然不过，有时候牵连了欢愉和怀孕，是女性生活中的嗜好。

剧中的青少年都很性急，他们自认自己的爱情问题非常严重，必须立刻结婚——虽然两人交谈不到一百个字。朱丽叶要求："把我的罗密欧给我。"充满了鲁莽的天真和信任。但就是她也害怕他们行动的速度："太仓促、太草率、太突然了，太像是闪电，没来得及说它闪亮，即已消逝。"

在整个剧本中，闪电和火药的意象不断地提醒我们情况如何一触即发，他们的爱如何炽热，生命本身如何燃烧，像黑夜中短暂、辉煌的火光。他们在月光如注的阳台上，充满了温柔和渴望，以自古以来最优美的文字，描述他们在月光和星星下为爱叹息，在充满光辉和阴影的世界中栩栩如生。

在夜幕笼罩之下，有了如此的亲密感情，必然导向秘密婚姻。接下来是没有对方，不能存活，经过许多障碍之后，许多可悲的误会造成了这对情人的自杀。讽刺的是，他们死亡的悲剧却化解了家族的宿怨，爱被描述为使者般的力量，可以在仇敌之间来往，执行爱自己的仲裁。即使最基本的层面，这在生物方面是真实的，不论我们怎么描述它，可以说“竞争的生物为了相互的利益而同心协力”，或是“爱可以使仇敌成为枕边人”。为什么没有心上人，就不能活下去？为什么青少年竟然会放弃在往后生命中，再度爱或被爱的希望？

《罗密欧与朱丽叶》只是恋爱必须伴随婚姻这种极端的想法，在文艺复兴时期中产阶级间散布的一个例子。这个剧本受到各种阶级的欢迎，部分是因为家庭生活已经开始变化。现在战争较少，商业使得男人离家近，丈夫和妻子花更多时间相处，他们自然希望把婚姻经营成为合乎己意的盟约。中产阶级希望也能享有宫廷之爱的乐趣，却不要有罪恶的感觉。到1570年，阿斯克姆（Roger Ascham，英国学者）抱怨道：“不只是年轻绅士，甚至年轻女孩都不顾忌父母、上帝、教会，向他们在哪里结婚及在何处结婚挑战，一点不害怕，虽然表面上依然难为情。”

宫廷生活的荣华富贵，甚至连神话和传说都比不上。不分男女廷臣，都有各式各样的特别服装，适合在不同时间穿着，华丽的配件，以及不隐藏身体的衣着，但却能够包裹合适的部位，以强调性别。[①]宫廷成员也为

① 最奇特的，也许是14—16世纪之间，欧洲男子所穿着的下体盖片（codpiece），看起来有点像丁字裤或是运动员所穿的松紧内裤，目的是保护阴茎。但男人却夸大其大小和形状——有时候盖片顶端的造型甚至如承溜口（建筑用词，歌德古典式建筑的屋顶排水口，常做成怪物形状）——吸引人注意阴茎，使它看起来永远巨大直立。1976年，鸟眼冷冻食品公司的产品开发部门就打算把他们新推出的鱼丸称作“鳕片”（cod pieces），不过后来有人告诉他们这个名字有淫秽的意思，他们才打消此意。

千余名宾客展现戏剧性的盛典，历时数天。一如中古时代骑士有规范要遵守一样，文艺复兴时期，廷臣也努力追寻某些理想。淑女不但可望而不可即，而且也得机智、有礼、饱览群书、精通政治时事，简而言之，她们要的是有趣的同伴。未婚男女可以在一起度过许多时间，情人也不必经由如一般古老的追求方式来证明自己的忠诚。由于爱就代表凝神于善和美，因此爱被宣扬为美好而高贵的事业。男人和女人受鼓励可以多多相会，更了解对方，尽兴地谈情说爱，恋慕对方的身体，但不急于燕好。在这一方面，追求依然是中世纪的——一段贞洁的时期，在满足欲望之前，充满了等待的痛苦。等待可能很无趣，因此技巧的调情就成为时髦。骑士、追求的胡言乱语和宫廷之爱的仪式礼拜，都被视为过时的，所有的法律都有违犯者，也不是所有的人都会依规则行事。男人依然崇拜淑女，他们声称自己爱她们，但却与情妇和妓女共赴巫山。对贞洁产生了永远的拔河，处女共谋不要受诱惑，而男人却共谋诱惑她们。在已婚者之间，贞操则由努力者获得。

克制的心灵

18 世纪在反修饰和繁文缛节的风潮之下，新古典主义当道，宗教退让给对理智、科学和逻辑的信心。如果大自然和人性是由无私上帝所主宰、以发条为动力的宇宙有秩序运作的产物，那么有“次神”之称的人类，自然也应该展现相等的克制。人们应该隐藏个人真正的感觉，化装舞会蔚为一时风潮，掩饰的心则成为时尚，而高雅矜持的言辞，使得每一个人都合乎时尚，遥不可及。礼仪需要风雅和礼节不断拉锯，也需要言辞持续往来。情人受到这些行为态度通则的规范，礼貌的仪式包括矫饰的鞠躬、嗅闻鼻烟和女士使用扇子作为信号。华丽不实而矫饰的行为，是社会优美而复杂的步法，女人甚至可以在床上或在沐浴时接见宾客，因为宾客和她都应该隐藏起感受。

自制是当时的口头禅，有时候甚至到残酷的地步。人们觉得在公开处决之时野餐是种享受，当时也有许多处决。社会则对唐璜（Don Juan）的传说深深着迷，他是 14 世纪西班牙的贵族，冷漠、虐待狂、以破坏女性名誉为能事。许多人都视爱情为杀戮运动，对意志复杂的战斗感到兴奋刺激。这个游戏乃是一场诱惑，一如它假装一样的善变：首先完全征服你的对手，接着又迅速、无情地抛弃他。在这些战役中，最有才能、最狡猾的将军，不论是男是女，都把摸不到、见不着的心当作勋章一样佩戴在身上。大部分理性的绅士把女人当成大孩子，他们像切斯特菲尔德伯爵（Earl of Chesterfield，英国政治家）一样告诫儿子：

> 有见识的男人只戏弄女人，和她们玩耍、纵容她们、阿谀她们，就像对活泼早熟的孩子一样；但若是重要的事情，他既不请教她们，也不信赖她们，却让她们以为他做到两者。

在这样的情况下，卡萨诺瓦（Giacomo Casanova）成为活跃的人物。他玩世不恭的一生充满了诱惑、赌博和冒险。因为他是爱情的危险罪犯，以其征服闻名于世，是个极端但却熟悉的心理类型，他的名字成了一种态度，让他留名青史。这个胜利必会使他得意不已，因为他就是一个受到虐待的孩子，终其一生，都在追寻爱、认同和尊重。

“熄灯后，所有女人都一样”：卡萨诺瓦

卡萨诺瓦于 1725 年生于威尼斯，是两名剧场演员的儿子。当时女演员

经常兼职做妓女，男演员则负责拉皮条。卡萨诺瓦的父母常把他留给外婆照顾，他们则在欧洲四处行走，为工作忙碌。他出身贫困，对母亲兼做娼妓的行径感到羞惭，但她经常弃他离去，对他伤害更深。他常为流鼻血所苦，因此他的外婆送他去帕度亚（意大利东北部的城市），希望那儿的新鲜空气能使他恢复健康。“他们甩掉了我，”50年后他在回忆录中写道，心中依然愤愤不平。他及时接受了许多形式的教育（包括在性方面由协助养育他的年长女性启蒙），最后他由帕度亚大学毕业，获得法学博士学位，也有了第一次真正的恋爱经验。

在那之后，世界任他尽情享乐，他经常在女人的胸部食用生蚝，获得特别的刺激。人们常说牡蛎像女性的生殖器，使他更兴奋地品尝咸滋滋的角落和隙缝。冒险使得他的欲望更强烈，他喜爱慧黠的风流韵事，因此也说服女人和他在各种不合适的地方燕好——奔驰的马车上；嫉妒的丈夫就在邻室盘旋之际；透过监狱的铁窗；在公开的四马分尸处刑之时；有时甚至还有第三者在场；有时则是三人行。他的年轻、英俊和机智深受男女两性喜爱，也有证据证实他是双性恋者，虽然他大部分的情人都是年长女性，不过他在回忆录中却保留她们的年龄，巧妙捏造更年轻的年纪。一名传记作家写道，他的天赋在于“让周遭的人都丧失他们的脑子，保持自己的机智和勃起”。可以想见，他罹患性病11次，后来常以半个柠檬当作精巧的隔板，有时候则戴上由羊肠所制的初期保险套。他有一面完全属于流氓胚子的个性：没有太高的墙壁，没有过窄的窗户，没有过近的丈夫，能够阻止他和他所垂涎的女人做爱：“因为她美，因为我爱她，也因为除非她的魅力能够淹没所有的理智，否则就毫无意义。”

每一段韵事都如同希腊史诗中的英雄寻求金羊毛的过程，因此他称自己的阳具为“骁勇的骏马”也不足为奇。他总是真正地爱他所追求的女人，他的热情也难以抗拒。“熄灯后，所有女人都一样。”他曾经为偶尔在黑暗中和好色的老太婆胡来做如上的解释。但他也发誓：“没有爱，这个伟大的事业只不过是可鄙的事罢了。”他一再地沉迷于新爱之中，一再地丧失他世俗的财产，但他私下以为，这两者其实是相同的。为了寻求尊重，他欺骗逢迎，用睡觉一路攀附到达上流社会。他英俊而健谈，想出许多机敏的诡计，在无数女性的裙下为所欲为，通常在拥挤的事件中（当时没有人穿着内衣，因此在公共场合的性行为变成特殊的款待），也参与多种事业——军官、间谍、教士、小提琴家、舞者、丝绸厂商、厨子、剧作家、皮条客，也包括神秘的巫师——占卜者与魔术师，这只是一些例子。他和皇帝、主教、街头乞儿接触；决斗；欣赏戏剧；做飞贼；在狱中待了数年，也花了不少时间和皇室成员狂饮作乐；翻译《伊里亚特》及其他古典著作；写了两打的学术专著，和卢梭、伏尔泰、富兰克林及其他思想家交游。他对自己的出身说了谎，却又担忧东窗事发，因而心怀恐惧。比起他内心所感受到的诡诈，他微小的欺骗行为又算得了什么呢？置身边缘使他机智敏捷，但也使他恶名昭彰。当他进入一个城市之时，警察全都戒备，所有良家妇女，她们的丈夫和情人，也都紧张起来。

爱的赌局

人们经常同时提到唐璜和卡萨诺瓦，他们的确有一些重要的相同点——两人自孩提之时都觉得没人理睬，遭遗弃。但后来他们发现自己的长相和性能力可以带来渴求的注意，于是凭本能借着诱惑，把每一个关系都变得情欲高涨，一如玛丽莲·梦露所为。然而，14 世纪的唐璜和女人上床是为了要证明自己是雄赳赳的男人，卡萨诺瓦则是为了要证明自己依然是有人要的孩子。他渴望爱、尊敬、家庭、归属感，把自己的不安隐藏在虚张声势的勇气和纵情之中。他想隐藏自己受母亲般角色的吸引，同时又欺骗富有和贵族阶级，证明穷小子的能力。

卡萨诺瓦想要让所有的女人都爱上他，但若她们果真爱上他，他却离开她们，一如他遭母亲所弃一般。母亲是他所爱的女人，却严重地伤了他的心。终其一生，他都在其他女人身上追逐她的影子，但当他捕捉到时，却发现他手中一无所有，便开始追逐下一个影子，结果却相同。然而，却有一种女人真正地吸引他，无法抗拒，他得不到她，却也无从逃脱这种女人的掌握——虽然她耗尽他的金钱和力量，彻底粉碎他的自尊。他不能摆脱只煽起他情欲却不向他屈服的女性——总是可望而不可即，总是拒绝他。这样的女人和他恋爱时，唯一要做的就是不要管后果。不确定使得他悬在火坑之上；这和他孩提时所苦恼的漫不经心的爱和拒绝，拆除了他爆炸性的官能，使他的肉欲短路，腐蚀了他的自信，而他依然不断回头，希望获得更多的惩罚。但他把这个秘密保存得相当完好，他与人生本身结合，也很沉迷于夸张虚饰的生活，充满好色的好兴致，使得门为他而开，裙子为他掀起，胸脯为他起伏。字典上把卡萨诺瓦定义为对女性随便、淫荡、无情的男人，真是一种讽刺。真正的男人是在情感上冒险的人，在爱的赌局中大把下注，经常都会输。他的秘密武器是疤痕的语言，使得他所作所为，全都是为了要爱与被爱。这全是假象，是墙上的影子。但一路行来惊险刺激，到他生命结束之时，他沉思道："我一点也不后悔。"

卡萨诺瓦是 18 世纪一种典型的情人，危险而轻率，而富兰克林则代表了当时的英勇绅士，兼容思想家和情人两种身份。他和卡萨诺瓦有点头之交，因为偶尔会在宫廷见面，和伏尔泰及其他人谈论各种想法，不过如果谈到爱，他们却是相当不同的典型。卡萨诺瓦是骚乱而败坏风俗的，富兰克林却是头脑清晰、爱戏谑而诚恳的。法国人欢迎他进入他们的心和闺房，他们奉他如偶像。

在美国还是由一群商人组成的国度时，富兰克林已经成为世界公民；在还是国王统治的时代，他就以自己是印刷业者为傲。他同样擅长说服君主、幼儿和想要动私刑的暴民，也秘密地诱导革命。在抽象理论的全盛时期，他可以把复杂的事实转变为简单的想法。富兰克林天生机智，再加上后天的职业训练，所以能把人生简单的真理转变为辛辣实际的警语，他也很擅长法国沙龙中诡谲的含沙射影和阴谋，也擅长公开夸耀和辩论政治。虽然富兰克林不上教堂，却对宇宙的法则和秩序有宏大的远景；下至光波，上至人类完美的可能。

全人：富兰克林

富兰克林是个顾家的男人，在两大洲都有亲密关系，也以大家长的姿态费心照顾他们——尤其是他的私生子和私生子的私生子。他结婚 40 年，却有 15 年住在国外，而没有携带家眷。如今我们把他想成是在经济和常识方面相当精明的老人，但他甚至在 70 岁高龄，依然以热情的情书和机智的调情手段追求法国的美人。不论外貌还是体格，他都是圆滚滚的，是全身各部分都和谐运作的全人。在别的男人还在为细枝末节的小事忧虑时，他却想象美国生活的全貌，包括医院、路面的街道、学院、保险公司、图书馆、消防车、个人的自由。

富兰克林喜欢以游戏的方式解决问题，希望使当时的科学理论合乎实际，改进一般人民的日常生活。在电不过是用来装饰店铺的把戏时，他已经用来烤火鸡了。他发明了远近两用的眼镜，供自己戴，也发明了避雷针，以及其他效能相当高的新奇事物，宾州火炉和富兰克林火炉。富兰克林观察病征相当敏锐，能诊断出铅中的征象，也针对自己的病痛——痛风，提出治疗方法，此外，他还以一般感冒的传染性为主题，写出很有深度的论文。富兰克林是相当杰出的气象学者，能够预测暴风雨，也研究日月食、龙卷风卷起之水柱、雷和北极光。他是第一个想要画出墨西哥湾暖流地图的人。在闲暇之时，他研究化石、拼字改革、沼气、天花、人类飞行的可能、太阳黑子、热气球（人家问他这有什么用，他答道："婴儿又有什么用？"）以及人生许多其他常见的新奇事物，如果要一一列出，恐怕需要好几个段落。"想法会自行集结在一起，就像一串洋葱一样。"他这么描述他居无定所、洞悉一切的心灵，不但明察秋毫各种花的种子花费多少，他也曾把黄杨树引入美国，为他生病的兄弟发明了可以调节的导管，同时为一名忧伤的小女孩死去的松鼠写下如下的墓志铭："在这儿，史克格／安稳地歇息／就像一只甲虫／在地毯上。"他的技巧，不论是在科学还是在感情上，都是以通则起始，接着移向实际的应用，最后到达简单的劝诫。对一名俊俏的花花公子，他写道："杀死的鸽子要比你吃得下的多。"

富兰克林有一种坚强、道德的气质，促使他探求并思索何谓美德，同时在他自创的哲学社团中，和朋友辩论这个主题，并经常在小册子和《穷人理查德的历书》（*Poor Richard's Almanack*，费城当时的人口只有两万人，《历书》一年竟售出一万本）上提到它。但虽然他明白何谓美德，却觉得自己并没有过道德生活的义务。以美国的标准来看，他在法国的生活相当奢侈浪费。而他也是有史以来最伟大的调情圣手。传说富兰克林是个年老的好色之徒，但若由其信件所流露出来的真情来看，实情却非如此。他一生都拥护女权，也支持各种年龄各种阶层女性的尊严、美和价值。他最有趣、最知名，也最有智慧的信件中，有一封就是描述和年长女性做爱的益处，他说除了各种好处之外，“她们还感激涕零”。他不但照顾所有的女性朋友，偶尔提供金钱、法律上的协助、住处、提携她们的子女、在她们有困难之时，提供深思熟虑的劝告，同时也相当理智的尊重她们。女性就像闪电一样，是自然的一种力量，而富兰克林乐于研究两者，他安静、详尽，而且无所畏惧地这么做。

因此到他 70 岁时，已经成为法国长生不老的活力象征，这并不为奇。他的像出现在各种商品上，蔚为一时风潮：折叠小刀、花瓶、整套的餐具、手帕、夜壶。精于挑逗调情，将之升华为艺术的法国女人，发现富兰克林是极讲究的玩家。女人渴望他的注意，她们不是直截了当，就是在动人的书信中，向他发誓终其一生都会爱他。他的法国情妇送手套和洋娃娃给他在美国的孙子，他的妻子则赠送家常、粗俗的礼物给他在法国的友人。至少有两次，他向法国女郎求婚遭到婉拒，但为了公平起见，我们得说明她们比他小 40 岁之多，而且已婚，她们在充满挚爱的信中惋惜这样的处境。当时还没有电话，富兰克林把写情书当成一种需要耐力和表达力的爱情游戏，因此把顽皮、恶作剧的调情信函送给他的女性朋友布里尔隆夫人（Madame Brillon），他每周至少拜访她两次，在她沐浴时和她下棋，棋盘摆在浴缸上。他的名声是基于如下的逸事而来的：有一个冬天晚上，他无意间遇上一名数月前曾与他亲热过的女性，她有点伤心地向他说：“你整个夏天都没有见我。我担心你不再对我有欲望了。”“夫人，这真是天大的冤枉，”富兰克林回答道：“我只是在等夜晚变得更长一点而已。”

醒觉的眩晕

流行的观念在席卷欧洲之后转了向，社会对生命和爱的想法再一次改变。理性主义遭到淘汰，浪漫主义则逐渐兴起。中产阶级成长扩展，势力庞大不容忽视，他们没有高贵的出身借以表达自身的重要，于是宣称每一个人，不论家庭或阶段，都有其价值。工业社会的“天堂”包括了嘈杂、污秽的城市，人们希望逃避；中产阶级有钱有闲，能够追寻新奇的事物，到乡下游览。英国君主政体变得不再那么威严；哲学家热诚地鼓吹民主；法国与美国革命使得全世界各种新理想纷纷出炉。18 世纪的科学家既武断又专制，他们的僵化教浪漫派人士颤抖。人生之中有许多神秘难解的事物，许多经验纯属个人所有。多年来，社会依照令人窒闷的计划发展，定下许许多多的道德规范，就像紧身衣一样束缚人们。浪漫主义者渴望自由的社会，能够接纳种种实验，也有个人的回应。他们发掘东方文化，赞美中古时期情感的飞扬；他们觉得社会应朝向乌托邦发展，敦促人们遵循心之所向而非理智所往，崇拜最原始的大自然，视之为伊甸园式的恩典，鼓励艺术家在作品中自白，而最重要的是，为原创力本身的缘故而称颂它——这种从来没有听说过、没有尝试过的事物，成了感官世界珍贵的新添加品。爱不再只是掷骰子前进后退的纸板游戏。浪漫主义者重视自我、努力地搜寻灵魂，满溢着感性和柔情，他们觉得爱是“醒觉的眩晕”，是消耗一切的力量，如海啸一般强烈。

为爱挣扎：贝多芬

没有作曲者能像贝多芬那样阐释这个时代的热情。他充满激情，性好反抗，写出了庄严而又充满警醒的前卫音乐。贝多芬受传统音乐的限制，把自己的愤怒、痛苦和挣扎全都灌注到作品中。用陈旧的音乐语言表达丰富多样的情感是不可能的，因此他发明了新的音乐词汇，更丰富、更轻快飞扬，更接近纯真的情绪。他的音乐摒弃过去的巧妙装饰，流露出原始澎湃的感情。贝多芬把乐器伸展到能够包容范围的宽广声音，演奏者也得学习新的技巧才能演奏他的曲子。随着旧的规则粉碎崩溃，贝多芬的音乐也变得更个人化，充满了痛苦，极富人性。

他写了 38 首钢琴奏鸣曲，我特别喜爱《悲怆》与《热情》，前者是他惊恐地发现自己快要聋了的时候写的；后者则是在他决心尽其所有的创造力来对抗命运时写的。“我要扼住命运的喉咙，”他发誓：“它永远不能征服我。”这些奏鸣曲使得钢琴音乐改头换面，变得如管弦乐曲一般庞大、有力、宽广而扣人心弦。后来贝多芬完全耳聋，却写下他最自信、最秘密，也有人说是最纯洁的作品——16 曲弦乐四重奏。但我却在希望和绝望交织的钢琴奏鸣曲中，听到了他如何与爱挣扎。

贝多芬生于 1770 年，其父鬻歌为生，由于酗酒，使得家庭的生活相当悲惨。当他发现自己的儿子是音乐神童之后，决定好好利用，拿他当摇钱树。早在那之前，莫扎特就已经巡回欧洲演出，为双亲带来一笔财富。他命令小贝多芬整天都待在钢琴之前。有时候他彻夜狂饮，烂醉如泥，回家后把儿子从床上拖下来，要他在黑暗中练琴。贝多芬就像其他孩子一样，难免弹错，就会遭到父亲殴打。如果想想贝多芬所经历的缺乏关爱、身体上的虐待和完全由钢琴所束缚的童年，那么他对音乐还有任何一点兴趣，实在可以说是奇迹。此外，据说他长得很丑、穿着邋遢，也很害羞，他似乎没有多少机会。贝多芬的母亲虽然疼爱孩子，却经常遭到丈夫殴打，悲惨又可怜；年纪轻轻就死于肺炎。贝多芬首次公开演奏时，才 8 岁。14 岁时，他就担任宫廷风琴手的助理。母亲既已去世，父亲又失业，这个职位使贝多芬勉强养活全家人。但贝多芬却算不上上流人，五短身材、固执己见、缺乏礼仪、脸上满是麻痕，心灵则因别人的忽视而受伤。贝多芬是个脾气暴躁而个性偏执的年轻人，很容易受到刺激，引起激烈的对抗。他绝不容忍侮辱或批评（他的作品常激起这两种反应），而他也不能忍耐蠢人。继童年的匮乏之后，逐渐失聪也使贝多芬苦恼难过，倒不是因为要作曲的缘故（不论实际上听不听得见，他都可以在自己心中听到音乐）；耳聋使得他和这个世界越离越远。他的灵魂饱受折磨，成为人生剧场的魅影。只要想想他在写如下言辞之时，是多么锥心地感受痛苦：

> 啊你们这些人，你们以为我恶毒、固执或憎恨世人，其实你们错怪了我。你们不知道秘密的原因……对我而言，在我同伴的社会，不可能有娱乐消遣，高尚的交往、相互间思想的交流，除非绝对必要，我才能融入社会。我必须像流亡者一样生存……上帝啊！至少让我享受一天纯粹的乐趣——自真正的喜乐在我心中回响以来，已经过了很长的时间——啊，什么时候……哦！什么时候……我能够在大自然和人的殿堂再度感受到它呢？——永不可能？——哦，这太残酷了！

随着耳聋逐步逼近，贝多芬更急切地作曲。他陷入神魂颠倒的恋爱，经常如此，而且很愚蠢地，禁不住选择年轻、美丽、出身高贵的女性，她们从没有回报他的爱。虽然他把《月光》奏鸣曲献给他的朱丽叶——贵恰尔第（Giulietta Guicciardi），但她的堂兄泰瑞斯（Therese）却使他怒火中烧，所以写出《热情》。她是否就是他死后由秘密抽屉中找出的信中所称呼的“永恒的爱人”？他写道：“对你充满着泪眼的渴望，你——我的生命——我的一切！再会吧。哦，持续地爱我，不要误会你所钟爱的L. 忠诚的心——永远属于你的——永远属于我的——永远互属的。”这是一封没有寄出的信，或是已经寄出信的副本？或是在闲暇时的遐想？我们把贝多芬当成英雄人物，凌驾于他的耳聋，创造具有伟大力量的热情音乐。我们视他为叛逆者和理想主义者，而非情绪变幻莫测的梦想家，我们不知道他在情感上处于不稳定的状态，孤独而受折磨，因为他的梦中情人并未响应他，因而受到挫折，对人们的拒绝和轻视极为敏感，痛苦而退缩。然而浪漫主义却正崇拜这一种敏感灵魂。

回归宫廷之爱

为了反抗理性主义束缚的心灵，19 世纪的浪漫主义者重视对世界灵敏的反应，是美学上的敏锐感受，有时候会导致肉体的虚弱、悲观，甚或绝望。既不淫猥也不风趣诙谐，反而是害羞而深情款款的情诗蔚为一时风潮，充满了反性欲的喜悦。诗人对感情必须恪守礼俗，对以美德和美之名骑马出征的中古时代深深向往，于是宫廷之爱再一次成为时尚。虽然它原本起源于封建制度时，骑士和贵妇之间基于新生的柏拉图主义所产生的通奸游戏，但改良过的形式却依然符合他们的需要。

宫廷之爱其实是一种装饰，装饰的是色欲。后世的人们一再发现，宫廷之爱是涤清性吸引力之中肉欲的方法。在崇拜羞耻心的时代，我们自然认定社会习俗之所以存在，乃是为了隐藏我们动物性的源起。但假设它们的目的恰好相反——是用来吸引更多的注意力呢？母狒狒的臀部和性器官在动情之时，会肿胀如气球大小，同时变得血红。她其实是在宣布：“我准备好了，男子汉啊！我可不是准备好了嘛，这儿就是你的目标。”宫廷之爱和其他类似的游戏也是相同的，它们修饰了性的过程，强调了女性的成熟，可以追求。想想蜜蜂的例子，蜜蜂可以瞄准多毛金光菊（我们看不见）大、明亮、紫外线的目标，而保持在滑翔路径上，直到达到目标为止。而在复杂的人类社会，目标未必一直保持明确，会有很多使人分心的事物。复杂的追求仪式能够稳定地引导个人越来越接近交配，许多女人等待她的骑士穿着闪闪发亮的甲胄由不可知的地方来临，尊重、崇拜和赞美她。她就像童话中结长辫让王子攀上无梯城堡的女孩罗布索（Rapunzel）一样，能够放下长发，容许他爬入闺房。她的日子无聊沉闷，她怀疑自我，也觉得自己不如人，然而和善的另一人却来到生命之中，能够治疗她的人生，使其平顺，为她最美好的地方喝彩，以赞美的花环为她戴上冠冕。她已经感受到性的箭矢在心中成形，一阵秘密的颤抖。最后情人出现了，他的心是目标；他赞美她如弓一般曲线玲珑的柔软身躯，并恳求她发射。

为什么我们会要求这个温暖、丰富的感性羽被，要有衬垫的套子呢？为什么把它隐藏在巧计之下呢？为什么想要净化它？为什么把它变成一种仪式的舞步？传统、平凡或伊甸园式的色欲有什么不对？为什么它使我们难为情，使我们羞惭？第一，肉欲可能会造成爱，而爱则是两人的共谋，通常会造成背叛。人们如果恋爱，就会打破亲人之间的紧密情谊，他们会离开家人，建立有自己情谊、自己价值、自己家族的家庭。“我不是失去一个女儿，而是得到一个儿子。”做父亲的常常这么说，他虽然强颜欢笑，但没人会相信。他太清楚，他的确是失去一个女儿，她只会把他归入好朋友的范畴，不再遵从他，在她的生命中，他不再至高无上。

就算这些全都不是真实的，爱的游戏依然使我们兴致勃勃，因为这测试我们的智慧，让我们想起童年。其实，这是成人游戏的主要方式。人类喜爱运动，在和队友或和对手一起争取荣誉的战场上较量力量、勇气和智慧，期待胜利，同时得到报酬。爱是需求甚大的运动，不但要求所有的肌肉群，头脑也要参与运作。爱情游戏的目标是浓烈的肉体乐趣，其特殊的挑战准则是，规则永远在变化，有许多错误的指引，目标有时候会在罪恶或焦虑的迷雾之中消失，其他参与游戏的人（诸如姻亲或是情敌）也许会突如其来地出现在游戏场上，在瞬息之间，可能情势就逆转，在游戏结束之前，力量也立即转手。比较起来，棋赛、马球、棒球或战争又算得上什么呢？

这个意志的竞赛，加上甲胄和马上竞技，支配权成为赌注，而身陷重围等待救援的少女则是个人的自尊。浪漫主义者的狂野信徒，卢梭、拜伦、雪莱和歌德等人，娴熟并崇拜这种竞赛技巧，他们是为这个运动下定义的特别人物。两个较次要的情圣拜伦和雪莱，点燃了 19 世纪的文学心灵，鼓吹自由恋爱，放纵任性、顺应时潮，做出个人对人生独特的反应。但是广大有力的中产阶级却已经对人生重要的课题如宗教、经济、道德，该感受什么，如何感受等，做了决定。女人应该是纤细、谦虚、容易受惊吓的。浪漫主义的情人狂热地陷入情网，他们以倾盆大雨和喷泉和洪水的意象来谈爱。在浪漫诗人的诗中，有如此之多的液体，这种游戏没有以雨的名称来称呼，倒是奇事。但他们的爱却号称是与性无关、贞洁而真心的。怎么可能会有别的情况？美好的女孩都应该是纯洁、甜美、善于照顾人而又脆弱的，他们怎能玷污这样有母性的生物？女人不再拥有庞大的妆奁和继承而来的土地。对某些经济阶层的女性而言，工业革命虽然使她们免于传统的劳力工作——教导子女、缝制衣服、烹饪和烘烤食物，但也使得她们更依赖丈夫。中产阶级的妻子抛头露面、出外社交、自愿工作或上学是不合宜的。如果做妻子的不需要工作，又没有带来财富，那么她该扮演什么角色？主要是生孩子的工具和象征，她被安置于没人能达到的浪漫理想，就像中古时期的贵妇也不能达到她们骑士的理想一样。女人应该待在家中照料孩子；男人在工作完毕之后回到家里，陪伴她们及孩子。所有影响家庭的重要决定都由男人考虑，他是庄园的领主，他的家虽然可能朴实无华，却依然是他的城堡。当浪漫的爱经由中产阶级的新梦想筛检之后，就经驯服、简化，变得秩序井然，而没有性欲。

家庭的天堂

英国维多利亚时期的人由崇拜家庭本身获得了平静，他们把家庭当作牧歌，期待家庭是自由和稳定的领域。在这个神圣的邦国，女性成为家庭中教化的力量，她们灌输道德观、护卫善、鼓励灵性。这项荣誉其实也是可怕的负担，道德塑像不敢屈身，任何女性怎么可能达到灌输道德教育者所要求的完美程度？假正经达到了前所未有的高度，因为美德的模范无法吐露或面对粗野的行为。宫廷之爱已经包括了对女王的崇拜——维多利亚女王本身，就是一本正经的妇人，相当符合这个戏目，她成为它的象征。

称某人是无花果乃是伤害的女性的行为，因此坦白无讳的言辞被华丽的辞藻取代。在晚餐时，女性会食用鸡的“胸怀”（bosom）。如果她骑上马背，必须跨坐，因为她不敢在两腿之间抱住如马这般精力充沛的事物。编辑第一本美国辞典以规范美国词汇的韦伯斯特（Noah Webster），是个一本正经的人，也是宗教狂热分子，他相当担忧优雅的问题。他把难听的词汇都改头换面，例如把“睾丸”变为“身体独特的部位”（peculiar member）。在爱的条目之下，使用的例子完全是宗教性质的。韦伯斯特有许多逸事，但我最喜爱的一则是他妻子逮着他偷吻女仆的时候，她说：“我真惊讶，”结果他就像诚实的小学校长一般，竟回答道：“女士，你是惊异，我才是惊讶！”

女性看医生，要用洋娃娃来指明她觉得痛楚的部位，生孩子之时，医生凭两手在床单下摸索，以免看到女性的生殖器官。爱和排泄的通道太接近，因此整个区域都变成了禁忌。各种的污秽——不论是道德或是真正的，都惹人厌，应该扫出家中、身体和个人的生命。浪漫主义把女人理想化为仁慈、贞洁的母亲角色，使得和她们发生性行为变成乱伦、邪恶而污秽。18 世纪任何尝试有趣的调情方式的女人，就会被当成娼妓。女人只能等待男人注意她，接着她只能接纳或拒绝他。研究当时性行为的学者埃利斯（Havelock Ellis，英国医生及作家，研究人类性行为及心理闻名）提到有些夫妻结婚多年，依然没有见过对方裸体。妻子在扮演性伙伴的角色之时，只能静静地躺着，举止无助，不受情欲的激动，由她丈夫执行他的兽行。其实许多人，包括医生，都认为女人不会感受到性的欢愉。如果要和有意愿而又热情的性伴侣享受性行为，就得到妓院，因为唯有妓女才可以有这样的反应。因此妓女和春宫在维多利亚时期繁荣兴盛，也就不足为奇。同时期兴盛的还有被虐狂、性变态和性病。奥地利精神病医生兼法医克拉夫特–埃宾（Richard von Krafft-Ebing）最先在他所著的《性精神疾病》（*Psychopathia Sexualis*）一书中，描述被虐狂（masochism）这个词是依据同时代的奥地利人——莎雪–莫索克（Leopold von Sacher-Masoch）而命名，因为他写的小说内容有男人喜爱粗暴、主宰一切的女人，侮辱并在肉体上伤害他们（最好穿着皮革或毛衣）。在莎雪–莫索克的短篇故事《穿着毛皮的维纳斯》中，有一个经典画面，残忍而世故的万达（Wanda）把她的情人塞弗林（Severin）绑起来，然后威胁地站在他面前。

> 这名美丽的女人用绿色的眼睛，对她的崇拜者投以奇特的一眼，冷淡而贪婪，接着她跨过房间，慢慢地披上一件华丽的红色丝缎宽松大衣，其上饰有富丽的貂皮，然后她由化妆台拿起鞭子，一根长长的鞭子，装在短柄把手上，这是她用来打狗的。“你想要，”她说：“那么我就打你。”他依然跪着。“打我，”她的情人喊道：“我求求你。”

荡妇（femme fatale）的想法——折磨男人，造成男人罪恶感的女人，“刚由地狱出来的美人”，斯温伯尔尼（Swinburne，英国诗人、文学评论家）充满兴味地把她们和乖乖待在家中、恪尽母职的女人相比较。福楼拜针对当时带有罪恶感的道德观，做了如下的妙语：“如果一个男人从没有在一张不知名的床上醒来，睡在一张他永远不会再见到的脸庞旁边；或是他从没有在破晓时分离开妓院，觉得自己因对生命全然的厌恶而想跳下桥梁坠入河中，那么他就丧失些什么。”

我们用“清教徒”来描述对爱和官能的抑制，但其实用紧身衣把女性包裹起来，使爱人的叹息秘而不宣的是维多利亚时期的人，而非清教徒。他们造出“快乐家庭”的假象，父亲是一家之主，而感激的母亲则是主妇，她是后来电影界选择的社会理想，并把这个理想传到 20 世纪。

矛盾的是，正当道德家在婚姻的滋养水中添加润滑油之际，态度强硬的女性却在争取工作、家庭和床上的平等权利。她们希望能够舒适地穿着，如男人一般参与运动，接受教育，做有意义的工作。婚姻只是暗褐的半调色彩。弗洛伊德、巴尔扎克、福楼拜和其他作家都曾记录过其他人平静绝望的人生，但他们自己的生命却也难免遭遇精神病和婚姻的重伤。虽然他们拥有独特的开阔胸襟，但恐怕也难猜测20世纪爱与性迷惑的程度。在我们目前即将世纪交替的观点看来心理分析理论，以及女性运动的目标——所有人们对爱与性的迷恋似乎很正常，甚至可以说合乎传统，因为我们的父母也曾经经历过相同的过程。生育控制、大众媒体、对女性更加尊重，宗教与世俗世界更大的分别，性革命和生物学的梦魇如艾滋病等，都已经重新架构我们的道德世界。如今我们为爱而结婚，但许多世纪以来，人们却并不觉得爱和婚姻必须有关联；未来的人也可能发现两者之间不可能相关。其他世纪的人心中有其他事物：赎罪、荣誉、继承、知识、战争、下降的生育率。我们珍视爱，它满足我们的渴望、使我们烦恼、引导我们，也使我们为其牺牲；爱渗入我们日子中的灰泥，喂饱我们的热情，填满我们的幻想，启发我们的艺术灵感。未来的世纪将如何阐释这些?

选择隐私和书本

当我想到身为现代人的本质，态度的转变如何引导我们到现在的生活时，心中不由得浮起三件事：选择、隐私和书本。身为20世纪70年代青年的我，几乎无法衡量人们无法做选择的时代。我无法想象人们无能做随性的选择，更难理解他们无法做严肃的选择。个人的自由历史长而缓慢，部分是基于世界人口的成长，使得人有机会匿名。如果他们表面上不能免除于道德法律之外，至少可以私下摆脱道德的束缚。虽然婚姻是事先安排好的，但人们却窃取了爱自己所选择的自由，毫不羞赧；接着他们又获得选择和谁婚配的自由；最后则以惊人的进度，希望和他们所爱的人结合。随着财富和闲暇时间增加，房子也开始有特殊的房间供做特殊的用途，包含一间不为外人窥见的卧室。很快的，年轻的夫妻也希望有自己的天地，和姻亲分开，他们希望能够“单独在一起”，这是基于隐私的新观念。

印刷的发明也煽动了情侣。一旦人识得更多的字，就可以自己带本书到某个安静的地方阅读、思索。阅读永远地改变了社会。孤独的沉思成为相当普遍的情况，读者在浪漫和情欲文学当中，也可以发现那些事物是可能的，或至少是可以想象的。他们可以向有争议性的思想挑战，同时感受到盟友的支持，而不必告诉任何人。书本必须被保存在某处，而随着图书馆出现的是与世隔绝的时光，只和个人心中最深处的想法单独在一起。爱侣可以借着共同阅读意气相投的作者，把他们的心结合在一起；难以当面表达的事物至少可以借着同一本书的某几页倾诉衷曲。分享书籍可以增强恋人的信心，增加他们的亲密感，纵使他们所爱不在当场或是遭到其他人的反对。书本使得通向鸟舍的门打开了，其内充满了想象的飞翔、爱的有翼的幻想，使读者有了属于同一感情团体的感觉。在另一个城市或城邦，另一个灵魂正在阅读相同的词句，或许也在做相同的梦。

同是天涯沦落人

爱的观念

完美的结合：柏拉图

普鲁斯特的《追忆似水年华》（*Remembrance of Things Past*）一开头，就是一个孩子在床上等待母亲来亲吻道晚安。敏感而寂寞的他越来越焦虑烦恼，小说（其实不像小说，而可以说是人生的片段）的其他部分则记录了这个孩子试图弥补自己和其他人之间的鸿沟。他觉得极端的孤独无依，这个段落说明了孩子永恒的追寻，虽然他渴望和母亲重新结合，但却必须学会与母亲分开。浪漫之爱的重要原则——同时也是神秘主义者所企求的宗教狂喜，就是想要与所爱结合的强烈欲望。

这种爱的观点根植于古希腊思想。在柏拉图看来，情人只是单一拼图中未完成的一半，情人追寻另一半，以求成为完整的整体。他们是由两个弱点融合而成的强势。在某个时刻，所有的情人都希望迷失自己，和对方融合，成为一个整体，放弃他们的自主权，才能发现真正的自我。在神话当道的世界之中，柏拉图尝试理性，他经常以神话为寓言，说明观点。柏拉图在《会饮篇》(*The Symposium*) 中对爱所做的研究，是想要有系统地了解爱的最古老尝试。在《会饮篇》中，他劝告人们要约束自己的性欲，也要限制自己爱与被爱的需要。人应该把所有的精力投注在更高的目标之上。柏拉图了解人得努力挣扎，才能重新引导这么有力的本能；这会产生极大的心理冲突。两千多年之后，弗洛伊德谈到同样的挣扎，使用如“升华”和“反抗”这类的字眼，其实是回应柏拉图。对柏拉图而言，爱是极大的险境，也是个谜。这无疑部分是因为柏拉图对自己的性别认同有所迷惑：他年轻时曾撰文赞美同性恋，年长之后却谴责同性恋是不自然的罪恶。

在《会饮篇》中，柏拉图的老师和朋友苏格拉底为了尊敬爱神举行宴会，和友人交换对爱的想法。其实，苏格拉底的工作是在所有人的想法中找出毛病。参与饮宴者并不是为了赞美爱而出席，而是要追根究底，要潜入爱的波浪，测量爱的深度。他们讨论出的第一条真理就是，爱是人类的需要，放诸四海皆准。爱不是神秘的神祇，不是奇怪的念头，或是一时的疯狂，而是人人生活不可或缺的一部分。轮到阿里斯多芬时，他说了一则寓言——千百年来对人们产生深远的影响。他说，原先有三种性别：男人、女人和男女结合在一起的雌雄同体。这些原始的生物有两个头、两只手臂、两套生殖器等。宙斯感受到他们潜在的力量，于是把他们每一个都分为两半，成为女同性恋、男同性恋和异性恋者。每一个人都渴望着他所失去的另一半，因此他搜寻、追踪，最后拥抱、接纳对方，可以再一次成为完整的个体——因此阿里斯多芬有了相当惊人的爱的定义：

> 我们每一个人分开的时候，只有一面，就像一只比目鱼，是一个等于盖了一半契约的人，他一直在寻找另一半。……当其中之一碰到

另一半——真正的另一半时，不论他原先是哪一种的爱人，这一对都迷失在爱和友谊和亲密的迷惘之中，不愿离开另一人的视线，一分一秒都不行：这些人共度一生；但他们却不能解释自己期待从对方处获得什么，因为他们对对方的渴望并不像是爱人之间的交往，而是另一种事物，两人的灵魂都渴望但却又难以言喻，只有含糊而犹豫不决的概念。

假如希费斯塔斯（Hephaestus，希腊神话中的火与锻铁之神）带着工具，来到并排躺着的情人面前说："你们希望由对方那里得到什么？"他们一定词穷。假设更进一步，他见到他们迷惑的神色而说："你们希望能完全合而为一；日夜永远陪伴对方吗？如果这是你们的愿望，我可以把你们俩融合为一，一起生长……"然而听到这个提议的人，没有一个会否认或承认这种合而为一是他最古老的欲望。原因是人类天生原本就是合而为一，我们是整体，而追求成为整体的欲望和过程，就叫作爱。

这是个有趣的寓言，其实就是说，每一个人都有理想的爱人等在某处，只待我们去发现。这并不是像我妈偶尔说的："每一口锅都有个盖子。"而是说我们每一个人都有唯一的伴侣，找到那个人就能使我们完整。这个追寻完美伴侣的浪漫理想乃是源于柏拉图。这深深吸引人们的心灵与头脑，因此在接下来的年代，人们信仰这个浪漫理想，迄今依然。弗洛伊德发现，柏拉图的寓言源自印度，有些印度神祇是双性的。的确，在《优波尼沙》（*Upanishads*，吠陀经的一部）的人类的创始者，一如《圣经》中的亚当般孤寂，一如亚当，他也要求伴侣，一名女性由他身上诞生时，他也相当愉悦。这两个例子都告诉我们，世上所有的人都是由他们的结合而产生的。进化生物学者告诉我们，我们最初始的祖先几乎可以确定是雌雄同体，这似乎很合理，不但合乎理智，也合乎我们对另一半的渴望。约翰·多恩曾针对这种合而为一的热情，写过相当杰出的诗作，《跳蚤》这首诗更是描绘得淋漓尽致。有一天，他和情妇浓情蜜意地四处逍遥，突然发现一只跳蚤从她的手臂上吸了一点血，接着又在他臂上吸血。他欢欣地叙述他们的血液在跳蚤体内结合。

为什么合而为一这样的想法如此吸引人？爱改变了个人情感宇宙中所有的物理学，重新绘出何者为真和何者可能的界线。儿童常相信魔法和奇迹，他们长大后，自然相信爱的神奇力量。有时候，神话或传说中描述这种情况，让爱侣如特里斯坦和伊索尔德（Tristan and Isolde）一样，饮下爱情灵液，或是被丘比特的情箭所伤，被欧律狄刻的音乐所感，或是如睡美人一般，接受使人复苏的吻。

在许多东方和西方的宗教中，信徒努力求取与神合而为一的感受。虽然这不该是情欲的结合，但圣徒却经常把它描述为如此的情况，以高潮般的细节描绘基督身体的官能。宗教的狂喜和情人的狂喜有相当多的相同之处——突然的觉醒、誓约、矢志忠诚、煎熬身心两方的欲火、引导至崇高幸福的仪式，以及某些基督教徒如“食人族”一般与上帝的结合——饮他的血，食他的肉。不论我们是和半神的人或是和神坠入情网，都觉得他们可以使我们回到整合为一的原始状态，于是我们体内的电流才能完成完整的线路，让我们终能合而为整体。

期待血液和骨头与某人混合为一，是多么奇特的念头。当然，两个人不可能真的合为一体，这是荒谬的想法。人类是独立的有机体，除非连体婴，否则不可能相互联结在一起。然而，为什么我们会觉得自己不完整？为什么我们相信和他人的身体、思想和命运的结合，就能够治愈寂寞？爱使两个人在一起之时，如果说他们是两个人的团体而非结合成为一体，不是更合理吗？结合为一体的想法太不符合理性，不合常理，因此其根源必定深植于我们心灵之中。孩子乃是由母亲所生，是另一个单独的整体，因此我们把孩子当成另一个个体。但在生物学的说法，这并不真确。孩子是母亲的一部分，出生时排出体外，但他依然和她拥有相当类似的生理现象、人格，甚至气味。两个人唯一而且绝对的完美结合，乃是当胎儿悬浮在母亲的子宫内，就像一个小疯子关在放满垫褥的房间内，依附着她，感受她的血液和荷尔蒙和情绪在它体内作用，感应着她的情感。在那个完美、悬垂、依附的结合之后，诞生乃成为一种截断切除，孩子就像期待依附到身体其他部分的义肢一般。这未必会有意识地发生在每一个人身上，却可以解释我们偶尔都会感受到的渗透渴求，想要让我们的身心和体液与其他人混合，我们之间只有最薄的皮膜存在，只有细小如神经元的事物存在。唯有搅成泥状发酵的个性使得我们不致越过生物期待成为一种欲望、一种挣扎、一种命运的界限。于是，当我们最后达到顶点之时，我们觉得超越了整体：我们感受到无限。

无望的爱：司汤达

心灵史上有一种特别的讽刺，就是有智慧的人未必在现实生活中也充满智慧。小说家虽然能够洞察书中角色的心理，但对朋友或对自己却未必具有如此的直觉。崇高的思想家却经常私底下心胸狭窄，充满烦恼。甚至深具领导魅力、启发人心的世界领袖，私下有时候也为沮丧所困，在闺房中遭到羞辱或受女人支配。我们总认为有名望的人就应该有稳定的情绪、良好的个性，与其天才相配的生活方式。然而真相却常常是：他们和我们一样有人性弱点、不安全感和神经质。这常常使我们震惊，舆论也很难原谅。在我看来，弗洛伊德喜欢搞三人行，埃利斯喜欢女伴在性行为之际小便，或丘吉尔会四肢趴在地上，慢慢地爬过其妻的房门，像一只公猫一样喵喵叫，全都不足为奇。然而也许我的看法在这方面是特例。大部分的人都期待心目中的英雄毫无瑕疵，但我觉得所谓的伟大乃是其他方面都平淡无奇的人才能达到的。虽然其天才把他们和其他人区分开来，但只有他们的天才是不同的。他们可能开发出错综复杂的网，处理他们的天才。我们忘记能高度了解他人的人，通常也对轻视、自我怀疑和排斥相当敏感。

原名贝尔（Marie Henri Beyle）的司汤达（Stendhal，法国小说家）就是这样的艺术家。虽然他的小说对人性有深入的剖析，但在真实人生中，他却深深陷入玩弄他感情的女性的情网之中。她的拒斥是持续的刀伤，但他却无法自拔。芳龄 28 岁的玛蒂尔迪 · 丹波斯基（Mathilde Viscontini Dembowski）是育有 2 子的米兰美女，当时刚与波兰丈夫分居，在意大利革命政坛相当活跃。1818 年，司汤达疯狂坠入情网。她却从未回报他的爱，也不了解他。他得不到满足，她变得越来越冷淡，甚至规定他每两周只准短暂地拜访她一次。但她并没有完全拒绝他；而她见他的频率也正够点燃他的希望。她能驾驭他，必然使她喜悦万分。后来，司汤达及时逃往英国以免被捕，而玛蒂尔迪则以 35 岁的芳龄去世。终其余生，他都在写对她的恋慕。她在世时，她也长篇大论地描述他对她讨厌的爱。

在知名的《爱情语录》（*De I'Amour*）中，司汤达用化名来描述玛蒂尔迪，同时把自己身上的事写到别人身上。甚至他的朋友都不知道他写的是自己，也不知道他费尽心思把创造力都花在想赢得玛蒂尔迪的尊重上。也许他觉得，借着分析自己的热情，借着了解爱的本质，也许就能够突破爱的束缚。在驱除魔鬼之前，你总得先把它们辨识出来。

他在书的开头首先说明，共有四种爱：“矫饰之爱”、“身体之爱”、“虚荣之爱”，以及最崇高的“热情之爱”——这是浪漫、销蚀一切、蔑视死亡的一种情感，不需要回报，也正是司汤达最了解的爱。玛蒂尔迪使他心神不宁，就算在他们极罕有的共处时光，他也倍觉压力，无法表现出魅力。于是，他变得举止笨拙、张口结舌，要不就是莫名其妙地喋喋不休，或是说出不恰当的言辞。在她看来，他一定相当可怜。他对她的欲望是没有希望的，甚至有时是屈辱的，虽然他幻想总有一天她会回报他的爱。1819 年 11 月的某一天，他决定以泰然自若、技巧的方式来面对她——虽然他当她的面从没有做到。他要写一本叫作《玛蒂尔迪》(*Métilde*) 的小说。几周之后，他又有了另一个更大胆的想法，要写“爱的生理学”(physiology of love)，分为数个层面。对一般读者，这是直觉观察的深度作品；对玛蒂尔迪，却是一名男子私人的恳求。在其中，他称她为李欧诺 (Léonore)，把自己则说成是“我所认识的一名年轻男子”。但她可以辨识出两者，因为他一个字一个字地引述她的言辞，并提及她生活中的事件。因此，虽然有上百万的读者读这本书，想要找出有关爱的通则真理，而且也觉得它发人深省，但这书却是出于一名受折磨男子对一名女子未满足的欲望而写的。

玛丽 · 雪莱 (Mary Shelley) 的《科学怪人》(*Frankenstein*) 在前一年出版，司汤达就拥有那种敏感、未曾被人发现的古怪、畸形，他就住在玛蒂尔迪的小屋边缘，经常透过窗户，渴望地盯着她欢乐的家。他知道自己在她眼中，是惹人厌的。

稍后，当你遭逢已抛到脑后的相关事物时，你重新体验一次同样的感受。司汤达假装由朋友的日记中，读到下面这个段落，其实他也借这名“把热情作为逻辑第一课”的朋友之口，说明自己所受的折磨：

> 爱已经使我陷入悲哀和绝望，我诅咒自己的存在，对任何事物都毫无兴趣……墙上的每一个花样，每一个家具，都责难我梦想在这个房间内获得的快乐，而这现在也永远失落了。
>
> 我在冷雨之中迈步穿过街道。机会，如果可以称之为机会，引领我走过她的窗下。夜幕低垂，在我走过之时，我汪汪的泪眼不由自主地注视她的窗子。突然地，窗帘拉起来一下，好像要看外面的街区，却又很快地落下。我心中一阵痉挛，我已经不能再镇静自如，而得在邻居的门廊之前躲避一下。我的感情开始骚动；这当然可能是窗帘偶然的扰动，但假如是她的手掀起窗帘呢！
>
> 生命之中，只有两种悲哀，一种是得不到报偿的爱，另一种则是一片空白。
>
> 在爱之中，我已经感觉到，超越我最狂野梦想的无边快乐就在身边，唾手可得，只等着一个言辞，或是一个微笑。
>
> 没有热情……我在任何地方都找不到快乐，而开始怀疑快乐是否为我存在……

用借贷的方式来爱

他开始烦躁，悲叹如果他生来就没有热情，只要在平稳的气氛中拥有一颗温和的心，可能更好。但就像一只狗在安静地躺下之前，必会绕圈多传达言语难及的深度；爱的力量如何粉饰意中人真正的本质；以及自我怀疑和自知之明如何无情地伤害自己的心。他就像分类学者一样，把恋爱分为七种阶段：首先是景仰，接着人希望这种情绪可以受到回报，当希望和景仰结合之后，爱就诞生了，感官也对触摸、见到意中人、和意中人说话的乐趣有所觉醒。下一个阶段和他主要的观念有关，是所谓的“结晶”，也就是恋爱中的人倾向把意中人理想化，把他或她想象成比其他任何人都高贵、杰出。这是一种“心理过程，由所发生的一切，找出证明意中人完美的新证据”。他把它名为“结晶”，因为这使他想起盐矿树枝上的结晶形态。采矿人把光裸的树枝投入被弃的茎上，两三个月后拉出来，就会发现上面形成了闪闪发亮的食盐结晶。“最小的树枝，不比小鸟的爪大，却装饰了一群灿烂夺目晶光闪闪的钻石。原先的树枝已经不再能辨识出来了。”在结晶之后，怀疑悄悄降临，接着是可怕的疑惧，情侣要求你一再提出爱的证据。（他说，男人和女人怀疑的事不一样，男人疑惑自己能否吸引女性，使她真正地爱他；女人则怀疑男性的诚恳和可信度，也许他只对性有兴趣，很快就会弃她而去。）如果克服了怀疑，“二度结晶”就会发生，心灵会把每一个行动都当成爱的证据。在这个阶段，和恋爱相对的就是死亡。如果理想的对象离开，悲哀的情人会觉得是自己的错，是自己破坏一切，使得快乐永远丧失。没有慰藉，沮丧令每一个光明的想法都丧失活力。心灵不再能够把愉悦的想法和任何愉快的活动连接在一起。司汤达写道：“这是视觉的幻象，造成最后致命的一枪。”

司汤达也详细描述了自然而然的记忆。一个物体甚或是感受，就可以出其不意地让人想起意中人。他解释道，当你和情人在一起时，你太专注、兴奋，以至于无从注意身边的世界。你所感受到的，全都是官能的感觉。

残障的爱：麦克库勒

司汤达也让人想起麦可库勒（Carson McCullers）的小说《同是天涯沦落人》（*The Heart Is a Lonely Hunter*）。麦可库勒写这本小说时，才只有24岁。小说的主人翁辛格（singer，有歌者之意）先生既聋且哑，心中却充满爱的呐喊，只是没有人听得到。女主角米克（Mick）是个少女，极端渴望获得同辈的接纳，却依然觉得孤立隔绝。小说中的每一个人，都在追寻一种或另一种形式的爱，靠近、失败、静静地在小心安排的百叶窗后等待。有些瞄准的目标是在影子上，有些则有绝不会失误的目标。但大部分都像星球在轨道上一般，相互绕行，被人类境遇的重力束缚在一起运转，尾随着相互的足迹，但注定永远不能接触。许多角色在某方面都是病人或残障，一如麦可库勒自己5年之后的情况。那时，29岁的她因为肌肉营养不良而受困于轮椅，一直到50岁去世。她一生都遭放逐到球场的露天座位，观看身强力壮的人在球场上玩耍。这使她对隐藏的残弱特别敏感，她书中的角色都因自己个人的毒瘤憔悴，或是脱离了生命。没有人可以见到另一个人的痛苦，每一个人都经过生命中孤独的弹道。虽然他们渴望共享，渴望解释，却找不到任何可以接触的人。辛格先生似乎最健全清醒，但因为他不能和其他人交谈，所以也最孤立。他就像是马戏中的秋千艺人一般，向外跃过深渊；最后他放弃了寻找另一双等着接住他的手，放开了自己的手。司汤达对这样走钢丝的寂寞和相思马戏必然相当在行。

他对爱的研究可以说是对于迷恋的小小分析。他谈到在意中人面前所感受到的害臊；自然地举手投足多么重要——却也很难达成；意中人仁慈的言语使他说不出话来；希望和绝望的交替浪潮使人多么煎熬；意中人最微小的手势或言语可以在这一刻毁灭情人，下一刻却使他狂喜；音乐如何次一样，他也一再地回到使人上瘾、使人休养生息的力量，使得人生有“神秘而神圣的光辉”。在他离开“朋友的”日记之时，他继续他的论文，发明如下的智慧隽语：“16 岁是渴望着爱的年龄，但对机会可能提供什么样的饮料，却并不挑剔。”或是：“长久的围困侮辱男人，但却使女人更显崇高。”或是：“贞洁的风骚女子用眼神作武器，任何事物都可以在一瞥之中表达清楚。”他的心理智慧迄今依然经得起考验。例如，他了解过去的经验会如何影响我们选择伴侣：“你已经不自觉地酝酿了理想，有一天你遇到像这个理想的某人，结晶……把你永远地奉献给你已梦想如此长久的命运主宰。”他说：“两个恋爱的人所有的爱很少是相同的，热情之爱有其语法，首先是其中之一方，接着是另一方会爱得较多。”有些人依他的说法，“用借贷的方式来爱”，他们会“全心投向这个经验，而非等待它发生”。在他的社会之中，女人并没有多大的控制力，而他由个人的经验写道：“女人的力量依她可以用来惩罚自己情人的不快乐程度而定。”

对司汤达而言，爱的本质是幻想。我们和自己设计发明出来的神祇坠入情网，永远不可能看清。我们永远不知道驱使自己往他们那里去的力量，但却注定要爱他们。的确，人们对情侣的选择乃是由其生命之中早先的经验形成，要邂逅符合事先预存模型的人，问题只在时间迟早。

恐惧也是爱的必要条件。当然，熟稔、心满意足——全都会引导至伙伴和善意的愉快关系，却不会造成恋爱的火热经历。司汤达和后来许多思想家不同，他们把爱描述为发生在两人之间的情感事件，但司汤达则认为爱是单独的感受，不论有没有回报都存在。司汤达是激烈的女性主义者，他并没有因玛蒂尔迪的残忍而谴责所有女性，甚至也并没有过分责怪她。她不爱他是他自己的错，但他也并不后悔自己感受到的悲惨灾祸。甚至在得不到报答的情况之下，爱依然使他获得雄心、想象和活力。爱使他每一天都有进取的感受，把他的白日梦填满了美，而把最糟的梦魇隐藏在可能的纱幕之后。

爱与魔法：德·鲁日蒙

在这个寒冷的 11 月早晨，雪向一边吹成了硬邦邦的白色大炮，而结了冰霜的树则前后摇晃，仿佛下跪的妇女。风势已减，慢动作的雪片静静地落下，在草地上交织成一片。突然风刮起一阵狂乱而骚动的雪柱，吹向空中。

这所有的力量，安乐之感，脆弱和毁灭，都配合了我书房中澎湃的音乐：瓦格纳（Wagner）的《特里斯坦和伊索尔德》。一段纯净、激动的感性风暴，经过延伸、欣赏、探索，音乐重新塑造了爱的身体热情，如此猛烈，刺激了这对恋人，却只是使他们面对毁灭的结局。大提琴渴慕地呻吟，双簧管充满欲望地喊叫，一会儿纷扰不休、一会儿却又充满狂喜、充满肉欲而紧绷。序曲在沉郁之中开始，到达狂热的渐强和高潮，然后完全解开，以细语结束。由这个情感的总结，这个歌剧展开了古老的爱与死亡的故事。

很久以前，在吟游诗人歌唱的时代，美丽的女孩布朗雪弗蕾（Blanchefleur）爱上了勇敢英俊的骑士，经过无数的艰难险阻，两人终于结合。他被征召上战场，在她怀孕之际战死。这个打击太大，使得布朗雪弗蕾小姐病得极重。她生出宝宝，为他取名特里斯坦，意即“悲哀”，然后去世。她死后，孤儿由布朗雪弗蕾的兄弟，康渥尔的马克王（King Mark）抚养，他把孩子带到唐塔薛尔堡生活。这个男孩长大了，到青春期，他完成了担任骑士所要求的勇敢行为，杀死恐怖的爱尔兰巨人莫贺特（Morholt）。

但在搏斗的过程中，莫贺特用有毒的倒钩伤害了特里斯坦，特里斯坦以为自己一定会死，所以要求人们把自己和剑及竖琴一起漂流而下，他坐在既没有帆又没有桨的小船上，随波逐流，最后漂近爱尔兰的海岸。这真是双重的好运，因为爱尔兰的女王和她漂亮的女儿伊索尔德有治疗的能力，拥有拯救他的灵药。于是他直接去找她们，叙述了他的经历，小心遮掩受伤的原因（因为莫贺特是女王的兄弟）。于是伊索尔德照料他，使他复原。

几年之后，马克王站在城堡窗前，有一只鸟站在石质的窗台前，喙中含着一根美丽的金发，在阳光之下灿烂夺目。马克王着迷不已，当下决定要娶这根金发的主人为妻。特里斯坦奉命去找这名女子。路上发生暴风雨，使他因船难再度来到爱尔兰。他打败一只肆虐当地的龙，再一次，伊索尔德照料他的伤口，但这一次，她却得知他的过去。她发现是特里斯坦杀死了莫贺特舅舅，立刻拔剑，要去杀死正在沐浴的他。特里斯坦一惊跳起来，伊索尔德见到他雄壮的裸体，印象深刻。特里斯坦向伊索尔德说明马克王派他来的任务，伊索尔德说她就是他正在寻找的女人，也很愿意成为王后，为了种种原因，她放下了剑，饶恕了特里斯坦。

这一对男女立刻动身前往康渥尔，但在海上，却觉得烦闷难当，空气散漫又闷热，他们要伊索尔德的侍女倒点饮料来喝，她在附近的舱房里翻找半天，最后从女主人的袋子中拿出一小瓶葡萄酒，为两人倒了等量的酒水。但她却不知道这个瓶子中，装的是用青草和药草所制的浓烈爱情灵药，那是女王亲手调制，作为伊索尔德和马克王洞房花烛夜的礼物。特里斯坦和伊索尔德就在毫不知情的情况下喝下灵药，接着就有了奇特的反应：他们俩直挺挺地坐着，两人眼中都向对方射出涌流的火。由那时开始，他们的命运已经注定而无法摆脱。因为他们已经“饮下了毁灭和死亡”。根据神话原始的版本，爱情灵药的有效期是三年，而在眼前，他们却完全因爱而结合，在心灵和肉体上都无法分离。

虽然有这个明显而灾难性的不忠，特里斯坦依然是个骑士，必须遵守骑士的行为规范。因此他必须遵守义务，把伊索尔德带去见马克王。新婚之夜，伊索尔德的侍女趁着黑夜潜入王宫寝室，秘密地取代伊索尔德，完成婚姻之实。显然马克王并没有察觉到她们体形不同，也没有太接近看她的脸孔，或在亲热之时说太多的话。第二天，国王的男爵报告说，特里斯坦和伊索尔德是恋人，虽然国王放逐了特里斯坦，但这对情人却依然秘密会面，经过一系列惊险的逃脱和测试，马克王清楚他们俩持续私通。于是，下令特里斯坦被处火刑，伊索尔德则交给一群麻风病患者。在行刑的路上，特里斯坦设法逃脱，接着又救走伊索尔德，两人逃到森林中躲藏。这原该是天赐幸福，但传说却把他俩在一起的生活描述为“残酷而难过的”。有一天，马克王发现他俩在睡觉，两人中间放着特里斯坦的剑，国王因他们俩的贞洁而深受感动，宽宥了他们，把自己的剑放在特里斯坦剑的位置作为记号，悄悄离开。

3 年之后，灵药药力消失，突然，这对恋人有了罪恶感，于是后悔了。特里斯坦说，他想念宫廷生活的刺激，而伊索尔德则想念做王后的生活。他们首先去拜访食人巨妖，接着又经历长久的魔法仪式和考验，最后又向国王和上帝撒了荒谬的谎（伊索尔德发誓她从没让其他人碰她，除了国王和抱她上岸的年轻农夫之外——然而这名年轻农夫就是特里斯坦乔装的）。这对男女讨好逢迎，终于得回了易受骗的马克王的宠信。

特里斯坦恢复骑士的身份，再一次出发冒险，其中有些使他远离唐塔薛尔。他孤独地过了一阵子，又开始想念女人的陪伴。尤其想念美女伊索尔德，他认为她一定是快乐地待在宫中，一点也不再爱他。在思乡的情绪下，他娶了一名美丽的女孩，也叫伊索尔德。但出于他对原先伊索尔德的忠诚，因此在新婚之夜未能圆房。战争的严酷终于取走其祭品，有一天，他遭到矛伤，即将死亡，于是托人带话给伊索尔德王后，要她带着药赶快来救他。她立即出发，并先送了一个讯息说，载着她的船会挂白色的帆。特里斯坦的妻子，见到船只带着情敌抵达，妒火中烧，她告诉特里斯坦船帆如世界末日一般地黑。于是特里斯坦在美丽的伊索尔德抵达岸边时死了。伊索尔德冲向城堡，发现他死了，深受悲哀折磨，倒在她的情人身旁也死了。

致命的爱是歌曲和传说最古老的主题。如德 · 鲁日蒙在他对特里斯坦这个神话故事的经典研究《西方世界的爱》（*Love in the Western World*）中提到，诗人很少会歌颂快乐、轻松、没有任何阻碍的爱。历史懒得记录永远快乐的情侣。“罗曼史只有在爱会致命、遭到不幸，注定失败的情况之下，才有可能存在……历史描述的不是佳偶美满的结果，不是爱的满足，而是其热情。而热情就意味着受苦。”热情是我们梦想的目标，我们希望孩子拥有，也因别人拥有热情而欢呼，我们赞美热情是情感的光亮宝石，秘密渴望着。每一个人都需要热情，这是歌手斯图尔特（Rod Stewart）在歌曲中告诉我们的，他也列出了需要热情的人，由农夫到外交官，圣人到小偷。“就是总统也需要热情。”但如同德 · 鲁日蒙所指出的，热情在定义上就包括了折磨，它的本质乃是灾难。那么为什么我们如此珍视？因为关心和折磨使我们更有生气，给我们一阵短暂而突然的兴奋，一个震惊。热情驱使我们进入一阵强烈的情感，使得我们渴求，虽然使我们痛苦。热情的爱会提升我们，但也折磨我们，而为了那肉体的刺激——感受到我们所有的感官都在红色警戒区，太阳永远在正午时分，每个小时都是小小的永恒——我们乐于受折磨。

特里斯坦的神话就像潮水一样，由公共道德的地面涨上来。许多人的手塑造过这神话，许多人说过它。神话的内容很可能是人们应该在社会上遵守的行为法则，但也表达出禁忌的想法和人们秘密的恐惧。这个神话反映出12世纪欧洲所关切的事物，当时人们试着要掌握道德的矛盾与现实。一方面，骑士的规范说力量驾驭一切，而骑士首先必须侍奉他的意中人，做她的仆人。因此，没有人会责怪比马克王更勇敢更强壮的特里斯坦带着战利品伊索尔德逃走；但另一方面，封建社会的法则又令他作为领主的奴仆，因此特里斯坦把伊索尔德归还给他的国王。这里面有许多种的忠诚和奉献，这个神话问道：当你面对不同而相冲突的义务时，到底应该忠于哪一个？

特里斯坦和伊索尔德饮下爱情灵药，就失去自由意志，成为大自然的牺牲者，他们互相迷恋而私奔。但宫廷之爱的理想是基于调情、恋爱和渴望之上，骑士不该真正拥有意中人。这对情人去见林间力量强大的食人巨妖时，宣称自己是因为灵药才相爱的，实际上他们根本不喜欢对方！爱违背意志发生在他们身上，趁他们不备，一点也不能算是他们的错。这是双重的诱拐。神奇的事物发生在他们身上，使得他们被卷出罪恶、善恶的领域，超越道德，进入两人的王国，有它自己的敕令和自然法则。

在那儿，出于极度的痛苦，他们俩都统治也都服从，并不是因为陷入情网，而是因为他们爱上了爱。德·鲁日蒙敏锐地指出：“他们对对方的需要乃是为了要兴奋，他们并不需要对方原本的样子。他们需要的不是对方的存在，而是对方的缺席。”那就是为什么故事中有如此多的障碍。最后他们终于在一起，住在森林中仿佛是已婚夫妻一般，一天接一天，他们开始厌倦生命，也厌烦了对方。德 · 鲁日蒙说，对障碍的需要乃是这个神话的主题；这是要感受强烈热情所必要的条件。这对情人乃是“为追求危险而追求危险，但只要危险来自外在的世界，特里斯坦克服危险的勇气就是对生命的肯定”。那就是为什么居住在森林中时，他们睡眠之际还会把剑抽出来放在两人之间，添加一点安逸的危险。

德 · 鲁日蒙说，3 年正是热情而没有阻挠的爱可以持续的时间，因此爱情灵药的期限会选择 3 年。在此之后，夫妻发展出较平和的友善之爱。要让爱保持可望而不可即的炙热，必须有新的危险来燃烧。

此外，德 · 鲁日蒙说，特里斯坦的神话隐藏了所有人心中一个可怕、秘密而羞耻的渴望，太可怕，使我们无法说出口，除非把它当成一种情感上的象形文字。因此我们象征地谈及遥远时代的远古情人。我们不能言喻的真相乃是，我们渴望死亡。

> 魔法插入其间，因为必须描绘的热情有使人迷惑的暴力，没有良心的谴责，就不能接受……教会斥之为有罪而禁止，常识也视之为过分的病态。因此热情不能公开接受赞扬，除非能解除和每一种人类义务的关联。因此必须要有爱情灵药，不管怎样，它都会起作用，更好的安排是，它还是误饮的。
>
> 爱情灵药是热情的托词。使得这两个不快乐的恋人能够说：“你看，一点也不能怪我；你看，我是不由自主的。”然而因为这欺人的必要，他们所做的每一件事都导向他们所爱的“致命地满足”，而他们也可以用巧妙的决心和灵巧达到这个满足，不会犯错，因为这不会受到

道德的判断。……谁敢承认他在寻觅死亡……终其一生，他所渴望的乃是毁灭自己的存在。

只有在死亡中，我们才停止伪装、挣扎和反抗。唯有那时，我们才抛开理智的阻碍，政治和宗教的心理游戏，所有人类担忧和困扰的事，成为生命本质最根本的部分。在那最终极的状态，甚至爱的力量都挥发了，他们死亡的时候，感官到达了荣耀的最高点。矛盾的是，就在那毁灭的时候，我们却最能接纳生命。迪伦 · 托马斯（Dylan Thomas）对这个主题有一首美丽的十四行诗：

当我所有五种国度的感官看到，
手指头会忘记巧妙的种植技巧并说
如何，经由如半月无精打采的眼睛，
年轻星辰和满怀的黄道带，
冰霜的爱削减衰退，
低语的耳朵会注视着爱击鼓远去
随着微风和贝壳到不和谐的海滩，
而随着音节摇摆，山猫的舌喊叫
她爱怜的伤口痛苦地愈合。
我的鼻孔见到她的气息如树丛一般燃烧。

我唯一且崇高的心有见证
在所有爱的国家，都会清醒地摸索；

而当盲目的睡眠落在侦察的感官上，

心是感官的，虽然 5 只眼睛毁坏。

热情的爱表达了放弃自由意志的观念，同时把自己阳光普照的生命交给黑暗的力量。德·鲁日蒙提醒我们，这意味着秘密地喜爱艰苦，欢迎死亡的可能，并埋藏痛苦和折磨，作为深沉肉欲满足的特别泉源：

爱着爱的本身更甚于爱所爱的对象，为热情本身而爱热情，是受苦，和追寻受苦。……热情的爱，对它得意扬扬地折磨和灭绝我们的渴望——这就是欧洲一向抑制隐藏的秘密。

虽然特里斯坦的神话故事有悲哀，甚至郁郁寡欢的情节，其中所有的一切都出了差错，而情人也在悲哀中死亡，这么多年来，却相当受欢迎。古代的人，19 世纪的浪漫主义者，以及我们即将迈入新世纪的现代人，全都因他们热情所创造的美丽旋律而晕眩。我们喜爱不快乐的故事。我们发现情人生来就该死去。为什么热情和死亡如此紧密地联结在一起？因为我们在死亡的边缘才最有生气、最有知觉，而我们也觉得这充满了色欲。“死亡的方式就如同感官的刺激，”德·鲁日蒙写道：“这个动词的完全意义，包括它增强了欲望。”

很少有事物如考验一般使人迷惑。心灵把感官记忆画上详细的细节，触摸着每一个障碍，欣赏着惊慌、希望和恐惧混合的滋味。危机之中，情感并不会互相取代，而是像音乐和弦上的音符一样共同存在。活过来吧！脑子命令着被恐惧打击的身体，当失败的考虑突然一个接一个出现，成为明白的证据，每一点每一些都变得有关系。波涛起伏的巨浪色彩，通过人手指的绳索灼伤——任何部分都可能计入生存最后狂乱的算术。心灵为了追求细节，转向高涨的敏感，于是空气也变得值得品味，声音成为一座森林。感受到自己的生存是一种狂喜，不论是什么造成这样的觉醒。

甚至在之后，生存下来后，心灵也以亲爱的方式记忆这个考验，以迷恋的精致、兴味和细微的知觉。“这就是我在面临死亡时所受到的”主题，重新以缓慢、令人毛骨悚然的细节，填满了许多艺术作品，由特里斯坦神话，到《暴风雨》，到《白鲸记》。海有一些东西使得它特别适合做这样的叙述，也许是因为海的黑暗昏睡提醒我们，这许多无意识的心灵，一个阴影的世界，无理性潜伏其中，动机则隐藏其下。

在特里斯坦作战之时，这些值得他活生生感官记忆的年岁，留在遥远的岛屿之上，仿佛是他知道自己曾有过却记不太得的梦在心里困扰着他。他的损失实在太大，使他再度着迷于他对伊索尔德的爱。人可以挖掘出过去吗？可能重新再熟识我们忘记的自我吗？在什么时候应该摒弃？永不，如果我们真正寻找的不是人，而是最强烈的兴奋、感受性和知觉状态，即使它意味着死亡。一如诗人史蒂文斯（Wallace Stevens）所写的：“沉思的人……他见到老鹰飘浮／对它而言，整个阿尔卑斯只是个单一的巢。”没有障碍，心灵就不会展翅，不可能会有热情飞扬。热情最好的途径就是通奸，其不朽的吸引力在特里斯坦和伊索尔德和其他禁忌之爱的古老神话中闪耀。我们知道危险的爱情会点燃什么样的取悦美人的烽火，我们也渴望那样极端的兴奋。当我们听到特里斯坦的神话，我们梦到爱人的梦，渴望着爱人的火。我们渴望自己成为那激烈刺激打猎的每一个角色：追踪者、野兽和猎人。因为我们知道要有刺激的情节，才能使热情的松鸡跃向高空，让脉搏如兔子一般奔跑躲藏。接着我们就会用自己每一个毛孔和细胞，感受到蓬勃的生气，飞越皮肤，卷入超自然荣耀的状态，让我们觉得如神一般活泼有力。

等待的情欲：普鲁斯特

等待中，感受到她的肋骨压靠在胸腔壁上，一阵沉闷的疼痛，好像有人在敲击一样，在胃的穹窿中。她手表上的分针仿佛冻结了一般，生命所有的过程都停止了；没有鸟鸣，也听不到汽车的引擎声，世界缓慢下来，宁静统治了一切，但她的脉搏却像一匹受惊的雄鹿一样腾跃。她坐在窗前，侦察着底下街道的每个动作，解析着像她意中人的每个脸庞。浅色的头发一闪，她心头阵阵愉悦，接着却又面对失望，因为她发现那是陌生人的头发。苔藓绿的雨衣在街角出现——终于！——但错了，那只是个生意人在下班回家途中顺路到面包店。一次又一次，她的感官向她打出讯号，却又背叛了她。上午 10 时左右，她的情人终于到达之时，她已经完全因为期待的紧张而筋疲力尽了。

一名少女坐在电话旁，她的背部因忧虑而挺直，手指玩弄着一绺头发，紧张地等待着。维多利亚时期的女孩，手上忙着最费力的刺绣或针线活——复杂的网眼和餐巾、枕头套、衬裙、垫子、毡子和睡衣上的蕾丝，被动地等待着。理论上，她是在准备她的“希望箱”，但真正的目的乃是以忙碌的工作填补青春期空虚的时光，同时等待真正的爱降临。现代女性在单身酒吧中闲荡，在报上刊登浪漫的个人广告，参加“我爱红娘”活动，或是参加教会举办的舞会，她们主动地等待。等待爱的降临是所有人无一例外的工作，而且做得极不好。等待的精髓乃是会使我们受苦，但请记得，折磨是热情的先决条件。等待“绝配先生或小姐”、“唯一的真爱”、“特别的那一个人”、“意义重大的那个人”进入生命，永远占据人心，也是许多艺术作品的灵感泉源。在狄更斯的《远大前程》（*Great Expectations*）中，我们见到可怜的、枯萎的哈维森小姐（Havisham）穿着渐渐腐坏的新娘礼服，坐在蜘蛛网中，依然等着在祭坛上弃她而去的新郎……数十年的事了。令许多时代着迷的童话故事《睡美人》中，睡美人焦虑地等了几百年，直到英俊的王子带着使她清醒的亲吻来到。她终于可以醒过来，深深地呼吸，并开始有意义的生活。

过去，女性总是被形容成在等待爱，如克恩（Stephen Kern）在《爱的文化：维多利亚时期的人到现代人》（*The Calture of Love: Victorians to Moderns*）指出的："维多利亚的艺术显现出，女性准备接受除了爱之外任何事物的极限。"它着迷于"等待的图像学"，例如：

> 所有维多利亚时期艺术品中所描述的沉睡女性——在树下、在湖滨、在吊床、床、沙发、长凳和草地上……无尽的女性耽于感官的准备，在罗马浴池或中东婚姻市场、奴隶拍卖场，以及伊斯兰教国家妇女的闺房等待。

历史上，女性长久地待在锁钥之后，是男人的动产，因此无法抛头露面，如男人一样寻觅自己的爱。美丽的女孩必须等待穿着光亮甲胄的骑士骑马经过，惊艳之后，对她展开追求。因此，她们可以说是站在好莱坞的街角等待着的小明星，期待并祈祷能够被英俊的大亨发掘。从前，女孩子总等着家人为她们选择。如今，男女都等待“因果”、“命运”、“天数”，或其他现世的神祇送来可以相配的伴侣。不是等待丘比特的箭，而是等待时机。他们依然相信神奇的魔力能够控制人的一生。

等待的要义乃是希望未来能够成为现在。对一个微小的时间或一系列时刻，时间以影为舞，而期待的未来由想象力所系，拉入现在，仿佛真的是此时此地，要超越其生命的限制。现在这一刻，而且只有这一刻可以掌握的，乃是把未规划的未来世界，神奇地归纳成瞬间的海洋。等待的刺激兴奋来自假装打破无法唤回的界限，就像与闻死后的生命。有些人害怕高速的未来，超越人类控制，像充满爆炸物的糊涂导弹。其他人期待但并不恐惧未来，认为会带来好和坏的惊奇事件。两种人都等待着爱，其中一种比另一种人热切。等待经常成为爱的美好前奏，两个人在一阵保证和亲吻中，重新结合在一起。

对普鲁斯特而言，等待有另一种属于自己的情欲，如果意中人永不出现，就会使得这种愉快更加敏锐。“午夜的太阳”，他的巴黎朋友这样称呼他，因为他的昼夜总是颠倒：日间睡眠，夜里写作或交际。时髦、机智、富有、活泼、打扮得像花花公子、喜爱闲话、谄媚逢迎到极点，他在巴黎社交圈最高的阶层来去自如，在较年长的太太辈中有许多迷恋对象，也写了许多很棒的长信给他的朋友。但他大部分的人生都花在华丽公寓中以软木装潢的卧室内。普鲁斯特身体孱弱（53 岁时死于气喘），在情感上也依然处于退隐状态。普鲁斯特几乎像隐士一般，住在遥远如同深沉太空的夜晚国境之中。在那里，在他富丽堂皇的卧室之中，靠着精美的枕头，食用由喜爱的豪华餐厅送来的马铃薯泥，创造出充满润饰的回忆杰作——《追忆似水年华》，普鲁斯特讨厌这个英译书名。这个名称来自莎翁一首十四行诗。如果要把书名译得更精确，应该译为“追寻失去的年华”，但这个翻译依然未能表达原书的副标题：*À la recherche du temps perdu*，暗示了研究和捕捉的意思。普鲁斯特试着在其中回忆所认识的每一个人，他的每一个自我，一生中所见到或所做的一切。人如何可以传达活生生的丰富本身——所有的人和情绪、动物、天空、感受和思想，以及心灵本身隐藏的生活？他虚构的饰带延展了3000页，以心灵华丽的音乐吟唱整个段落，让人难以忘怀。“他是梦的解析者”，韦斯特（Paul West）在向普鲁斯特致敬的文章中说道：“他是个创造失神状态的人，是欣赏毁谤的人，是抚爱女子者，是拥抱男子者，是爱抚年长已婚妇女者，是势利小人的专家，是机敏言语的商人，也是爱、回忆和想象力惊人的理论家。”

普鲁斯特于1871年生于巴黎，正是法国和普鲁士战争的高潮，损失惨重、粮食短少和疾病横行的年代。巴黎的居民在绝望之中，不得不食用狗、猫和老鼠以维生，于是霍乱摧毁了一个接一个的地区。他的母亲因为无法获得在怀孕期间所需要的营养，因此对孩子的体弱多病相当自责。不久，她又怀了孕，普鲁斯特有了一个弟弟，他终身厌憎这个竞争者，也不断与其发生口角。他母亲溺爱他，为他烦心，如果他看起来像生病，就对他特别关切，每晚睡前都读成年人的书给他听，特别注意跳过其间浪漫的段落。最后，他把书籍和母亲联想在一起，但也了解因为生病，才得到母亲大部分的注意力。克莱门斯（Jeanne-Clémence）害怕自己生育了有病的孩子，本能地把他当成是生病的孩子，而她作为护士——献身者而逐渐增加的注意力，也使普鲁斯特表现得更虚弱。母子很早就形成这样的默契，也相互认同对方，他们紧密的共生圈排除了其他所有人。如今我们或许会把克莱门斯描述为“过度保护”的母亲，并且怀疑普鲁斯特的气喘是否有其心理因素。弗洛伊德极有可能建议——一如他对达·芬奇的看法一样——普鲁斯特的同性恋源于太过认同母亲，因此他最后爱男孩，一如她爱他一样。不论如何，普鲁斯特童年时期经常卧病在床，经常不上课，他的父亲（是个医生）去上班时，都是母亲在照顾他。普鲁斯特和母亲一生中经常交换信件，甚至同住一个屋檐下也依然如此，她的信经常以情侣般充满亲昵的话语作结。这对小普鲁斯特而言，是爱和发现的黄金时代，他母亲开玩笑地称呼他“我的小狼”，因为他吞噬了她一切的关怀；那是永远日正当中的时代，而他也独占了世上唯一完美生物的爱。

成年的普鲁斯特不必挖掘搜寻幼时的回忆，它们不待召唤，如琼浆玉液般源源而来，他称之为“不由自主”。也就是说，这不是为了小说而拟，只是自然地发生。但一旦出现，他就将其变成小小的永恒，是不会耗竭的迷你宇宙，是感情的狂欢。最有名的例证，在《斯旺的路》(*Swann's Way*)中，一个寒冷的冬日夜晚，普鲁斯特的母亲给了他茶和玛德琳蛋糕（一种扇形的小蛋糕)，他把一小块蛋糕浸入茶中，举到唇边。当他尝到滋味时，全身突然一阵战栗，在记忆中的一声锣响，使他出神置身于儿时到婶婶家做客的时刻，她也拿玛德琳蛋糕和莱姆花茶招待他。他重新品尝这些圆胖的小蛋糕，再度闻到那些芳香的茶。堤决了口，质地、气味、声色的河流奔泻出来，他有如相片一般的记忆，以及对正确细节的热情，因此能够重新把感官画在读者的心灵上，如此强烈，使得每一个读者都觉得自己溜进了房间，和普鲁斯特的婶婶及其女仆在一起，和这个景物密不可分，完全独处，好像地球上没有别人曾经读过或想象过一般。普鲁斯特身为官能的灵魂学者，他相信记忆就像躲藏在物体中的魔鬼或小精灵一样。有一天你品尝到某个特别的事物——或是经过一棵树，见到一个蝴蝶结，那么记忆就会跃向你。这样的情况发生时，就开启了环绕着它所有的记忆，以及感觉的争战结果。过去是印加金矿的迷失城市，也有惊人的庙宇，空想的统治者，如迷宫般弯弯曲曲的街道，以及祭品牺牲——都可以呈现出最高贵庄严的面貌。

你会以为这样耽于逸乐的人在爱方面会有相当的表现，品味每个片刻，称颂小小的愉悦。普鲁斯特自幼就像拥有一整筒箭的射手一般期待着爱，目标突然以红发、雀斑、手持小铲子的小姑娘形式出现。她站在一丛茉莉之旁，甜美、芳香的气息震撼了他。他们交换一瞥，如长吻一般深沉，而他开启所有的官能，体验着她。他可以感觉到自己的灵魂游向她，与她的混合，体验着弗洛伊德后来称为爱的“海洋感”（弗洛伊德认为这是成人残存着婴儿想要与母亲合而为一的想法，或者可以说，这是一种在子宫内和母亲合而为一的记忆）。他希望拥有她，虽然他也很清楚，没有任何事物——甚至是性或神秘的结合，能够解决我们感受到的孤独和分离。

小说的叙事者长大之后，与一个名叫艾伯丁（Albertine）的女孩坠入情网，这是一名黑发、貌不惊人的中低阶级女孩（让我们把漂亮女人留给缺乏想象力的男人）。他崇拜她，但她最后却决定离开他。她的爱情并不专一，为了和男女两性的情侣狂欢作乐而逃跑。他尝试要引诱她回到身边，允诺要为她买劳斯莱斯汽车和游艇，她同意了，但在她回来之前，却被马摔下马背，香消玉殒。在《追忆似水年华》书中，叙述者以如干咳般让人不安和无意识的迷恋，为艾伯丁神魂颠倒。她是未知太阳系的中央星球，她所触摸的每一个物体都教人瞥见明亮的新世界。他充满想要拥有她的嫉妒和悲伤。每一个脸庞都教他想起她的脸庞，每一个事物都是通往爆发痛苦记忆的旅程。她虽然不存在，但也永远存在。那就是普鲁斯特对爱的观点，也就是爱并不存在于现时，只存在于期待或记忆的时光。唯一的天堂乃是失去的天堂。爱需要缺席、障碍、不忠、嫉妒、操纵、明白的谎言、假装的和好、耍性子和背叛。另一方面，情人们焦虑、希望、烦忧和梦想。

痛苦以更高程度的感觉鞭笞着他们，由那种心理的泡沫，出现了爱。爱不是生理上的直觉，不是进化的需要，而是一阵想象，因为困难而生存。在《甜蜜的欺骗》（*The Sweet Cheat Gone*）中，叙事者忆起艾伯丁如何面对面优雅地拥抱他，把她的眼睫毛和他的缠绕在一起，他忆起这么亲密、微妙的共处，几乎昏过去，他也回忆起当时的浑身无力、身陷其中之感。

叙事者坦承，他对艾伯丁的热情其实是童年对母亲的爱的再生，这听来完全符合弗洛伊德的说法。他甚至坦白，没有任何情妇如他母亲那般爱他，如他母亲那般使他快乐。她的爱绝对而可靠，是他童年方位刻度图的一个定点。在《追忆似水年华》书中，有许多和弗洛伊德思想类似之处，虽然普鲁斯特可能看过弗洛伊德的书，但在他的信件和其他记录中，却丝毫没有读过弗洛伊德的记载。他对母亲的迷恋如今如此使人着迷的原因，乃是它是相当纯真无邪的（虽然是极端的）例子，说明孩童对双亲之一病态的固执，也就是弗洛伊德所定义的恋母情结（Oedipus complex）。但是普鲁斯特对爱的看法和弗洛伊德却有很大的不同。弗洛伊德认为升华的性乃是爱的根源，而普鲁斯特则不觉得爱有扭曲、伪装或重组的性动力。对他而言，性与爱是不可分的，因为它鼓励了亲密——但爱却是来自他们自己的需要。爱不是遗传而来的；你必须搜寻爱。为什么爱是珍贵的呢？因为爱是伟大的动力，能够让我们和生存的每一个层面都息息相通，和人和物、和动物和城市。人需要爱才能觉得和谐，才能感受到人生命中丰富的景物。因此叙事者最赞颂自然界，同时也渴望爱恋女性。同时爱人和大自然之时，才能提升对两者的热情。爱使他的感官主动积极，掌掴他激起他的注意，也使他对身边的细微差异超级敏感。森林绝不会是单调的，因为当人在爱时，它就以更多的色彩和声音悸动。意中人变成是那座森林的具象，人可以把他所有的性动力、奉献和完全的狂喜都移转到森林本身。性兴奋仿佛是脑部的强势货币，只要你想要，随时都可以用。

狂喜是人人渴求的——不是爱或性，而是一阵热血，高涨的热情，在其中，活着就是一种喜乐，一种兴奋。狂喜并不会赋予生命意义，但没有它，生命似乎毫无意义。这乃是因为习惯这个特别狡诈阴险的恶棍遏杀了热情，使爱窒息。习惯使我们安上了自动驾驶的开关，普鲁斯特用在黑暗中走过自己的房屋为例——我们看不见厅堂中的家具，却熟知它们位于何处，也会直觉地闪避。当我们最后终于拥有某人之时，就视之为当然，热情逐渐消退。唯有得不到而难以捉摸的，才真正教人销魂。每一个人都一再地被可以预测的爱人“类型”吸引，每一个人都有习惯性的恋爱和失恋模式：“曾经被许多女人遗弃的男人，几乎总是同一模样，因为他们的性格，也因为某些总是可以预期的相同反应：每一个男人都有自己遭到背叛的方式……”

在普鲁斯特看来，人类的爱并不是神爱的片段，而是有意识的与意中人共享的创造行为，深入并经由对方达到所有的生命。他说：“恋爱的对象也不重要；重要的是接连的情感，接连的痛苦，类似的不幸使我们感受到过去和她有关的忧愁……”每一次叙事者看到艾伯丁，他就唤起自己所有品尝、嗅闻、触摸的力量，把她当成他官能的工具。她只是“像雪花围绕着的石头，是巨大结构的起源中心，由我心的平原升起。”艾伯丁成为他延展自己的方式，是个放大镜，能够扩展并改进他的敏感。我们不是因对方本身而爱他们，也不是被动地爱；完全相反，“我们不断地改变他们，符合我们的欲望和恐惧……他们只是我们让情感生根的一个巨大而模糊的场所……他人的悲剧是我们心灵易腐坏的展示柜。”只因为我们需要人才能感受到爱，我们才会与人陷入情网。

> 就这件事论，我所爱过的情妇从未符合我对她们的爱。爱是真实的，因为我不顾一切，只求见到她们，为我自己一人而保守她们。如果那一天晚上，我空等她们，就会号啕大哭，但这是因为她们有能力引起那种爱，唤起突然的情感激发，而非因为她们是爱的化身。当我见到她们、听到她们时，我无法由她们身上找到任何类似我的爱，或可以解释的事物。但我的喜悦只在于看到她们，我的焦虑只在于等待她们的到来。就好像和她们完全无关的美德，由大自然加诸她们身上，而这个美德，这种类似电的力量，却能够在我身上产生激动爱的效果，能控制我所有的行动，造成我所有的痛苦。但由此，这些女性的美或智或善是完全独特的。就如电流使我们休克一般，我也被我的爱感动，我全心体验过、感受过：但我从没有见到或想过。我相信在这些关系之中（肉体的欢乐不算，虽然这经常伴随爱出现，但爱本身却不足以构成爱），在那些女人的外表之下，附属于她们身上见不到的力量，使我们告诉自己说那是隐藏的神祇。爱的善意对我们是必需的，我们接触爱，却未发现其间有任何正面的乐趣。而女人本身，在我们和她约会时也很少让我们接触这些女神。

但爱也是经过协议的刺激折磨。如果爱需要困难才能够存在，折磨是爱的发电机，那么怎么可能有不同的做法？“爱是相互的折磨，”普鲁斯特结论道。普鲁斯特式的情人似乎相当悲剧性地缺乏安全感，死缠不放，自我虐待，一如普鲁斯特本人。他们并不是借恋爱以避免折磨，他们追求的是一种受苦的特权。普鲁斯特说，那正是我们全都寻觅的目标，因为它使我们成为巫师，使我们得以窥视生命神圣而隐藏的心灵。

购买亲切

由于普鲁斯特不确定自己的人缘好坏，因此经常给侍者过多的小费，送朋友大到教人困窘的礼物，甚至经常想要收买别人的感情，或是赢取别人的接纳。他做得如此机智、充满智慧和风格，使得人们相当喜欢他的陪伴；但爱是另一件事。他的双亲不断地告诉他，他无法克服自己的疾病，找个正经的工作，是“意志薄弱的”行为。他们觉得这种严厉批评的战术，会激使他证明他们是错误的，但却造成反效果——最后他只是相信父母亲告诉他的话。是不是普鲁斯特低落的自尊使他成为这样的一个势利小人？传记学者海曼（Ronald Hayman）认为：“如果势利的定义是和精英分子建立关系乐趣的瘾，那么普鲁斯特无疑是个势利者。他对爱的热切需要使他不可能不嫉妒贵族阶层，他们的出身就已经确保他们成为其他人注意和羡慕的中心。”

难以克制的相关冲动是：“他一生想要购买别人的亲切。即是在做爱的当下，他都无法相信自己是值得爱的。”

所以随着年华老去，为确保安全，建立了“和随从、侍者、男秘书的关系。但在与社会地位与他相当甚至高于他的年轻男人的友谊中，嫉妒与快乐密不可分，甚至这段友谊未必牵涉到性”。

这些对小说家而言，都是有用的情感。“甚至当经历它时，”海曼指出：“普鲁斯特都在发展自己占有的嫉妒，使之成为艺术作品。”

稍后的年代，普鲁斯特喜欢上妓院，他的习惯被在那儿工作的一名年轻男子记在笔记本上。他喜欢男子裸体站在床前手淫，普鲁斯特在一旁看着，跟着手淫。如果普鲁斯特不能达到高潮，这名男子就得去取两只凶猛的老鼠来，“这两只饿坏了的动物立刻扑向对方，发出惊心动魄的叫喊，用利齿和爪牙把对方撕裂”。普鲁斯特曾告诉纪德他自己的怪异性偏好，解释说他只是有时候需要浓烈的感官刺激，如观看老鼠格斗，才能达到高潮。不论如何，由于他一再地遭到排斥，因此宁可自己的性伴侣是无名氏，在情欲上让人提不起兴趣，不会要求他付出感情。否则，他知道自己会陷入占有欲的同温层，其空气稀薄，呼吸困难。经过病弱的一生，面对早夭的威胁，他相信自己就算不因气喘而死，也会因手淫的习惯而短命，他悲叹着母亲和其他所爱对象的丧失，难怪他会疑惑时光是否永难唤回，永远失落。

普鲁斯特对爱的看法十分悲观而自我折磨，他最后终于结论道，只有个人的艺术之爱才值得如此呕心沥血的努力，而以这种方式，在生命即将终了的年岁里，普鲁斯特尝试要升华自己耽溺而难以满足的热情。无疑他一定会同意波德莱尔对爱的定义：“在无聊沙漠上的恐怖绿洲。”但他在心中充满情欲地使爱重现，用笔抚爱回忆。

虽然普鲁斯特说《追忆似水年华》并不是自传，但大部分的学者却都认为如此。尤其叙事者与艾伯丁的纠缠也呼应了普鲁斯特与其情人艾尔弗雷德·阿戈斯蒂内利（Alfred Agostinelli）的情爱，普鲁斯特不只为他买了劳斯莱斯，还买了一架飞机，这是首批飞机之一，艾尔弗雷德死于其中，坠入地中海，最后淹死，使得他获得了，首批因空难而死的人之一的奇怪的荣誉。

虽然普鲁斯特持悲观论点，但他对我们对爱情心理学的了解，却有相当的贡献。普鲁斯特追溯了男女关系的模式，并说明每一次新的痛苦都和过去的共鸣，使我们的“痛苦和生命中所有受苦的纪念日属于同一年代”。我们渴望被真诚地爱，他说，否则我们在生命中就完全孤独，仿佛走过空洞的海滩。否则世界就如一张邮票一样平坦。一旦意中人走了，不论是因死亡抑或遗弃，悲哀就填满了个人生命中所有的隙缝。但最后，如果我们等待得够久长，悲哀就被遗忘。人该怎么等待？最好开发出对世界本身的热情，回旋的狂喜，既诗情画意又科学理性。自然和人为的物体可以把人沉入这个世界，而我们在这个世界可以停泊的地方似乎过少。我们进入它们，哀怜地，深情地，接着变得更坚韧。的确，人可能会失去自我，成为凡夫俗子，或是有力敏锐、充满欢乐的艺术家。等待爱浮现，等待与爱人的约会，等待爱人感受到相同的爱回报，在爱人不在视线范围之内时嫉妒地等待，等待前一任情人重新出现。对普鲁斯特而言，爱的每一个阶段都跨越时间，由感官自行着色，尤其在最后的阶段——经由悲伤等待遗忘——或许遗忘是最受欢迎的，因为它恢复了我们的神志，直到下一个情感的叛变再度展开。如维吉尔在《牧歌》（*Eclogues*）中所写的：“时光冲散了一切，甚至心灵。”

爱的观念II

欲望的起源：弗洛伊德

几年前，我的一位邻居被召唤到一个可怕的现场。身为长老会牧师的杰克是自杀及危机预防中心的创办人，他得知有人拿着子弹上膛的枪对着家人，威胁要杀死他们然后自杀，还要把所有阻止他的人杀光。杰克赶到那人家中，坐在他身旁，静静地说：“把你的故事告诉我。”10个小时后，这个男人把枪交给他。在这出戏剧背后所埋藏的事实非常接近弗洛伊德想法的核心：每个人都有自己的故事，我们每一个人都有一把上膛的枪，对着自己。经过几个小时，或是几年的辅导谈话之后，故事终可完完整整地陈述出来，枪也可以放下来。

弗洛伊德想画出心内的战区，在其中，空袭警报高声鸣叫，炸弹爆炸，鬼祟的灵魂在晦暗的光线之下仓皇而走，疯狂地搜寻回家的路径，家中有慈爱的双亲张开双臂备着美食等待。他想，在充满心理地雷的世界之中，任何步骤都可能引发记忆，使自尊为之粉碎，而在精神的废墟作一趟小小的旅行，可能会导致重伤的情绪。我们属于我们的过去，是自己的奴隶和宠物，虽然看不见皮带。

但我们也属于我们的时代。“这个时期的关键，”爱默生（Ralph Waldo Emerson，美国诗人、哲学家）描述他和弗洛伊德共同的年代说：“似乎是心灵已经知觉到其本身……年轻人出生时脑中就有刀刃，这是一种内省的趋势，自我解析，解剖动机。”弗洛伊德首先受医学和外科手术刀刃吸引，但最后却对心灵和持续不断的谈话越来越着迷。虽然他很自信自己的发现与梦、性和精神病有关，但对研究爱却并不自在。他写信给荣格（Jung，瑞士心理学家、精神病学家）说：“我认为我们的心理分析旗帜不应该张扬在一般的爱的领域上。”

但他的确面对了这个问题，他的直觉也触发许多强烈的意见。在弗洛伊德之前，人们把爱当成青春期当身体忙着成长以追求和交配之时发展的事物。弗洛伊德在出乎人们预期（甚至是禁忌）——的童年这样早的领域，寻找爱的线索。他的理论既具煽动性、影响力，又大胆，很多都是基于婴儿时期对性的注意力而生。他并不是说婴儿想要性交，而是他们可以感受到自己在所有性敏感地带都觉得愉悦，尤其是在嘴边和肛门。婴儿的性趣最高潮发生在所谓的“恋父（母）情结”——当宝宝渴望双亲之一，而把另一个当成仇敌、希望杀害他时。在暧昧的纠结之中，宝宝既爱双亲，又恨两者，他的异性和同性恋本能相互冲突。在童年期稍后，健忘症接手，儿童压抑了性感觉。当孩子到达青春期，开始寻找非乱伦的爱情伙伴，他无意识地选择一个能够让自己想到深爱的双亲之一的对象，这是他一生的初恋。这并不是有意识的知觉，不然就会因为乱伦的禁忌而短路。成年的爱侣沉溺于亲吻、爱抚、口交和其他形式的前戏，弗洛伊德将之视为重现在母亲胸怀吃奶的愉悦。他在《性学三论》（*Three Essays on the Theory of Sexuality*）中写道：

> 在性满足首先依然与接受营养相关之时，性冲动在婴儿自己的身体之外有了性目标，其形状是母亲的乳房。只有在稍后，婴儿丧失了这个物体，或许只有在那时候，孩子可以形成完整的想法，知道这个给自己满足的器官属于谁。于是，性本能乃变成自发的欲念，而一直到潜伏期过去之后，原先的关系才恢复。因此孩子吸吮母亲的乳房成为每一种爱情关系的典型。发现一个物体其实是重新发现它。

如果我们延伸弗洛伊德的想象，把母亲的乳房延伸到她许多的特色，那么他犀利的结论“所有的发现都是重新发现”就现行心理分析思想来看，就有较完整的意义。这和柏拉图或普鲁斯特的想法不谋而合。爱是追忆过去的事物，重新寻觅失去的快乐。根据弗洛伊德的说法，为了要自由地，不神经质地爱，我们必须保持对双亲强烈的依恋，但如果是热情的爱时，就把网朝向别处撒去。如果这个过程没有发生，就很难把个人所有的欲望都专注在浪漫的伴侣上，于是精神病随之而起。弗洛伊德充满隽语地描述这些人："他们所爱的，并不想望，他想望的却不能爱。"他们很可能会迷恋无法获得的对象，他们不会回报他的爱，或者他们会觉得这种需要会羞辱和贬低性伴侣。为什么这会发生呢？弗洛伊德说，非常（显然）有诱惑力的父（母）亲可能太早就启发孩子生殖器官的性欲望，因此孩子变得完全专注于父（母）亲身上。他无法放下自己对这名亲属的依恋，因此也无法找到旁人来爱。弗洛伊德见到问题属于两个极端：极端的性吸引力造成反常变态；而压抑的性吸引力造成精神病。有些人只能因异常的伴侣而兴奋，例如，穿着制服的男人，比自己老得多的女人，其他男人的妻子。而弗洛伊德解释这样的行为是强制式的欲望，期待与自己的父或母亲重新结合。这样特别、僵化的寻觅使得自由意志别无生存空间。人的潜意识中存着老旧而破损的家庭照片，只受到如那泛黄形象的人吸引。

这个观念：我们预先就有我们所爱的意中人的形象，也是来自柏拉图。他说，有完美的一般形体，而人类永远在寻觅这些形体的复制品。一如飞机设计师首先塑造原型机一样，人们也花费一生的时间，根据这一套蓝图，建立和重建关系。但是我们在爱替代品时，能够感受平静和满足吗？在《文明及其不满》（*Civilisation and Its Discontents*）文中，深思熟虑的弗洛伊德不以为然。弗洛伊德"重觅旧侣"的想法深深吸引了许多人，一如柏拉图的理想形体一般。人们信仰地标、古代人物、基本法则和依附的需要，有其深远的人性本质。

弗洛伊德说，人们坠入爱河之时，会退化到童稚状态，并把伴侣依其父母亲的形象理想化。他们的自尊在对方的手中。如果他们的爱获得报答，就会觉得自己再一次成为受宠爱的孩子，高贵、受宠，恢复信心；他们体验到无上的幸福，爱的快乐让他们神魂颠倒。这个理论的本质基本上是经济的——爱人把自己的价值转移到所爱的人身上，把他视为理想的自我，而被爱的人则感觉到更丰富、更高贵、更美好。

弗洛伊德最好的想法并不完全属于他原创的，尼采已经写过：“每一个人都在自己身上保有源自自己母亲的女人形象，他会根据此形象尊重或轻视女人。”叔本华也写过子宫与死亡之间的象征关联。的确，伊丽莎白一世时代的人，经常使用“死亡”这样委婉的说法，来表达自己体验到性的愉悦。最后与自己母亲的重新结合，能使个人重回子宫完美的安全环境，也就意味着还没有生出来。柏拉图曾写过原型、升华、反抗和合而为一，许多哲学家和诗人都写过梦的意义，但弗洛伊德扩大这样的想法，解释其背后运作的机制，做出普遍性的结论，并以此为基础，发展出一套有效的治疗方法。弗洛伊德也无情地分析自己的过去和动机（以一个代表全部，部分意味着整体，这也是古希腊的观念）。他的理论是基于有时候痛苦的个人经验，而发表的环境必须顾及 19 世纪对女人的价值观和持续约 20 年的世纪末文化和想法的革命。他自称是庸俗之人，然而如果以他和当时维也纳流行的毕加索、布拉克（Braque，法国画家）、希尔（Schiele，奥地利画家）和其他许多立体派画家及表现主义艺术家相比，他其实也以相同的传承工作，处理相互联结的经验平面，以及其扭曲和曲解的形象，以更清楚表达自己的情感状态，以及人们在个人生活中所扮演的角色。相对论已经开始微妙地影响如弗吉尼亚·伍尔夫和哈代这类的小说家，沃夫（Benjamin Lee Whorf）这类的语言学者，以及许多诗人、画家、哲学家和理论家。其结论乃是：感受是相对的，世界由每一对眼睛重新铸成，开始渗透过社会，并对弗洛伊德决定论的观点有所贡献。尤其，他相信偶然和选择，世界充满意外，而心灵则不然。

弗洛伊德于 1856 年生于奥地利弗赖贝格（Freiberg）一家打铁店铺的上面，是犹太人，取名为西格蒙德 · 舒洛莫（Sigismund Schlomo），到他青少年时期，把它简化为听起来比较像德国人的西格蒙（Sigmund）。他的父亲雅各布（Jacob）是个羊毛商人，母亲阿玛莉亚（Amalia）则是个年轻漂亮的女性。弗洛伊德记得自己约 4 岁时，曾经瞥见她的裸体，这个经验使他相当不舒服，甚至 37 年后，依然只能以拉丁文描述这段经验。她是第三任太太，比丈夫年轻 20 岁，弗洛伊德小时候经常觉得她做他小叔叔或同父异母兄弟的妻子会更合适。他和双亲、手足、同父异母的手足及大家庭复杂、混乱的关系，形成了他对任何事物的理论基础，由恋母情结，到艺术创造力。他勇敢地把自己当成原料，一如传记作家盖伊（Peter Gay）所描述的：

> 如此复杂的童年在弗洛伊德心中留下压抑多年的沉淀物，只有经由梦和费力的自我分析才在 19 世纪 90 年代末期再捕捉到。他的心乃是由这些事物组成的——他年轻的母亲怀了孕，将有竞争者出现，他同父异母的兄弟以某种神秘的方式，成为他母亲的伴侣，他的侄子年纪比他还要大，他最好的朋友也是他最大的仇敌，他亲切的父亲老得足以当祖父。

弗洛伊德 20 来岁之时，和一个普通的名叫玛莎 · 伯奈斯（Martha Bernays）的女人结婚，养育了 6 个孩子，但她并未参与他的知性生活，他决心娶她，虽然两人订婚的 4 年都保持童贞，但他在肉体上显然相当渴望。有一次，他在巴黎向她描述自己登上埃菲尔铁塔：“要爬上 300 级阶梯，非常暗、非常孤寂，如果你和我在一起，在每一级阶梯上，我都可以给你一个吻，等你爬到最顶端，一定会觉得喘不过气来，而且热情澎湃。”虽然他在订婚时写了许多柔情蜜意、情感激动、真情流露的情书，但一等两人结了婚，情书就不再了。显然有一度他和自己的小姨通奸。37 岁时，他曾经写信给一名密友，提及自己可能性无能，显得相当忧虑。弗洛伊德雪茄抽得很凶，虽然知道这对身体有害，依然沉醉其间，最后也因此而死，显然是因为逐渐增加可卡因用量之故。弗洛伊德结婚以前，曾写信给玛莎说，如果没有可以亲吻的对象，那么“吸烟”就不可或缺。他后来还宣称，所有的瘾都是用来取代自慰的行为。他的家庭在各方面都是典型的小资产阶级家庭，非常整洁而有秩序，父亲掌管一切，其他每一个人都服从。由父亲一人为子女命名，选择他自己心目中英雄、导师或朋友的名字。

1980 年，美国心理分析学会年会的与会人士，获得一个难得的礼物：弗洛伊德 85 岁的女儿安娜（Anna）解说一部摄录她父亲的长达 30 分钟的影片，是由他的几位朋友（也是他的病人）用家庭录影机录下来的。弗洛伊德有时候没有察觉摄影机的存在，轻松自在，是慈爱的家长，在雪地里和狗玩耍，和两个孙子在池塘内找金鱼，温柔地拥抱他们。安娜 · 弗洛伊德解释道：“我父亲不知道自己被录下来了。”摄影机显示弗洛伊德坐在花园中，平静地与一名老朋友谈话：“他不喜欢被拍摄，如果他感觉摄影机拍他，就会做鬼脸。”接下来是另一段更正式、长 20 分钟的影片，包含他结婚 50 周年的情况，和他从维也纳搭乘飞机，逃离纳粹的情况。弗洛伊德与其兄弟姊妹一起合影，其中有一些死在集中营里。其中还有他的孩子，包括小安娜，穿着漂亮的衣服，很骄傲地微笑着。后面这段影片是由曾是他病人的莱尔曼（Philip R. Lehrman）所摄，弗洛伊德虽配合了这段拍摄，却认为勒赫曼拍摄他，可能也算得上是一种强制的冲动。美国心理分析学会由摄影机的孔眼偷窥，得到了弗洛伊德私人时光让人好奇的一小瞥，它看起来是完全传统式的家庭生活。

弗洛伊德相当有系统地收藏埃及、希腊和罗马的古董，把候诊室和办公室塞得好像过去的梦幻世界一般。他自称读过的考古书籍比心理学书籍多，这一直是他着迷的对象。他的病人经常兴味盎然地注视这些雕像、雕刻、古代瓦砾碎片，加以评论。候诊室中必须有的守夜人会怎么想？他们在那儿必定会凝视伊迪帕斯询问人面狮身像的复制品，或是属于几乎可以辨识出来的脸孔的神秘片段，没有四肢的动物、铸在石头上的谜语。弗洛伊德坐在书桌前，一定经常拿起古董，从头到尾地抚触。古旧总在视线范围之内，这个真理的旅行队，其谜语跨越时间和国界。这是一种相当有力的象征迷恋——提醒他自己的工作——初期的灵魂发掘，也可能是发掘他中东的血流，童年对探险的幻想和塑造成形的简单信仰，甚至有些许破损时，依然保有一种永恒的尊严和美。他甚至可能因为古董的受损，而更加发觉它们的神秘。他视自己的工作为经由过去的沉淀和心中失落的城市深处，一层又一层地挖掘。

弗洛伊德很清楚他所引起的思想革命，就像把球抛上空中，力量太大，得花一点时间才能落地，每一个人也都向上望。他活得够久，见到他的信徒出名，这显然使他相当兴奋欣喜。

他的晚年大半都在政治旋风中心，其中正在萌芽的精神病学行业自行争吵。他很不容易保持他病人和朋友的性变态秘密，经常卷入父子之间的关系（最有名的就是和荣格），结果导致相当怪异的分裂。其实，他与男性朋友和助手的关系总是相当复杂。他的人生充满崇拜和小争吵的棋盘，使得他自己都怀疑自己是否有要毁灭对他最重要的关系的内心需要。他在《梦的解析》（*The Interpretation of Dreams*）中说："亲密的朋友和憎恨的仇敌一直都是我情感生命必要的条件。"心理分析整个工作都充满问题，其中也包括究竟病人是否能因此治愈，以及如何把谈话内容应用在日常生活之中。就算弗洛伊德的分析并不一定能够治疗或使病人恢复健康，却给病人相当不寻常和宝贵的事物——能够把个人的生命当成故事叙述的感受。我们必须把这归功于弗洛伊德，他试着面对自己生命中，心灵的每一个幽灵和基础，不论多么可耻、难解或难为情。

弗洛伊德一直想要写一本关于"男人爱情生活"的巨著，却从未完成。虽然他经常就此主题发表重要论文。例如，1906 年，他在维也纳精神分析协会的会议上说道：

> 在最后的分析中，给予孩子的治疗对他的爱情生活相当重要。例如，恋爱中的人经常使用他们在儿时称呼的小名，男人在坠入情网时会变得幼稚……人们常说爱是不理性的，但它非理性的层面可以追溯自婴儿时期的来源——爱的冲动是婴儿的。

我们追寻类似双亲的情人是一回事，但如果说爱本身是一种回到婴儿时期的协议则是另一回事。这暗示成年人渴望成为儿童，因此互相协力从事毁灭的行为，使他们能够及时向后穿过隧道，成为另一个人的孩子。在追寻过程之中，爱是追寻童年时期的黄金岁月，垄断注意力的极乐福赐，以及延续到永恒的母子关系。

依附理论

许多伟大的思想家都追随弗洛伊德的脚步，持着一种或另一种明灯，进入心灵的迷宫，渴盼以灯光照亮那黑暗的角落。光是要列出所有曾经详述、反对或借用弗洛伊德看法的心理分析理论，就可能要花上数页篇幅。许多心灵都曾投入这个领域的研究，因此如“究竟什么是爱？”之类的问题，也有相当巧妙的答案。有些人认为，爱是一种逃避自己的弹道弹射，使你如坐针毡，教你兴奋难耐，如服食迷幻药似的癖好。有些人誓言，爱是一种学习而来的弱点，他们同意福柯（François de la Rochefoucauld）所说的：“如果从没有听说过爱，就永远不会坠入情网。”有些人说，爱完全是自我欺骗和幻想。巴里莫尔（John Barrymore，美国演员）毫不留情地说：“爱是邂逅女孩和发现她看起来如黑练鳕（北大西洋产名贵食鱼，常腌制为熏鱼出售）之间的过程。”有些人觉得爱是一种自恋的方式，自觉不足的人们运用他人，使自己更臻完美。有些人则在迷惑和“真正的”爱之间作区别。有些人问，爱是一种行为，抑或一种态度；有些人则区分爱的种类和阶段；有些人区分年轻时的狂热和长久夫妻之间更持久的“体恤之爱”。的确，人们由如此多的角度调查分析爱，以如此多的方式估量爱，使我们以为早已经编辑了实用的地图或有等高线的地图，显示出爱的海岸和山缘、边界和内地。然而对研究人员来说，爱依然是待开发的领域；而对横越爱的人而言，爱依然是一块全新的疆土。

目前很热门的一个观念——“依附理论”（attachment theory）——以进化背景来考虑爱。英国精神病学者鲍尔比（John Bowlby）研究人类婴儿和儿童的行为，他读到动物行为专家洛伦茨（Konrad Lorenz）和哈洛（Harry Harlow）观察鸟类和猴子婴儿时期的行为报告。鲍尔比对其间的相似相当惊讶，大部分动物宝宝都得和最初的“照顾者”——通常是母亲，形成强烈的依附关系。一旦建立此关系，宝宝和照顾者分离时，就会沮丧、绝望，情绪受影响。这在生物学方面相当有意义，因为在野地中的幼兽不能丧失家人，否则很快就会饥饿死亡，或是遭掠食者吃掉。因此，为了要让个体传宗接代，家庭成员相互之间必须有强烈的依附感。

> 必须让每一次的分离，不论多么短，都产生立即、自动和强烈的反应，不但要恢复家庭的组成，尤其是追回依附关系最强烈的一员，而且要阻止那名成员再度离开。……失去所爱的标准反应是，首先要敦促他们回来，而后再责备他们。然而，如果敦促和责备的欲望存在生物心中，成为自动反应，那么每当他们失去依附的对象，他们就会采取行动，不管是可以挽回或不能挽回的损失。这样的假设可以解释为什么当人丧失亲人时，常会体验到强烈的渴望，想要寻回这个人，虽然他知道这样的尝试是无望的；想要责备这个人，虽然他知道责备是缺乏理性的。

婴儿和母亲分开之后，必然会产生如下的反应：首先会大声抗议，狂乱地寻找；接着变得悲伤、被动、绝望；最后离群索居，甚至采取自卫态度，就算母亲最后真的回来了，他们也拒绝再接纳她。损失是根深蒂固的野草，深植于我们进化的过去。由这个观点看来，大部分的精神疾病乃是因为丧失或是不合适的爱而产生的哀悼。鲍尔比有20年观察人的临床经验，他发现心理失衡的成年人和童年时丧失依附关系有极大的联结关系。他认为形成这样强烈的情感关系，是我们所谓的“坠入情网”；稳定地维持这样的关系，是我们所谓的“爱”；而分手或是因其他方式丧失爱的伴侣，就会造成我们所称的“悲伤”。达尔文写道，成年人觉得哀伤时的表情似乎是两种互相矛盾的情绪结合：像遭遗弃的孩子一样想要呐喊，却又设法不让这样的呐喊出声。但这全都是生物上必要的功能。出于方便，也因为迷惑，也许也因为不想让自己成为被大自然控制下的产物这种偏见，我们用这些术语作为实际上非常精密的情绪戏剧的缩语，这些戏剧之所以会发展，因为它们是生存的必要策略。

鲍尔比也说，爱的冲突，尤其在追求之时，不只是健全的，而且如果以进化的眼光来看，也很容易解释：“所有的动物都经常有互不兼容的冲动，例如攻击、逃跑和性。”在大自然秘密行动和鞭挞的世界之中，动物要交配时必须休战；每一个个体都得确定自己不会挨打或被吃掉，每一个都得压抑作战或吞食对方的冲动。这通常需要如两个 18 世纪的花花公子那般复杂的小步舞曲，两人假殷勤地站在通往餐厅的走廊上，一个说“你先请”，另一个则坚持说“不不，你先请”——一再重复，一直到两人被饥饿的群众急匆匆地推入门内。鲍尔比举欧洲知更鸟为例：雌雄两种鸟都有红色的胸部，春天来临时，雄鸟出于本能和其他进入它领域的雄鸟交战，当雄鸟见到雌鸟的红色胸部之时，雄性的直觉是攻击，而雌鸟的直觉是赶紧飞开。然而，在求偶之际，雌鸟却站定在原地，羞怯不已，只对雄鸟显出一点点兴趣，接着兴趣消失，接着又有一点点，这也使雄鸟能够控制怒气，展开追求。鲍尔比写道：“起初的阶段，两性都处于冲突的状态，雄性处于攻击和性侵犯之间的冲突，而雌性则处于调情和逃跑的冲突。”冲突在恋爱时是正常的现象，一如生命其他的阶段一样。控制冲突就能成就爱、家庭和社会。心理病态的人乃是不能够调节他们感受到互相冲突的情绪的人。

我们的爱慕情感在童年时期最强烈，也就是我们完全仰赖双亲才能生存之时。但到成年时期，我们也针对情人、雇主或老师这类威权的人物，形成强烈的依附关系。我们选择比自己能适应世界的人，知道有这么一个人在紧急状况时可求援，使我们觉得安全保险。尤其当我们感到害怕、病弱或孤独之时，这种需要特别强烈，这是一种完全正常、健康的本能。孩子在经过充满新奇、恐惧和陌生人的忙碌世界之后，需要可以返回的“安全基地”。安斯沃斯（Mary Salter Ainsworth）针对乌干达儿童的4年研究发现，婴儿经常把母亲当成基地，经过小小的探险之后，他们会返回这个基地。安斯沃斯也对美国巴尔的摩的孩子，进行类似的研究，结果相同。她分辨出三种不同形式的依附关系。如果照顾者对孩子的接触和舒适的需要有所反应，孩子就会快乐地探险，可能会发展为自力更生的成人；如果照顾者拒绝儿童试图亲密的要求，孩子就学会保持距离，以非社交的活动来使自己分心，变成强迫式的自力更生；如果照顾者的反应不一致，有时候有回应，有时候却忽视或扰乱，那么孩子就会变得很黏人，更急切地表达他的烦恼，妨碍了探索。自力更生和依赖双亲之一相当有关联，也就是说，和双亲之一有信赖关系的儿童，会以这个亲人为安全的港湾，变成较稳定、较能自力更生的孩子。

弗洛伊德假设，母子之间的关系因为母亲所提供的食物而变得更强烈。但鲍尔比却认为，人类婴儿对依附的需要是完全销蚀的，和食物无关，稍后生活中同样的这个原动力使我们会去寻找一个爱的伴侣。哭泣、呐喊、追寻和依附都是例行公事的部分，其目的乃是诱出养育。在成人身上，当我们看到他忧虑、生病、烦恼或害怕时，这样的行为特别明显。和所爱的人分离，如孩子去上大学时，未必是危险的，但它很微小地增加了危险的成分，也足够产生煎熬的痛苦。

弗洛伊德说，情侣非理性地行动时，其实乃是退化到童年时期的需要、不安和萦绕于心的欲望。用考古学的比喻，可以说他把心灵描述为许多层的罗马城，其中不同的年代和社会擦肩而过。就在今天喧闹的大都会之下，有其他的城市埋藏在下面，每一个都有自己的一套道德规范、司法、惩罚、习俗、统治者、虔诚的行为和官样文章。依附理论在过去的遗迹之中，看到了比文物更多的东西：

> 有些重要的历史地标、桥梁和蜿蜒的街道依然在那儿，但很少有古代的建筑能够毫无改变地存在，或是在心理上完全隔绝，因此简单的退化和病态的固执或偏激是不可能的。依附行为有持续性，但也可能有相当重大的变化。

因此，浪漫之爱是生物的芭蕾，是进化的方法，确定两性能够邂逅并交配，给予子女需要的照顾，同时建立其本身亲爱的依附。这并非简单或快速的过程，人类的头脑如此复杂，心智如此灵敏，因而生理和经验必须共同合作。由婴儿时期到成年时期，人经常经历一系列的欺压、迷恋和爱。人们学习创造磁性的依附，在细胞、骨骼之中感受到爱慕的力量。亲爱的人左右了自己每一个念头，我们宁死也不愿破坏爱人奉献的力场，仿佛是两个星球，紧密地互相绕行，互相寄托于对方的重力。因为在时间或宇宙中没有任何事物或人比爱人更重要，因此破裂的关系就会撕裂心中的衬里，锥心刺骨，粉碎了希望，造成悲剧和可测的结果。被遗弃的恋人哀悼，大声或无声地哀号，用爪子撕抓自己和世界。

我们怎么学会悲伤？社会提供习俗和仪式，但它却是身体熟知的行为。首先我们抗议，并拒绝接受事实真相，我们不断地想着所爱的人会神奇归来；接下来我们泪如雨下，再接着陷入绝望，世界在我们痛苦的重负之下下坠；最后我们哀悼，然后恢复自己的力量，就好像收集失散的纽扣，并再一次开始搜寻可能的依附关系。

但假设一个孩子变成孤儿或是遭到虐待呢？当经由恶意或巧合，亲子之间的关系遭到破坏，会在心理上造成深远的影响。这样的人最后可能会有婚姻问题、人格扭曲、精神病，或是在为人父母之时遭遇困难。在爱方面遭到挫折的孩子，终其一生都在搜寻原本是他天生该拥有的安全、保险的关系，以及绝对忠诚的心灵。到他长大成人，因为缺乏造成这种关系的刺激，因此他冷酷地判断别人，不信任任何人，变得孤独而离群。不安或遭拒斥或情感遭剥夺的孩子会觉得焦虑，变得相当黏人、缠人，而且不愿冒险。他认为人们会轻视自己，只会拒绝他，他可能会设法自给自足，剥夺爱的特权，不敢冒险要求任何人真正地关切他。这样一个孩子会折磨自己，而且不需要别人指责，不需要其他群众施加私刑，就仿佛他在犯重罪的现场——人生——被逮到一般。这个受害的孩子没有任何救赎的机会吗？研究显示，只要在童年时期有持续同情的照顾者，就能够造成情况严重和不可救药之间的差别。理想上，应该有单亲能让孩子视作支持者、辩护者、保护人、献身者、资助人、爱护者和爱慕者，全都合而为一。但至少要有一个可靠的保护天使——未必是单亲，只要是某一个永远在战壕中为他加油，不论是三振出局或全垒打时都坚定如一的人。

康奈尔大学的心理学者贺珊（Cindy Hazan）及同事已经做了长期的研究，描绘儿童时期依附关系和成年时期浪漫之爱的相互关系。结果他们发现，童年的经验的确会引发，而且有时候会窜改或扭曲后来的爱情关系，但没有什么是一定不变的，随着孩子成长，会形成新的依附关系，其中一些可能会冲淡童年时期的恶劣经验。这是重要的结论，因为这表示受虐儿童——他们本来在爱方面是残障的，但后来却一样可以接受协助。任何曾经接受或施予心理治疗的人都知道的，这是一种主要动机是爱的职业。几乎每一个曾经找过治疗师的人都有一种或另一种的爱情失调，每一个都有自己的故事——失去或遭拒斥的爱，被扭曲或背叛的爱，变态或被暴力束缚的爱。破裂的依附关系撒在诊疗所的地上。人们带着磨损的接缝和满满的口袋出现。有些人因为童年时期充满意外、骚扰和责备而沮丧气馁。他们是隐形的残障人士，是他们不知道自己曾参与的战役的老兵。还有什么战场会更激烈？哪种敌人会更亲爱呢？

所有的一切都点燃这把火

失去爱的能力

在人类可能面临的各种残障之中，很少有比无法感受爱更悲哀的。我们把爱想成完全心理的能力，因此甚至没有任何词语能够描述在生理上无能去爱的人。但的确有些不幸的灵魂因为脑部创伤而无法感受情感。我们有时候把爱当成奢侈品，不过是一个像高空弹跳般高度刺激的嗜好，为什么要因失去爱而悲叹呢？关系破裂和饱受恋爱折磨的情场老将，甚至可能会嫉妒不受爱情所苦的人。

爱荷华大学医学院的神经学者戴马西奥（Antonio Damasio）曾经报告过一个奇特病例。其中一位我们姑且称之为约翰的病人，他原本过着正常的生活，是个会计，也扮演丈夫和父亲的角色。35岁时，约翰脑子的前部长了良性肿瘤，割除手术虽然成功，但不久之后他的个性却完全变了。他和妻子离婚，和妓女混在一起，做事不负责任，一个接一个的失去工作，变得身无分文——然而他却一无所感，甚至一点也不觉得奇怪或关切。直到10年后，他的兄弟才因担忧而寻求医疗援助。

戴马西奥使用核磁共振来探测约翰的脑部，发现他的额叶正中部分受到损害，很可能是在肿瘤手术时造成的。这个眉毛之间的一小块灰质部分，似乎是情绪的工厂。在脑部这个十字路口，可以见到送来的感官资料和送至自动神经系统的讯息，控制身体不随意的运作：心跳、呼吸、出汗、瞳孔放大和血压。出汗的手掌、急速的脉搏和艰难的呼吸以及其他感官经常结合起来，发出情感已经发生的讯号。如果你在夜晚首次潜水，却又和潜水伙伴分开，你的情绪可能是害怕死亡。如果你碰到迫切想更进一步了解的特别人物，你的情绪可能是害怕自己会做出愚蠢行为而遭对方拒绝。实际上，脑部的这个区域，运作一如丛林中的一个城市，把我们生命中黑暗的内在和外在世界文明的拉力联结在一起。

戴马西奥帮约翰装上类似测谎器的机器，给他看一大堆和情绪有关的幻灯片，让他听各种声音，问他和情绪有关的问题。有些比较激烈，有些则淫秽，有些则不道德。但约翰对所有的问题都没反应。大片种花的田地和谋杀案所得的反应，并无丝毫不同。

这个研究立刻让我想到斯科特（Ridley Scott）执导的影片《银翼杀手》（*Blade Runner*）。其声光旋律窒闷、凶残、尖刻，停留在我们的脑中。这部影片中，洛杉矶已经腐化成未来式的大都会，街道因破裂的水管干线而湿透，一洼洼的油脂和一波波被吹起的报纸。在头上，电子告示板喧闹的视觉讯号填满天空。在中国城，人和烟雾与罪恶的压力以及臭气可以比美任何人想象的地狱。文明已经停止发展，社会正注视自己腐烂发酵的尸体。没有人明白自己正在腐朽，但他们亲吻之时，骨头却会擦撞。街上充满了属于身体内部的液体。街道群集着不知不觉间已经涂敷上香料以防腐坏的人。任何事物都可以买卖。人们因为有必须隐藏的事物，或是必须要做的坏事而住在那里，每一天有太多的喉咙遭人切断，连磨刀业都成为新兴行业。

哈里森 · 福特（Harrison Ford）在片中扮演一名失意潦倒的警察杀手，他被送到这个世界来，是为了要追捕人形的机器人，它们由外来的世界逃脱，来到地球，寻找它们的创造者。这些机器人得知程序设定它们会在特定的时刻死亡，虽然机器野蛮、残暴而疯狂，但也会思考、形成依附关系、不想死亡。机器要知道自己的生命还有多久，它们得面对冷血的创造者。就广义而言，《银翼杀手》是对于人性和灵魂的可怕追寻，以有关爱、死亡、善、恶等艰难的问题，面对创造者的电影。

哈里森 · 福特和其他杀手如何辨识这些机器人呢？他们测试嫌犯，以单调的声音询问许多意味深长的问题。只有人类会为同情或道德或社会义务而挣扎，在这场考试中，福特监测受测者瞳孔的大小，搜索他们不自觉流露的线索。当人类面对（或甚至想象）如恐怖、性或暴力这样的尖锐情绪时，瞳孔就会放大。身为人类，就会有情绪的激动，有经常遭遇多种情感洗劫的身体，这些情感中也包括爱。失去这一切，就是失去人性，因此约翰的兄弟——以典型人类的方式，会忧虑他所爱亲人的命运。

伊克族的恐怖

创伤有种种的形式，可能如头上的一击那般明显，也可能如长期伤害儿童自尊那般微妙。如果爱是自然，甚至是必要的人类情感，是对家人的自动反应，在养育孩子的过程中是必要的，那么在全体人类之中，就不可能消灭爱，不是吗？然而，人类学者特恩布尔（Colin Turnbull）提出了有关丧失爱的能力最不可思议的报告。20 世纪 70 年代，敦布尔花了两年的时间，和伊克族人（the Ik）一起生活，这是乌干达地方遥远而杳无人烟山区的一小族人，以打猎和采果维生。他先前对他的所知不多，只知道他们剩下两千人，他们的语言较接近古埃及语，而不像任何现存的世界语言。他们并不是他最优先选择的研究对象，但他依然很高兴和他们居住在一起，因为对人类学者而言，观察小而隔绝的社会运作毕竟简单得多。敦布尔对这群人的生活当然有些想法，因为由人类学者对于打猎、采集社会的了解，他知道其运作的情况：通常由女性负责采集树根、浆果和其他蔬菜，这些是主食，男人则结伙出发打猎，有时候带肉类回来，有时候则没有。打猎在部落生活中相当有意义，因为既充满危险，又带着兴奋，这是采果所没有的。女人搜寻粮食的工作被视为同样重要，因为提供了大部分日常食物。合作是必要的，不论打猎或采果都一样。他们依赖土地生存，而这类的部落通常也和环境有相当深远的神秘关系，他们展现我们最珍视的性质：好客、慷慨、爱、诚实和慈悲。其实，这些特质对我们意义深远，我们称之为“美德”，如果要我们为身为人类最高的证明下定义，那么我们就会提到这些特质，也许还加上同情、仁慈和理智。

对猎人——采集者而言，这些“美德”并不是仔细评价的道德或选择，甚至也不是喜好，而是求生存的本能策略。这些特质使得人类能够共同生存在一个小社会中，如果缺乏，这个社会就会崩溃。我们已经由一群群的猎人、采果者发展成为现代人，同时又保持着他们的本能和特性，虽然这些美德在我们所发展出的社会，并没有给我们如以往那么多的帮助，但我们依然珍视。然而敦布尔和伊克族人同住，却并没有发现这些他原本期待会有的特质。他先感到悲哀，后来又气愤而恐怖地下结论说，对个人的子女、父母和配偶的爱“不但不是人类基本的特质”，而且只是“我们在富裕时才能负担得起的肤浅奢侈品”。因为伊克族人怪异荒诞，他们丧失了爱的能力。

曾有一度，伊克人是繁盛的猎人，但当乌干达政府禁止他们到原属他们家园的凯狄普国家公园打猎之后，伊克族人就别无选择，只能在邻近的山区采果耕种。这些山区像月球一样干旱。山区干裂贫瘠，走不到 100 米就会碰上深达数百英尺的深谷，但他们无处可去。经过三代的干旱和饥饿，伊克族人变得充满敌意、自私、残酷。他们已经放弃了爱和其他所谓的美德，因为负担不起。这是相当简单的经济法则。清醒时的每一秒——蹲坐在厕所上，进行性行为（罕有的行为）、进食——全都花在监视地平线，企求可能出现的餐点：

> 有一次，我见到两名青年，在高高的卡利门山山脊上相互手淫。这显示出某种程度的友好，但并不多，因为他们的行为并没有感情在内；每一个人都看向不同的方向，注意食物的迹象……

为了一点点食物而竞争是持续的、虐待狂的、共谋的和残忍的。最基本的社会流通变得毫无价值，人们对家人、同族的人或陌生人打招呼的用语都一样，用“给我食物”或“给我烟草”这类的祈使句。幸灾乐祸成为最高的幽默形式，伊克族人会伤害、剥夺，或是在某些方面造成其他人的不幸——甚至包括他们自己的孩子——然后四处翻滚，纵声大笑。他们最喜爱的消遣之一，乃是说谎教人相信，或是剥削其他人。成功的诈骗成为极大的乐趣，但更大的乐趣则是告诉牺牲者他们被骗了，然后欣赏其造成的痛苦。老人不再被喂食，因为被视为一种浪费；他们被抛在一旁，痛苦而孤独地死亡。而且“在干旱的第二年，经常可以看到小孩撬开老年人的嘴巴，把他们原在咀嚼而还没有吞下的食物拉出来”。小孩在 3 岁时就被丢出屋外，父母认为他们可以加入别的孩子群，自行照顾自己。

人们对亲人感受不到忠诚或情感，甚至小家庭也不例外。孩子死亡，人们会觉得父母亲相当幸运。敦布尔说，他曾见过初为人母者把婴儿放在地上，去做自己的事，结果发现花豹把孩子劫走了。每一个人都因此感到兴奋，甚至连母亲在内，因为这代表她不必再养育宝宝，而且也表示附近有只动物，可能因为吃了婴儿而昏昏欲睡，安静得多，因此较容易捕杀。果然如此，他们追踪到花豹，杀死它，并把它烹煮食用，“包括宝宝和一切”。

任何发现食物的人，都会很快地偷偷吃掉。“想要”和“需要”这两个单词是同样的，人们只想要他们所需要的；如果他们想要帮助别人，也只是因为他们需要如此。他们已放弃了所有仪式，仪式需要飨宴，但没有食物可供浪费。也许最怪诞的是伊克族人相互之间再也不做视线接触，如果他们坐在一起，懒散地把木头削成碎片，就注视着对方的手，但不注视脸孔。如果他们的眼光偶然相遇，就会困窘地把目光移开。他们不敢对其他人显示或感觉兴趣。

“很难在任何地方察觉到感情。”敦布尔写道，因为所有怜恤的情感都被私利取代了：

> 我见不到任何如世界其他地方所见到的家庭生活迹象。我见不到任何爱的迹象，包括乐于牺牲，乐于接受我们自己不是完整整体，而需要其他人加入的事实。我很少看到可以称为爱的事物……这些人的生命当中，就是没有空间，能够容纳如家庭感情和爱的奢侈品。这么接近饿死的边缘，这样的奢侈可能就意味着死亡……这全都不是针对个人的……孩子是没有用的附属品，任何不能照料自己的人都是负担，也是影响其他人生存的阻碍。

敦布尔抱着无边的绝望，离开了伊克族人，回到文明世界。他一年之后回来，在雨季带来许多植物之后，他恐怖地发现，虽然有食物丰富到在田野中腐烂，但伊克族人并未改变。太迟了，无爱的状态已经生了根，像有毒的植物那般蔓延，几乎把其他的一切都排除了。家庭不再重要，不但在情感上，而且也包括经济上。友谊和对生命的尊重也一样。他对伊克族人下了悲观的结论：他们所做的选择是我们全都可能做的选择，只要我们面对和他们相同的困境。

伊克族的故事让人毛骨悚然。如果爱能够这么快地在一个部落的生活中消失，那么爱当然不是必需品，而是奢侈品，甚至可能是杜撰虚构之物。这是可怕的事实：其可怕，因为提出了对爱的粗陋本质的怀疑；其可怕，因为爱在伊克族人之间，这么快地消失。对伊克族人来说，爱愚蠢而危险，是多余的精力。爱并没有征服一切，就像是已经有一段时间没人唱的复杂旋律一样，它永远地消失了。

伊克族的困境可以教导我们什么？西方社会是否有类似的情况，老年人被关在养老院，小孩则关在托儿所里，私利已经取代了合作，大家庭成了梦想，朋友则可以遗弃？我们所珍视的价值可能不是流传下来的人类价值，而是一种叫作“社会”的生存策略所产生的副产品？前述两个例子中，我们已经见到爱因头上的创伤而遭摧毁，以及爱因适应进化而屈服。在两种情况下，爱就经由对神经系统的重大创伤而丧失，那应该使我们更仔细地想想虐待儿童、集体饥饿和营养不良所隐藏的邪恶。例如，很少有人问索马里儿童如果能存活，智商和心灵会受什么影响。营养不良和不良的脑部发展息息相关，而缺乏营养则和无法无天有关。爱提供世界残酷的绝缘体，伊克族显示给我们看的，乃是在人类暴露原始神经，切除爱之后，如何对待世界。

如果爱的能力可以被摧毁，那么它就有实体，是一种物质。爱究竟存于身体的何处？奥登（W. H. Auden，英国诗人）写得这样神秘："爱所增强的，希望所恢复的，是在心中，受化学的协调。"他是在嘲弄浪漫之爱，并提醒我们相互吸引的有机化学。历史上，人们把爱置于心里，也许是因为它响亮、安全、规律、使人安心的跳动，是宝宝在出生之前就追随，来自母亲的两拍子圆舞曲。我们可以发现在古埃及语中，心脏是爱和其他重要情感的所在地；Ab，心的象形文字，是个舞动的图形。心在想到或看到意中人时，跳动的速度就会加快。我们对爱由何处来一无所知，就假定是来自我们最嘈杂、最喧嚣的部位，是我们肋骨喋喋不休的房客。但人们深情地看待内脏器官，岂不是很怪吗？心的图像装饰着卡片、血库、咖啡杯、保险杆贴纸和耶稣被钉死在十字架上的图画。如果在开心手术时观看真正的心，会觉得它不过是个薄弱的象征，难以承载如此之多的情感。心是生存必备的器官，必然的逻辑运转，爱也一样。此外，爱似乎太残暴，太武断，必得有个来源——如果不是神或女神，或是如绿野仙踪之类的角色发布敕令，那么就是个单一的细胞工厂，一个未发现的器官。爱是否发生在脑中？在荷尔蒙内？信息素（pheromones）是爱的信差吗？哪一种生理机械装置能够容许我们感受爱？爱究竟是如何起始的？

脑干奏鸣曲：爱的神经生理学

由于人类生育子女的数量太少，每一个婴儿都得要长大成人才行。如果爱没有在母子、男女之间形成束缚的力量，人类的生命恐怕就无法持续到现在。做母亲需要忍耐极大的痛苦生育子女，牺牲自己的生命、健康、自由和休闲来照顾宝宝。因为爱，这一切才值得。然而宝宝出生之时，脑部还没有发育完全——其实宝宝大部分的神经通路都是在出生之后才发展的，如何发展则取决于宝宝生命中头两年发生的事物，在这段时间，宝宝学习做人的艺术，包括如何施予、如何接受爱。越来越多的证据支持如下的结论：孩子早年所学到的，在情感上影响余生。

精神生理学者林奇（Gary Lynch）已经发现，极端情绪的事件对脑细胞的刺激比一般事件更严重。接着这些神经元对相类似的事件也变得更易感，当此经验再重复之时，神经元就起更强烈的反应。每一次重复这个经验，就有酵素发出信号，让更多的受体出现在这个胞突接合，而这也使得它可以接受更多的资讯。这可以解释为什么“勤能补拙”，以及为什么如果人学习的时间够长，就能学会外国语言，或是学会如何执行牙科技术。幼儿学习语言既快又好，而成人却觉得同样的目标几乎不可能达成。在情感的词汇和文法上，也有同样的情况，如沃尔什（Anthony Walsh）明智的评论：

> 在生命初期这个重要的时刻，传达给儿童关于他们自我价值和可爱程度的资讯，对他们日后评估自己的价值有相当强烈的影响。针对大学生自尊的研究显示，早年父母亲对自尊的教养完全遮蔽了其他因素。如果爱在我们的一生中如此重要，那么最好在这个时期能让脑部的“爱的通道”保持良好的状况，而且真正地接通。深深蚀刻在脑中的爱的通道，能够使婴儿在后来的生命中，以关切、同情和信心面对世界。

为什么这很重要呢？因为“后来的沟通，即使是积极正面的，都可能会接转到负面的道路上，仿佛某个不怀好意的扳道工驻扎在关键的神经接合处，准备让任何装载愉悦想法或感觉的火车出轨”。要爱，就必须先被爱，没人爱的孩子长大成人后，会觉得爱就像异域一般，有时候他们的命运比这更不幸。没有爱，我们可能在沮丧的流沙中沉没；没有爱，我们可能枯萎死亡。可爱的讯息以除了言语之外的许多方式传达，包括触摸、爱抚，这也是为什么应该鼓励哺喂母乳。拥抱孩子，给予使他安心的触摸，对他的发育十分重要；没人拥抱的孩子长得不如经常拥抱的孩子那般高，智商通常也较低，常有学习障碍，还有许多过敏和免疫系统的疾病。这些婴儿认为母亲不会保护他们，他们是没人要的，因此没有必要浪费力气继续成长。婴儿用身体思考，他们只能感觉，因此如果没有人触摸，他们自然就会认为自己遭到遗弃，或者很快就会被遗弃，他们在世上也不会觉得安全。针对老鼠、猴子和人类所做的研究清楚显示，受到抚摸和爱的小家伙能够正常成长，没有受到这种待遇的，则在身心两方面都遭遇生长障碍。就算是喂得饱饱的宝宝，如果没有慈爱的抚触，都可能会有所谓“无法生长”的症候。正在吃奶的婴儿有时候会停下来，等待母亲拥抱他、抚慰他、和他说话，才能继续吃奶。要存活，孩子必须要感受到自己有价值、受到喜爱，很多的讯息都来自拥抱、亲吻和亲密的身体接触。（有关这个现象更详尽的讨论，以及和早产儿的相关之处，请见《感觉的自然史》一书。）

在我们绞尽脑汁探索世界上邪恶的根源时，应该记住缺乏爱所扮演的角色。我们的本能只教我们对人类这种动物正常而有助生存的事物是什么，却不能防止我们做出会造成子女精神病甚至罪恶行为的事。许多研究都强调罪恶和缺乏爱之间的关联，并显示罪犯经常有缺乏爱的童年。如果孩子对爱的经验是负面的，遭受虐待或是排斥，那么未来他就很难与人建立友谊和爱情关系；“扳道工”会误读信号，把它们送到他所能找到的唯一爱的通道，也就是以悲观、排斥、痛苦和不信任所建立的轨道。爱不会与愉悦相关，但可能会造成挫折、愤怒、暴力。哈佛大学针对 94 名男子追踪了 35 年所做的研究发现，快乐的儿童长大后，也是快乐的成人；不快乐的儿童，长大后，也是不快乐的成人。这对儿童遭虐和犯罪行为之间的相关程度，有了更清楚的证据。如蒙塔古（Ashley Montagu）所言："不论是杀人犯、铁石心肠的罪犯、少年犯、精神病患、冷淡无情的人，几乎每一种情况，都可以找出童年时期未受到适当爱护而造成的悲剧。"

我曾两次遇到我会将之归为精神病患者的男人，他们都聪明、有才、富有、有权有势、有名。他俩对于身边的人有令人敬畏的能力，他们追求危险，经常在公众场合对下属无礼，而且也经常做一些一般人认为可憎恨的行为。两个人都请我多待一会儿，多和他共处几天，但两次我都拒绝了。他们的声音有某些因素，使我觉得在他们身边不安全。他们的声音缺乏所有的情感元素，谈起话也缺乏与其他人打成一片的重要能力。他们似乎没有任何道德感或罪恶感，也不恐惧惩罚，结婚就像杀人一样容易。我不知道他们孩提时代是否遭过虐待，或是曾被剥夺爱，但很符合这样的心理肖像。

让患者抛弃童年时期所学的错误、疏忽的教训，是心理治疗师最困难的工作，尤其因为错误资讯被置于脑中而更为困难。研究记忆的美国健康协会研究员艾尔肯（Daniel Alkon）认为，童年时期创伤的回忆可能永远也无法磨灭。这些创伤回忆记录在树枝状的"大树干"上，占据中央位置。后来的记忆则记录在周边的区域，因此力量较弱，也较不持久。这并不是说成人不能摆脱坏习惯或掌握新技巧，当然可以（因此印有"重度快乐童年永不嫌晚"这种词句的运动衫极为畅销），但学习如何在惊涛骇浪中使因纽特人的小皮船漂浮在水面上，或掌握社会复杂步法的精妙技巧，相较于在生命之初缺乏平衡的心绪，却要在稍后达到这种境界，其中有极大的不同。学习是可能的，但却不容易。你得要改变行为模式以及阐释经验的方式；那就意味着改变头脑本身，这可能是教人呕心沥血的过程。脑部虽有弹性，可以变化，但在我们年幼时最为容易。虽然爱是所有婴儿都渴求的天然滋补品，但必须哺喂给婴儿，他们才得以受教，如一首流行歌曲的歌词："好好教你的孩子……"

爱的进化

孩子们经常把穴居野人和恐龙画在一起，他们也喜欢和这种有剃刀状利齿、难以想象巨兽的矮小模型玩耍。孩子竟会受怪异巨兽的吸引迷惑，实在是生命中不可思议的琐事。恐龙当道的年代里，其实并没有人类存在，因为恐龙生存的时间早人类数百万年。只有厌世者才会悲悼它们的灭绝，如果恐龙不消失，我们就不会生存在此。恐龙灭绝使得怯懦如松鼠一般的小哺乳类动物才能够生存，最后才有了我们。其实，世上并无很多恐龙四处漫游，但它们是大胃口的凶神恶煞。相较之下，有极大群体积较小的哺乳类。两种策略都能生效：一些巨人，大部分能够生存；或是一群侏儒，大部分都会灭亡。

不论恐龙遭遇了什么灾难，都令我们哺乳类的祖先得以生存，随着恐龙的消失，哺乳类动物才能遍布地球之上，兴盛、进化、数量增加、形状改变，发展出更精良的脑部。你能够读本书，是因为恐龙已死亡，这个进化的偶然事件使我吃了一惊，因为它强调了人类如何危险。在我的旅游经历之中，曾见过许多奇妙的地貌和动物，却没有比人类这种更让人吃惊或使人敬畏的动物。我们和其他动物并无不同，亦无区别。我们不是有权摧毁这个世界或其他世界的神，但却是罕见而不寻常的生物，能够在这个星球上发展进化。我们是梦想和事实的惊人爆炸，我们的心灵一如大峡谷般弯曲复杂，我们的需要一如冬日的温暖般安全，我们的需求如海洋一般漆黑淫荡。我们是大自然的奇观。

恐龙之死只是使人类能够进化的幸运符之一，还有其他重要的事件，其中一件就是爱。“选择”爱的能力是人类生理重要的部分，进化使我们达到现况。与哲学家、道德家、理论家、姻亲和心理咨询师等人经常说的相反的是，爱并非选择，爱是生理的需要；进化喜欢能够直立的人类，也喜爱能够感受爱的人类，因为爱有极大的生存价值。能感受到爱的人确信子孙能够生存，这些子孙也继承了爱的能力，他们活得较久，有更多自己的子孙。终究，爱的癖性变成了人类基因的天赋，然后更根深蒂固，不只是癖性、性向或遗传而已。爱的丰富开始资助人类生命中的每一项计划，我们变成情感的冒险资本家。

物质继承物质。情感、人格、欲望全都来自肉体和化学成分。脑部只是三磅的血液、梦想和电流，但由这个会腐朽的炖品中，却出现了贝多芬的奏鸣曲、“眩晕”吉莱斯皮（Dizzie Gillespie，爵士乐小号手）的爵士乐，以及奥黛丽·赫本要把生命的余晖散布在索马里，拯救儿童的愿望。我们创造出许多电功率转送器的机器（如立体收音机和电达）——能够把感觉转为电流，这不足为奇，因为我们自己就是电功率转送器。惠特曼（Walt Whitman，美国诗人）写道：“我歌颂生电的身体。”他是对的。我们的每一个细胞都包覆在电流之内，甚至我们的脑细胞，充满精力，也像微小的闪电雷雨网一样起伏。我们所造的许多机器都只是自己的卡通版本，是手、眼等的简单版本。世界以其笨拙的形状、色彩、动作、声波和味道等语言面对我们，以摩斯密码和信号传送出讯息；当我们全心全意爱时，那就是电子的热情。爱在脑部的神经元发展，而其生长方式依赖于这些神经元在我们童年时期如何受训练。进化提出个人生活房屋建筑的蓝图，但一如房屋一般，大部分都得依赖建造者的技巧和经验、社会的法律和规则、物质的特色或性质，更不用说飓风、山崩或洪水、修理水管等的大灾难，以及巡视官员、主管、暴徒或邻居的善变等产生的效果。我们如何爱是生理的事，我们如何爱是经验的事。

可塑性的头脑

如果爱的需要是本能、天生的，是结构的一部分，那么它怎么能够被人塑造呢？人类是伟大的即兴演员，我们修改、创造、发明新的策略。如果食物稀少，我们就奔向食物多的地方，或是改变食物，或是种植食物，或是以人工制造，或是建造交通工具，运送远处的食物来我们这里。我们之所以如此有弹性，是因为不能创造许多子孙。如果是产下无数蛋或是经常生育的动物，它们的基因就有很大的机会能够传到下一代，生命对它们而言是廉价的。青蛙卵在月光照耀的池塘下只短暂地覆在池水上，不久即遭掠食者吞食。如果只有一些卵长成蝌蚪，而一些蝌蚪长成青蛙，那么一切就没有什么问题，青蛙并不会长途旅行，当青蛙走动时，它们也选择类似的环境。因此青蛙会遵循严格的行为规则，它们没有必要做其他选择。

但人类只生很少数的子女，大多数情况下，一年只生一个。如果那个孩子死亡了，就没有候补的。而人类居住在各种各样的环境，要把子女安全地养大成人，必须做许多决定，根据他们每天所遭遇的障碍和威胁而定。

这需要精密而相当有弹性的脑子，由本能驱策，但也要能够适应新事物的头脑。个人和部落有不同的经验，因此发展出个别的策略、情感、信仰、习惯和喜好。我们称之为“文化”和“人格”，我们也说这是我们“发展”出来的，仿佛来自个人过去暗房的照片影像。这是最自然、最接近动物的事业。生命形体面对忙乱不堪的环境，如果能够评估新的经验，迅速做决定，并且由这些决定中学习，就有最大的存活机会。我们的才能就在适应和改变的能力，我们是大自然伟大的通才；我们采取样本，改变自己的心智，能够屈服于压力之下，我们说服他人，也能够被他人说服。我们避免危险，我们追求灾祸，这其中有讽刺，是自我实现的预言。我们越能够改变做事的方式，以适应环境的压力（例如住在有火炉取暖的屋子），就创造越多的问题（垃圾、污染源等），于是我们又必须针对问题，找出解决之道。这种一方面要非常严格，另一方面又要能够即刻改正的行为，也就是为什么人类基本上相像，但每一个人又都截然不同的缘故。贝多芬承袭了双亲对音乐的敏感，他的双亲也喜爱音乐，但却是他童年不幸的命运，才成就了他作曲家的生涯。如沃尔什在《爱的科学》（*The Science of Love*）中描述的物理过程：

人类婴儿面对着充满各种可能的世界。这些潜能的觉醒、发展和实现，大部分要依赖经验。而使我们成为如今的我们，以及影响未来的经验，乃是经由约100亿个脑部细胞（神经元）复杂的电化学混乱互动，觉察、处理和执行……神经元是神经系统复杂的基石，是沟通的单位……由神经元突出的是轴突，能够以相同强度但频率不同的电子信号形式，在极微小的接合处，由一个细胞把讯息传递给另一个细胞。

> 讯息跨越神经接合处，由称作神经传递素的微小化学物质传递。到目前为止，神经学者已经辨识出约60种不同的神经传递素……在分子层面，神经传递素是使我们快乐或悲哀、愤怒或安静、焦虑或放松的物体。

内啡肽乃是一种神经传递素，特别使人愉悦，是天然的麻醉剂，能够去除痛苦，产生如服食药物一般的飘飘欲仙之感，或是使人镇静下来。当母亲抚慰新生婴儿时，内啡肽流经宝宝的身体，使他感受到快乐、平静、安全。宝宝于是学会把爱情和愉悦联在一起。

斑马宝宝出生不久就可以站起来走路，大部分动物的宝宝出生之后就可以在地面上跑。但人类的宝宝出生时，却脆弱无助、尚未成熟。在遥远的过去，人类虽然发展出大的脑部，但女人却并未发展大臀部来配合。进化面临了困境，脑部大的人生存的机会更大，然而臀部小的女人常在生产时死亡，臀部大的女人却又行动过慢，面对掠食者时不能逃离。于是女人发展出略微大一点的臀部，而宝宝也在其实还是胎儿的阶段出生。如果母亲能够保护婴儿，让他在体外成长发展，接受她无微不至的关切，如果能说服父亲也逗留在附近，他就会在这个危险的时期，保护母子俩。这当然是非常笨拙、不切实，而且复杂的解决方法，但进化乃是由切换式通讯协定而来的，而非由正式宣告而来。

我们很容易就会把进化想成都市规划者，一起摊开它所有的设计，这个逻辑虽与真相相反，却极有吸引力，因为我们期待意义，而且喜爱有条不紊的解释。但事件的真相，却穿插许多意外，就像下面的例子：大脑袋的宝宝存活机会较大，也能创造有较大脑袋的子孙；但除非正好有大臀部的母亲，否则许多妈妈会在生产时死亡；而虽然拥有较大臀部是相当笨拙的特性，但最后大脑袋宝宝和大臀部的女性都有较大的存活率，尤其最能够保护婴儿的女人，也能够感受到强烈的动机要养育子女、为子女牺牲一切的母亲，在化学方面就得到报偿；如果她们接受拥有同样养育子女动机的男性协助，男性的基因也就能够留传到未来的世代，纵使对男性而言，这是长期的报偿而非在短期内能不受母亲和孩子的牵绊。

新时代的敏感男人

近年来，我们期待男人更敏感、更脆弱、更仁慈、更有同情心、更有支持作用，较少竞争心、较少占地盘、较不暴力，更奉行一夫一妻制，分担一半的养育子女责任。其实，我们所要求的，就是要男人变得更像女人，对某些人而言，这真是困难之至。他们的生理抗议说：你在开玩笑吧？我天生不是做这个的。然而，现代生活若没有这样相互的关切和平等，男女两性都会不可忍受。讽刺的是，正当男人成为女人想要的新时代敏感男性时，有些女性却认为这样的男性没有魅力，因为他们太像女人了。这点很有趣，因为提醒了我，我们面对了古代的饥饿，古代的驱动力，尝试想要使它们适应原本不是为它们设计的社会。（我认识一些女性想要行销一种新时代男性娃娃，拉一下他背后的绳子，他就会说：“你不化妆看来好美。”“轻松一下吧，让我来洗碗。”“你体重减轻了吗？”“只要你高兴就好。”）

不过许多男人的确已经改变了本能，在战火连天的世界中，这原本是相当必要的。我们不再一小群一小群地住在一起，以矛和石头为武器，使用如“愤怒”、“复仇”和“憎恨”这样的词语，造成剧烈、悲惨，但有限的破坏。我们已经筹备了赌金，一切都攸关得失。进化跟不上我们的热情，无法发明新的方式拥有、管理或摧毁。我们已经改变了世界，但并没有改变自己。我们该如何用古代的态度来解决现代的问题？你不能教老教条们新的把戏。我们的行为模式并没有进化，不能处理在拥挤大都会的生活，或是有残杀大众武器的生活，但这就是为什么爱对我们意义如此重大的原因。动物行为学者洛伦茨说，只有真正具有侵略性的物种才需要发展爱，我们凶暴的本质乃是爱可以发挥作用的原因，完全和平的生物不需要爱的慰藉。

如果你注视镜中的自己，就会看到掠食者回视着你。遭掠食的动物——羚羊、马、牛、鹿，眼睛位于头的两侧，因此可以注意潜近背后的危险，相对的，老虎则有面对前方的双眼，让它能够利用立体的视觉精确地瞄准下一餐的着落，以利齿跃向猎物的颈子或腰窝。人类有掠食者的眼睛，老虎的眼睛，那也说明了我们古代的起源。但人类也有强健的脑力，我们不只危险，更是灵敏的。如果没有压抑凶猛、怯懦和掠食食欲的机制，就会自我毁灭，把我们的名字列在灭绝的长串名单上。但进化也给了人类相当有力的和事佬，爱的能力拯救我们免受自己的摧残。

私通

如果我们航行到遥远的星球，由那里观察我们的同伴——裸体，头上有一大簇毛发，我们可能会称之为“有冠毛的灵长类”。我们也会深受他们矛盾的家庭生活吸引。全世界的人都调情、恋爱、结婚，90%的美国男女都会结婚，许多社会也重视一夫一妻制，有些甚至把这种制度纳入宗教和律法之中。在情感上，同一种规则也存在——男人和女人永远在追寻他们“唯一的真爱”，与其建立一生一世的盟约。除此之外，人类却相当不忠实，甚至冒着相当高的生命、身体和家庭的风险。在以此为主题的许多民意调查测验之中，72％的已婚美国男人说，他们曾经不忠于婚姻，54％的已婚美国女人有相同的答案。然而，私通在各种文化中都是不变的，如果进化的计划是要我们邂逅交配，那么私通在这个等式之间，又扮演什么样的角色？

过去千年来，女性私通有许多原因。女性可以用性行为交换更多食物，如果她的伴侣逃跑或死亡，有个后补的男性协助养育子女就相当方便。如果女性选择的伴侣后来发现并不合适，那么她和其他人配对，就有更大的机会把强健的基因传到下一代。基因的变化总是个安全网——子女有不同的父亲时，每一个孩子就有略微不同的基因遗传，其中一个子女存活下来的机会就更大。聪明的女性可能和许多男性为友，因此他们不会伤害或杀死她的子女。如果这些男性不确定哪一个才是孩子的父亲，那么他们全都会照顾她的孩子。

不论原因为何，性能力强的女性对“丈夫”不忠，子女就可能存活，于是有欺骗倾向的基因就会遗传下去。强烈地奉献给“夫”或“妻”的女人和男人，也会产生较多存活的子女。使越多女性受孕的男性也产生更多子女，虽然他们并不留下来协助养育。也许我们矛盾的性欲是以这样的方式发展进化，结果我们现在有快快乐乐、心存感激一夫一妻制的男女，但长期下来，他们却不忠实。

两性战争

如果男女两性注定要恋爱、结婚、生儿育女，为什么他们总是在争战？因为男女的生物议程不同。一般男人的精液只包含 5 卡路里，大部分是蛋白质。男人射精时每小时射出 28 英里，约和我所住街道的时速限制差不多，这意味着男人在勃起时感受到的庞大压力。但射精一次约包含两亿个精子，在理论上，男孩可以把整个地球上都繁殖满他的子孙，如果他想要让自己的基因存活，就该尽量让女孩怀孕。女孩子的双亲感受到这一点，因此也担忧他对他们女儿的“意图”。毕竟，一名女性一个月只能产生一个卵子，在一生之中，生产并不多，如果她怀孕，就会比较脆弱，9 个月的时间更容易受到伤害，较难养活自己，然后又得哺喂宝宝，照顾宝宝达数年之久。男人的投资只是在浪漫夜晚的一点点勇气，而女性的投资则是多年的自我牺牲。她最好选择能够陪在身边，协助养育子女的男人。在生理上，对男人最有利的情况是始乱终弃。西棕榈滩海边一家店铺橱窗展示的一件运动衫，完美地说明了男性的需要，虽然有点残酷——画了 3 名火辣辣的年轻女子后背，主要是金发和细带比基尼内的“小馒头”——完全看不见她们的脸孔，下面则是这样的话：“跳上前去、成其好事、将之抛弃。”

两性的战场相当微小，大约是 30 年的人生，两方都是将军，两方都希望达到相同的目标——延续基因，不同的是策略。她想要的是一个陪伴在身边的男人，而且因为未必会成功，因此她挑剔无比，希望能够同时和男方一起坠入爱河，对方能保护又能养育下一代，忠实而又合适；她测试他的诚意，拷问他究竟爱不爱她，是否愿意为她赴汤蹈火。她用“总是”、“永远”之类的字眼，她既嫉妒，又有很强的占有欲，只要他不爱上其他女人，那么逢场作戏就没有关系。她知道他天性就是要在其他的田地播种，她所关切的是他实际的忠实，只要他留在她身边，让子女能够生存下去。因此她会愤怒而噙着眼泪地原谅他一两次，或假装不知道，但如果这持续下去，或他似乎是认真的，她就会坚守立场。他也是嫉妒而有占有欲的，但他可不容许她失足，如果她因其他人而怀孕，那么他就得养育一个丝毫没有他基因的孩子，对他来说，这可是大灾难。因此如果她挑逗地朝其他男人看一眼，他就暴跳如雷，不止一个男人如此，男性全体都如此。

例如，当今报纸上全都是波斯尼亚和黑塞哥维那（波黑）土地上强暴、杀婴的报道，压倒敌人还不够，嗜杀的战士想要杀害未出生的一代，确定只有他们自己的基因能够生存下去。也许最明显的例子乃是公元前1300年，埃及卡纳克的一个石碑记录了曼涅费塔（Menephta）国王报复利比亚军队的事迹，列出了军队带回家所切除的阴茎数量：利比亚将军的阳具——6，利比亚人的阳具——6359，瑟克利安（Sirculians）杀死和切除的阳具——222，伊特斯肯（Etruscans）杀死和切除的阳具——542，希腊人杀死和切除献给国王的阳具——6111。

你就是不明白

男女两性都有了解对方的困难，因为他们的身体说的是略有不同的生存方言。有些词汇虽然相同，但意义却并不一样，每一性别都有自己的言语，有时候连文法也不一样。一如唐宁（Deborah Tannen）在《你就是不明白》（*You Just Don't Understand*）中，趣味十足地呈现，即使男女说同一个句子，经常意味着完全不同的内容。男人聚在一起，不论讨论什么，总有微妙的竞争成分在内，是权势和力量的手段；女人如在一起，不论讨论什么，总有微妙的结合和联结成分。例如一对夫妻出外驾车，迷失方向，男性通常不会询问路人，他不要陌生人觉得他不能应付，这会激怒他，使他失面子，在他的认知之中，很少有罪行如另一个男人的笑声那般使人恼怒（这是一种杀人形式）。而女人，则认为问路不足为奇，她也很愿意向迷路的陌生人提供协助。对她而言，这无关地位，而是一种联系。经常发生的情况是男人越绕越迷失方向，然后女人因他太顽固不肯问路而大发脾气。

女性织出永恒的网，她觉得这能保障她，使她安逸舒适，她尝试在社区中建立大家庭，举办宴会，一起以夫妇姿态出现。而男人却说他需要自己的空间，他不了解她社交的狂热，也不希望受到束缚，或是觉得她使他窒息。他们妥协的方式是发展私人时间和公共时间。他和男性一起出外打篮球，她则和其他女性一起购物。

男人举行仪式的目的是要学习力量和竞争的规则，例如一起看体育比赛使他们了解仪式的正式上演，对某一队忠诚，学习隐藏脆弱。而女性的仪式目的（一起午餐，共享喜爱的沙龙等），却是学习如何建立人类的关系。她们在一起相处会比和自己伴侣一起更亲密也更脆弱，照顾其他女人教导她们如何照顾自己。以这些正式的方式，男女驯服了情感生活，但策略并不相同，生理旅行日志也不一样。他的精子需要旅行，她的卵子则需要安定下来。他们竟能够快乐地生存下来，实在教人讶异。爱在这场战争中，提供许多治疗：是两者都安全的无人地带，是两个界线之间的信使，是疑惧的沼泽中幸福的岛屿。

爱的化学现象

一天，我的朋友正在收拾行囊，准备出差，她 5 岁的儿子陷入突如其来的一阵绝望。她向儿子保证自己很快回来，而且父亲也会在家照料他和姐姐。“那不一样，”她儿子抱怨道：“是你把我们孵出来的。”

任何 5 岁孩子都知道，母爱和父爱大不相同。大体而言，幼儿和母亲分开就会愤怒失控，但和父亲分离却未必。哈洛（Harry Harlow）已经以传统猴子实验证实，害怕丧失母亲不只是人类的恐惧而已，其他幼小的动物也对母亲产生特殊的依附心理。怎么可能会不如此呢？宝宝就像小流氓一样，在垫有衬垫的囚室之中，花了 9 个月的时间，和母亲分享食物、血液、空气、荷尔蒙、愤怒和喜乐。婴儿出生之时，还不能理解这个世界；婴儿是完全脆弱的感受机器，不知道母亲趁自己睡觉之时，曾暂时离开去办杂事，或是去买她自己的食物，或是去买让自己温暖的毯子。在身体上，母亲和宝宝也很亲密，她着迷地亲吻、摇晃、爱抚宝宝。母亲本身就是食物、是温暖、是安全。她是柔软、芳香的生命水库，她的乳房是宝宝身体的延伸。宝宝继续以需要的脐带依附在她身上，宝宝爱母亲其实是爱自己的表现。母子以完整的整体开始，是单一的世界，但终究会分离；一如情人，刚开始是两个不同的个体，终究会成为一个世界，一个整体。

再没有比母亲的爱更纯粹、更不容置疑的事物了，母爱是免费的赐予，是苦恼灵魂最后的避风港，就是连续杀人犯也都有爱他的母亲。弗洛姆（Erich Fromm）在《爱的艺术》（*The Art of Love*）中，解释这种内心的感受：

> 母亲是我们的根源，她是大自然、土壤、海洋。……母亲的爱是无条件的，完全保护、完全包容；因为是无条件的，所以也不可能受控制或由学习而来，母爱的存在使得被爱的人感到幸福，如果没有母爱，则产生迷失感和全然的绝望。母亲爱子女是因为他们是她的子女，而不是因为他们“好”听话，或能满足她的愿望和命令，母亲的爱是平等的，人人平等，因为他们都是母亲的子女，因为他们都是大地之母的子女。

另外，父爱则较有距离，经常有附加条件。弗洛姆把父爱描述成是得来或应得的爱。他指出，父亲在无意识中向他们的子女说："我爱你们因为你们满足我的期望，因为你们尽你们的义务，因为你们像我。"父爱倾向于惩罚和报偿，设定界限，做出要求，期待遵从。孩子可能值得或不值得父亲的爱，这是一种判断的爱，因此也可能会丧失。母爱是古代崇拜大地宗教的爱，当时人们崇拜大地的肥沃丰饶，夏日太阳的酷热，包容一切的大地。他们崇拜倾泻爱一如倾泻子女的女神，用她乳房里的奶水哺喂他们，怀抱他们靠在她摆动的腰臀部。但到旧约时候，神变成了父亲式的角色，发布命令，期待遵从，评断子民，根据他们的行动惩罚或酬答。我们欣赏君主政体，尊崇政治领袖，因为若要我们不去盼望回到童年和确定的年代，是不可能的。我们似乎永远渴望恢复那种教养方式。为人子女的部分本质就是受暴君统治，遵从他所定下的规则。

当然，两者对于女的幸福都是重要的——感受他自己领受到完全的爱，不论他如何愚蠢、丑陋或罪恶；感受到他有自我的价值。由母爱，孩子学习如何去爱；由父爱，孩子学习爱的价值。这并不意味着慈爱的单亲不能单独养育出情感健全的孩子，也不能保证双亲家庭就没有虐待的情事发生，但却强烈主张双亲都协助形成子女的自我意识。

在动物王国里，父亲所扮演的角色大部分是守护子女或提供食物，但它们却很少真正过问养育子女的工作。"母道"和"父道"应该处于平等地位，这其实是人类的发明。在早期的进化中，母亲得和婴儿待在一起，加以养育保护，父亲则出外打猎，对抗敌人，保护母子。这是父辈主要的工作。暴力在他的生活中，占了相当重要的地位，格斗是他的责任。古代的家庭能够保持平衡乃是因为分工，女性有较大的欲望，要养育子女，保持和平；而男性则有较大的欲望，要作战和主宰。现代男人依旧感受到这些压抑的欲望。如果我们得知美国85%的暴力犯罪都是男性所为，应该不会惊讶。的确，在全世界所有的文化中，男性和罪恶之间都有相当强的关联。女性只有在更年期之间和之后，荷尔蒙变化之时，才会在罪行统计数字上占较大比例。我认识许多并不好战的男人，他们对女朋友相当温柔，我也认识一些单亲爸爸，相当细心地养育子女。但整体而言，男人在世界上依然犯下大部分的暴力罪行，女人则负责大部分养育和爱的工作。

一项研究中，研究人员拿宝宝的相片给各种年纪的女性观看，有些女性有孩子，有些没有。她们的瞳孔自动放大，显出兴趣与情感。同样的实验在男人身上，却未产生相同的生理反应，除非这些男性也有幼小的子女。老鼠的情况也一样——老鼠爸爸与幼鼠相处一段时间、习惯它们之后，会成为较关怀子女的爸爸；但母亲的反应却是立即的。这样的研究显示，女性天生对孩子有本能、自动的关怀；但男性却只有在自己有孩子后，才学会同样的感受。就算如此，父亲遗弃宝宝的概率比起母亲来，也高出20倍。怀孕妇女会经历荷尔蒙的变动，让她们做好养育子女的准备，准爸爸则不然。准妈妈沉浸在化学物质的光辉中，不必思考如何或为什么或何时爱她们的宝宝。头上有蓝天，脚下有绿地，母亲宠爱自己的宝宝，还有什么比这更单纯的呢？

拥抱的化学反应

催产素（oxytocin）是生产时促进子宫收缩的荷尔蒙，似乎在母爱中扮演相当重要的角色。婴儿哭泣的声音会使母亲分泌更多的催产素，令她的乳头挺立，分泌乳汁。母亲哺喂宝宝时，会分泌更多的催产素，使母亲想要抚慰拥抱孩子。动物学者称之为“拥抱的化学反应”，他们曾经在山羊和其他动物中，以人工提高催产素的浓度，让动物产生了类似的行为。催产素有许多功能，有些对母亲有益。在哺乳时，宝宝会觉得温暖、安全，使消化和呼吸系统顺利运作。哺乳也造成母亲体内的催产素浓度增高，促使子宫收缩，恶露停止，胎盘剥离。因此母亲和宝宝卷入爱、互相依赖和生存的化学舞蹈之中。

稍后的人生，催产素也在恋爱中扮演同样重要的角色，它是鼓励情侣拥抱，增加性爱欢愉的一种荷尔蒙。催产素刺激平滑肌，使神经更敏感，在性兴奋时会如滚雪球那般迅速增大——刺激越强烈，催产素就越多。随着性兴奋越来越激烈，催产素就会促使生殖器自然发泄，达到高潮。催产素不像其他荷尔蒙，它可以由身体也可以由情感两方面产生——一个注视、声音，或手势就够了，它也可以在个人的爱情历史中受到制约。情人的味道或触摸可能会促使催产素产生，内容丰富意味强烈的性幻想也可以。女人对催产素的情感效果比较有反应，也许是因为催产素在恪尽母职方面所扮演的角色。的确，经历自然生产的母亲经常说，她们在分娩时感受到如高潮般的快感。有些从未经历高潮的女性发现生产后变得比较容易达到高潮；分娩和哺乳时所分泌的催产素融化了她们的性封锁。这种荷尔蒙的释放也许可以解释为什么性行为之后，女性比男性更喜爱持续拥抱对方。女性渴望亲密，她们要紧紧地盘踞男人心上的大发条。以进化的眼光看来，她希望男人可以待在身边，保护她和他创造的孩子。

男人的催产素在高潮时是原来的5倍量。但斯坦福大学的研究显示，女人在性行为中，产生比男性更大量的催产素，而且女性要达到高潮，也需要更多的催产素。沉浸在这种化学物质之中，女性较男性可能发生多次高潮，也可能会发生整个身体的高潮。许多母亲告诉我，宝宝 1 岁左右时，她们很惊奇地发现自己与宝宝“坠入情网”，受他的魅力吸引，陷入“从未有过的恋爱”。既然控制高潮、生产、抚抱和哺喂乐趣的荷尔蒙样是催产素，会有如此感觉也就不足为奇。脑部可能有多余的灰质，但其他物质却经济节约。它会为许多目的重新使用方便的通路和化学物质。如果旧通路已经引导到目的地，为什么还要开辟新的路径呢？初为人父者常因宝宝而觉得满足，他们的催产素量也会增加，但没有为人母亲者那么高。

其他的动物抚抱会有什么后果呢？美国心理健康学会的神经科学家殷塞尔（Thomas R. Insel）和夏皮罗（Lawrence E. Shapiro）曾经研究过山鼠的爱情生活，这是一种雌雄杂交的野鼠，单独居住在遥远的洞穴之中，是交配的时间里，它们经常交配，而且不选择对象。母山鼠在交配后迅即离开小山鼠，而公山鼠则根本连看也不看小山鼠一眼。当研究人员把小鼠由窝中移出之时，它既不会哭叫要妈妈，也不会显得特别焦虑，它们没有我们称之为家庭感的感觉。研究人员发现，山鼠对催产素有较少的脑部接收器，而它们较重感情和家庭的亲戚草原犬鼠则不然。此外，正如我们可以预测的，山鼠催产素的量在刚分娩的母鼠身上较多，它们那时正在哺喂幼儿。这样的研究让人感到奇怪：催产素在人类关系中有什么复杂的功能。催产素在寡居者、虐待子女的双亲，或是受到孤独梦魇之苦的孤独症儿童身上，是否量比较低？

迷恋的化学反应

首先要对我们视为当然的事物做一个小小的更正。“心”不只位于脑部而已。心附着在无穷的荷尔蒙和酵素旅行队上游遍身体，是一支神经肽

（neuropeptide）的队伍，带着讯息穿梭在脑部和免疫系统之间。当身体承受刺激——如疼痛、伤害或疾病等，就会影响脑部，这是身体的一部分。当脑部接纳了事物——如惊吓、思想或感情，同样也会影响心灵、消化系统及身体的其他部分。思想和感情是不可分的，心理健康和身体健康也是不可分的。我们是完整的生物，有时候饥饿的痛苦会凌驾道德之上，有时候我们的感官淫荡地渴望新奇，只因为它感觉愉悦。有时候男人的确是用自己的小鸟思考。因为人类重视理性，而且也对自己的生命现象迷惑，因此我们就把自己身体的渴求和需要称之为“较低下”的动机、直觉或欲望。于是渴求性行为就是怯懦，而渴望音乐则是高尚的。如果花数小时寻求性就是堕落，而奉献数小时追寻美妙的音乐就值得赞美。如果花一个下午的时光重复幻想、手淫，就是伤风败俗；但如果花同样的时光听音乐而心荡神驰，就是健全的。当爱成为迷恋时，全身就会听到喇叭吹响，这是作战的召唤。

“两个人的邂逅就像两个化学物质的接触一般。”荣格写道：“如果其间发生任何反应，两人都会因此而改变。”当两个人发觉对方有魅力时，他们的身体就会分泌苯乙胺（PEA），这是一种能够加速神经细胞之间讯息传递的分子。苯乙胺是如安非他命的化学物质，会使脑部兴奋，因此爱人经常会觉得幸福、返老还童、乐观、充满活力，乐于整夜的熬夜聊天，或是一连数小时的亲热。“速度”会使人上瘾，就是身体自然产生的速度也不例外，因此有些人变得如纽约州州立精神病院利博维茨（Michael Liebowitz）和克莱因（Donald Klein）所谓的“吸引力上瘾”，需要浪漫关系，才能感受生命的激动。这种渴望使他们不断处于使人快乐、教人耗尽心神的刺激和沮丧的循环中。他们因缺乏化学物质而选择不合适的伴侣，或是仓促间误解可能成为伴侣者的情感。他们滑下渴望的急流，头下脚上地跌入教他们筋疲力尽的恋爱汪洋中。他们的关系不是很快崩溃，就是遭到拒绝。不论哪一种情况，他们都因相思的绝望与折磨，而坠入残酷的沮丧中，而他们又借着再度坠入情网来治疗自己。利博维茨和克莱因认为这种云霄飞车现象乃是由脑部化学物质不平衡造成的，是对苯乙胺的渴望。他们为病人开出单胺氧化酶（MAO）抗氧化剂的处方。这是一种抗沮丧的药物，可以阻止某些会压抑苯乙胺和其他神经传递原的酵素，结果这个治疗法效力强劲。病人不再渴望苯乙胺，能够更平静、更实际地选择伴侣。其他人体研究似乎也证实这些结果。研究人员也发现，把苯乙胺注射到老鼠、恒河猴和其他动物身上，会使它们产生欢愉的声音、追求的行为和上瘾（它们不断地压下杠杆，以取得更多的苯乙胺）。这全都强烈地显示我们在坠入情网时，脑部浸在苯乙胺之内，使我们感受到愉悦、极度的兴奋和幸福、甜蜜的上瘾——爱。

苯乙胺不只能在体内发挥迷恋的效用，任何追寻刺激的情况下，它的量也都会高涨，因为能使人保持警觉、自信，准备尝试新事物。这也可能协助我们解释一个迷人的现象：人们在危险的情况下比较容易坠入爱河。战时的恋爱是传奇的故事，我就是在这样的情况下出生的“婴儿潮”中的一员。在异国地点特别容易发生爱，当官能因压力、新奇或恐惧而更紧张时，人就更容易变成神秘主义者，或感受到启示，或坠入情网。危险使人更能够接纳爱，危险是爱情的灵药。研究人员为测试这一点，要单身男子越过一座吊桥，桥虽然安全，但看来却很吓人，有些男人在桥上遇见女人，其他男人遇到同样的女人，但却不是在桥上——而是在如校园或办公室之类较安全的地点。

结果在摆荡的桥上遇到女人的男人，较有可能邀请女人去约会。

依附的化学作用

迷恋的化学雪车让人以极快的速度滑过不平坦的地形，让两人的生命混合在一起，人们结合，混合基因，宝宝也随之出生。接着着迷的作用渐渐消退，由新的化学物质接手，这是一群像内啡肽的物质，麻醉心灵，使人觉得安定平和。着迷的甜蜜热情由麻醉般的平静、安全和归属感取代。置身于爱之中，乃是一种混乱的平衡状态，亲密、温暖、感同身受、依赖和共享经验的报酬，促使慰藉心灵的食物——内啡肽产生。比起坠入爱河来，这种感受较不刺激，比较平稳，引人上瘾。两个人婚龄越长，就越可能保持婚姻状态，拥有三个或更多子女的夫妻，有更大的可能会成为终身伴侣。稳定、友谊、熟悉和情感，这些都是身体依附的报酬。虽然我们爱快乐地东飘西荡，更爱着迷的晕眩感受，但这样的状态却造成极大的压力。另一方面，如果能够休息，能够免除焦虑或忧心，和如童年玩伴一般教人安心的伴侣一起享受人生，在烦恼时宛如手足一般可以互相信赖，如父母亲一般关心注意自己，同时又充满情感和爱，一样使人有美妙的感受，而这就是：终身的伴侣。这是让人很难放弃的补品，就算双方的关系并不完美，一方经常受到使人返老还童的婚外情吸引。共同面对的事件，包括共同的压力和危机，是吸引配偶更亲密的铰钉。不久他们就被这么多的事件联系在一起，很难再分开。要跳下正在缓慢移动的船只，抓住漂过的救生圈，需要极大的勇气，因为你不知道它会漂向何处，也不知道它是否能使人保持漂浮。卷入婚外情，与已婚男人在一起的“第三者”逐渐会发现，不论这名男子的婚姻多么无趣，不论他做了什么承诺，或他们觉得自己如何狂恋，他都不可能离婚。

离婚的化学作用

我们称之为“博爱”、“吊膀子”、“轻佻”、“追女人”、“追男人”或是同样生动有趣的形容词。一夫一妻和私通同样都是人类社会的特征。人类学者费希尔（Helen Fisher）曾经提出私通——她所谓的“四年之痒”的化学基础。她研究联合国对全世界人民结婚和离婚的调查之后，发现离婚通常在婚姻之初发生，在夫妻生养子女的头几年。这个离婚的巅峰期也配合了迷恋期结束的时刻，夫妻得要决定他们要不要放弃，还是继续待在一起成为伴侣。有些夫妻的确待在一起生儿育女，但更多人却不是这样。她总结道：“人类这种动物似乎天生就是要追求恋爱，一次与一人结婚，然后在生儿育女的巅峰时期，通常是有一个孩子时，我们就离婚；接着，几年之后，我们再一次结婚。”

人体的化学反应使我们很容易遵从这样的计划，很难避免。一见钟情的诱惑焰火可能维持数周或数年，然而其后身体对于不需耗费力气即可得到的狂喜感到厌倦。神经不再因兴奋而颤抖，长久以来已经没有新鲜事，为什么浪费力气去使自己兴奋呢？爱会使人筋疲力尽。太多的事物使人难以消受，太多的兴奋也是如此。接着依附的化学物质在婚姻浓厚舒适的平静地毯中起伏。有些人觉得，最好是放轻松，享受平静和安全，夫妻小别之后，会更渴盼对方的拥抱。是因为化学物质在渴望吗？也许是的，渴求两人在一起时所流泻的抚慰内啡肽。这是个深沉、甜美的河流，正适合把自己的脚悬垂在其间，让全世界在一旁等待。

其他的人则会烦躁起来追寻新鲜感。他们不能忍受持续不变的烦闷。最后老年的鬼魂悄悄地潜近。在其他地方，生命充满各种新的范围和界限，人人似乎都在享受感官的飨宴，他们也希望能让自己沉浸在感官的刺激中，因此他们展开婚外情或离婚，或是两者同时进行。

不论哪一种方式，基因都存活下来，物种也继续兴盛。待在一起的夫妻养育更多小孩长大成人，而夫妻分手之后，通常也会再度结婚，至少养育一个孩子，甚至就算化学循环动摇破裂，也能够重新再起，重新开始。两种体系都能生效，因此两种方式都能酬报选手。如王尔德（Oscar Wilde）所说："婚姻的锁链沉重无比，需要两个人来扛，有时需要三个人。"

春药

19世纪后半叶，法国医生发现了一个古怪的饮食奥秘。驻扎北非的士兵食用蛙腿之后，阴茎发生严重的反常勃起。1861年，韦齐恩医生（Dr. M. Vezien）巡察野战医院时，发现有几名外籍兵团团员回礼时，阴茎反常勃起，使他印象深刻。这些人是不是遭下毒？蛙腿是颇受欢迎的法国美食，这些士兵食用这附近沼泽的一种当地青蛙，韦齐恩医生收集了一些青蛙，解剖它们的胃部，结果发现一种甲虫（meloid beetles，简称MB）的遗体。1893年，北非另一名军医也报告了相同的病例：同样的金枪不倒，同样的青蛙，同样的内脏塞满同样的甲虫。

康奈尔大学的生物学者已经解开了金枪不倒和有春药效用的青蛙谜团。MB含有斑蝥素（cantharidin），是一种刺激尿道的物质，别名叫"西班牙苍蝇"。许多男人都服用它以提高自己的性能力——最有名的是萨德侯爵（Marquis de Sade），同时也让女性服用，让她们同意行房。

男人的性能力如果衰退，他会愿意尝试任何事物以重振雄风。牡蛎、鱼子酱、犀角粉末、公鸡鸡冠、无花果、蛋、“爱情灵药九号”、鲸粪、牛血（自睾丸中抽取）、骆驼奶、如阴茎一般的果实，或是如芦笋这般能够壮阳的蔬菜。这些药有时奏效，不是因为使用者“认为”它们应该有效，就是因为它们含有此人所缺乏的某种维生素或矿物质。人如果不健康，就不会对性感兴趣。例如，牡蛎含有锌，而饮食含锌量低的男人精子数量可能较低。那并不意味着一盘牡蛎就可以使人对性有兴趣，除非牡蛎的质地刺激了他的想象，使他想起女性的唇瓣，这的确相当可能。在想象的大歌剧中，日常食物可能突然变得津津有味而神奇，如果他正在和情人共餐，而牡蛎又让他想起他俩一起沿着鳕角沙丘的单车之旅，以及另一个他们在与世隔绝的沙滩上做爱的下午，他们的皮肤轻轻地摩擦沙粒，浪潮如载货火车一般响亮，而海水的咸味充满他们的鼻子，接着，光是食用牡蛎，就会引发感官的马戏。

人参，韩国、俄罗斯和中国土产的营养植物，据说是神经系统的滋补品，因此也是性能力的恩物。香喷喷的燕窝汤据说也有壮阳之效，这是用海燕沿着海岸在大洞穴中筑的巢所做，燕窝提供相当多的磷和其他矿物质，芦笋则提供相当多的磷、钾、钙——全都是精力的必要物质，它们也刺激尿道和肾脏，这就是为什么 17 世纪植物学者卡尔佩珀（Nicholas Culpepper）建议，芦笋能够“在男女人体内激起情欲”。日本人认为生鳗是很好的春药，在日本有成千上万家餐厅擅长做鳗鱼料理，这道菜通常配以某种腌菜，其中最昂贵、最受重视的，乃是状如阳具的梅子。

男人经常赠送花朵、巧克力、香水、音乐及其他讨人欢心的小礼物，培养女人浪漫的情绪。“先唤起她的感官”似乎是追求者未说出的座右铭。

其次，花朵就是植物的性器官，它们让人想起春夏时分充满性吸引力、花苞绽放的时日。巧克力含有温和的中枢神经系统刺激物，以及恋爱时身体自然分泌如安非他命似的化学物质。蒙特祖玛二世（Montezuma，墨西哥阿兹特克皇帝）每天拜访后宫六百佳丽之前，先喝 50 杯巧克力以增强性能力。

大部分香水都含有花的精油和野生动物（麝香鹿、麝猫、龙涎香等）的分泌物，或是实验室制的合成品。嗅闻粗俗的猪听起来恐怕毫无情调，但有时候我们对使自己兴奋的物质，要求却相当简单。见到或听到或嗅闻到其他交配的动物，就可能足以激发我们的情欲。松露含有一种类似公猪性荷尔蒙的化学物质，那也就是为什么急躁的母猪渴望挖出它们的原因，但这种化学物质也很类似人类男性荷尔蒙，因此它的霉味也吸引了人类的食客。它甚至还被用在各种各样流行的香水中。

虽然发明卡布奇诺咖啡（由搅成泡沫状的热牛奶和浓缩咖啡制成的精致泡沫风暴）的是独身的圣方济会托钵僧（Capuchine），但是饮用咖啡的人在性方面却比其他人更主动积极，不过，他们对所有的事物都比较主动。酒精在开头也有很好的效力，可以使人放松一切的限制，但之后，却会在应该欢欣雀跃的时候，压抑神经系统，这个情况屡试不爽。莎士比亚（在《麦克白》中）警告，酒精会“引起欲望，但破坏能力”。古埃及人宣称小胡萝卜是春药，奥维德举洋葱发誓，也许是因为马休尔（Martial，罗马讽刺诗人）的墓志铭：“如果你的妻子已老，而你的肢体筋疲力尽，那么多吃洋葱。”但更受欢迎的罗马春药则是用腐坏的鱼内脏所制的酱汁，美其名为力克曼（Liquamen）。前往庞贝的旅客会在知名工厂买下这种酱汁。他们的性能力依赖辛辣力克曼酱汁煮活蜗牛，浇有蜂蜜和力克曼酱汁的蕈类，烤鹿肉搭配葛缕子、蜂蜜、醋和力克曼酱所调配的酱汁，煮得嫩嫩的蛋炖以松仁、蜂蜜和力克曼酱汁，以酱汁烤的野猪，以及为了换换口味，用松露浸在力克曼酱汁里。

中世纪的男女喜爱桃金娘花叶浸润在酒中调制的混合物。18 世纪的女性则用“天使水”——一种用一品脱橘子花水、一品脱玫瑰水和半品脱桃金娘水混合起来的液体。混合液摇匀之后，混以麝香和龙涎香，然后涂在胸上，用只遮住乳头的胸罩托起胸部展示。有时候她们也会把镶有珠宝的胸针放在袒胸露乳的服装中央，确定别人的视线会落在双峰之间。在这个时代，珠宝首次被切割成多个刻面，显露了我们现在和珠宝联想在一起的明亮之火，注定要吸引视线。同样地，在斜坡上的一点香水，随着皮肤的火盆温暖而散放出蒸气，一样也会吸引任性的鼻子。

古人相信紫花曼陀罗根的魔力，也许因为它分枝的形状看起来很像人体。在《奥德赛》中，女巫喀耳刻（Circe）在强力的药物中放入了曼陀罗，一直到 17 世纪，人们都把它掺在爱情饮料中。那就是为什么约翰 · 多恩在他描述女性不忠的《歌》这首悲哀绝望的诗中，提及所有的女性似乎都要背叛他，他向密友这么说：“去捉住落下的星星，给孩子曼陀罗根，告诉我，所有逝去的日子何在，或是谁劈裂了魔鬼的双脚；教我聆听美人鱼的歌唱……”

凯瑟琳 · 德 · 梅第奇（Catherine de Médicis，法国亨利二世王后）的爱情饮食包含许多朝鲜蓟，巴黎街头小贩也常这么叫卖：“朝鲜蓟！朝鲜蓟！使你身心沸腾，使你生殖器沸腾！”另一个煽情的食物，大蒜，全世界都视之为春药，如卡尔佩珀写道：“其热……猛烈。”意大利农夫总喜欢把黑豆当作春药，因为它们激起生殖器官的迷你火花，4 世纪的传教士圣杰洛米

（St. Jerome）不愿让接受他精神指引的修女食用黑豆，就是为了这个原因。但有时候，所有的珍品混合起来就是最好的刺激物。下面就是中世纪“黑名单”上“性娱乐”必会成功的春药：

> 牛蒡籽放在臼中捣碎，加入3岁大的山羊左睾丸，再加入由白色幼犬背毛所制的粉末，这些毛必须在新月的第一天剪下来，在第7天焚烧成粉。把所有的材料全都泡入半瓶白兰地中，留置21天，不盖盖子，让它接受星星的影响。到第21天时，开始烹煮，直到浓稠，再加入4滴鳄鱼精液，用滤网过滤，把这个混合物擦在生殖器官上，等待结果。

鳄鱼精液？我也许愿意漂洋过海，冒尽千辛万苦以求取效力巨大的春药，但为鳄鱼自慰可超过了限度。《春药种植者季刊》（*The Aphrodisiac Growers Quarterly*，的确有此种期刊存在）的一篇文章分析了500种文学作品中的引诱场景，发现98%的场景前面，都有一顿刺激情欲的餐点。

谈到高科技制药，许多人都说可卡因可以刺激性欲，虽然有极严重的副作用。号称曾有13000夜与女人睡觉的弗林（Errol Flynn，美国影星，曾饰演《侠盗罗宾汉》），喜爱在阴茎头抹上一点可卡因作为春药。某些医生的处方似乎在性无能或性冷淡的病人身上，有良好的作用。男女两性都可使用安非他酮（Wellbutrin），而且通常搭配心理治疗。用非洲育亨宾（yohimbine，宁碱）树所制的盐酸育亨宾制剂（Yocon）或育亨宾片剂（Yohimex），则可使某些性无能的男人恢复能力。许多药物经研究证实，会影响到脑中的多巴胺（dopamine）和血清素（serotonin）浓度，男人也可以在阴茎上植入微小的膨胀物刺激性欲。也许男人走入邻室去运用微量的水力学，听起来并不浪漫，但女士告罪去插入装有弹簧的子宫托，或是用塑胶填塞枪注入杀精剂，也一样不怎么浪漫。情侣甚至可能一起打气，作为前戏。

中国元代（13 世纪末）时蒙古人所喜爱的“羊眼圈”，可以说是性辅助器而非春药。它也称作“快乐环”，其实它就是死羊的眼皮，其上依然附有睫毛。人们首先把它置于生石灰之中，蒸过晒干，直到成为想要的质地为止。男人把它绑在勃起的阳具上，性行为时轻触其爱侣，产生瘙痒感。在世上许多地方，男人还经常在阴茎上画出疤痕，或是植入物体，使女伴兴奋。例如，婆罗洲的男人用竹子或铜圈刺阴茎底部，苏门答腊的男人则在阴茎上打个洞洞，把小石头塞入伤口——肌肉包覆住石头，留下结节和充满诱惑力的组织（入珠）。

让我们回到法国外籍兵团的秘密。“西班牙苍蝇”是一种性刺激物，已经证实是春药，却是相当危险的一种春药。生物学者用“MB”喂食青蛙，再测量蛙腿的斑蝥素，结果发现每一克大腿肌肉中，会有 25 至 50 毫克的斑蝥素，足以使阴茎反常勃起，如果男人吃下 200 至 400 毫克——不过是半磅到一磅之间，就可能因斑蝥素中毒而死。昆虫学者艾斯纳（Thomas Eisner）说：“斑蝥素如果内服，会造成刺激作用，对排尿系统造成强烈而无法挽回的损害，这是毒性非常强的物品。如果把斑蝥素涂在表皮上，只要 1/10 毫克，皮肤就会起水泡。使人致命的（内服）剂量约在 10 至 100 毫克之间，而一只‘MB’可能含有数毫克的斑蝥素。”

这种昆虫分布在世上许多地点，包括美国。任何食用它们的鸟类或动物，都含有相当多的毒素；任何食用这些动物的人，也都可能如外籍兵团那样中毒。其实，马偶尔也会在食用紫花苜蓿中的“MB”时中毒。也曾有一名澳大利亚人用斑蝥素作为杀人工具，这也是已知的唯一例子。有一天他觉得自己性欲特别旺盛，就放了一团在女朋友的冰激凌中，她津津有味地吃了下去，不久便身亡。顺带一提，“西班牙苍蝇”（斑蝥素）对仅半英寸长的“MB”并不是性刺激物，而是一种化学战。甲虫“MB”在掠食者侵扰（或是有生物学家用镊子干扰）时，由膝关节渗出含有斑蝥素的液体。而且研究人员根本不在乎大量的斑蝥素是否会让青蛙产生生殖器异常勃起。

爱的色情

来自肉体的火焰

阿姆斯特丹，运河区，大使旅馆，53 号房：白色大理石的浴室，充满浓郁的香草肥皂味，淋浴间的门像蟋蟀装上铰链的翅膀一样打开；肉红色的地毯，细工镶嵌的写字桌和装上丝椅套的扶手椅子；床的木制床头板上有六个问号，向所有曾在其上的情侣所说的话语提出沉默的证言；旧的图画上，一名男子骑着马，涉过湍急的小溪，马的眼睛是明亮的亚麻布；一张低低的大理石桌上摆有一瓶玫瑰、康乃馨、黄大戟属植物和喇叭状的红宫人草，四处散布花粉，举出小小的白色花粉囊，回答阳光最简单的质问；四个覆有印花棉布的长窗户，因雨而洒上小斑点，其后的运河颤动着——全部都是油光和跳着探戈舞步的光影；高、瘦、有着许多窗玻璃的房子跨在水上；满是云朵的天空好像印度棉布的蓝宝石；一对情侣沿着石砖路闲荡，两臂缠绕，在相互的怀抱中游泳；他们经过时，发出一阵叮当声，仿佛玻璃振动，或是自行车压过圆石地面，或是他们心中光亮的铜板作响，他们漫步回家，回到一张因爱而揉皱的床上。

若问这些情人来自何方，他们只能说，性使他们愉悦，性满足他们如狼一般的欲望，虽然筋疲力尽却满足而甜蜜。他们不会想到自己演出的是一出古老的戏剧，其唯一的目的就是要确定精子能够与卵子结合。性而非进化才是他们的动机，但他们却受社会仪式、礼节的束缚，这些礼节唯一的目的乃是让精子可能与卵子相遇，同时也愉悦怡人。我们是温和娴雅而又吹毛求疵的动物，为进化的原始动作穿上最流行的时尚外衣。

人类就像其他的灵长类，也迷恋触摸和情感。我们是群体的动物，渴盼家庭、友谊、团体和心爱的伴侣。要交际，得要掌握某些技巧：妥协和谈判，依据规则组织行为，要有竞争力，但又不能竞争太过。虽然未必非要感受亲密才能交配，但这却是诱惑的关键。和其他动物相比，人类就体积而言，有相当长的阴茎。在性行为之际，男性可以深深进入女性体内，这代表要紧紧地把她抱在怀里。人类大多面对面做爱，注视着对方的眼睛，亲吻，分享亲密的行为。因为性交的极大部分不只是性而已，因此人类的性行为并不称为交配。鸟类一年交配一次，时间只有10秒左右，它们把泄殖腔接合在一起“交配”。大部分的人喜欢把这种行为形容得更亲密，虽然人类的精子一样是朝卵子猛冲，但环境和情感上的投资却和其他动物不同。对我们来说，亲密行为是有力的催眠药和镇静剂。我们是热爱触摸的人，我们是情感的上瘾者，感谢老天。

进化并不是大规模的歇斯底里，不是团体的努力；它一个一个地发生，单一生物、单一生物的发生。在外面的两个情侣只知道他们该做的，而他们要求细致。赤裸裸的性不会成功，不论她的情人是合适先生或是“凑数先生”，都需要浪漫爱情故事让自己感觉到适当的挑逗。他们为生命所惑，是腹语者的木偶。

他们的身体命令道：繁殖后代，把你们的基因传下去。他们注视对方的眼睛，嘴张开，叹息着“我爱你”。

这并不让我们惊讶，我们全都缠结在地球上男女力量之中，在我们的行动、欲望，农业、社会，在生活的每一层面。一个例子是把单词标为阴阳性的习惯。为什么西班牙语的椅子是阴性，而躺椅的单词却是阳性？有些情况无疑是和发音的难易有关，但大部分的情况则包含了物体天生是阴性或阳性的历史观念，视其用途或形状而定。性使大家都着迷，如果我们要生育子女，也必须如此。因此有些文化把所有他们见到的事物都授以阴阳性，也是很自然的。因此新几内亚从未见过飞机（甚或轮子）的部落民族，在一架小飞机降落之后，全都跑去问驾驶员两个最重要的问题：它吃什么？是雌性或雄性？

我们看到性别暧昧的人走在街上时，立刻就会想要解读其线索。他是男是女？这是个最古老的问题，孩子、巫师和诗人，全都提出这个问题。没有其他分类能比这个更古老或该为更多的灾祸负责。迪伦·托马斯（Dylan Thomas，英国诗人）写道：

> 它该是男该是女？细胞说道，然后坠下铅锤，一如火由肌肉下坠。

在他自由联想的悲叹——《如果我被爱的摩擦轻触》，他继续主张说，如果他坠入爱河，虽然会感受到所有爱人的折磨，虽然爱会干扰他的时刻表和计划，侵入他的作息，但他依然一无所惧地做生命的律师，他会征服一切凶险，他不会害怕上帝、文明、大自然、性行为，或自己的死亡，不怕“禁果也不怕洪水／不怕春日的坏脾气”……不怕“绞刑台或斧头／不怕战争的交叉阻碍”……“不是隐藏的魔鬼／亦非直言无隐的坟墓”。托马斯认为，爱跨越了性，是唯一又是多数，是个人又是社会，是孤独的灵魂又是生命的绝大多数。爱是信使，是爱管闲事的人，是政治家，是神谕。爱回答了人们不必问的问题，身体提出基本的问题，由此开始：

它该是男是女？手指说道，

那是绿色女孩和男友涂鸦的墙壁。

人生的香料

诗人没有提的问题是，为什么会有两性？而且只有两性？这个问题已经困扰科学家一阵子，可能有几个答案。如果进化的主要目标是要传递人的基因，那么为什么不无性繁殖呢？同卵双胞胎让我们了解到，如果世界充满了人类的无性生殖复制品，会成什么样子。有些植物和动物以这种方式繁殖，效果相当好，但人类的技巧是把我们的基因和其他人的相结合，让子孙由双亲各得一半。这并非毫无瑕疵的做法。健康的人不能确保伴侣基因也健康。传宗接代虽然需要男性的精子，但只有女性会生产哺育，这造成许多多余的男子。由于有这么多的变化组合，很容易就会继承到虚弱或有问题的基因，但大部分的生物都喜爱以性行为的方式传宗接代，因此必定提供了有力的利益。

在生命之初，地球上住着简单的细胞，以复制和自己一模一样的生物这种方式繁殖。有时候它们因饥饿或因大自然的残酷而遭到破坏，最后，有些生物偶然发现了戏剧化的解决方法——它们成为吞食同类的动物，吞噬邻近的同类，借以喂食自己，但同时也把邻居的DNA混入自己的体内。因此，这可以说是一种性结合，但这会使太多DNA挤入太小的空间，因此它们分裂，新细胞分享DNA。因为这种吞食同类的体系发挥了效用，细胞能够借此把基因传递下去，因此进化鼓励这种做法，其余的则不再重要。

这个性起源的版本把性当成一种修车厂，借着吞噬某些汽车来修理其他的车。不论究竟发生了什么，有一件事是确定的——性提供了变化，而变化则是在不可测世界中的救赎。混种的生物较强健，面对异常的挣扎之时，也有较好的准备。在生命的荒野，如果生物给予其子孙如瑞士刀那般庞大的基因变化，存活率就会更高。只要一有紧急事件发生，就可以找出锯子、螺丝起子、鱼钩、刀子、剪刀、起火用的放大镜等工具，如果再加上地图、抗生素和一瓶水，存活的机会就更大。这使得子孙得以有更大机会存活、保持健康，同时还能够占有更多领土。用这样的比喻，双亲交换他们拥有的货品，都把装满生存工具的背包传给后代，就有其意义。

因此变化对生命有益。那么为什么不多创几种性别呢？因为两种性别就足够混合基因了，不需要更多，而且两个和尚挑水喝，3 个和尚没水喝。我们称这两个性别为雌雄，意即：一个产生精子，另一个产生卵子；精子很渺小，卵子则庞大；精子动作迅速，就像强健有力的跑车；卵子动作缓慢，像是慢步小跑的马。雌雄两性当然不是被精子和卵子吸引，他们深深陷入对方眼睛的深井之中，因可爱的脸庞而惊讶。

脸庞

闭上眼睛，想象你爱人的脸孔，你一定会不由自主地微笑，你的眼睛会在你欣赏这个形象时，斜眯起来，一阵温暖流过你的心。如诗人曾说的，一张脸孔就足以出动千艘船只，再一张就足以备置一支私人的拒斥舰队。[①]

---

① 英国诗人马洛（Christopher Marlowe）问道："这是那张促使千艘船张帆的脸孔，/焚烧了伊利昂无顶的塔吗？"因此而生的笑话是，科学家现在把美量化为叫"海伦"的单位，千分之一海伦的美就足以推动一只船。

情人可以坐在一起相视数小时，用炽热的凝视把心焊接在一起，在对方的脸孔中发现天堂般的景观。当然这也很可能发生在母亲注视着孩子时。母亲被宝宝的脸孔催眠，因她爱的滋补品而快乐，她可以欢欣地坐着，一连注视数天。宝宝朝着她笑，她的心都酥了。这个微笑促使她奉献，在它微妙的暴政之中是绝对的。新生儿是世上最有力的推销员，虽然还不能走，甚至也不能自行翻身，却控制了身边一切的生命。甚至天生失明的孩子也知道如何微笑。

到国外旅行的人，虽然对当地的风俗习惯或语言一无所知，却直觉知道该如何和当地人卖弄风情，不论他们是在荷兰、中国台湾、印度尼西亚或亚马孙都一样。当人类感觉的时候，在脸上登记了表情，而要卖弄风情，也用同一套把戏。全世界的人在调情时，都用几乎一致的表情成语，不需要练习，他们知道如何以一瞥来吸引旁观者。对儿童而言，调情诱出来自成人的关切；对成人而言，调情始于恋爱的疯狂探戈，但两者技巧是相同的。传统的情况下，女人要挑逗男人，会把眉毛抬起来一点点，向他投去渴望、天真的一瞥，吸引到他的注意之后，她害羞地把头转向一旁，低垂眼睛，抬起双颊，形成几乎无法察觉的微笑。接着她把头再度斜向他，再一次地用眼睛碰触他。有时候她边这么做边咯咯笑，或露齿而笑，或把脸孔埋藏在手中。这个卖弄风情的戏剧——混合了羞怯和大胆的性趣——是宇宙性的行为，是女人长久以前就发展出来的行为，提醒男性她们已经准备好接纳性。

脸通常是我们注意他人的第一个部位。脸孔提醒我们自己的父母，或是老情人，或是曾经伤害我们的人。脸孔有时候告诉我们对方的感受如何，他们是否焦虑、好玩、自信或沮丧。脸孔用其上的细纹记录了一生的笑容或顽固。个性也许出自内心，但脸孔却能让人辨识。其他的动物可以用嗅觉来辨识亲戚朋友，但我们却是借脸孔认人。新生儿出生之时，第一个问题是他（她）长得像谁？我们得要迅速辨识脸孔，才能够在复杂的社会编织所有的关系，我们也特别善于在各种交错的刺激物之海中，认出一张脸孔，或是从几条线条的漫画中认出熟识的人来。其实，我们更擅长漫画。俄勒冈大学的学者芒罗（Robert Munro）和库柏维（Michael Kubovy），向一群学生出示脸孔的画像，学生看到同样的脸孔时，可以辨识出来，但如果这些脸经过扭曲，加强或夸大脸上的特色，他们能够更快、更肯定地辨识出来。芒罗问："为什么扭曲的脸孔反而比脸孔本身被记得更清楚呢？"他和库柏维相信，这是因为脑部也以同样的速记法记得这些脸孔，把注意力集中在使这张脸孔和其他脸不一样的特色上，因为漫画比较接近脑部对人的版本，此完全的影像更容易辨识。

对脸孔着迷是人类的特色。人像至少可以回溯到16000年前，到克罗马农人（Cro-Magnons）的年代。他们在石灰石的薄板上画上族人的画像，在法国拉马什（La Marche）洞窟内发现。普林尼（Pliny，古罗马作家）认为第一幅画可能是追踪某人在墙上的阴影所绘的侧面轮廓。他可能是对的。在历史上，人类一直把身份辨识和脸孔结合在一起——我们在古钱币上发现的脸孔，在冰河时期的雕刻，在死亡面具上，在敌人干缩的头颅上，在旧石器时代墙上的赭土上描绘。由15世纪的威尼斯人以3/4的取景（所谓的"眼睛和一半脸庞"）画在画布上，刻画在宝石上，如宝石浮雕，刻在铜上制作廉价的银版照相，收集在照相簿中。达·芬奇在他的画像中，努力要显露所谓的"心灵的动作"。

脸（face）这个字可能是来自拉丁文"facere"，形成的意思，以及印欧语根“dbe-k-”，设立或放置。其字源暗示着它是人为的技巧。脸是我们修正以适合场合的物体，如艾略特（T. S. Eliot）在《普罗弗洛克的恋歌》（*The Love Song of J. Alfred Prufrock*）一诗中所写的：“要准备一张脸来面对你所遇见的脸孔。”牛津英语辞典记录“face”这个字在公元1290年首次使用，表示头的前面部分；到15世纪，也可以当作动词使用，意思是夸大其词。在英国内陆，我曾听到一名80岁的女性拒绝第二次取用蛋糕，她这么说：“不要overface我。”我们用“face”的片语包括“face off”（和……对抗），“face the music”、“interface”、“do an about-face”（向后转）、“face up to”、“fall flat on our faces”（面朝下倒下）、“talk face to face”（面对面谈话）。我们想到钟面或建筑的表面，注意到城市的面貌如何改变，生命如何由地球表面消失。由表面上看，我们对于脸孔实在相当迷恋。

脸孔的进化

注视不到1岁的婴儿，你就会见到一个古老的脸孔。它的每一个骨头都可以经由化石记录，追溯到曾经在上古海洋中徜徉的生物。人类的脸孔在3.5亿年前，由总鳍鱼（Crossopterygii）开始，这是一种有肺的鱼，因干旱和饥饿而离开海洋的家，跃上关系薄弱的空气和水的领域，由一个池塘跃向另一个池塘。它在河岸和溪流定居下来，发展出强健的鳍，可用来推动自己，也发展出更大的脑和更好的肺。最后它的鳃变成多余的袋子，沿着鳃的肌肉，发展出下颚和脸的雏形。我们现在在陆地上所见的每一张脸孔，不论是宠物猫的脸，抑或是我们的祖母，或是上述新生宝宝，都可以追溯其起源到总鳍鱼。

两栖类进化得较晚，比爬虫类晚，最后才是哺乳类，也就是人类和许多陆地动物所属的种类。各种生物发展自己的需要和栖息地，其脸孔也随之改变。首批哺乳动物适应了丛林地面的生活，它们猎食昆虫，有须，还有长而灵敏的鼻子。经过 3000 万年的进化，发展成马、象、鲸和其他较高等的哺乳动物。一如我们前面所提过的，眼睛位置较宽的动物有较大的生存机会，能够生育更多的幼儿，把警戒能力传给下一代。另一方面，掠食者则需要生在脸孔前方的眼睛，才能有良好的深度感觉，以及实体的视觉。瞥一眼人类的脸孔，就可以说明我们的起源：我们不是猎物，而是掠食者。

大约 6500 万年前，我们灵长类的祖先开始在树上生活时，眼睛就有了变化。在枝头荡来荡去需要更好的视力，彩色的视觉使得它们能够判断果实成熟与否，并辨识危险的动植物。它们的牙齿变得大而钝，适合咀嚼磨碎植物。起初灵长类的脸孔几乎毫无表情，是只能借咬牙切齿显示恐惧或愤怒的面具，但后来眼窝移到脸孔的中央，嘴发展成拱形的顶盖，下颚则扩大成横扫一切的圆弧。一长串的人类祖先兴起灭亡，有些人种灭绝，其他的则继续生存下去。接着，200 万年前，一种体格小而聪明的猿出现了，这就是能人（*Homo habilis*），他们能够制作简单的工具。能人是社会的动物，可能有一系列的脸部表情。能人由完全的素食生活变成杂食性，牙齿也有了改变——植物的饮食需要有大片研磨表面的牙齿，还要有强健的肌肉和下颚来支持，食肉者则可以有更细致的脸孔。接着，大约 100 万年前，直立原人（*Homo erectus*）出现了，这是一种能直立的人类，有细小的牙齿、大脑袋和突起的眼睛。他们懂得用火之后，不只煮食食物（使之较容易咀嚼），而且还围绕在火旁边进食取暖，坐在一起，面对面注视对方，进行社交活动。进化的下一阶段是克罗马农人，大约出现在 3.5 万至 4 万年前，有大的额头，可以容纳巨大的脑部，圆的头盖骨，相当细致的下颚，以及能够言语的舌、嘴和喉头。最初的克罗马农人是相当小群的人类，随着他们增加、分裂，移居到世界不同的地方，每一个群体都适应了新的环境，经由自然淘汰，把独特的特色传给子孙。例如，有些非洲黑人发展出可以保护自己免受疟疾的基因（不幸的，同样也会造成镰状细胞性贫血）；有些亚洲北部的人发展出肥硕矮胖的身体，防止热量的散失，也发展出细窄的眼睛，防止雪的炫光；有些住在湿热地带的部落则发展出高而瘦长的身体，有面积较大的皮肤，防止过热。

由这样的证据推测，不论是常识、科学，还是民族智慧都告诉我们，人们发展出不同的面貌，以适应严苛的环境。住在热带的人据说需要更多的黑色素，这是一种深棕或黑的色素细胞，协助他们忍受热带残酷的太阳，以免得皮肤癌。有些科学家甚至说，黑皮肤在丛林中更好伪装，还可以防止铍中毒，或是协助维持叶酸正确的浓度。纠结的头发据说能够保护头部，让它更容易出汗。因纽特人脸上丰满、肥厚的皮肤应该能够在零下的气温下，提供隔绝作用；沙漠的居民据说有大的鹰钩鼻，能够在干燥的空气进入肺之前，使之湿润；北欧人有白皙的皮肤，能够吸收更多的阳光和维生素D。

但这是否有道理？因纽特人住在极北，应该有超白的皮肤，实际上却不然。塔斯马尼亚阳光罕见，应该造成淡白的皮肤，但那里的人民皮肤却非常黑。美洲的原住民全都没有黑皮肤，甚至住在赤道上的也一样。在所罗门群岛，既有白皮肤的人，也有黑皮肤的人，两者住得很近。虽然北欧较多金发的人，但澳大利亚原住民也有很多有金发。蓝眼珠在北方气候的微弱光线中，应该可以看得更清楚，但居住在光线更暗地区的人民，如新几内亚终年为雨雾所围绕的山区人民，眼珠却是黑色。如果我们把皮肤和眼珠的颜色和所接受的阳光量相比较，就可以清楚看出不能随便建立其间的关联。一百多年前，达尔文也表达了同样的意见。在论文《人类的由来及性选择》(*The Descent of Man and Selection in Relation to Sex*) 中，他指出很多人类特性——尤其是脸部的特性，是自然选择无法完全解释的。头发和眼珠的颜色、口唇和眼皮的形状、皮肤的色泽、男人脸部毛发的浓密与否、阴茎的形状、女人乳头的色泽和臀部的形状，很可能都和环境的适应无关，而是经由“性的选择”发展出来的。根据这种推理，只有最性感的人才能存活。人们选择他们觉得有魅力的伴侣，如果伴侣长得像我们，我们就会觉得他们最有魅力。这也许是因为儿童会铭记身旁的人之故——尤其他们的父母和手足，这是最常见到的人。因此，皮白肤、棕眼棕发的人，如果成长在一群看起来都很相像的家庭中，就会觉得白皮肤、棕眼、棕发的人美丽，而受他们吸引，结为伴侣。这种自恋可以大规模应用：在一群鬈发的人中，直发的人就会有较少的伴侣，较少的子孙。最后，直发的基因不是灭绝，就是鬈发者与鬈发者婚配，而直发者和直发者婚配，如此形成独特的族群，造成基因独特的联营。

最可爱者存活

小孩自然会长出圆满突出的双颊、大的额头、大眼睛、小的圆下巴，也经常有酒窝。光是凝视他们，就使你的心融化。研究显示，这样的反应自有其生物的基础。长得较可爱的宝宝受到较多的照顾，较常微笑，这也会诱出成人更多的微笑和情感的触摸。可爱会引发成人和儿童两者间保护的反应。研究显示，成人如果保有这些如儿童的一般特色，也会被视为有更吸引人的性格。如研究学者贝里（Diane S. Berry）和塞布罗维兹–麦克阿瑟（Leslie Zebrowitz-McArthur）所说的："有婴儿般头骨脸孔轮廓、五官扁平、下巴小而圆、鼻子短的人，通常会被人以为比起其他五官较成熟的人，较温和、服从、柔弱、天真，而且没有威胁性。"这也可以解释社会在人年长时，对美的双重标准。如果把男人和女人的照片给受测者看，他们通常会选择较年长的男人和较年轻的女人。

女性脸孔上有什么特色会吸引人呢？整个社会都认为如孩童般，甚至如婴儿般的脸孔五官是"可爱的"。女性在成年时，依然偏向保有这些特色，而这起先也发挥了作用。女性要有吸引力，得有娇柔的特性，而女性化的关键就是要在外表上有点像儿童。不幸的是，当女性逐渐老化，脸部的特色也会随之改变，因此老化对女性的影响比对男性来得严重，较老的女人有时候看来较不娇柔，较老的男人却随着老化看起来更男性化。这对我们所发现不公平的美的双重标准有很大的影响。

幸而，美的力量并不是在每个例子中都是绝对的。外表和个性的等式朝两个方向发展：我们常认为有吸引力的人在各方面都超人一等；但我们也把善良的、有才干的、超人一等的人认为更有吸引力。想想许多知名而有才华的演员，他们常有不和谐的五官，人们却视之为美丽。如玛琳·黛德丽（Marlene Dietrich）。她是个美丽的女人，有棱有角的脸蛋，凹陷的双颊。为了要造成塌陷的效果，她在刚出道时，就把自己的右上臼齿拔除了。为了使自己的眼睛看起来大而天真，她把眉毛拔得非常高、细，成为弧形，使外表看起来仿佛正在提问题似的。

当人经历恋爱的痛苦时，总把情人当成阿杜尼斯，然而数年之后，如果你在书店遇到了同一个男人，你可能会想道："我从没注意到他竟然这么矮"，或是"他是不是眼睛里总有血丝？"尼恩（Anaïs Nin，美籍法裔小说家）在笔记之中描述美的善变趋向。当有个打扮入时的女人走过时，她立刻深深为之倾倒，但后来发现这位女性的内在之后，对她外表的感受却又完全改变了：

> 琼由花园的暗处走入门边的亮处，我首次看到世上最美丽的女人，一张雪白的脸蛋，炯炯发亮的黑眼睛。数年前我曾经试着想象真正的美人，我在心中创造了这样一个女性的形象。直到昨晚，我才真正见到其人，但我很早以前就知道她皮肤的光泽，她如女神一般的面容，她平整的牙齿。她奇特、美妙、紧张，就像一个发高烧的人一般。她的美淹没了我，我坐在她身旁，觉得自己会做任何她要求我做的事……到这个晚上结束之际，我已经脱离她的力量。她的言谈抹杀了我的幻想。她的言辞，横暴的自我、虚伪、软弱、装腔作势……

面对偏见

黛德丽和尼恩都明白，我们经常由人的外表判断他们的性格。有魅力的罪犯被判的刑罚较短；长相丑陋或是粗俗的嫌犯想证明自己的无辜，得花费更多的工夫，如果他们有罪，经常会遭到更粗暴的待遇。我们总觉得相像的人会有类似的举动。盖伦（Galen，古希腊名医）、希波克拉底（Hippocrates，古希腊医生，有医药之父之称），及其他许多古代医生都相信面相法，也就是由一个人的脸孔来解读性格和健康情况。有关面相的正式论文在医学文献中可以说汗牛充栋，从希腊到中国都有。亚里士多德宣称，如果某个人看起来像动物，那么他就有那种动物的基本天性。拥有鹰钩鼻和棱角形脸庞的人就会像老鹰一样，勇敢、无畏、自大；拥有如马一般长脸的人，就会忠实而高傲。宽脸表示愚蠢，小脸则值得信任，以此类推。在中世纪欧洲，占星家解读脸孔一如解读星星一样。伊丽莎白女王时代的人相信眼珠的颜色会泄露人的性格。诚实的人有蓝色眼珠，失败者则有棕色眼珠，嫉妒的人有绿眼珠，神秘的人有深褐色眼珠，行为不检的人蓝眼珠外有一圈深蓝的色泽。清教徒牧师马瑟（Cotton Mather）在《眼珠的道德疾病》（*Moral Diseases of the Eye*）中，甚至把美德与眼珠的健康作相关联的想法。眼睛发炎的人就表示了他们“多么不贞洁”，这在过敏季节一定特别不准确。斜视的人必有低贱的天性，是灵魂的近视。随着面相的发展，骨相学也随之兴起，解释头形状和肿块的技巧。最后这成为相当时髦的学问，因此你不再告诉某人“你得接触自己的心灵”，而代之以“你得检查一下自己的头部”！虽然在理智上，我们可能会把这样的习惯视为噱头，但就某种程度而言，我们依然会由人的脸孔来判断他们。因此整形手术是古老的手术也就不足为奇。拥有1500年历史的梵文经典《梨俱吠陀》（*Rig Veda*）曾提到整鼻术。美丽的脸庞就足以促使爱情机器运转。

头发

情侣描述意中人时，经常提到他们头发的颜色和长度。我们爱的虽是整个的人，包括身体和心灵，但头发却成为爱的崇拜对象。头发柔软而弯曲，华丽而多彩，有装饰效果又悬垂摇摆，使得情人忍不住抚摸。弄乱对方头发的象征着脱去他的衣服一样。女人很快就知道，剪发而未先告知情人是个大错。甚至把发型改变成适合自己的样式，都可能造成惊人而困扰的后果。

我的男友在快要和我分手之际，曾经退缩惊叫道：“你的头发！”我问道："怎么了？" 突然如一只颤抖的小狗那般可怜无助。他说："呃，你的头发这么多……" 那时我就知道我们之间已经完了。头发是爱的羽毛，如人的下巴形状或是手指大小一般独特的特色。如果他说"我不再喜欢你的嘴巴"恐怕也不会比如上的言辞更伤人。我曾剪下自己完好的鬈发，用淡紫色的丝带扎起，当成书签夹在我还给朋友的诗集之中。这卷头发标识着书中我最喜爱的情诗，而我觉得自己仿佛把生命力灌注入书内似的。我知道自己给了他有力的护符，头发对于情人来说是神圣的，对社会也一样。

20 世纪 60 年代末期，白种女性如果没有直发，就会处处碰壁。直发表示非异族的（因此是上等阶层的）血缘；啦啦队队长都把金发梳直，而在以朱迪 · 柯林斯（Judy Collins）和琼 · 贝兹（Joan Baez）为师法对象的叛逆者之中，则表达了一种轻蔑社会、传统价值和上一辈的真诚理想。然而，我天生就是黑色的鬈发——暗夜似的黑色，配着如螺丝锥一般的鬈发——就像不能让海洋后退一样，不可能变直。但我尝试。我以前常用烫发钳烫头发，用烫直让它暂时失去卷曲，或是把它固定在大号的橘子汁罐上。其实，我大部分的少女时光都花在睡觉时用各种卷子来卷直头发上。"美容觉"是矛盾修饰法，这是施加在自己身上的暴政！有一段时间，我的头发的确看来"驯服"、"整洁"、"听话"。社会朝各种方向迅速扩张，但我的头发却在原位。缺乏控制是可怕的，而且暗示了谋杀、抢劫银行或性行为的无法律状态——在我 16 岁时，这些对"好女孩"全都是同样的罪恶。

接着发生了甜蜜的奇迹，许多年后的一天，我走入斯坦（Richard Stein）位于赖克辛顿大道的美发沙龙，我时常在许多时髦的妇女身上，看到他设计的美丽而活泼的发型。他同情地看着我乡下妇女式的发型，是我花了两小时在吹风机底下才完成的，然后他愤愤不平地为我伸张正义：

“你为什么这样处理自己的头发？”他释放了我头发中的灵魂，让它披下来如长长厚重的粗毛——它一向渴盼的鬈发瀑布，在我一生当中，我首次有简单、好洗、好整理的发型。这些年来整吹和麻烦的工程已经结束，同样结束的还包括一成不变美的理想的奴役。我接受自己头发的本来面貌，欣赏它的奇特，而非设法掩饰，这是象征性的自由。如今，每隔3个月，或是当我觉得自己好像牧羊犬时，斯坦就会驯服他所谓的“亚马孙女王”式发型。他已经是我出发探险之前最后一个要见的人，也是我回来后第一个要拜访的人。他并不觉得惊讶，成天执剪、深具眼光的他，很清楚头发的象征意义，尤其对女性的意义。

尤其对我，我的头发有时候似乎有自己的生命，我说过：“如果要找黑发的天气系统，就可以找我。”我诗学课的一名学生（也是专业的卡通画家）曾经画过一系列卡通，内容是有我这种头发的女人：她的男友把她的头发介绍给双亲，人们由菜单上选择她的头发，她的头发由车窗中流泻出来，仿佛西班牙苔藓。最近我在扩建房屋，作一个结合浴室和观星台（用望远镜）的房间，有一名工作人员是个目光灼灼的女性，她的工作是协助设计这个感官的美学，她说：“我不知道你的品味……但我想应该像你的头发那样。”接着她建议建一个伊斯兰教闺房式的帐篷，飘动在浴缸上，由巧妙安置的小电扇使它飞扬。曾有一次，我受到绝望的打击，打电话给一名女性朋友，当我平静下来，可以说话之后，边饮泣边说出我的悲伤。“唉，可怜的家伙，”她用一种意味着“我们可以处理它”的口气说话：“我以为你剪坏了头发。”她的女儿出生时，她把宝宝抱在怀中，发誓说：“我承诺绝不会为你的发型啰唆。”

这是问题的要点：母女总是为了女儿的头发而争执不休。我认识许多女性，她们的母亲总会以这样的话问候她们——有时候甚至在打招呼之前——她们把女儿的头发拉下来，高呼："亲爱的，移开头发，脸庞看起来清爽得多。"她们多年来都这么说，不论发型怎么改变，而且，她们总是猛力把头发向后拉，仿佛它被绷带绑住似的。

社会割礼：剪发

女儿仿佛被视为母亲的纯洁部分一样。如果母亲告诉女儿说她喜欢她的发型，那可是相当重要的一刻，这通常发生在人生后期，表示较大层面的休战。失控的头发或是落在脸上的头发，意味着性感而无法控制。记得格伦·克洛斯（Glenn Close）在电影《致命的吸引力》（*Fatal Attraction*）中，总是有一双精神病的蓝眼睛，顶着一头淡金色头发。长发女性生孩子之后，经常剪短头发，说这样比较方便，把它当成一种实际的行动，但我认为这是更有象征意义的举动。在各种不同的文化和宗教当中（例如尼姑和某些犹太妻子），女性得剪短头发，不再吸引男性。刚剪了头发的新母亲其实可能是在说，现在我要把生活放在专心照顾家人上，没有空卖弄风情。第二次世界大战结束之时，通敌者经常被剪去头发，去除其性别，加以羞辱，这是一种社会的割礼。在女儿达到青春期时，母亲经常希望女儿把头发剪短，而父亲则希望女儿永远把头发留长。一名朋友告诉我，她 14 岁的时候，母亲说服她把及腰的长发剪短，使得父亲惊骇不置，最后在闹剧和仪式的象征意味下，他坚持只有他能动刀。

整个历史上，头发不只被视为装饰，而且具有神奇的力量。在古埃及，寡妇会剪下自己的一绺头发和丈夫埋在一起，作为符咒，同时也可能是一种誓约，表示她的爱随他而去。埃及神话中女神伊希斯用她的头发作为返老还童的布料，把生命赋予在她已死亡的情人奥西瑞斯（Osiris）身上；甚至她头发的阴影，伸展如老鹰的翅膀，也能保护她的孩子不受伤害。后发星座（Berenice's hair）——波浪似的美丽星群，位于牧夫座和狮子座之间，据说是埃及一名王后的头发，她生于公元前 3 世纪，嫁给她的兄弟，托勒密三世（Ptolemy Ⅲ Euergetes）。婚礼之后不久，托勒密前往亚洲作战，而贝瑞尼丝（Berenice）发誓如果他能够得胜生还，她就奉献自己的头发给神明。我不知道她的动机是否为神明需要发髻，但人类总会想，如果没有必要的牺牲或是惩罚，绝不可能如愿。托勒密安全返家之后，她到靠近现在的亚斯旺的爱神庙还愿，把她的长发牺牲给神明，第二天，头发神秘地失踪了，不久，亚历山大港的数学家和天文学者科农（Conon of Samos）警告国王注意一群他发现位于狮子座尾巴附近的星星，他相信这是王后的头发，嵌在天空中，庆祝托勒密的胜利。但究竟贝瑞尼丝的头发怎么样了，我们永远不会知晓（也许科农私底下迷恋贝瑞尼丝，希望至少能够拥有她的头发，是她身上亲密的部分），但他的发现的确是及时的。

魔鬼的电路

虽然我并不满意自己的头发，但我从不会觉得它是魔鬼，偶尔我可能希望它能诱惑他人，却不觉得那是超自然的邪恶，是魔鬼的电路，是地狱的鞭子。然而在较迷信的往昔，人们却经常把恐怖和女性的头发联想在一起。在中世纪，“女巫”难以控制的头发常被视为控制天气的工具。各种的雹、飓风或风暴，都可能会因女性容许她的头发飞扬而释出。当然，不论在任何地方，总会有女人一点也不在乎传说她头发中的邪恶，而解开长长的辫子，好好地清洗。这被视为相当缺乏公德心的做法，因为人人都知道，只要有女人梳理头发，就会发生风暴。在哥林多前书第 11 章中，圣保罗警告，好的基督教女性信徒应该蒙头，因为魔鬼会像火花一般，由女性的头发跃出，进入世界为恶。女人进教堂得蒙着头的传统来自这个信仰，任何举止和善的女性都可能会因头上如虱子一般的魔鬼，而摧毁教堂的建筑。

异教徒对于头发的迷信在中古时代四处蔓延。一个例子是：把正在月经期的女巫的一小缕头发埋藏起来，就会变成一条蛇。这个传说让人想起蛇发女妖梅杜莎（Medusa）的神话，结合了许多暗示的意象：女巫，夏娃的诱惑，行经时的污秽，秘密拥有一卷头发的力量。但头发也和好的魔法结合在一起，尤其编成辫子，当作护身符送人之时。情人经常交换头发卷，而骑士常常骑马上战场，身上带着意中人宝贵神圣的头发，使他们勇敢。

但头发的象征比爱情故事更多，也可以作为政治的布告。每一个时代都要感受自己的认同，因此经由头发使自己突出，只有经过发型，人才可以惊世骇俗。发型似乎每过 10 年左右就会重新流行。经过自由乱爱和反战年代的人，看到如今的建筑工人竟然系上马尾、戴上头带，或是看到警察蓄着很长的络腮胡子，或是穿着保守西装的上班族竟然绑着马尾辫时，也许如我一样惊奇。我只能做如下的解释：外观虽是嬉皮的，但政治观点和哲理却不相同。历史、神话和文学中都有头发扮演主角的戏剧。它最常代表力量，如参孙和大利拉（Samson & Delilah）的故事；或是无私的爱，如欧 · 亨利知名的短篇故事；或是偶像的魔法，如美国印第安传说；或是宗教预兆，例如印第安人阿兹特克族的神话；西班牙议会为之获利——说有神明会由远处出现，可由他的金发辨识出来。虽不能说头发使得 18 世纪的法国君主政体被推翻，但却可能助长社会的风暴。在玛丽 · 安托瓦内特（Marie Antoinette，法国国王路易十六的王后）的宫廷里，男女都用成桶面粉染白精致的假发，这种浪费使得平民极愤怒，他们当时因为缺乏面包而濒于饥饿，因此他们剪短自己的头发抗议，最后王族的头发和头颅都送上了绞刑台。

长发与性

只要想想10世纪庞大如云一般的假发，以及在其下缠绕纠结、很少清洗的真头发，就让我起鸡皮疙瘩。我喜欢每天洗头发，除非没有水。有时候，我到旷野探险，就把头发绑起来，让蓬松的刘海儿垂下。但我的头发有时候却相当干扰男性科学家，他们不得不发表评论，例如，当我最近在安排到巴西雨林的旅程时，负责人仔细地看了我的头发，然后说："你得处理你的头发。""我可以把它放到后面。"我向他保证，试着不要笑出来。大部分的人都明白长发可以编辫子、可以扎成马尾，或以其他方式来克服湿热天气或浓密的树叶。但他本能地对它发表意见，一如其他处于他地位的人偶尔会做的一样，因为长发有暗示性，暗示了多余、奢华、蔓延的感官——意即缺乏约束。探险的工作应该是没有性别之分的，如果有许多让人想起男女性别的分心或纷扰事物，那么就很难有效率的工作。因此人们担心穿着性感服饰和未扎起的头发，强调性别不同或是释出诱惑的"魔鬼"。

同样的情况似乎也发生在媒体界。去年，4名电视女主持人剪短了她们的头发，喧腾一时。我觉得有趣的是它所引起的激辩，当时在"今天"节目的诺维尔（Deborah Norville）说："我的头发在电视上从来就不是我自己的。"巴巴拉·沃尔特斯（Barbara Walters）在"二十／二十"节目中访问叶利钦之后，接到一些观众的抱怨，但她很惊奇地发现，有些人是抱怨她的新发型。传播界有一个心照不宣的想法，认为长发看起来较有诱惑性，不够权威，不够诚恳，而改变头发的长度改变了性的讯息。黛安娜 · 索耶（Diane Sawyer）在“黄金时间现场节目”中，告诉《新闻周刊》说：“我花了一年的时间调查采访，而你们却为了我的头发打电话来。”她的丈夫据说曾经抱怨晚上和性感尤物上床，早上却和“小飞侠”一起起床。

人类的情侣并不是唯一注重发型的动物，其他灵长类也花许多时间互相抓虱子或是梳理毛发——不只为了清洁，而是当作一种建立关系的方式。大部分的哺乳类都很喜欢互相修饰。也许那就是我们会处于催眠的狂喜状态，对意中人的头发唠叨数小时的原因。照顾头发是很少人单独做的工作，我们到美容沙龙请其他人处理我们的头发，我们为所爱的人着魔似的打理我们的头发，但头发却并非我们身上最重要的部分，它闪动发光，却是由死细胞构成的，我们可能偶尔会剪它、雕刻它、染色，但它会再度生长，回到杂草丛生的状态。在这里，头发反映自然而然的杂乱。人们经常抱怨他们的头发太“狂野”，他们“无能为力”，除了“分叉”和“乱飞”，是无望的“飘动”也许我们害怕，就像我们自己，就像我们对爱的情感，虽然我们不断地努力，它却总是有一点失控。

女人与马

“罗伦佐，漂亮、英俊的宝贝。”一名穿着马裤的女性喃喃地说，吻着一个高高的黝黑男性的鼻子。她深深地呼气，而他自然地吸入她的气息，仿佛两名睡在一起的恋人。她用手指抚摸他柔软的唇，让她的皮制马鞭轻轻地落在身侧，用一手抚摸着他的肩膀，慢慢地顺着他的肋骨腔而下，然后缩紧皮腹带和腰带。随着每一拖拉，他都低声发出半真半假的埋怨。她纵身而上，以她的后跟摩擦他的腰窝，他俩开始一起行动，如同一个韵律，一个力量。

我们位于克莱蒙骑马学院，在 89 街和阿姆斯特丹街的交会点，这是曼哈顿的一个住宅区。这里大厦的屋顶天花板嘎嘎作响，仿佛有鬼在走路，其实是头顶上有马走过走廊。角落旁，一阵刺鼻的细雨落在厚板之间，接着停了下来。罗伦佐和他的骑士开始缓慢而来回摆荡的小跑步，6 名在此上一周骑马课的小女孩也都开始绕着这个小操场慢步小跑。很少有如专心一致的小女孩脸孔这么美的事物，虽然她们黑色的骑士帽投下了阴影，但她们的脸孔依然因为心中内在的电流而容光焕发。她们的身体追求纪律与控制，她们目光灼灼，宛如燃烧的钨丝，仿佛有人以纯光芒浸润着她们一样。

“我开始学弗洛伊德理论的那一周，就买了一匹马。”简 · 玛丽（Jane Marie）边爬上一匹名叫卡路瓦的纯种马边告诉我。我举腿跨上栗色马克朗奇，调整马镫，接着我们穿过马路，前往中央公园。玛丽是日本神道教木偶技艺的专家，她把自己的生活分为教导宗教和训练马匹两个部分。玛丽在蒙大拿州长大，在科罗拉多州就学，生活中从不能缺乏马匹。一辆救护车加速驶过我们身旁，红色的灯光闪烁不已。行人停下来，以目光追随它，但马儿却既不退缩也不躲避，它们早已经习惯了都市中的重伤害，以及在克莱蒙骑马学院和中央公园两条街中塞满的人群和汽车。3 名背着背包放学回家的小女孩跑向我们恳求道：“我可以拍拍它吗？”每一个都用小手拍拍软软的马脚，然后敬畏地退后。红绿灯改变时，我们横过马路，走上骑马小径，然后开始慢步小跑。

“心理分析的结果怎么样？”我问玛丽。

“我花了许多时间谈训练马的事，在起初几个月，分析师可能想：‘我们可能快要谈到正题了，不妨迁就她。’但你知道，这却一直谈不完。我总是谈马如何有进步，例如，马就像某些人一样，有倔强的一面，也有柔顺的一面——用心理分析的术语称之为‘抗拒’。而你不能光是殴打它来克服它的抗拒，你得找出原因。人们在心中形成意见，但如果马匹有创伤的经验，就会记录在它的身体上，最后我发现曾有人虐待我的马匹，使得它成为胆怯的小马。”

卡路瓦踏上隐藏在沙地下的石头，它的蹄听起来好像打火石刮擦打火石的声音。这种在软沙上的刺耳声音却是骑马令人兴奋的原因，充满了几乎无法协调的感官和矛盾，不但没有互相抵销，反而肩并肩一起发生，就像音乐和弦的音符一般：硬的软的，狂野的与驯服的，约束的与狂乱的，优雅的与强有力的。

玛丽继续说：“驯马师，试着改造马儿原来的经验，解放马匹优雅动作的潜能，使马匹更快乐一点，不再害怕其他的马和人，也不再害怕别人骑它。因此在分析中，我总是谈到抗拒——马匹的抗拒，但我也在谈我自己的抗拒。”

它抬起肩膀，压平耳朵，这相当于视觉上的狂吼，我的马儿在发脾气，而我拍抚它，用手、脚和平衡，轻轻地说服它听话。克朗奇平静下来，我抚慰地向它说话，充满情感地梳理它的鬃毛。玛丽的黑色纯种马开始快速奔驰，想要冲撞某个隐形的敌人，拉扯骚动，想要逃跑，她的手轻轻地和缰绳讲理，她的臀部深深陷入马鞍，她让马匹疾驰，它的腿伸得直直的，如活塞一样上下抽动。它的颈子就像奥地利利比扎马（Lipizzans）那般弯曲，接着它摆出夸张的腾跃姿态。这在视觉上产生的效果像马匹已经踱出时间，悬在时间的滴答之外。这就像跳水者抵达跳跃弧度的最高点，到达静止点，盘旋在空中那无法呼吸的时刻。

× × × ×

“人们不懂骑马的，”玛丽说：“是你得把两个各有重心的生物带到和谐的地步。人们以为训练马匹乃是把它们塑造成人的形体，但其实你却是协助马匹重新调整重心，习惯背上有骑士的情况。这种重新调整重心形成关系的情况，就是人类在和其他人建立亲密关系时所做的。”

她无意识地在马鞍上微微地调整了姿态，找到了最好的位置。我首次注意到她灰绿色外套上的品牌名称“巴塔哥尼亚”，数年前我在巴塔哥尼亚的时候，曾见到一名女子沿着海滩骑着黑色的安达鲁西亚种马，它的尾巴垂下可接地面，长而如丝绸般的鬃毛飘扬，慢步跑过海滩的不透明圆石。马裸背向前奔驰，只有一条皮带围在马的脖子上，她看起来仿佛陶醉在热烈的私人梦想中。

“讽刺却也是最美妙的事，是女人可以与马建立取代人与人之间的关系。”玛丽继续说：“有许多种的亲密是可能的，但我们的社会却只着重一种——性的关系。我刚买下这匹马时，它多么糟糕！但在我和它相处一阵子之后，它变得多么优雅和美丽，它整个的形状都改变了，姿势变了，信心改变了，甚至跑的样子也改变了，因为它内在的自我已经恢复了。”

“这匹马在你心中重建了什么呢？”

“拥有一匹马就是拥有一双男孩子追不上的腿。我在蒙大拿西北部长大，在那儿，女孩子还很小的时候，男孩就已经开始对女性有暴力行为。对我来说，有马表示我可以逃走，我可以骑马跑得比他们还快。但还不只如此，因为有马，使我逃过青春期的消沉。其他十二三岁的女孩每天站在镜子前，整理头发，想着男孩子会不会注意她们，而我却在梳理马匹的毛皮，使它的尾巴更美丽，因此我不会太关切头发看起来怎么样，或是脸上有没有粉刺。我担心马蹄的状况，以及它的毛皮看来如何。夜里我会很仔细地编织它的鬃毛，不让任何一根毛纠结，我也会从头到尾梳理它的尾巴。我认为把马匹当作情人的替代品，这种想法是错的，它们其实是自我的替代品。

× × × ×

秋日的落叶布满骑马小径，马蹄发出规律的嗒嗒声。古味十足的街灯沿着公园中的数条小径蜿蜒，发出金黄色的光芒，鸟儿群集在头上和树丛中，麻雀、雀类、蓝樫鸟和北美红雀以野生种子和浆果为食，乌鸦、鸽子、海鸥和其他以腐物为食的鸟类则搜遍垃圾筒，啄木鸟和山雀把冬眠的昆虫由树中拉出来。这个城市中有如此之多的砖和钢，使得数英里内的每一种鸟都挤进公园，公园中也充满了蝙蝠和昆虫。在这个巨大的绿洲中，野生动物群集，大自然简单大胆的古代戏剧上演着，一如在阿尔卑斯的草地，或是深入新墨西哥州的洞穴一样。已是 11 月，对盎格鲁–撒克逊人而言，是“wint-monat”：冬日的月份，该是点燃烽火崇拜祖先的时间，是寒冷的时间，也是杀戮的时间。云朵在头上凝结，太阳宽刀的光剑切入。在远方某处，这个都市启动了巨大的发动机，推出新的香水，瞄准艳红的激光，创造、计算；而爱，就像股市行情一样，起伏不定。随着我们慢步小跑过步道，可以见到高科技圣地的尖塔，但在其他地方，我们穿入森林、进入草地、完全单独，在乡间小径穿过沙沙作响的秋叶。

玛丽说：“在我科罗拉多当地的马厩中，骑士几乎全是女性，我注意到这些女人都把马匹当作自我复杂内心过程的化身。例如，有一名50多岁的妇女，相当胖的妇女，骑一匹相当胖的马，她是护士，是协助他人接触自己内心的人，我注意到她也对每个人的马匹表达了同样的态度。一有马匹受伤，她就会照顾，她谈到健康和马匹，也是用她在大学课堂上教护理学生的术语。她协助心智障碍的孩子，我注意到她很善于照顾心理失常的马匹。”

我们沿着逐渐缩窄的小径轻快地疾驰，树丛拍打在身上，宛如小金属线打蛋器一般，我们全都收起下巴，以保护自己的眼睛。

“有一名16岁的女孩，金妹，拥有马房中最好的马——这匹马曾经是很好的表演马。她的阿姨，年纪比她大不了多少，生来就严重残障——有一条腿非常短，但她对马有兴趣，她的父母亲又富有，花了很多时间精力让她学骑马，她也顺利地成为本地最好的骑士之一，只要把一边的马镫做得较短即可。她死后，外甥女金妹继承了马匹拖车、所有的食料和阿姨所有参加全国比赛的马匹。金妹虽有好马以及所有这些好的马具，但在她骑马的背后，却有一种悲戚，因为她丧失了她爱而且同情的阿姨。她常会谈到阿姨，对她而言，保有这些马匹就是保有阿姨的记忆。马房的每一个人都有骑马的理由，有时候可能是受伤害需要疗伤。我认为许多人都经由他们和马匹的关系，而建立自己的认同。”

“你和你的马匹有什么样的关系？”我问道，再一次疾驰入空地。一小群鸟在我们头上出现，仿佛被撒一把胡椒，半月升入云霄，月亮依然低垂在空中，仿佛关入树木的枝丫似的，这是个熟悉的景象，也是中国象形文字“闲”。

“它已经3岁，算是青春年少，很像我的玩伴。我根据《杀死一只知更鸟》(*To Kill a Mockingbird*)中的角色，把它取名为布 · 瑞德利。我们一起冒很多险，其中有些在内涵上和宗教相仿。例如，我记得有一天晚上，我在科罗拉多州山坡顶上骑它，突然风暴迅速地向我们袭来，当然，每一个人都听过有人骑马被闪电打中的故事，骑在这个动物身上是地面上最高的物体，而马缰和马鞍上也是金属。我骑在马上，风暴朝向我们移来，我知道在很大的范围之内，我都是地平面上最高的物体，因此如果不赶快离开，恐怕就完了。这匹马也想赶快离开，我决定任马行走，听天由命。我们以相当危险的快速度向前奔驰，让我告诉你，过险峭的山坡相当危险，我一生中从没有骑过这么快的马——虽然我小时候经常骑赛马——我们简直由地面上飞腾而起。当我们最后跑回马房时，我们俩都汗涔涔的，感觉一起冒了一场大险。我们一起冒了许多险，布和我。”

欧夜鹰低低在树上盘旋，我们离开小径，回头朝克莱蒙骑马学院而去。它张着嘴飞翔，用嘴筛滤空气，一如鲸筛滤海洋追寻磷虾一般。接下来的任何一天，当最后的昆虫由天空消失之后，欧夜鹰就会开始向南迁徙。

“在暴风雨中骑马疾驰——这使得我有一种宗教神秘教派经常谈到的感受。”玛丽说道。

是的，我想，就像在夜阑人静之时走入马房，当马匹在睡眠之时，在它们身旁坐下来，等着它们醒来，或是看着马匹死亡。若你有这些经验，你的世界和它们之间就有一种开口，而它们的世界，动物的世界，也突然变得更容易捉摸。

我们经过一栋高级住宅，门口一名穿着皮夹克的年轻人漫不经心地倾身向前，斜眼看着我们，瞪着我们的马鞭和闪亮的黑靴，他转着嘴里的牙签，抬起下巴说：“嘿，宝贝儿，你现在可知道如何对待丈夫了。”

再向前行，3 个小女孩在我们经过时出声惊叹。甚至大都市里的女孩也都梦想拥有马匹，就像许多文化中的女孩一样，不论她们是否接触过真正的马。她们都幻想独角兽，或是玩小马玩具，最新的一种是长毛小马，让她们梳刷整理。这其中有古老的联系，深深隐藏在共同的潜意识中，这是马儿点燃我们最强烈的迷恋，使我们在宗教的狂喜中喘息。

种马和母马

整个欧洲都有古老的马匹崇拜，一直到基督教时代依然相当兴盛。12 世纪，爱尔兰的国王依然用女神伊波娜（Epona）白色雌马发达的臀部，进行象征新生的仪式。她的白垩肖像长 350 英尺，俯瞰英国波克夏的一个山坡，观光客经常来访。在铁器时代，整个西方世界都崇拜她。朱特族（The Jutish）的国王和王后（他们统治如今的肯特郡），被取名为Hengist和Horsa，也就是种马和母马。雌、雄和雌雄同体的马神。以它们爆炸性的官能迷惑了人们的想象力。成熟、充满官能之美的臀部、敏锐的本能，仿佛奉召唤似的在满天尘土之中来到，伴随着马蹄嘚嘚。马匹似乎拥有魔法，它们的嗅觉比人类更灵敏，可以在雷劈之前惊慌奔逃，预知地震的来临，从奔向前来虽然看不见的掠食者眼前逃走。它们如巫师一般有预知的能力。马匹天生是猎物，因此总是保持警觉。任何异常的事物都会使得它们的感官警醒，投下复杂的反应炸弹：尖叫、躲避、前肢悬空后肢直立、奔逃。它们不会在一旁等着分析威胁何在，只是向它们察觉的危险做出反应——有时候如风吹树叶或是月光下阴影摇曳那般无害的事物，都教它们心惊胆跳，它们是活生生的飞毛腿。它们面对隐形的魔鬼，在我们的祖先看来，必定是来自魔鬼世界的四腿密使。人类时常觉得自己没有价值，甚至在他们所控制的动物眼中。还有什么比这种勇敢、永保警觉、有重要性特征、昂首顿足，蹄上全是宣言的动物更有力量的理想？

人们有时候用许愿的马头来装饰房屋，祈求好运。欧洲和亚洲的宗教舞者也假装骑饰有马头的木棒。巫师把马神竖立在两腿之间，说他们飞翔腾跃上晴空，直达天堂。战士死亡时，由马匹在丧礼行列搬运着他的魂灵，他的靴子在马镫上朝向后方，因为鬼魂的脚应该向后。古时候，马匹把逝者带往冥界，一如它们现在在国丧礼中扮演的角色。甚至北欧神祇欧丁（Odin）也在流传久远的马次文化中出现，最后传播到印度。印度神死的时候化身为马形；而在相当重要的生殖力仪式中，假扮母马女神萨拉宁（Saranyu）的印度王后会拿取一匹死马的阴茎，戏剧性地把它放在她的两腿之间，同时敦促着“健壮有力的男性”来“播种”。根据《女性的神话和秘密百科全书》（*The Women's Encyclopedia of Myths and Secrets*）：

> 这个古老的仪式说明了欧丁使人困惑的头衔：“伏尔西（Völsi）”，意即“神子”和“马的阴茎”。阴茎乃是铁器时代骑马部落所崇拜的“儿子”，这些部族自称伏尔桑（Völsungs），是伏尔西的后裔。这种崇拜仪式并不限于北欧，威尔士人也有同样的马神祖先，威尔西（Waelsi）或威尔士（Waels）。斯拉夫人也崇拜他，称之为伏洛斯（Volos），是一匹牺牲用的马，其内脏和血液被用来生产生命的水。……每年春天举行去势和牺牲种马的仪式，伏洛斯依然是崇拜的物件，直到18世纪。由于人们坚持崇拜他，因此他被转化为基督教的圣徒，伏拉斯（Vlas），其实他就是异教徒的马神，除此之外从没有真正的存在……古罗马把他当成10月的马……陶里人奉献马给女神阿耳

忒弥斯，这些马“那话儿已被切除。”

血淋淋的马阴茎和大地之母结合，出现了人首马身神（centaurs）的种族：这是半人半马的神，印度神话称这样的生物为犍陀罗（Gandharvas），两种文化都认为这种生物会施巫术、有步履轻盈的舞蹈，永远性欲充沛。在希腊，有翼的马珀伽索斯（pegasus）驮负英雄上天，而人首马身神则在大地上漫游，有各种轻率的恶作剧，寻找新娘作为绑架、强暴的对象。在瑞典，国王可能会遭瓦尔里基（Valkyries）马，或是驾驭它们如女巫一般的女祭司撕成两半，这些女祭司称作Volvas，戴着马的面具。

丧失了马蹄铁

一直晚到16世纪，欧洲人在圣诞后一天都还会为马匹放血，作为向白母马献祭的表征，他们也在新年那天跨骑在木马上。如今我们依然让子女骑木马，却不了解那是源自于异教徒崇拜马的狂热舞蹈。我们挂在门上追求好运的马蹄铁象征了母马女神的阴部，古代的民族，由塞尔特人到印度人，都注意到这个象征，把它戴在身上当作护身符，而以它的形状设计了庙宇。其实，西方世界所知最早的雕刻，旧石器时代在卡斯托梅加（Castelmerle）的石头雕刻，也是以阴户为主题。在希腊，马的阴户形状成为最后一个字母，欧米茄（Ω），而它又引领回阿尔发，完成了重生的生命程序。如果你觉得用母马的生殖器来装饰自己的家听起来有些奇怪，那么记住，古罗马人让孩子戴上阴茎护身符来驱赶恶灵，中古时代的教堂则展示了女性生殖器的象征。在18世纪的欧洲，“马蹄铁”（Horseshoe）乃是女性生殖器的俚语（人们把受诱惑的女孩叫作“丧失了马蹄铁”）。马总是逗引人们心中狂野而古老的欲望，崇拜白马、以她的生殖器作为象征，在她的秘密洞窟之中，雌雄的生命力量结合起来，以坚果和浆果、带着宝宝的成群动物使自然界复原，也使人类获得重生的可能。

有些女性把马当作心理的补偿，或是当作神秘的向导，她们认为骑马和灵魂的完美有很大的关系；对其他人而言，其关联较为俗世化，也更官能；但对所有人而言，对马的迷恋很早就开始，在青春期的小山脚下。

离开克莱蒙骑马学院之后，我搭上飞机朝纽约州北部乡野而去，拜访一名心理学者，她治疗的对象包括青春期的少女。她住在环绕着湖滨的城市，有一个鸟类保育园穿插其间，还有农田围绕。在这个地方，马匹随处可见，连高速公路上都有标志，禁止人们在交通繁忙的四线道上骑马。

纽约州北部的城市就像火车站，不论什么时候总有成百的人聚在一起——带着小袋子忧虑与不信任的人们，竞相跑过滑溜青春回廊的人们，慢吞吞地拖着一行李箱创伤的人们，刚由希望的郊外返回的人们，受时间表困扰的人们，急着到站的人们，心灵如小地方背景的人们，年老的脸孔宛如日晷的人们，在广大的无边际之处搭上子弹列车，拼命奔向不存在的极端绝对孤独的人们。在我所住的城边，有一个叫作“车站”、由火车站改装的餐厅，让我们想起火车车厢排成长列驶向曼哈顿的时代。从前餐厅外的时钟总停在 6 点 22 分，这是最后一班车呼啸出城的时间。但火车永不停止奔驰，人们经常在狭小摇动的车厢中会面，他们听到隔壁间乘客熟睡的呼吸，最后，人们在餐车邂逅，不论是闻名或是见面。

闹区，在现在已经被改为店铺的红砖造中学的中心，狄威特餐厅在走廊上放了一些小酒馆的桌子，这是所有的人午餐之处，因为用餐的人可以注视同时和过往办杂事的人打招呼。有一天，我和琳达（Linda）约了在这里午餐，她是充满活力而美丽的 50 岁女人，有短而鬈的金发和大而深邃的目光，她是临床心理学者，在诊所常见到许多女孩和女人。我们边吃奶酪西红柿沙拉，边讨论对马的爱。在我的生长过程中，对马痴迷不已，琳达本身虽然对马并没有这么热衷，但她在所咨询的许多女孩身上，都看到如此的狂热。

“对马的爱很少会在小女孩身上出现，直到她们9到10岁时，”琳达说：“在那之前，她们有塑胶小马和独角兽，但她们对马的热情似乎是在青春期前开始，因此我认为女孩对马的爱是在初始的片面，在女孩子开始辨识她自己性别之时，焦点并不在生殖器官上。她们所认识的男孩还没有具体表现女孩身体所感受到的东西。”

“因此她们迸出了性别意识，在这之前，不论是由名称或形式，她们都还未把它辨识出来，是无具体对象的性别？”我问道。

“是的，马匹是雌雄同体，就算它是母马，也依然有完整的阴茎力量，因为它的速度、肌肉、柔软度、与小女孩或女人相比的大小。但它也有让人难以置信的优雅线条和美，这是小女孩在美学上可以理解回应的。”

“在我还是小女孩时，”我承认：“总觉得有强烈的欲望想要变成马。”

“是的，”她慢慢地说：“我家附近有两个小女孩，我时常注意她们，她们骑乘玩具马、收集玩具马、收集马的图片。但她们周末在院子里玩的，也是变成马的游戏。她们用缰绳驾驭对方，四处骑乘，同时跳跃。但在我看来，这是一种自我的理想呈现，在自我和男人的世界认同之前，或是性别和男女之间的认同之前。女孩子变得自由、强壮、狂野、性感和有力。我记得自己有这样的感受，虽然我从没有迷恋过马匹。”

我听她描述她家附近爱马的女孩，心中不禁浮起最深沉奉献热爱的回忆。在我 12 岁时，我爱的对象是马，虽然这好像是秘密的狂热，独特而无以名之，但女孩对马的热爱并不独特。儿童心理学者始终没有把对马的爱当作前青春期女孩发展的阶段，但在我非正式的多年调查中，发现 10 个女孩中有 8 个都经历过崇拜马匹的阶段。男孩喜爱马匹，而且经常觉得他们和马之间共享神奇的感受，但他们并不像女孩子那样对马匹有磁性的热爱，这种渴望就像恋爱一样强烈而教人着迷，填满了女孩生活的每一个角落，使她狂喜，促使她做白日梦，赋予她的生活意义。甚至不会画图的女孩，都会画马，而她们也经常在学校笔记本上，填满了马头。她们经常有塑胶马和骑士可玩，拥有关于马的书，发明各种游戏，让她们可以骑乘（或变成）壮观的马匹。

在我刚开始写作生涯时，我在住家附近为孩子们创办了一份马匹报纸，但后来我发现用草写字体书写每一份报纸多么耗费时间之后，就停止了。接下来我开始写一本名叫“暴风雨”的马匹和爱它的女孩的故事。许多女孩都拥有马匹剪贴簿，我依然保有我的一本，在我 12 岁生日时开始的，至今依然是典型马迷的日记。它以《马匹的祈祷》一文开始，是一篇匿名狄更斯式的请求，希望人们公平对待马匹，最后则以“如果我以出生在马厩的它之名请求，你就不会觉得我不敬，阿门。”接下来的黄页包含了一列人和马匹的黑白照片，关于马的卡通、马匹出售的剪报、马匹的明信片，知名牛仔和女郎站在爱马身旁摆姿势的照片、年轻的骑术选手在骑马夏令营中，跨骑在爱马身上，马头图像的扑克牌、有关马展或马主的报纸报道，一张圣诞卡，上面有叫作盖尔（Gayle）的女孩快乐地与她的白马合照，许多阿拉伯种马和照片肖像，主人牵着它们等待应召配种，由电影杂志剪下来克拉克 · 盖博（Clark Gable）、卡洛 · 隆巴德

（Carole Lombard）和两匹小马玩耍的剧照，以及我最宝贵的珍藏——我站在骏马“英勇杰作”身旁的照片，我认为这匹马是美和力的极致。我喜悦的笑容是因为在那一刻光是抚摸这么伟大的生物，就已经使我进了天堂之门。

有时候马主让我梳理这只庞大纯种马的头，有一次，在围场，他把我抱到这匹马上，结果马匹载着我向前疾驰，差点把他吓昏，我滑下它的背部，到它的肩隆（两肩胛骨之间隆起处），不算真正地掉下来。几分钟后，马主追上我们，他惊慌失措，浑身颤抖，但我却拉住鬃毛，自得其乐。这本剪贴簿上也有我所记得的第一首诗，我六年级时得在全班面前背诵它，在碰到“痉挛”这个词时，结巴了半天。这首诗是“白马之歌”，内容是关于原始愤怒、马的鬼魂、有勇气的猎人、许多装饰的意象和一只亲切的种马，两者都神圣尊严，不服输，被描述为“孤单的魂灵——自由解放……”到今天，我还可以背诵。

器官运动

人类早期的历史有许多马匹崇拜，而女性和马匹的关系更深入，到达她们心理的核心。它同时也和社会学有关。我在20世纪60年代成长时发现，女孩子通常都没有什么刺激的运动，使神经紧张、心脏乱蹦。游泳是人们认为女孩可以参与的运动，却不会出一身大汗，更谈不上青少年渴望的刺激了。男孩子可以玩足球、角力、田径、篮球和摩托车——这些都是可以让他们兴奋快活，消耗精力的方式，我们女孩则被迫选择表面文静的运动，有些人滑冰或跳芭蕾，但更多人则选择骑马。

骑马是一种器官运动，就像驾驶赛车或滑雪一样：你借着马匹扩大体能和灵敏度，它变成你身体结构的一部分，能够由你教导改进。害羞而内向的人虽然可能不善于团体运动，但他们在马背上却永不孤单。他们可以乘坐其上跃过高篱，和风赛跑，像超级英雄一般有秘密生活。骑马虽能像足球混战一般，使你筋疲力尽，但如果提升到最高的层次，骑马乃是一种抽象艺术：在地面上的优雅步法，在马背上的高等马术。骑马需要禅宗的纪律、舞蹈一般紧张的肌肉，以及体操般控制得恰到好处的时机。此外，你也得要有学习技艺，以及身属神秘控制和特别术语的俱乐部之感受。骑马的制服——马裤、牛仔裤，或是骑马时的臀部，完美地配合小腿，强调骑师的性别。仅仅几十年前，女性得横鞍侧骑，她们得和长裙裤挣扎，在长裙裤下的是鹿皮裤，鹿皮裤下的则是丝绸的裤子。当时的人认为女性胯下骑乘巨大的马不够优雅，因此女性得找裁缝，坐在假的横鞍上，测量不同长度的内藏缝（裤管内侧由裤裆至裤口管的缝合线），多一码的鹿皮、马裤或丝绸悬在包住鞍头的腿下都不行。穿着那样的服装走路多么恐怖啊，在狩猎前的早餐，她们穿着一只脚长及足踝，另一只脚在膝上的内裤，怎么可能舒服地坐下来？

在女人必须要配合人生的诀窍时（也就是在她能够驾车之前），她至少可以跳上一匹马，朝向森林内驰去，或是沿着乡间小路闲荡。她发现了不会伤害任何人而有用的逃避路径，于是这个习惯一生跟着她。许多女孩因为马儿而学会了如何施予情感，这是她可以说话、可以抚触、可以倾诉尚未成形的想法或不可告人的秘密的生物。这是有真正个性的生物，但它却不提出要求，也不吹毛求疵，它既大又强壮，能够抬起她，带着她在炙热的夏日、枯寂的秋天或花苞绽放的迷乱春日漫步四方。

在两性间摇摆

年纪渐长，也许已经结婚，女人发现她可以在马房之前卸下些许的挫折。她可以梳理、取暖、骑乘马匹，马匹不会抱怨，也不会在舞会之前长粉刺，不需要车子，也不会在性方面限制她，或是欺骗她。虽然在骑马时强调骨盆的动作是不雅的，臀部以极强的官能滚动，虽然两性都极度否认，但在疾驰或快步小跑时，身体的动作的确很像性交。最简单的事实就是，马匹是女人胯下大而有力又会活动的生物。虽然大部分的人都不愿如此联想，但在历史中，骑马一直和异教徒的官感相关。甚至由字源学分析，如果你只想马鞍（Saddle）的技术语，都可以发现骑士坐在雄性（pommel，鞍头，剑端圆球，男性生殖器的俗语）和雌性（cantle，鞍后的弓形部分，女性生殖器的俗语）之间。人们总明白，骑士爬上马背时，是在雌雄两性的生命力之间摇摆。

在你提到女性与马匹时，人们总以怀疑的眼光看待你，因为马匹在性方面的特质如此明白、激烈和戏剧性。马这种庞然大物在体形和动作上，比生殖力更强。母马进入发情期时，性格也有所改变，这是小孩能够迅速注意到的事。种马有巨大的阴茎，它们踢动巨大的蹄子，甩动飞扬的鬃毛，露出牙齿，边鸣叫攀上母马。虽然我们用“种马”这个词形容好色的男性，但大部分的女人都不会想和马交配，不过有一小群女性会有这样的想法，其中最有名的是凯瑟琳大帝（Catherine the Great），据说她有一个特制的马鞍，用来拘束她最爱的种马的范围。其实并不是女性想要和马发生性行为；而是马代表了她们的性。

“埃利斯（Havelock Ellis）认为，女孩以骑马作为自慰的一种形式，你觉得呢？”我问琳达。

“你跨骑在马上，跑过田野，乃是骑乘在巨大的阴茎上，可能有一种自慰的特质，因为你的阴蒂正在马匹身上摩擦。对女孩来说，这可能是难以形容的经验，因为很少有小女孩的母亲会告诉她们性高潮时阴道和阴蒂的感受。甚至在现在，这种资讯常常也不会告诉小女孩，这种秘密性行为的感受是很重要的。”

“我自己在七年级的时候，也就是十二三岁之时，有两种非常私人的休闲活动，我从没有告诉其他人，当然也没有告诉其他女孩。我想这是我独自的感觉和经验。其中一个是：我们在后院有个巨大的丁字梁，用来架设晒衣绳。孩子们总喜欢杂耍，我经常爬上这根柱子，原因是每当我爬上去时，总是有性高潮。攀爬的动作使我兴奋，我也会感受到强烈的性感觉，虽然令人晕眩害怕，但也美妙无比，因此我会一再地尝试，却不要任何人知道原因——我自己也不知道原因。我对这样的情绪完全不能了解，也不知道它们是可能发生在其他女孩身上的经验。那一年我们在体育馆中爬绳索，我一直都无法爬上最顶端，因为到半路我就会有性高潮，这是同样的动作。因此我觉得骑马的年轻女孩在马背上可能也有相同无法告人的经验：首先，因为她们不知道如何形容它；其次，因为它是位于你不能谈的身体部位。”

“当我年轻时，像男孩子一样，我对此感到相当自豪，我也想当男孩，因为他们的生活更有意思。我知道最支持女性主义的女性会觉得我们和男人没有什么不同，但我却觉得我们非常不同——在我们的心理、我们的兴趣，我们和自己身体及他人的关系。这整个内在的生命，这个性别的自我，是除非你用镜子，或用子宫镜探索体内，否则无法直接看到的。你是隐藏在内的，男孩所有的性器官都显露在外，他们可以控制它，可以显示给其他的男孩和女孩看。想象用你的阴道做相同的事，你能看到什么？直到你找到伴侣，他想要看它，探索它，它让人难以置信。”

“因为你见到自己几乎隐匿的部分，”我插嘴道。

“接着你发现它不但有趣而且美丽。我认为关于性的神秘感是非常真实的，因此男女对世界的态度是不同的，男性穿透，控制，进入……”

“打高尔夫……把球打入洞中？”

她笑了，“正是，女性则用她们的脚围绕在马匹身上，对许多女孩而言，一旦性的精力移转到男人身上，对马的爱就消失了。人到了某一个年龄，就会放弃对马的迷恋。拒绝社会限定女性非要有柔弱气质的小女生，可能更喜爱马匹。如今女性气质的定义已经有所改变，因此现在的女孩和当年我成长时代的女孩已经有所不同。但我记得，除了马的故事之外，我也不断地读到有关野生动物的故事，孤独的狼，和主人分离而在旷野中居住多年的狗。我爱这些动物的野性和独立，一旦这只野兽变成一个普通的男人，对我而言，故事就魅力尽失，我总觉得最后的变形——总是把每一个人都带回现实中的正常状态，违背了故事的本质。你爱这粗野的动物，部分原因是在于它的畸形、粗野——古怪的外貌和其善良的内心。一旦他变得美丽而高贵，如副总统一般，谁还会有兴趣呢？”

我笑着告诉她在我床头的两张照片，一张是来自科克托（Jean Cocteau）名作《美女与野兽》（*Beauty and the Beast*）的静物画，童话故事中总是有许多和动物结婚的女孩，但并不是所有的动物都会变成王子。

“你认为女性为什么会被这只野兽吸引？”我问道。

“最明白的答案在于野兽的性能力，巨大而可怕，使人兴奋刺激。不论在社会上或是在两性方面，许多女性都乐于随波逐流，不只因为它使你不必负责任，——虽然那在20世纪50年代相当重要。当你站在海边注视着席卷的浪潮，——觉得惊心动魄。一直到今天，如果我搭飞机，当所有的引擎都以相反的方向转动，整个飞机颤抖怒吼时，依然使我战栗，我爱它。对女性而言，肯定自己性别的方式可能更少，野兽就是那种性的力量，在其他深处隐藏着一种她可以见到的脆弱，她可以触摸到它。这给了她力量。看看有多少女性爱上牛仔——不论他是否是真正的万宝路式男人，还是坚强沉默的人；而她得自行找出深入他心灵的道路。驯服他心中的野兽极有诱惑力，这当然会造成不幸的爱情事件，因为若他是个牛仔，就得策马朝向夕阳而去，否则，若她驯服了他，那么他压根儿就不是真正的牛仔，因此不论如何，她都输定了。”

黑暗的活力

历史上一直有征服人身牛头怪物或龙或其他可怕大自然力量的故事。我们有柔软可以穿透的皮肤，我们在世界上如此脆弱。古老的文化害怕打雷，神明经由闪电的厅堂走出来，人类得要满足他们或征服他们。人类传统上在打猎之际面对怪物。坐在马背上的女人不是控制自己的天性，就是被自己的天性控制，是狂野、喷鼻排气、强有力、摇着鬃毛的野兽，充满着曲线和美。没有人比D. H. 劳伦斯（D. H. Lawrence）更了解这一点。在有关女人和马匹的短篇小说《圣摩尔》（*St. Mawr*）中，主角受一匹美丽的马匹蛊惑，这匹马的神经简直如火箭一般不安，她想要买它，心中想着它所代表的世界：

> 这是另一个世界，较古老、强有力的世界。在这个世界中，马匹又快速又凶猛又至高无上，不受任何人指使凌驾……也许在缺乏情感

或个人情绪的赤裸、黑暗之中，有奇特野蛮的欢腾……他是如此有力，如此危险。但在他的黑眼之中，在黑色火焰的云中，看起来有个超乎我们世界的世界，黑暗的活力闪耀着，在火焰中，有另一种智慧。她觉得相当肯定：甚至当他把自己的耳朵朝后，露出牙齿，大眼睛由他赤裸的马头射出时，她看到在他可怖眼睛的一团混沌当中，见到一群群的魔鬼。

至今在骑马之时依然吸引我的，是马在每一个转弯时要脾气的恐慌，这优雅、肉欲的肌肉动作，这高雅的力量。几年前一个寒冷的冬日，我对此有特别深的感触。我骑着一匹裸背的阿帕芦萨（Appaloosa）母马，经由U形急弯疾驰，首次感到真正的和马胶着在一起，没有滑动或移动。我的腿如腹带一般，紧紧地束着她的肚腹，而在她快步走时，她的心脏敲在我膝盖上。我稳稳地坐着，听着她疾驰的嗙嗒、嗙嗒、嗙嗒、嗙嗒、嗙嗒，以及她心跳相反的怦怦、怦怦、怦怦，她为我柔软的碰撞所感，飘浮在切分的韵律中，仿佛旋律一样。一阵甜而湿的蒸气由她的胸颈升起，我轻轻以小腿摩擦它的小腹，她滚转形成很长的波动，她肩头的抽动也让我很自在。厚的毛皮发出甜美阴湿的气味，她的头韵律的姿态，我的腿以半打的脉动而兴奋，其中有些是属于我的。我兴奋起来，骑在她的裸背上跳过数个低栏，跳过一个接一个的篱笆，我抓着她冒气的皮，在钝的支柱之间，一会儿离地，跳过大量的冬日光线，直朝太阳而去，太阳现在位于山谷末端，就像炽热的黄色液体一般向外流泻。我的腿开始轻轻地与她的身体理论，我们如雾层一般越过篱笆，其下乃是人类的世界。在这微妙的时刻，我心悸动宛若动物，而且沉迷于速度和阳光的刺激，这是如神秘记号一般古老的尘世狂喜。生命吹过我的血管，随着风穿过冬日树木而猛冲。油腻腻的巨大乌鸦听来仿佛在一段段的毛毯中窒息似的，接着夜渗透了山坡，一如一长片的黑墨水，抹去了所有文明和安全的事物。

我们结束午餐时，琳达的前夫漫步而来，带着他的新妻子和两个小孩。琳达也已经再婚；新家和前夫家只隔几间房子，因此两家的孩子都成为大家庭的一员。当地的人总称赞他们的安排敏于事理，明智。他 9 岁的女儿，海娜，冲向琳达，紧紧地抱了她一下，接着展示她的新牛仔白靴。

"真是漂亮的靴子！"她告诉她。

女孩害羞地扭动，接着说："我穿它们去骑马。"光是这么说就使她兴奋，她接着说："你知道吗，我们帮马梳毛，然后骑马！"

"你看我穿的是什么，"我说道，把脚由桌下伸出来，给她看我穿的西部牛仔靴，右脚足踝有红色的皮带镶有小的银色心形饰物。"我的也是用来骑马的。"

她的眼睛一亮，更专心地看着我。接着她绽出共济会同伴相互了解的秘密微笑。餐后我赶回家去看电视上的马术决赛，同时我也开始收拾行李准备穿越时空，到对马的爱恋开始的旅程。

现代铁马

飞越纽约州，我向下看着如箭头一般尖锐的常绿树，长满树林的山坡，和绿棕色灯芯绒似的农地。上周我越过西南的沙漠，夜里狼的呜咽深深地迂回你心，白天老鹰边飞翔边展示它长羽毛的灯笼裤给全世界看。在几个小时内，我就已经驰骋到另一个气候、另一个生态体系、另一个文化中，这都是拜现代铁马——飞机之赐，其动力我们也以"马力"名之。我乘着闪亮的钢梁翅架飞行，地球在身下轻轻运转，这是连儿童都视为当然的小把戏。我可以扭转开关，就让阳光在黑暗的室内破晓；转动旋钮，就把冰冷的走廊变成夏日。在这样神奇的事物之后，教金属会飞，或是像古代的马神一样可以在风中疾驰，或是可以跨过25000英尺的旅途，又有什么好奇怪的呢？我们的飞机来回穿梭，但在大自然和时钟之上，时间却只有一个方向，每一刻都比前一刻更混乱。任何事物都会衰颓，甚至包括我们在内，我们会变老，可能会背叛我们的梦想。甚至我身下活生生、湖泊处处的阿迪朗达克山（Adirondacks，美国纽约州东北部的山脉），虽然因着我们所谓的秋天而满山红火，但终会衰颓。我终于看到远处的肯尼迪机场，因薄雾而闪烁不定。时光在某些方面，是我们虚构事物中最不可信的，想要捕捉时光，就像想阻挠鬼魂那般不易，但马儿已经使得鬼魂可以看得见。

在肯尼迪机场，我再一次地站在时间前，登上通勤者所搭乘最快速的金属马，几分钟内，直上云霄，倾斜转弯，然后向东而去。我们很快地穿过“印第安地区”——也就是驾驶员所称的塞尼卡斯（Senecas）、纳瓦霍斯（Navajos）及其他轻型双引擎飞机所飞的高度——不久之后，我们就把一切，甚至连天气都抛在身后，飞入紫色的天空。我们以最省油的速度——每小时1000英里飞行，几乎就像地球自转一样快。我们身下的海洋看起来是黑的，太阳把金光洒落在波浪之上。虽然水面看来平坦、静止而沉寂，但我却想到四面八方的戏剧，以及整个海洋上下的波动，就像笔划过图表，陆地也跟着移动。当海洋和陆地一起移动，暗礁就出现了。穿过小小的舱口，我可以见到地球的弯曲。在底下某处，遥远的地方，隐藏在我们视线之外，是我所知道的每一个事物，我所爱的每一个人。

最后，紫色的天空终于变成蓝色，我们在巴黎郊区的奥利机场（Orly）降落。接着我转机朝南而去，到多尔多涅省（Dordogne）的佩里戈尔（Périgord），这个地区以松露菌、鹅肝酱和历史闻名。计程车司机由佩里戈尔的小机场，开了约1小时的车，穿过许多小城，经过散布四处的城堡，围绕着崎岖的山坡，送我到有大枫树和石灰岩洞的森林。时光倒退了3万年，我感受到自己的渴望，想要知道几千年前我们是谁，我们是什么。有时候过去比现在更容易理解，而瞥视我们的过去总比我们现在来得容易。这个山谷曾满是杜松、榛木、莱姆、胡桃和橡木，花朵点缀着长满青草的大草原，草莓、黑莓和红醋栗长在树丛上，河中满是鲑鱼，沿着河岸则有许多涉禽类的鸟类在此觅食。野牛、欧洲野牛（aurochs，西班牙斗牛的祖先）、野猪、鹿、兔子、马、大角野生山羊、狮子、熊和犀牛都在山谷中漫游。驯鹿群满布在草原上，而马格达兰期（Magdalenian，欧洲西部及亚洲北部的旧石器时代末期）猎人大啖它们的肉，穿着它们的毛皮取暖，用它们的脂肪制作无烟油灯，因纽特人到现在依然使用这种油灯。所谓的“穴居人”（caveman）并不住在洞穴之中，而是住在接近流水的兽皮帐篷里，有时候位于洞穴之外，用悬垂物作为保护的门廊。他们深入洞穴，向未知神奇世界探险，用赭土、锰和木炭涂抹湿墙壁，把他们体验如梦幻一般的混沌，组成我们称之为艺术的物品。

如火狂野

过去24小时，拜超音速马力之赐，我朝东冲入破晓的地球，跟随着倒退时光的踪迹，来到拉斯戈洞穴观看如大教堂一般的墙壁。在那里，最常描绘的动物是马，拉斯戈的爱马人可能生活在17500年前，在气候和我们的世界相像的地方。温和的天气让山坡成为活生生的食物贮藏室，我们以为当时的人是原始人，但他们已经会为缝衣针打洞，也是技巧高明的猎人、渔夫和洞穴探险人。他们唱歌跳舞，击打皮制成的鼓，用骨制成的笛子和哨子演奏音乐。他们是半游牧的部落，人数很少，经常前往洞穴，可能是为了宗教和启蒙仪式之故。我们就是这种人的后代。在我们的基因阁楼，隐藏有古董和服装，不再合身的制服，塞满了我们从未谋面亲戚相片的信封。他们遗传给我们同一种族的许多特性——不只是我们强烈的情绪、嗜血的天性和防御领土的行为，而且还包括我们的好奇、敬畏和对家庭的情感。如果我们之间有了解的落差，也已由艺术弥补这种要借由创造作品使人迷醉的需要，至今依然一样强烈地向我们倾诉。他们对马有一种贪恋的热情，配合着歌颂、赞美大自然的渴望，我们也继承了他们的崇拜。

原来的拉斯戈洞穴已经封口保护，因为这些艺术是无价之宝，自它们被发现以来，已经受到空气、湿度和人类呼吸的干扰。法国政府发现霉菌已经开始破坏这些画作，因此明智地关闭了拉斯戈洞穴，一般人不得进入，而在其附近建造了复制的洞穴（其壁画是用激光制作，相当完美）。但多年来，我一直渴望能够亲自站在原始人所站的地方，用眼睛触摸他们的笔触。每天只有 5 名学者获准进入原洞穴，时间非常短，且必须遵守严格的规则，而我有幸成为其中之一。

在地面上的一个小小办公室，我们 5 人聚集在一起，由一名官方向导带队，接着我们就出发了。我们走下山坡的隆起腹地，走下一层阶梯，穿过细浅的洞孔，进入较小的外室，有一盆消毒水等着我们把脚浸入其间，完成了净化仪式。接着，我们穿过钢门，爬下另一重阶梯，走入如子宫般的开口，缓缓步入黑暗。向导在全然的黑暗中，借着感觉和手电筒，把我们集合在一起，湿气尝起来如沙一般，又咸又甜的味道。没有人作声。安静的电扇使得呼吸声也变得模糊，在这一群 5 个人之中 4 个是女性。

一阵低语打断了我的深思，在洞穴黑暗的子宫之中，我回到现在，听到微弱的脚步声。突然，灯光大亮，照射着天花板和墙壁，色彩鲜艳的动物跃向我们。我退缩了一下，用力眨眼，接着发现自己开始移动。不论我转向何处，这些动物都围绕着我们，向我们逃窜而来，它们仓皇疾驰，蹄和角在眼前闪过。其中有野牛和欧洲野牛，但数量最多的还是马，如洪水一般奔腾而来的马匹，向我们涌来，在我们的前后左右，马匹跃向壁凹，奔腾穿越石谷，踢足、人立、打斗、吃草。这群圆腹、蹄形如梨的马匹，拥有僵直浓密的鬃毛，它们纤毫毕现，有白色的肚腹和黝黑的腰窝，有时候有冬日蓬松的毛发，有时候喷着如云雾般的气息。在一面墙上，一匹种马以鼻摩擦母马的阴唇；在另一面墙上，赤褐色腰窝的母马正在吃草，她的肚腹圆如苹果。每一匹马都笔触流畅，充满了韵律，狂野而有活力。它们不只是图画，而是活生生正在动作的野兽。许多都已经怀孕，因此它们的腹部也充满了动作。

我们慢慢前进，穿过洞穴，我们实在是守规矩，看着这些壮观的景象，仿佛它是博物馆的静态壁画似的。这些马匹不该这样欣赏，它们应该是迅速冲刺、奔驰而去，而部族的长老在一旁持着灯，在明灭不定的灯光中，我们的瞳孔会跳跃，马匹将会闯入我们的梦境，而我们奉献的心灵将会如火种一样狂野。

男人与车

马之于女孩，就像马力之于男孩。有任何恋爱事件如16岁男孩和他第一辆闪亮汽车那般忠实，那般迷恋吗？——纵然那只是一辆破旧的老爷车？这辆车颤抖的力量使他兴奋，腰窝浑圆的曲线和突出如胸脯的头灯，引擎喃喃地呻吟，和他发动车之后，对他抚触起的反应。他花数小时擦抹、梳理、打蜡，甚至花更多时间驾着它在市里兜风，放慢速度好向女孩送秋波，也让女孩子回抛媚眼，声音响亮，让其他男子侧目，或是加快速度，足以扼杀人生的平凡呆板。

汽车不但表达了年轻男子的心思，同时也以涌向他心灵和四肢激发性欲的高速，让他更快地穿透时空。汽车快速而狂暴，危险而活跃，准备在急转弯或回转时脱离跑道。这也是他偶尔的感觉——加速运转，准备爆炸。许多青少年都在汽车上找到他们具体涌现的性意识，年长的男人则经常把适合全家使用的家庭车折换成色彩鲜艳的跑车。他们为了性感的年轻女子，抛妻弃子，也把旧旅行车换成性感的新车，有声音极大的消音器和只够坐两个人的空间。车子是灼热、迅速、坚实、如阳具般冲撞空间的物体。有时候我们可由卡通看到中年男子驾着覆有钢板的勃起，其图说重申了明白的内容。

不论是任何年纪或婚姻状态的男人，在下面这两个情况，都必会抬眼注视：（一）美女走过，或（二）漂亮的车子呼啸而过。在很多层面，汽车都使男性兴奋，因此有专为汽车、男人和男子气概而举办的节庆，也就不足为奇。它在春天举行，伴随仪式和典礼，最好能喝个酩酊大醉。男人互相竞赛，优胜者获奖，在纯分贝和睾丸酮的狂欢之中，崇拜快速的车子和女人的胸脯。这个庆典和其他的不同，是男性性能力的庆典。

印第500大赛车

在我等红绿灯时，7名醉醺醺、敞着胸的青少年把他们的身体贴在我车子的挡风玻璃上，他们蠕动不安，就像一片片的腌肉一样铺平身体，而他们的太阳眼镜则把教人目眩的阳光送往好几个方向。红绿灯可能好几分钟之前就已经变了，但我所能看到的只是晒成胡桃油般色泽的肉体、成罐的啤酒、无毛的胸膛和挑逗的媚眼。车顶上一阵有韵律的敲击告诉我至少有一名年轻人想要伸脚进来。后车窗，则有另外6名少年想要用保险杆抬起车来，把它运走。另一名少年则把摄影机扛在肩上，好像猎鹰一样，调整镜头好给我的胸部一个特写。正在我怀疑这个情景是真是幻时，我解译出几分钟前他们疯狂唱的是："把你的乳房给我们看！把你的乳房给我们看！把你的乳房给我们看！"

红绿灯号改变时，他们从我的车上滑下去，围住另一名年轻女子，她竟鲁莽到只穿着比基尼漫步穿越世上最大的兄弟会狂欢宴，这个宴会由赛车跑道各方几英里远就开始，而现在，就在赛车前一天，已经迈向高潮，只有明晨的汽车情欲才能够满足。

导向赛车跑道的主要街道——十六街，看起来好像战区一般。半裸的男人聚在一群娱乐车队和卡车旁，豪饮啤酒，烤汉堡，比较肌肉的大小，打扮自己。有些人带着装有烈酒的褐色纸袋，有些人抬着招贴告示："我们要女孩！"在一辆拖车的门口，有很大的纸板女人雕刻，腰部以上全部赤裸，其上的标语写着"官方检查站"。他们不因各种年龄、体型或衣着的女性出现而动摇，一直吟唱到声音沙哑为止，接着他们又用手做出上下搬弄乳房的动作。在这种时刻，一名女孩会跳上拖车车顶，把上衣拉开，让各方挂着望远镜的登徒子看个够，接着再把衣裳扣起来，消失在成千上万围绕着纪念品摊位和餐厅，蔓延在美国中部狭长地带的喧嚣群众之中。

巨大充气的百威和米勒啤酒罐、华孚莱汽车机油、冠军火星塞，飘浮在尘嚣之上，好像守护神一样。收音机高声鸣叫，人们发出猫叫春的声音，汽车引擎发动，而结合如低俗闹剧和磨牙齿的噪音，随着你越接近跑道，也变得越大声。跑道是男性性能力的神圣竞技场，是嘉年华的静止中心。嘉年华（carnival），这个词源自拉丁文的carnis（肉体）和levo（夺走）。在人生的乐趣被迫停止之前，针对男性青春期激动、质朴、不顾一切地狂欢作乐。

赛车当日上午6点，大门打开之时，人们已经开始排队，寻找去年赛完车他们马上就买的座位。他们身旁站着来自全国和全世界的赛车迷：来自瑞士的鞋商，追寻“气氛和行动”的德国经销商，来自底特律的酒保，来自凤凰城的汽车工人，一车一车的年轻人，一些穿着鲜艳惹火套装的女性，则可能在任何时刻应召跳入赛车场加油修护处，负责照头。

人们在上午8点开始买热狗和腌黄瓜，再用微温的啤酒把它们冲入肚子里。救火车在跑道旁找好地点，电视台也在如蜘蛛网一般层层叠叠的电线之中架好摄影机。贩卖纪念品的小摊贩已经在叫卖印第500（Indy 500）空气清香剂、餐巾、飞盘、咖啡杯、小型车、黑白格的胜利旗帜、垫桌子的垫布和运动衫。我也忍不住买了一件天蓝和粉红色的运动衫，上面有印第赛车向胸膛之外跑去的图案，并且宣称：“人生在时速220英里才开始。”我把它套在无袖洋装上试大小尺寸，接着再脱下来，一旁现场转播的播报员停下来评论我的身材，在露天座位最上面一排的一小群男人由他们观赏女孩的座位上发出大喊，而一名体型高大、肤色黝黑，穿着哈雷摩托车运动衫的男人则直向我走来，瞪着我的胸脯，呻吟道："老天爷。"不过这些都是老把戏，我早就知道这些男人不会真正碰触你，他们的骚扰（或是恭维，端视你的观点）完全是口头上的。

在通往加油站的路上，宽广的水泥大道分隔了成行的车库，而人生也如银行的存款一样严肃。优胜者可以获得 50 万美元，呼啸而去，光是参赛就能确保你可得 3 万美元。各公司捐出各种各样的奖金，由 5000 元到 75000 元不等，因为你是最年长、最年轻的选手，最快的入围者，前 10 圈领先的选手，最好的总机师、加油时间最短的驾驶人等。冠军火星塞奖赏优胜者 68000 美元，只要他在比赛中使用此品牌，你可以想见所有与赛的车都用什么牌子发动引擎。

× × × ×

身穿连身衣的年轻男子在加油区气氛紧张的街道上忙碌不已，他们要确定自己的车子状况是否良好。他们把每一辆车都拖到系了长长蓝色蝴蝶结的加油管前，有些人还戴着安全帽。其他人则由护膝上伸出肮脏的手套。一架小飞机飞过天际，拖着一条标语，上书："老印第安乐园"。新闻记者在车库区来回巡查。更多车辆由车库出现，由蓝帆布制的长蝴蝶结拖着，看起来好像调教马匹的训练员所使用的长绳。车子的零件经常覆上黑色的毯子，好保持他们的温度。一辆低调的硫黄色赛车属于安塞（Al Unser，美国赛车选手）所有，他的儿子今天和他同场竞争。车子超过 700 马力，虽然只有 15 英尺长，重仅 1500 英磅。[①]安塞爬入狭窄的车内，车子已经针对

① 18 世纪的工程师瓦特（James Watt），决定要把他的新发明——蒸汽引擎，和一群马匹的力量相比。他测出一匹酿酒厂的马可以拖多重之后，结论说，一匹马在 1 分钟之内，可以把 33000 千磅的物体移动 1 英尺。

他臀部和背部的离心率改装过，他把长腿伸到车的前端，他将躺着驾车。

赛车选手全身包在铁甲中，只有露出眼前小小的帽檐。他们全都是现代武士，骑着马力。速度是他们的长矛，虽然选手之间有同志之谊，但这却不是团队运动。其他在跑道上的人全都是竞争对手，中古时期的武士有着如“善心伯爵”或“兰斯洛特–加龙省–加龙省”（Lancelot，亚瑟王圆桌武士中的第一勇士）之类有寓意的名称，而如今的现代武士四处走动或驾驶时，全身却贴满广告标语（有些人称之为世上最快速的告示板）。如果看到一个人安全帽上标记着“好活”，背上印着“死硬”，看起来是多么古怪啊！他肩膀上也许是“固特异”，或“冠军火星塞”，或“良好设计”，或“真正价值”。如果有辆明艳火红的赛车，车前两面都贴着“宿费便宜”（红顶旅舍的广告词）的广告，你会做何感想?

赛车、选手和工作人员排开群众，在跑道上各就各位。在有些地点，机师和作业人员会退后一点点，让选手单独与他们的机器同处。他们现在被开入狭窄的座位里，每个选手都调整脸上的防火忍者式面具，系紧安全帽带子，检查扣住安全帽的扣子和防火装，以免转弯时颈部因重力而扭伤。你可以由他们的眼中看到寂寞，他们眯眼集中视力，同时把跑道上 50 万人的每一个都由眼中抹去，群众可能欢呼，但选手除了跑道之外，什么也听不到，什么也看不到。

安塞的眉毛和褶皱的抬头纹，透过安全帽和及肩头巾显露出来，他的眼睛是黑色的角锥，根本看不见眼皮，只有折痕由其下延展为扇形，好像是晒成黄褐色的撒哈拉沙漠沙丘。接着他把树脂玻璃制的面甲拉下，完全埋入其中。他紧紧地包覆着布、钢、玻璃纤维和泡沫，在中西部华氏 80 度（摄氏 26 度）的热度之中，一定开始冒汗。不久他就会吐出速度，成为弹道，单一而长远冲刺，这是对男性性能力的颂歌。

× × × ×

唱完国歌之后，接着由牧师主持阵亡将士纪念日祈祷，这个比赛在周日上午 11 点教会礼拜仪式的时间开始可不是巧合，牧师说了对死伤选手多多少少有点过早的祈祷之后，接着是鼓声，而看台全都保持肃静。内伯斯（Jim Nabors）唱出回到印第安纳的歌，上千的彩色气球就像DNA 一般，盘旋直上青空。“各位先生，”跑道主席的微弱声音一如仪式的吟诵：“发动你们的引擎。”

司仪喊道：“伟大的赛车已经准备好了！”

一阵引擎发动的起伏，前导车向前滚动，引导所有的车辆做一两圈时速 100 英里以上的热身，工作人员也跳回加油站，准备工作。赛车迷的侧影在高悬看台上的电子计分板上跳跃欢呼，挥舞着小旗子，群众密密麻麻地围着 2.5 英里的椭圆形跑道，紧张地大吼，就像赛前所释出的气球一样兴奋，而车子则沿着远处的转弯，怒吼着重新冲入视线内。前导车突然转弯脱离车队，所有的赛车选手也全都加速前进，由安德烈提（Mario Andretti）领先群雄。

立刻，三辆车相撞在一起，金属零件高高地拱入云霄，比赛暂停。车子停了下来，禁止改变相互之间的位置，直到跑道上的残骸清理干净，黄旗再度举起。突然比赛再度开始，安德烈提依然领先，他的新雪佛兰跑车引擎极快，但它是否如已经赢得多次比赛的科斯渥斯（Cosworth）引擎那般可靠呢？一直到第 15 圈，赛车迷才坐下，安德烈提是教人情绪激昂的选手，所有的群众兴奋而疯狂。

赛车经过观众眼前的速度教人瞠目结舌，它们发出哀鸣，由角落弹入笔直的跑道，它们的引擎则以 3000 万吨的营营声咆哮咬噬。周边的视线刚看清车辆抵达，赛车已呼啸而过，消失在下一个转角。它们移动得如此快速，除非你眼睛盯住一辆赛车，追踪它的去向，否则只会看到一团模糊不清的色彩飕飕飘过。车迷随着选手冲过身旁，不断地摇着头，不，不，不，不，总共 33 次。人们把空空如也的啤酒罐丢到露天看台下杂乱的台架内，成了罐头雨。当赛车全速冲入加油站之时，工作人员全都恢复生机，更换新轮胎，把甲醇打入 40 加仑的油箱中，修补、调整、扑灭小火警，把饮料递给选手，接着再把它推回跑道上——全都在 10 秒或 20 秒内完成。

不只机师和工程师，空气动力的专家也忙着为每一个选手工作。塔顶上橘色的风向袋提醒你，这其实是一场空气竞赛，你怎能使一片时速在 200 英里以上的轻金属保持在地面上？虽然其内坐着的人称作驾驶，但他们坐在“舱位”之内，他们担心的是车的“两翼”，他们念念不忘的是尾流（wake turbulence，飞行体后方的气流）。在机鼻前方的小鸭翼（canard fins），是向卢顿（Burt Rutan）的挑战者号（Challenger）致敬，同时也是向他这些年来名闻遐迩的其他鸭形飞机（canard）设计致敬。后翼的功能就像是头下脚上的机翼，机翼在上端是圆的，但车翼却是在底部是圆的，空气在翼四周嘶嘶作响，但得走更远穿过底部，变得更薄，产生低压的区域。在顶上，较高的压力向下压，使车子倾向地面，其曲线的底面也倾向地面，但结合的地面效果却卷起了小小的飓风，每一辆车造成在车后盘旋的旋风，使得下一辆车陷入险境。

× × × ×

驾驶所谓空气"肮脏"或"古怪"，指的是气流。一如飞机操纵装置在这样的扰流之中几乎无用一样，高速的车也是如此。他们所谓的车子"松了"，意思就是在间不容发的几秒之内，以高速转过转弯，使得他们根本不能控制车辆，它如小野马一般的车速已经瓦解，因此他们要寻找干净的空气、平顺的路线。安德烈提在赛车道上大部分都保持低位，几乎离开跑道，在较少人的跑道上，其上的空气比较容易行驶。时速 200 英里以上，其实已比大部分的客机飞得还快，处于严重的扰流中，在舱位中约华氏 110 度（摄氏 43 度）如火炉一般的热度里，他们的头部不断地上下左右摇摆，身体也因重力急拉而重重地撞击车身；永远担心一头撞上砖墙，或是冲向另一辆车，横翻跟头，因而变成碎片。两度赢得印第赛车冠军的福克维奇（Bill Vukovich）曾豪爽地说："要赢得印第赛车，只需把你的脚步保持在节流阀上，向左转就成了。"然而印第选手费尔斯通（Dennis Firestone）描述过扰流的感受："对你的影响很剧烈，你在舱位中四处抖动，视线模糊，仿佛光是空气就可以把你的安全帽扯下来似的。"有时候压力会把安全帽上推盖住眼睛，使人几乎看不见，而专心一致是相当重要的，如果你的心智离开一秒钟，车子可能就会冲出远达一个足球场的长度。

敲打、撞击和驾驶盘挣扎、拉开离心力，狂怒的车辆滑入滑出转角。驾车的选手必须积极进取，但却步调合宜。他们必须保持心情轻松，但脖颈或肌肉却紧张兴奋。很少有运动自始至终都处于生死边缘。赛车选手和车迷同样着迷的不只是速度，而且是对极限的热情：一种在生命许可之下，令人晕眩，全力以赴，由踏板到金属，蔑视死亡的努力。车子排放出废气，而赛车选手排出的则是疲惫。坐在前排的观众欣赏的地点最惊险刺激，但也最吵闹、最危险。曾经有车辆冲向看台，就像受惊的小鹿一般，如今车轮也可能由赛车上脱落，跳入看台，杀死观众。在这样快的速度之下，抛物线就像霰弹枪发射一般，不论任何物体落入跑道，赛车都得暂时停止，接着选手再重新开始，偶尔排放出一束火星，仿佛火炉正在融化集中在一起的金属。刹车时的压力使他们微微摇摆，甚至失控好几次，肮脏的空气干扰他们，他们蹒跚向前。

安德烈提脱离拥挤的线道，咆哮着朝草地冲去，冲向墙上，在前面横掀起一阵暴风，想要打破迷信的车迷和赛车选手称为他的“印第霉运”。自从1969年获胜之后，他又参赛了21次，但从没有一次再赢过。邪恶的速度和赛车妖魔似乎总是阻挠他，这一次也不例外。在他领先177圈之后，已经到最后关头，他的引擎却发生逆火，结果他时速减缓到100英里，悄悄潜入他的休息站。坦白直率的车迷传来一阵不可置信的悲叹声，下一个原本应该会赢得比赛的选手车子引擎突然停止两次之后，老将安塞突然掌控了全局，他的儿子则暂列第四。在赛车中，年龄不是问题，因此父子经常同场竞技，这次的印第赛车，安德瑞提的儿子迈克尔（Michael）也参与竞赛。

安塞率先抵达终点，两面黑白相间的格子旗在他的车上挥舞飘扬，观众欢声雷动听起来好像爆炸声不绝。他把速度放慢，胜利地绕行一圈，同时狂喜地向群众挥手。他的儿子把车停在他旁边，向群众致意，他后来说：“我想到爸爸赢了，就不由得起鸡皮疙瘩。”他的妻子穿着一套蓝色的防火袋，一头金黄色的秀发，由后头慢跑到他闪闪发光、冒着水滴、最后静止下来的车旁，亲吻他。工作人员猛力把方向盘和皮带拔了下来，努力拉他出驾驶舱座位。他黄黑相间的骑士安全帽就像预示着他的未来一样，上书“固特异（GOODYEAR），好的一年”。他防火衣上的肩章饰物提醒你，过去几小时，他是驾驶选手。有人把一瓶老式包装的牛奶交给他，看起来就好像刚由乡下门阶拿来那么新鲜，而他把头斜向后方，由瓶口一饮而尽。泪水由他的眼睛涌出，他边向兄弟博比（Bobby）说话，博比也是印第赛车的前冠军选手，现在是美国广播电视网（ABC-TV）的赛车解说员。“全家人都以你为傲。”博比说，因情绪激动而哽咽，他代表着所有的男士：他自己的儿子罗比（Robby），本月稍早因车祸断腿，现在还躺在本地的医院之中；阿尔（Al）的儿子，小阿尔，只离他几码远；阿尔和博比的兄弟杰里（Jerry），几年前才在一场车祸中丧生。

× × × ×

赛车结束之后很久，车子已经爬回车库之中，观众却依然徘徊在露天座位上。这使得你不由得怀疑为什么 50 万人——多半是青少年，会选择在这种向死亡挑战的驾驶现场旁野餐，作为夏日最初的活动。赛车的气氛可能吓人，但我们却对赛车的术语一清二楚。谁没有说过“处于快车道上”的人生，或是“加速”，或是“机器灵活”，或是需要“到休息站停靠”？表示发挥全力的绿色旗帜乃是青草的颜色，而因意外事故停止一切的红旗则象征着鲜血的颜色。这只是另一个周六下午，男人全身披挂着广告，以 200 英里以上的时速驾驶。这只是男人着迷的另一个血腥游戏，男人总是钟情于竞技场，总是要让竞技场上的运动继续下去。赛车跑道较倾向椭圆而非圆形，男人总爱把事物驱入畜栏，不论是野兽、钢球，或是基督徒。斗牛士置身于金黄色的圆圈场地，以他们的机智嘲笑大自然的残酷，意外被描述为“壮观”，而“观众”也证明了这样的景象多么引人入胜。

我不相信车迷为了看意外事故发生而来，他们来是要看心目中的神祇以高速在他们面前炫示夸耀。你必须接纳前工业世界，才能够真正地爱车。进步的毒蝎在尾部却有邪恶的刺针，大自然可能会在每一个转弯之处都阻挠我们，但我们所创造并赋予超人力量的机器，阻挠我们更多。男人在车祸中受伤之时，车迷似乎真心悲叹，而当选手安然无恙地离开，车迷欢声尖叫。他们来此观赏人和机器对决，急切地希望人能够取得优势。我们可以在生殖方面做个潜意识的类比，当男人成为速度的恶魔之时，其增加马力的精子如马力强大的汽车一般呼啸疾驶。

有些车迷还在赛车道上徘徊不去，他们漫步在印第500博物馆内，激动地谈论着赛车，也赞叹着成排的车辆。为什么不呢？我们想到“汽车之恋”，却忘记多少爱恋是在汽车之中发生。如斯坦贝克（John Steinbeck）在他的小说《制罐巷》（*The Cannery Row*）中说：“大部分的美国孩子都是在福特T型车中怀胎的，甚至也有不少是在其中出生的。”许多成长的历程在汽车中发生，尤其是年轻男孩（喝醉酒、接送女孩等），因此男人在车上发现比交通更教人感动的事，也就不足为奇——一种神秘、动物的关系。汽车不只改变了我们生活的方式，也改变了我们存在的世界，改变了城市的外观，改变了我们的健康问题，改变了我们的婚姻和工作习惯。

至于人类为什么渴望速度，也乐于观赏其他人在陆地、天空和水面上达到极限——倒需要更多的思考。比印第500跑道还要长的喧嚣观众，最后一批现在已经拥上街道，要参加和赛前一样狂野的赛后狂欢。

安塞和他的组员前往印第安纳波里斯闹区举行胜利餐会，由他付账。优胜者虽然不能在跑道上展示巨大发亮的银色战利品，但他立体的浅浮雕像，将会如拉什摩尔山（Rushmore，南达科他州西部山，上有名人头像）的方式，加入戴着帽子、眼镜，栩栩如生的所有前任优胜者模型行列。印第 500 是对男性性能力的歌颂，使得战利品上的男生塑像也是裸体的——没有害羞的褶皱的布，或是无花果叶片，来隐藏他这真的生殖器。在售票窗口，已经有了长串的人潮排队等着买明年印第 500 的入场券。大部分都是裸着胸膛的青少年，戴着如后视镜一般反光的太阳眼镜。他们就像是诗人惠特曼诗句所描述的那种人："喔，高速公路……你表达我比我表达自己更高明。"

最轻灵的渴望：性与飞翔

库勃提诺的圣约瑟夫（St. Joseph of Cupertino）是 17 世纪时一名身心都有障碍的僧侣，因残障而获得"张嘴"的绰号，他最脍炙人口的事迹，乃是他会飞翔。有学者记载："他大约飘浮过 100 次，是所有圣者中最轻灵的。"当约瑟夫因喜乐使血液在血管中奔腾时，他整个的身体飘浮翱翔，据说生病的信徒、其他僧侣、惊骇的市民，高 5.5 米的十字架，甚至连动物，也都随着他飘起。根据传说，他有一次甚至边挥动海胆，边绕着餐厅飞行。其他的时候，他边祈祷边在树顶上盘旋，志得意满，不理会下面惊愕的观众。虽然约瑟夫是飞行者的守护神，但他却认为自己的飞行能力是大缺点；圣徒言行录却暗示，真正诱惑他的乃是性，他对玛利亚有过度的肉体反应。

飞翔是神话、宗教和艺术最古老的主题之一，是最早说出的言辞，是固着于地球的生物无止尽的渴望，经常与官感连在一起。飞翔经带有肉欲，如梦似幻地放弃了各种重力，包括物理和道德的法则，因情感而飘浮。罗马的年长已婚妇女收集状如勃起阴茎般、配有鸟或蝙蝠翼的铜制护身符，有时候把它当成胸针，或是挂在屋内或花园当成符咒。1 世纪长翼阴茎的复制品显出了奇怪的组合，可以走或飞，有翼和腿。在 16 世纪，教会长老宣称会飞行的女性乃是撒旦的作为，范阿姆斯特丹（Jacob van Amsterdam）画了扫罗王与恩多女巫（King Saul and the Witch of Endor），画中一名裸女两腿分开，跨骑在由火箭驱动、燃烧的山羊身上，在空中呼啸而过。多少世代以来，女巫都被描绘为腾云驾雾的恶魔（她们用扫帚的把手在阴道黏膜涂抹使人产生幻觉的药物，因此使女巫与飞行的扫帚扯上关联）。

有史以来，飞翔的想法就刺激、惊吓、启发，并深深影响人类。飞机本身才只有 90 年的历史，依然如翼手龙一般神奇而使人迷惑，却改变了我们由日出至永恒的生活，尤其是我们的爱情生活。我们不再像有飞机以前的人类那般恋爱，现在可以跨越许多时区恋爱。我们和父母的关系已经改变，我们经常见到他们，再见不是永远；如果我们和遥远的州或本国以外的人结婚，也不用再和他们分离。我们不再只和邻居交战，也不再确实感觉到每一场战役，现在的战争是抽象的，影响全球，由空中监视判断。来自澳大利亚、波多黎各、日本或诺母（阿拉斯加西部的城镇）的人，现在可以很容易地邂逅来自加州，或秘鲁，或中国的人，和他们婚配，因此基因的组合也在改变——不久之后，我们的外表就不会再像现在这样。我们养家糊口的方式已经改变，如何教育孩子、如何度假、如何选择领袖、如何看待新闻、如何种植植物、如何执行警察工作，以及如何进行紧急救援，都有了改变，这全都是因为飞行。飞行已经改变了我们对隐私、观察和污染的态度。巨石阵（英国索尔兹伯平原上的史前巨石柱）首先是由空中解译的，一如其他许多史前的居处和文物一般。飞行已经改变了我们对地球的想象。我们也由太空中见到地球整体，因此甚至最遥远的国度，都是政治和生态上的邻居。飞行已经改变了我们对时间的想法，当你能够以每小时 1000 英里的速度为地球画出坐标之时，又如何能够忍受邮差或送货卡车的迟缓呢？更重要的是，它已经改变了我们如何看待自己的身体，我们所居住的个人空间，现在变得伸缩而迅速。如果愿意，我可以离开曼哈顿，到加尔各答喝下午茶，我的身体不会受限，可以迅速在空间中移动。情侣可以飞到浪漫的城市，只为了欣赏其气氛。飞行已经改变了我们人生旅途的观念，飞行已经重新为“日期”下了定义。

人类经常在梦中飞翔。在梦魇中被坏人追逐时，我在千钧一发之际跃离大地，飞上天空，正好脱离坏人的掌握。我不会拍动翅膀或装出超人的姿势，只是变得比空气轻，我的胸膛拱起如古董帆船的船首，以有力而安全的浮力飘起。在这些梦境之中，飞行的细节栩栩如生，使我醒来时，依然心惊胆跳，在千钧一发之际逃脱，也使我感到解脱。弗洛伊德觉得飞翔在梦的解析中意味着性，而就我所知，我的梦魇在受伤之前以毫厘之差飞翔逃脱，可能让梦的解析者相当得意。

搭乘飞机飞翔使你的感官充满感受，低低的震动按摩身体，有时候很吓人，使肾上腺素不断分泌，而在最平和宁静之时，你感觉如柔和、肉感的云端舞蹈，虽然你是坐在坚硬的金属“舱位”之中。但性与飞翔除了使人欢喜的官感之外，还有更多相同之处——它们两者都是禁忌。人类是陆地上的生物，可以行走、跑步、游泳，但却不能飞翔。除了在梦里，我们是禁止进入伊甸园的。因此难怪我们渴望禁果，我们希冀飞翔，并想象我们的神祇飘过天空。我们将埋骨坟墓，而我们也感受到重力在我们一生中用力拉曳。我们由母亲的子宫落下，开始生命的历程，而我们也因越来越接近地面，而结束我们的一生。但在性的狂喜之中，有力的化学涌流倾泻我们的四肢，我们变得精神错乱、昏迷般的超脱凡俗，如巫师一般恍惚沉醉，感到坚强、解脱，能够由体内直接爆炸，飞翔。性是在开放的天空赤裸飞行的形式——你和平凡的一切丧失接触，而释出所有的限制，放出你对大地和现实的掌握。但矛盾的是你得经过更强的触摸感，才能达到这个地步。也许这就是为什么男人觉得女性飞机驾驶员如麦克安（Beryl Markham），如此难以抗拒的原因。她的飞行能力似乎如她的美一般，使男性深深着迷。光是认识她，和她交朋友似乎还不够。他们得要征服她所象征的这种狂野。虽然她是个荡妇，是以色相为诱饵骗取男人金钱的女人，是女版的卡萨诺瓦，不应该信任她，不该把生命、金钱，或心交托给她，但她与风和天气、沙漠和危险种种力量的关系，却把她包裹在他们所渴望的官感之中。

远离非洲与夜色西沉

本地的书店本季有关荡妇的书都大为畅销，窥秘类传记新书如春笋一样纷纷冒出，关于埃及艳后、玛塔·哈莉（Mata Hari，在法国之荷兰舞师，以间谍罪遭法国人处决）、玛丽莲·梦露、阿尔玛·马勒（Alma Mahler），以及其他教人魂牵梦萦的女子。我们渴望了解她们柔情的武器，因此熟读她们的日记和信件，由相机镜头窥视她们卧室的孔隙。我们成了她们的情郎。但是传记却注定要失败，如果连压在书页中的紧身衣都丧失了色泽，那么生命还有什么希望呢？如果任人凭吊、印刷妥当，生命看起来正式、整齐而有条不紊，但假如生命在许多方面都是一团混乱呢？——虽然是教人着迷、勇敢、栩栩如生和情感浓烈的混乱。

马卡姆就过着这样的人生。她如T. E. 劳伦斯（T. E. Lawrence）和伯顿爵士（Sir Richard Burton）一样，是最杰出的探险家。她年幼时，情感也曾受伤害，因此长大之后，成了危险的爱情罪犯。她于 1986 年以 83 岁高龄去世；那一年也是她单独飞越大西洋创举的 50 周年，历史的光环已经消失。她美丽的回忆录《夜航西飞》（*West with the Night*）于 1942 年她 40 岁时出版，这是一本描述冒险的杰作，主要的背景都在非洲，海明威称之为“该死的好”，长篇大论地称颂一番，承认“这个女孩可以写出我们四周的事物”。他还称她为“高级妓女”，因为他到非洲狩猎旅行之时，她不肯与他上床。她受雇从空中为他侦察大象，而她又正是那种能够打动他心的那类女人。马卡姆对于上床的男人并不挑剔，拒绝海明威必定使她觉得刺激，而这显然也侮辱了他。但对她能够捕捉非洲对感官的效果，而且以充满官能的细节描述，他的看法却是对的，这是他无法做到的方式。

有证据显示，马卡姆写作《夜航西飞》时曾获得圣·埃克苏佩里（Antoine de Saint-Exupéry，著有《小王子》）的协助。圣·埃克苏佩里曾是她在好莱坞时的情人，因此海明威根本没有机会。马卡姆后来也获得舒马赫（Raoul Schumacher）的协助，写作她的书。他是个迷人、英俊的男人，头脑如百科全书一般，在好莱坞附近做一些零星的写作工作，但本身却不是一个很成功的小说作家。1941 年他俩在一个宴会上认识，一年之后结婚。马卡姆由《夜航西飞》所得到的少许版权费，以及她短篇故事所得的报酬，贴补了他们的收入。她的名字是可以赚钱的，因此舒马赫以她的经验写了一些故事，并以她的名字出版。在她的一生之中，马卡姆成为有才华、富有或有权力男人的情妇，借此方式提升自己，他们秘密的协助使她能够推展她的生涯，也使她的声誉不坠。丹森（Isak Dinesen，以英文写作的丹麦作家，最有名的著作是《远离非洲》）的情人芬奇·哈顿（Denys Finch Hatton），曾出现在《远离非洲》中，也是马卡姆的情人，他教她音乐与文学。难怪有人质疑，她的情人修改编辑她的手稿到什么样的程度——变成由他们精练的文字来描述她惊人的经验。当文字失败时，她就由大亨和英国皇族养活。

马卡姆最近的一本回忆录，一开头就让人心酸地感慨：孱弱的老妇坐在肯亚赛马俱乐部旁边小小的平房里。她不良于行，贫困，整天都以伏特加和橘子水打发时光，而仆人则瞒着她加水冲淡这些饮料。她的手臂上有敞开的伤口，一片皮已经撕开，暴露出神经和肌肉，但她却并没有什么感觉。偶尔她的心神会四处漫游，摸索着英文字的表达，但却只能用斯瓦希里语（Swahili）取代。白内障使她不能再阅读，当她想要由椅子上爬起来，费尽力气走几步路时，却仿佛如她过去所做一般伟大的勇敢行为。一名女性每天采访她，她坚持这名女性要像贵妇的女仆那样，一边谈话，一边为她上妆，整理发型。马卡姆从城里请来美发师，把她的灰发重新染成金色。她的过去似乎已经失落，她被孤立在现在、老年、贫穷、旧情人的相片，以及纪念品等零星什物中。

这一幕脆弱的景象乃是她多彩多姿、充满行动、紧张刺激一生的结尾，这样的对照教人惊骇。

她在非洲土生土长，接近大地和动物，大部分的童年也花在当地部落中，接受他们的教育。她是唯一获准和他们一起狩猎的白种女性，同时也是唯一使起矛来和使来复枪一样得心应手的白种女性。她穿着褶皱的欧式洋装，系着蝴蝶结的黄色长发，看来也许如爱丽丝漫游奇境，但却会说许多非洲方言，围坐在部落的烽火旁，听长老讲故事，也学习年轻男性战士的求生技巧。她还不到 5 岁时，母亲就弃她而去，她幼时在父亲的赛马厩中，管制野蛮而不听话的纯种马，是驯马的佼佼者。16 岁时，她和年纪是她两倍大的当地农夫结婚，到 18 岁，她的父亲因破产而飞往南美，她接下他剩下的赛马来，申请了执照，开始自行训练这些马匹。在她 20 来岁，她的热情由马匹转向马力，她也深深爱上飞行。飞行是刺激的新玩意儿，如她一般年轻高傲，而她也和早期的飞行人才有过恋爱史，虽然她已经和第一任丈夫离婚，又嫁给一个有钱的贵族。她在英国和非洲参加宴会，和有钱、有魅力、有头衔和勇敢的人来往，那正是创纪录的全盛时期，而她也渴望有机会能够证明自己，由默默无闻的无名小卒一跃而成为知名人物。

× × × ×

马卡姆美得极端，碧蓝的眼睛，匀称的五官，身材高挑，双腿修长，一点也不会不自在。她是个孤单而渴望爱的孩子，在成长的阶段学会了生存的技巧，有时候那也意味着以残忍和不道德的方式待人。她用她的美作为诱惑和武器，交换商品，炫耀它，她知觉它的催眠效果，也尽量发挥它的价值。她偷窃朋友的金钱，用他们的账户大笔签单，为金钱和权力结婚，同时直截了当地告诉所有人她并不爱丈夫，也盗猎女友的丈夫和情人。终其一生，她都一文不名，但这并未阻止她穿着时髦的晚礼服，搭头等舱旅行，出入最高层的上流社会。许多人都称她“金发炸弹”，丹森则描述她为“美洲豹”。

虽然马卡姆结了三次婚，但她其实并不适合结婚。她的不忠恶名昭彰，不知悔改。她不了解母亲为什么遗弃她，也不肯原谅母亲。她缺乏典范，也缺乏女性的知己，没有任何人可以和她讨论她萌芽的女性气质。非洲很少有白种女性，她也没有亲密的黑人女友，她和非洲男性交往，举止也学他们。她父亲以无为而治的方式教养她，而她如此崇拜他，没有任何男人能够和他相比。

傲慢、使人销魂的美、生气蓬勃，她到任何一块大陆，都使人着迷。虽然男人指责她的杂交，却并不能阻止他们受她吸引。她的情人包括当时最著名的艺术家、冒险家和无赖。其实，她自己就是一个无赖。她不惜撒谎达到目的，她羡慕出名和冒险的生活。矛盾的是，她无法了解她自己的生活是多么多姿多彩，充满冒险和成就。

她是飞行的先驱，也是1936年9月首位由西往东单独飞越大西洋的人。当时的情景使人毛骨悚然，这是唯一使遗弃她的飞行员印象深刻的方法。他的年纪较长，令她想起父亲，她说这也是她一生中唯一一次认真的恋爱。但他娶了别人，终其一生，她都无法忘怀这次的痛苦。她横越大西洋的飞行，虽然注定会出名且荣耀，她却完全是因为高兴而飞行。不只是一次一个，而且整个世界都会崇拜她。她的引擎失灵，紧急降落在新斯科舍（Nova Scotia，位于加拿大）处处岩石的泥煤田中，由空中看，这好像是一块安全的绿地。让人惊讶的是，她竟能由机首朝下俯冲的情况中，安然无恙地走出来，只有头部受了轻伤。不过飞机却毁了。纽约——她原先的目标，热烈地欢迎她，而她也因勇气和技巧而一举成名。这么美的女子竟如此有才华，似乎是不可能的事。其实人们并不知道，她有许多飞越非洲的练习，通常是在夜里，在不用无线电或空中速度指示器的情况下，使用很少的工具。在那时，以如此原始的机器越过这样的旷野，其危险难以想象。迫降经常意味着在失事地点当场死亡，或是因饥饿、口渴或野兽攻击而死。31岁时，她已经是第一位在东非拥有商用飞机飞行执照的女性，也就是说她能够自行拆卸机件，修理飞机引擎。她载人到遥远的农庄，为猎人担任观测员，也经营非正式的空中救护车服务。她载运邮件到坦噶尼喀（属于坦桑尼亚）的金矿区，她经常营救失事的车辆，他们本以为大限将至，突然见到一架飞机在恶劣的地域中漂亮地降落，接着一个窈窕的身影爬了出来，穿着像《时尚》（*Vogue*）杂志的模特儿，白色的丝衬衫是她的商标，淡色的长裤，颈上围着白色的丝巾，她的头发系着发巾，手指细心地擦着指甲油，交给他们一小瓶白兰地，露齿而笑。

1940 年，她厌烦了伦敦，于是坐船前往美国，立刻受到好莱坞的邀请，到派拉蒙影业担任《狩猎旅行》片子的顾问。哥伦比亚影业公司计划捧她为影星，因为他们说："她够美，可以在有声电影中演个角色。"那时，她自己的冒险早已经声名远播，也成为好莱坞宴会中的常客，吸引了无数的男人。有一阵子她和世界知名的民谣歌手埃夫斯（Burl Ives）住在加州马里布海滨的豪宅中。她的某次离婚甚至牵扯到英国皇室的成员。她的爱情生活恶名昭彰，但一生中最有趣的时光已远逝，在 20 世纪 20 年代的非洲，当时她身处混乱而古怪的关系网中。

那时是伟大的青春和天真无邪的，他们都是受到非洲的狂野吸引的年轻狂热梦想家。他们摒弃了爱德华时代英国式的装腔作势，保持了其中某些道德规范，但却忽视许多其他的规范。女性异常独立而且着重个人的自由。芬奇·哈顿是冒险家，但同时也是唯美主义者，而布利克森（Bror Blixen）则是勇敢冲动的白种猎人。在那偶尔悲伤而颓废的年代，在充满期待的土地上，我们对自我成为天真的先锋，勇敢、年轻，而充满冒险，似乎一无所知。我们也许是精神的生物，但还有什么比感官热腾腾的生活、属于全然生理的生活更教人狂喜的呢？我们抱着假想身临其境的渴望，搜寻着他们的生命，追求我们所失落的要点：冒险、热情、好奇、生气蓬勃。

马卡姆描述布利克森男爵"是最坚强最持久的白种猎人，能够一举射中攻击水牛的脑袋，一边又讨论着他日落时喝饮料要琴酒抑或是威士忌”。他是马卡姆偶尔的床头人，也是她的好友，但她却从没有和他恋爱。他们俩经常一起狩猎——马卡姆载运供给品，并由空中侦察猎物，布利克森则进行精彩的狩猎，英雄式的功绩：永不疲倦地作乐，以及他闻名遐迩、一视同仁地追求女性。他曾和丹森结婚一段时间，过着狂放而多彩多姿的生活，同时也教导许多人狩猎的技巧，例如如何观察粪便，以了解大象奔跑的距离（把你的手指伸进去，判断其温度）。他们一起燃烧两颗破碎的心，越过旷野。但当一切都成过去之后，马卡姆却迷了路。虽然她观察力敏锐、勇敢、机智而柔弱，但她却从不相信这些优点。她反而出卖自己，直到年轻美丽销蚀殆尽。卡萨诺瓦可能必须以心易心，但最后她却成了孤单而悲剧的角色，逐渐投入自己记忆的大舞厅中。虽然她由一个情人飞到另一个情人，但爱本身却似乎逃避了她。

男人与美人鱼

一个宁静的下午，在夏威夷岛屿野生动物保育区“法国战舰滩”，我和同行的伙伴——水底摄影师克辛吉（Bill Curtsinger）一起坐在餐厅桌上。他拿出装有裸女照片的硬纸夹，在焦黄的灯光下，这个裸女在水中游泳。缅因州波特兰市的一家画廊不久就要展览他这系列的“美人鱼”作品，他随身带着照片，好作最后的察看。美人鱼的脸半遮着，游泳时丰满的胸部在隆起的腹部上摇晃着，而阴影的藤蔓则围着阴部的三角形攀爬。她的鬈发穿透水面如烟一般升起，在某些画面中，她漂浮在自己同光线而产生的倒影之下。在摇摆波动的水底礁湖中，她的实体使得水更透明，她的赤裸由她过去的暗淡空间映照出来，她也变成了伸展的沙和涌现的波浪。有一段时间，我坐着搜寻这些影像，想要了解她们的吸引力，不只是对克辛吉的吸引力（他是个 40 多岁的男人，因为这么多年来在水下，皮肤满是盐分），而是对世界各地的男人。

美人鱼最让人惊讶的是世界各地的讨海人都提过她们。她们不是单一文化的神秘产物，像宗教、美食，或是新时尚一般输出。挪威、加拿大纽芬兰、新几内亚、中国南海、墨西哥、非洲、海地和其他地方都有古老的美人鱼神话。在这些幻想中，长发、大胸脯、小蛮腰，臂膀优美，但自臀部以下都覆着鱼鳞的女性，吸引男人放弃财富、理智、生命和灵魂。但人们并不认为她们邪恶、如女巫般或野蛮，恰好相反。她们是天真无邪的刺客，柔美而诱惑人。男人被她们危险的感官诱惑，渴望她们，一如渴望性的麻醉，虽然他们知道这段感情一定不会有好下场。就算最好的情况下，他们在相互的世界之中，也会被当作古怪的人物，他们的子女既不容于陆地，也不容于海洋。最糟的情况，男人则会陷入美人鱼的双臂之中，沉溺于肉欲的汪洋。

最早的宗教中，世界被分为火和水，如阴茎一般的闪电代表男性，而如子宫一般的海洋则代表女性。通常男性的神祇会手执闪电或宝杖，有些最古老的美人鱼欲望由鱼神的故事转化而来，如闪米特人的月亮女神艾特盖蒂斯（Atergatis），她的名字叫人屏息，把舌头送到嘴的前方。她有人的手臂和胸脯，还有美丽的人头，但由大腿以下，却是闪亮发光的金鱼尾巴。虽然她天生有超自然的力量，但她却用所谓的女性魅力来统治一切。她美丽、虚荣、骄傲、残酷、诱惑、对和她坠入情网的男人来说，却完全可望而不可即。一段时日之后，同是来自海中的女神阿芙洛狄忒，变得受人欢迎，传说也有美人鱼服侍她。希腊女妖有时候也被描述成美人鱼的形状，因此美人鱼更可能是致命的吸引力。她们是超自然的情人，吸引水手走向死亡，她们唱着奇特而狂喜的歌曲——和谐的声音在海浪之上，使得水手跃下甲板，朝向音乐游去。或者她们以魔力催眠了船长，把船只撞上岩石海岸。德国人称美人鱼为“meerfrau”，丹麦人称之为“maremind”，爱尔兰人称“merrow”，意即手指之中有小的网状物。（我们该怎么对待其他一切正常只有手指有网状物的女人呢？）芬兰的“nakinneito”则有大胸脯和长的鬈发。

胸部是所有美人鱼故事中的必要条件，但也许我们不该大惊小怪。在18世纪，林尼厄斯（Linnaeus），一名思想极其纯正同时也喜爱为物品贴标签的医生，决定把我们这类动物称为哺乳类（mammal），意即“胸部”。请注意，不只是任何一种胸部，而是成熟女性的胸部，可以哺喂子女，这显然是林尼厄斯所想的原义，因为他看着自己的妻子十余年来哺喂七个孩子，而且也与闻此事。当时把哺乳当成相当令人厌恶的事，但他选择女人的胸脯当成最高级、最高贵动物种类的名称，却没有人觉得惊世骇俗。乳房总是使男人迷恋（弗洛伊德说，因为他们最早的快乐就是来自吸吮母亲的乳房）。不论海洋中生物的长相多么奇特，如脸孔分裂的儒艮，看起来的确不像人类，但它如女人一般的胸脯，却使得男人把它们归入美人鱼一类。“看哪！她有胸脯！”水手喊道，而却忽略了海牛平坦如海象一般的脸孔。

× × × ×

为什么我们会把鱼神当成幻想的情人？由太空看地球，我们就会发现它主要是水，只有小小的土地薄片在这里那里飘浮。我们的星球名字取得不妥，应该称之为“海洋”。我们自己就是小小的礁湖，其中液体和冻体流泻在骨骼的礁石中，我们的血管含有咸水，承袭自原始的海洋。我们的血液涨潮退潮，女性也有每个月的潮汐。胎儿在温暖舒适的子宫之中，漂浮了 9 个月。我们天生就是水的生物，是真正的两栖类，女人鱼和男人鱼，我们的身体内有 97% 是盐水，因此我们得喝许多水才能存活。水也流过我们祖先的体内，他们航行过大地的血管。人们在水面上行驶，用水灌溉农作，用水施洗礼。我们走路时涉水而行，有时候我们可以听到耳内或腹内的水，我们是水的雕塑，是水的容器，如果你由一个 150 磅（68 公斤）重的人身上除去水分，那么剩下的物质只剩下 4.5 磅（12.4 公斤）。依此而言，此人的“本质”就和一朵花的本质没什么两样，而个性乃是人的香水。难怪渔夫看着神秘莫测的汪洋，拥有他们食物、消遣和命运的汪洋，认定是神祇治理着波浪。

海洋轻拍着他们的生命，把 100 个海岬推入多岩的河口和港湾里，人们在此聚集饮水。但我并不觉得美人鱼是沿岸居民创造的大地之母的性感版本。美人鱼反映出男人对女人一般的感受，她们是美丽、神秘、理想的生物，男人想要拥有，但她们也唤起了男人脆弱、非理性、癫狂的感受。她们可以奴役最有权力的男人，而且她们并不公平作战，她们越美丽，就拥有越多的力量，而若她们知道这点，表现出遥不可及的样子，那么真能使人害怕。虽然她们四肢软弱无力，但她们却能够让男人走向灭亡的命运。倾国倾城妖姬的古老想法，已经成为许多神话和艺术的灵感。美人鱼使这种恐惧更为具体。

中古时代，欧洲人认为美人鱼如仙女或鬼怪一般普遍，她们拥有神奇的力量，而且很长寿，但她们却是没有灵魂的凡人。在 17 世纪，渔夫经常在外海看到美人鱼，而自外地返国的旅客也有相当确凿的证据。最有名的一次发现是赫德森（Henry Hudson）所报道的，1625年在伦敦发表时，造成了极大的轰动。他在寻找西北航道时，在日记上记了如下的内容：

今晚（6月15日），我们中的一员向船外张望之时，见到了一条美人鱼。他呼唤另一名成员来看她。另一名水手跑来，那时她已经靠近船侧，相当热切地看着这些人。不久一阵波浪袭来，使她倾覆。据他们说，她由肚脐以上，背和胸部就像女人一样；她的身体如我们一样大小，皮肤非常白皙，长长的头发垂在后面，颜色是黑的。她沉下去时，他们见到她的尾巴，就像海豚的尾巴，像鲭鱼一般有斑点。见到她的人名字是希尔斯（Thomas Hilles）和雷纳（Robert Rayner）。

虽然18世纪着重理智，但人们对美人鱼依然着迷。船长总是会遇到美人鱼，而君主也都相信有她们存在。每一个时代都把美人鱼的故事改变成符合当代女性的观念。在骑士的时代，美人鱼被描述为公主；在19世纪早期，是浪漫的幻想；在20世纪，则是倾国倾城的妖姬。

× × × ×

欧洲的美人鱼经常手持梳子和镜子，因为她们花无数的时间，坐在岩石上，在阳光下梳理长发。头发总被当成性感象征，是美人鱼的诱惑之一，而让头发披泻下来，在男人面前炫耀地梳理长发，乃是宣传其性魅力。她们很少说话，但她们可以唱出比言语更动人、更有情感的声音。在凯尔特人的传说中，她们长得非常巨大，会挖掘神奇的药草，她们渴望人类的生命，在海岸沿线和船只附近嬉戏，吸引不能抗拒她们的人类。于是见到美人鱼就成为暴风雨或灾难的噩兆。如何征服美人鱼：偷走她的一两样东西——梳子或是腰带，藏起来；美人鱼就会屈服，和你同住，但若她找到所遗失的物品，就会恢复力量，回到大海中。在神话中，她很少和人类待在一起，因为两者都难居住在对方的世界里，远离朋友、家庭和熟悉的生活方式。

当然，也有男性人鱼的传说，尤其在苏格兰的渔民，称人鱼为“Silkies”。《一千零一夜》中有“阿卜杜拉和阿卜杜拉”的故事，贫穷的渔夫阿卜杜拉发现了一只名字也叫阿卜杜拉的人鱼，是他的恩人。由如爱尔兰到叙利亚等毫不相关的地方，都有传说，叙述人鱼来到岸上，娶了人类的女子为妻。阿诺德（Matthew Arnold）的诗《被弃的人鱼》中，妻子使他陷入最深的绝望。女神艾特盖蒂丝的王夫欧纳斯（Oannes）也是半鱼半人。身为异类，它反而有正确的眼光，能够教人类如何更有人性。他非常慷慨，使人类更清楚地了解他们的艺术、科学和文学。首先，人们把他描绘为在鱼头帽子下有男人头的形状，把鱼鳞当成外衣穿着。但是这种画像后来却变成腰以上是男人，腰以下是鱼的生物。在早期的神话中他和太阳有些关联，是旧石器时代人类的重要神祇。他在黎明之时爬上陆地，夜间跃入水中，在这期间，他提供文明。古人崇拜，视之为神明，而不是爱的对象。在历史上，女人似乎比较少受男人鱼吸引，但男人却迷恋美人鱼。在美人鱼的幻想中，男人可以深入半女人半孩子的美人，渗透她所代表的整个海洋。他可以暂时离开人类的礼仪和社会，这和她的世界一无关联。她会相信他告诉她的每一件事，做他所要求的一切，做他的海中艺妓。她虽然上半身面貌天真无邪而美丽，但下半身却是淫荡的动物，不受罪恶或约束，渴望与他逸乐。

美人鱼画在图上、文在水手的臂上、印在鲔鱼罐上、雕在船首雕像、绘在小酒馆的标志上，模糊了人和动物之间的界线。严格说来，她没什么用处——既不能当成女人来爱，也不能当成鱼来吃。就某方面而言，她可以说是畸形的，但这是一种甜美的畸形，就像爱一样。对讨海的男人来说，美人鱼结合了他们在汪洋中不可避免的自我毁灭，以及他们因抛下女人而有的寂寞。他们发现海洋——多产、曲线玲珑、如子宫一般、轻软柔润、骚动不安——全都是女性的特质。其韵律是柔和而神秘的，一如女性。它有每月的潮汐，有永恒的倦怠。它摆动着腰臀，先是一边，接着是另一边，像睡眠中的人一样，温柔地转动：海洋是做梦的女人，男人在进入女人时，就进入了水中，把自己遗忘在她液化的四肢里，情愿忘却自己，溶入她柔软、清澄透明的掌握中。海洋成为凡人而拥抱他，一如慈爱的女人，而她拥抱他的此刻，也如海洋一般，失去了地平线。

时髦的性变态

媒体上许多关于该爱谁、如何爱、在性方面怎样才时髦的资讯不停地轰炸我们。每当我打开一本杂志，总期待着蒸气会由扉页间升起。香水在广告上展开视觉大战，为了要让他们的热忱更有效果，人们撕开香气条，把看不见的香气粒子沿着手腕或手臂内侧擦抹，深深吸入香气。我们渴望感官的经验，在这方面，我们和大部分的民族并没有不同。如果本地人前往巴西贝伦的巫毒市场，会觉得好像在布鲁明戴尔百货公司的一楼一样那般自在。他们不会发现成堆的河豚阴部，或是犀牛角（的确，他们很难辨识自己所见的大部分物品），但色彩、气味和质地变幻不定的光景，却会使他们感到愉悦，而“赶集日”吸引来的喧嚣群众也是熟悉的景象。你也许会想，世界已够称得上是一场盛会了，为什么还要添加这种官感的喧闹？

然而人类却迷恋地添加创造艺术、烹饪、时尚、神话和传统，在生活的景观中，添加更多的感觉。在这样的狂热里，广告只是火光而已。

但我们该怎么解读最近这些广告上所提供的赤裸裸的性和束缚？例如打开一本《细节》（*Details*）杂志，我就发现一幅广告展示着如阴茎一样的鞋子，而一个女人四肢着地，舌头伸出，准备要舔它们。另一幅广告中，一名文身男子戴着皮质的手环，正在和市府建筑外面的女性进行口交。接着同一对又在屋顶上，显然是进行性交。这幅广告是在贩卖什么产品呢？衬衫？裙子？在杂志封底，46 页的广告手册全是用来宣传“要求”（Request）牛仔裤。其中大部分都展示着性感、鄙夷、半裸的男女，他们处于一种黑色电影的胡作非为之中，同时享受着各种各样的肉欲交欢——异性、双性、三人行、暴力、囚禁。牛仔裤并没有出现在照片中，但我们的确发现许多高跟鞋的细鞋跟、渔网袜、皮革、有如鞭子一般的流苏裙子和如阴茎一般的香槟瓶。照片上，一个男人穿着内裤、靴子、敞开的衬衫和牛仔裤，在床上伸展四肢，两腿大大张开，一个瓶子位于他的鼠蹊，好像巨大的勃起一般，他充满暗示地以左手握着它。一整页的照片显示着同一个男人的背面，他的脸朝向我们，露出野蛮的咆哮，一边撒尿。你可以看到他的裤子是打开的，而他前面的地是湿的。在最后这张相片，裸胸男人（当然是穿着“要求”牛仔裤）被绳子拴了起来，他的脸孔因痛苦而扭曲，他的鼠蹊则提供给观众，而他则准备在沙漠的太阳暴晒死去。

这些照片完全以黑白拍摄，显露出邪恶和阴暗的世界，是个悲观色彩的电影背景，和日常生活的柯达胶卷（Ektachrome）彩色现实有安全的距离。他们的性和爱的距离无比的远，广告中的性愤怒邪恶而悲伤，人人都看起来痛苦难当，仿佛在逃避某个太恐怖而无以名之的物体。这些广告沉重、造作而粗俗，却巧妙地充满吸引力。但这种“色情艺术”却不像60年代活泼、希望无穷、肯定生命的战斗，而是表达死亡。

甚至含蓄的性出售的也是完全不相关的产品。为什么有这样的现象呢？一个答案是，如今含蓄的性行为处处可见，甚至连公开的性行为也经常出现在德高望重的杂志上，因此要以性行销就必须更大胆——至少广告商这么以为。因此广告中的性就变得更让人难以忍受，更加荒谬。一如真正的性行为，过度的性也会造成人们追寻新刺激，追寻更怪异的表现。过去加油站总是送些如玻璃杯或除冰器或雪刷之类的赠品来吸引顾客。也许加油站在城的那一端，但我们却忍不住免费小礼物的诱惑（虽然也许不能说是免费，因为你得花较多的钱开较远的路，而且“免费”的礼物早已经加在汽油价格之上）。如今化妆品公司也这么做，而且效果极佳。如果你买某些产品，就可以得到其他产品的试用样品。现在，自尊也以同样的方式售卖，如果购买“绿色”产品，你就可以自觉在道德上负了责任；如果你买某种运动鞋，就会觉得自信而坚强。如果你穿上“Guess”或“要求”牛仔裤，就可以自以为在性方面充满魅力。你所得的免费赠品是一点点价值感，是自我怀疑的疗法，可以使你真的觉得自在得多——或许也可能只是和其他的万灵药一起，消失在心灵无底的抽屉中。问题是为什么我们会觉得施虐受虐狂、露阴癖、窥淫狂及其他所谓的性变态，现在竟如此有吸引力？

也许部分是基于我们迂回地恢复维多利亚时期的道德观。在那个时代，社会太过压抑，充满了母亲崇拜，男人觉得亵渎家中的“天使”会有罪恶感，因而他们被迫走上秘密的逸乐和性变态之路。在社会企图扼杀性之时，他们经常产生表演的欲望。在我们迈入下一世纪的文化中，如杂志所提醒我们的，隐性春宫已经蔚为主流。时尚充斥着赤裸裸的性和囚禁的图像，一度和没有受过教育的白种农场工人及其他下层社会角色相关的刺青，现在却被模特儿刺在身上。（女性在 1920 年时也曾流行刺青，但主要是当作永久的化妆——文唇、文眉、胭脂——虽然古埃及的蜣螂和其他文物在埃及坟墓中的木乃伊发现之时，其刺青也流行了一阵子。）卡文 · 克莱（Calvin Klein）的广告以慢动作性冲动的程度，提供了梦境中的性行为。记住，这些是在候车室或图书馆中所读的杂志，不喝酒的人和美酒品尝家都可订阅，送到订户的家门口，在大家都视为神圣不可侵犯的家中阅读，在浴缸中欣赏，在喝咖啡时观看，留在家里让客人信手翻阅，孩童也可以为了交学校作业而用剪刀剪贴。

瘟疫的年代

我们是世纪末文化，对自己的道德感到混淆，我们一只脚还在清教徒的过去，另一只则摸索着步向未来。我们追求极端，这是典型的人类特质。人们总是希望在丑闻之外还有丑闻。摇滚明星在麦克风前表演口交，而群众则以尖叫回应。色情片明星在慈善活动时露面，在伸展台上展示高级时装。如今性已经浮现在社会的表层，这对我们私人的习惯有些什么意义？我怀疑比较起来，私人的习惯可能显得平板，甚至无趣。私人的已经公开，但公开的却还没有变成私人。

为什么？在这瘟疫的年代，我们不能在毫无顾虑的情况下乱交，窥淫狂癖达到有史以来的最高峰。我们遭到警告，最安全的就是禁欲。目前舞厅中最流行的麻醉品“狂喜”，是性的抑制剂。我一位愤世嫉俗的女性朋友曾经坦承：“自慰最好的一点是，你可以见到好男人……却不必盛妆。”性的表演也许会使人想到城市中的某些地区，是道德沦丧的人常去的地方。但就某种程度而言，我们却处处见到性的表演，改良之后，使它们成为时尚。就仿佛我们全都在看电视上同一个窥视节目，在我们生命单独的小寝室，没有人看见。这种安全的性抚慰了视觉神经，让每一个人都浅尝不那么赤裸裸的春宫味道。有时候它越过界限，进入施虐被虐狂和暴露狂的领域，有时候它却玩弄性的定义，有时候它向禁忌和丑闻的观念挑战，有些最喧哗、最显眼的性行为和性本身并无关系，而是和权利、愤怒、主宰相关。强暴就是一个极端的例子。较温和的例子是摇滚明星在舞台上抱着他们的生殖器。我们把性的亵渎当成社会可以接受的威胁方式，我听过许多异性恋男女说，他们害怕监狱，并不是因为它的隔绝，而是因为同性犯人的强暴。在他们心目中，监牢之所以存在，乃是以同性恋的方式来惩罚异性恋者——迫使他们改变自己的性别，忍受无数次恐怖的强暴。但公开的性变态总是以惊吓为目标。如果你想要出售激光唱盘或观念给某人，首先得获取他们的注意。

习惯会使一切都归于平淡。赤裸已经成了如此熟悉的景象，因此我们得采取越来越狂放的方式，才能够兴奋。然而依然有可能使我们震惊，越过界限，然后再回味辛辣的经验。想想麦当娜在“真心话大冒险”（Truth or Dare）中大肆宣扬的自慰镜头，在群众之前表演，而更重要的是，她的父亲也在座观赏。看过这部片子之后，我想到“坏女孩综合征”，惊世骇俗的需要，而当人们宽宥这些行为后，去寻找更大胆的事物，追求绝对的接纳，其实就是在问：“你现在会爱我吗？虽然我是可怕的恐怖？哦，是吗？现在呢？”麦当娜接下来的书《色欲》（*Erotica*），就有明白的性行为图片。

要让性变态使人感到刺激兴奋，这个人得觉得自己在犯罪。必须逾越道德规范，伤害或是侮辱某个人，虐待或削弱肉体，或是成为无生命的生物。一只鞋、一个乳房、一把刀。大部分的性变态是异性的，由男性执行，或是为男性执行，以女人为性器具。有些女人则是恋物狂、暴露狂或窥淫狂，但人数似乎较少。心理分析家斯托勒（Robert Stoller）一生都在临床研究性变态，访问了许多人，并观察他们的习惯，包括新几内亚迷恋精液的部落，结论是“使大部分人由无聊变成兴奋的主要因素，是引介敌意进入幻想之中”。些微的敌意在性行为中效果宏大——轻轻地打一下臀部，假装的强暴，甚至用一双容易除去的丝巾绑着手腕。微微的假装就已经足够。

为什么人类要求禁忌——通常包括吃，排泄，死亡，包覆性器官，该和谁交往，以及在哪里、何时、如何、和谁发生性行为——这是不断思索的主题。也许，禁忌乃是用来引导我们（尤其是年轻人）以健康和合乎社会利害的方式行动。有一度，牧师僧侣是禁忌的警察，罪恶、惭愧和来自超自然的责备则是使人循规蹈矩的原因。

每一个人都见过两岁小孩开心地吃沙土。“肮脏”这个词是可以同样用在人、言辞、想法，甚至玩笑上的词语。为什么我们不喜欢沙土？我们自己在生物学上也并不纯然纯净，正好相反——我们的体内充斥着小虫、细菌和其他有机体，为什么我们还担心污染、污秽，或弄脏自己呢？同理，是什么使得某些人成为“嗜粪者”？我们避开他们，并称之为“性变态”。在有些文化中，母亲时常像动物一样舔净宝宝的屎尿，以此方式清洁宝宝。巴厘岛的母亲把宝宝包在布吊索中携带行走，他们养狗主要的目的就是要为宝宝提供“换尿布服务”，在宝宝大便之后，舔净宝宝和母亲。马赛人食用牛尿，还有好几种文化用粪便来装饰头发。根据性研究学者莫尼（John Money）的说法，在我们原始的架线（wiring）中，就有吃屎饮尿是自然行为的记忆，而在我们称之为嗜粪狂的人身上，这个架线和性行为的架线混淆在一起。

性看起来可能是自然、野蛮、真实、即刻的，因为官能如此热烈地感受到身体尖声喊出“我找到了！”的欢呼！但每一个性行为，不论如何偶然随便，都是复杂的戏剧，是纯“戏剧”的作品，斯托勒说：“是多年来努力钻研脚本以使它们有效运作的结果——也就是，确保它们能够产生刺激……而非焦虑、沮丧、罪恶或无聊。”人在越危险或假装危险的情况下，就越兴奋。斯托勒推测，只有在我们感受到两种相反的可能，而且试图跨越两者时，才会产生兴奋——生／死，爱／恨，强／弱，控制／失控，成功／失败等。

> 两极……是限制精力活动领域的记号。在两极之外的不是期待的经验，而是完成交欢的经验。不确定才能造成兴奋；确定会带来愉悦、痛苦或毫无反应，但不是兴奋。

这和王尔德所说“恋爱的本质乃是不确定”相互呼应。最后，个人经过的两极“乃是危险和安全”。斯托勒说，在幻想、春宫或性变态中：

> 整件事是骗局，是行为，是表演，是伪装，是假扮——不论作者如何自圆其说……我们该怎么面对白日梦，我们知道自己有意地在其中欺骗自己，发明一个知道是不真的故事，装饰润色它……但虽然这是虚构，故事结构依然增加……幻想改变而成生理学……而兴奋乃是焦虑／恐惧的连续，在其中也灌注了愉悦，尤其是征服的可能……真正的兴奋发生在我们评估危险（伤害）和安全之间的概率之时。

恨的肉欲形式

当然，让人兴奋的白日梦并没有什么不好，它们有无数的治疗用途，有时候甚至引发浪漫、恋爱，或是艺术作品。斯托勒接着说：“对我们大多数人而言，未装饰的现实会灼伤我们的眼球……买票看战争片的人中，有谁也会买一张战争的入场券？”当敌意、贬低和伤害的性幻想进入这幅图画中时，情感的闪电改变了。为什么性变态需要敌意才能够感到刺激？因为性变态乃是“恨的肉欲形式”。

一提到暴露狂马上会浮现在你心头的，就是生殖器暴露狂。大部分的生殖器暴露狂都是男性，而且常是惯犯，因为被逮到乃是使他们满足的必要条件。通常这个男子会去公园或其他公共场所，接近坐在长椅上的女性，突然用力拉开大衣，露出生殖器。女人尖叫跑去找警察，接下来发生的事可以让我们略微了解此人的动机。暴露狂很少会逃跑，向女人暴露只能满足他需求中最微小的部分，他真正的目标包含许多层面：女性的气恼和指责、警察前来、旁观者的震惊愤怒、难堪的被捕、出庭应讯、家人的困窘、失去工作的风险。这些才是暴露的重点。暴露狂总是自尊甚低，觉得自己的性价值破产，同时也觉得自己做人非常失败。在他自己的眼中，他是最怯懦的人，是社会的弱者，是没有用的男人。他借着在大众面前展露自己的生殖器，造成惊愕、狼狈、混乱，他向自己证明他的生殖器毕竟是重要的，重要到能够使交通停止，使女人昏倒，使他被捕，使职业生涯遭毁灭。这是个重要有力的生殖器，因此他必定是个男子汉。

爱是与所爱结合的举动，大部分的人都贪婪地追求它，但对某些人来说，这却是个骇人的想法。如果他们窒息，或遭吞噬，或遭拆散，该怎么办？亲密需要相当大的勇气，非常危险。你可能会遭侮辱、丢脸，被迫重新体验旧的伤害。性变态则是防止那种亲密的防卫系统。你不必面对脆弱或复杂的真正关系，在真正的关系中，任何事物都得失攸关，冒着风险，你却发明了一个幻想，激烈又犯禁忌，使你能够在色欲上感到兴奋，但在这种幻想中，却剥除了人性，你不能信任人，只能信任部分的器官，或是如刀或鞭子的偶像，或是把自己当成偶像的人。使人兴奋的是性的剧场，而非性的伴侣。一旦去除了人性，伴侣就不再有威胁了，但性的兴奋依然存在。其实，虽然选手不知情，但这很可能是部复仇的戏剧。暴露狂通常在幼年遭过侮辱，觉得自己必须要公开侮辱或主宰其他人，通常是陌生人，当亲密关系失败时，人们只能依赖性变态。

为什么亲密使人如此害怕？当你说出你的生活或感受的真相之时，就把你的秘密资料告诉了对方，可以翻译为任何语言，转换成任何货币。你永远不会知道这些资料什么时候会用在不利于你的情况下，也不知道它会传播到什么地方，或是送到哪一个不友善的人手中。相较之下，捐献出一个器官反而不那么私人。家庭成员相互之间也冒着更亲密的危险，但他们依然保持一小部分的生活隐私。孩子们发现，他们的身体和性别很少有隐私，两者都常得展示和讨论，而他们的父母亲的身体和性别却经常保持隐藏。他们的父母——很乐于教导他们如何饮食和言行，如何小便，如何运用理智——却并没有教导他们情欲。这种同样自然的行为实在太难为情，不便讨论。他们得由朋友、书籍、电影、偷窥大人、电视、杂志和广告中偶然得知这方面的资讯。

在惊吓之后，心理会调整适应，重复地见到以性为时髦的做法，会造成某种程度的心理麻痹。我们在这方面倒不独特。如我们所提的，15 至 16 世纪时，男子所谓的下体盖片一直是时尚的表征，我们可以在时髦的伊丽莎白时代年轻人身上发现一个巍然直立的皮质盖片，上面有怪兽饰物的脸向后望着。但在其下只不过是正常大小的家伙而已。这就像是因《绿野仙踪》中巫师的大声而感到害怕，却发现只是一个普通大小的人躲在巫师的衣服之中。这就是我们会在所有不重要的事物中发现的——再一次见到我们的人性，巨大的拼图再多一片。我在此刻拿着想要找到位置的拼图，显示出一名男性或女性的大腿部，而在背后，有不安而神秘的事物——一双乌黑的眼睛。

让我们看看不论在公开或私下最常做的爱的行为，作为对照。接下来的这部分，“吻”，首先以略微不同的形式，出现在《感觉的自然史》中，但它也属于此处，因为一想到爱，必想到吻。

吻

性是最终的亲密，最极致的接触。在那个时刻，我们像两只草履虫一般，互相吞噬。我们互相吞食，消化对方，爱抚对方，啜饮对方的体液，隐入对方的皮肤下引以为戏。亲吻时，我们分享相互的气息，向爱侣张开我们身体封闭的城堡。我们在亲吻温暖的网下寻求庇护，由对方口中啜饮。我们由吻的旅行队出发，探索对方的身体，用我们的指尖和嘴唇绘出新的地形，停顿在乳头的绿洲、大腿的小丘、脊背骨蜿蜒的河床上。这是触觉的朝圣仪式，引导我们步入欲望的殿堂。

通常在我们真正见到情人的生殖器之前，会先触摸它们，因为我们残存的道德意识不容许我们在亲吻爱抚之前先行裸裎相见。仿佛在冲动的性行为中，仍得讲究礼数一样。但是亲吻却可以随时发生，如果两人喜爱对方，那么它反而是深切关怀的表征，而非性行为的序曲。有狂野饥渴的吻，有喧闹嬉耍的吻，也有如鹦鹉羽翼般轻柔的吻，仿佛在爱的复杂言语之中，有一个字只能在两唇相接的时候倾吐。这一纸沉默的合约，只能以吻封缄。性的形式可能乏善可陈、一点也不浪漫，但亲吻则是情欲的顶点，在爱情故事甜蜜的辛劳中，是时间的消耗、灵魂的伸展，使人骨骼颤抖，期待高涨，但却故意不让它满足，只以激烈的折磨，塑造出情感和热情津津有味的高潮。

20 世纪 60 年代我还念高中的时候，好女孩是不会放纵自己的——大多数人都还不知道该怎么放纵。但天知道，我们多么会亲吻啊！我们在借来的雪佛兰车突起的前座上，长吻数小时。这辆破车走起来时，发出仿佛餐具打破似的声音。我们发明出种种亲吻的方法，坐在摩托车上，由背后紧紧抱住我们的男友，车子一震动，就使我们如果冻般上下震颤。我们在公园中的乌龟池畔，或在玫瑰园、动物园中紧紧拥吻。我们斯斯文文地吻，一波波地啜饮和吸吮；我们热情地亲吻，舌头如烧红的火钳；我们亲吻时毫不顾虑时间，因为不论什么时代的情人都知道我们的渴盼；我们用探索灵魂的坚毅力量，狂野甚至痛苦的亲吻；我们尽情地吻，仿佛初次发明亲吻一般；我们课堂间在走廊相遇之时偷偷地亲吻；我们在演唱会的阴影下热情地亲吻，追随热情的音乐骑士如正义兄弟（The Righteous Brothers）及其情人的脚步；我们亲吻男友的衣物；我们在向隔街的男友飞吻时亲吻自己的手；我们在夜里亲吻枕头，假装它是我们的伴侣；我们以青春无限的热情，毫不羞赧地亲吻；仿佛亲吻可以使我们超越自己。

在我去夏令营之前（这是宾州郊区 14 岁少女经常参加的活动），我的男友因信仰不同，而遭我父母亲的反对，我俩被禁止见面。他每天傍晚都由小镇的另一头步行 5 英里，爬上我卧室的窗户，只为了吻我。那并非舌头接触的“法式”深吻，我们还不懂那一套，也不伴随相互的摸索，只是教人天旋地转、热情，而又两小无猜式的吻。我俩双唇紧贴、热情渴盼，仿佛即将晕倒。我离家赴夏令营时和他天天通信，但秋天开学后，这段恋情也就无疾而终了。我仍记得那些夏日的夜晚，当我父母或兄弟偶尔进来时，怎么将男友藏入衣柜中，等他们走后吻我达一小时，再在天黑前赶回家，我相当惊异他的决心和吻的力量。

吻的风俗

吻似乎是双唇最小的动作，但它却可捕捉烈焰般的情感，或成为婚约，或留下神秘。有些文化不太亲吻，在《亲吻及其历史》（*The Kiss and Its History*）中，奈洛普博士（Christopher Nyrop）提及芬兰有些种族“男女裸裎共浴”，却认为接吻是“猥亵行为”。有些非洲种族因为嘴唇经过装饰，遭到毁伤、扩大，或是其他方式的变形，所以不亲吻，但这并非常态。地球上大多数人都以颊对颊的方式互相招呼，也许形式各不相同，但通常都包含了亲吻、擦鼻，或是以鼻致意。关于亲吻的源起有许多理论，有些权威认为它是由嗅闻他人的脸颊开始的，因出于爱或友谊而吸入其气息，以了解其心情或健康状况。如今依然有许多文化的招呼方式是人人把头凑在一起，吸入对方的气息，有些文化的招呼方式则是嗅闻对方的手。嘴唇的黏膜极端敏感，我们用嘴来品味物体的质地，而用鼻来嗅闻其味。动物常喜欢舔主人或幼兽，尝试所爱者的味道（不只人类会亲吻，也有学者观察到猿人和猩猩以亲吻拥抱作为谋和的举动），因此吻的起源也可能是为了嗅、尝某人的味道。根据《圣经》的记述，艾萨克年老失明之后，叫大儿子以扫来亲吻他，并接受祝福，但二儿子雅各布却穿上以扫的衣服，由于他的气味闻起来是以扫，因此艾萨克不察而接受了亲吻。在蒙古，做父亲的并不亲吻儿子，而是嗅儿子的头。有些文化只喜欢摩擦鼻子（毛利人、波利尼西亚人），而马来族的语言中，“闻”这个字就相当于“致敬”，达尔文这么描述马来人擦鼻亲吻的风俗：“女人们蹲下身来，头部上仰，而我的仆人则站着俯下头来，双方开始摩擦，时间比我们热烈握手的时间略长，在过程中，他们发出满意的咕噜声。”

有些文化纯洁地吻，有些热情地吻，也有些比较野蛮地吻，互相咬、吸吮对方的唇。在艾伦（J. W. T. Allen）所编的《班图人的风俗》（*The Customs of the Swahili People*）书中，提到班图人的夫妇若在房内可以互吻对方的唇，也能任意亲吻年幼的孩子，但男孩若超过 7 岁，母亲、姑妈阿姨、嫂嫂或姊妹就不会亲吻他。父亲可以亲吻儿子，但做父亲或兄弟的都不应亲吻女孩。此外：

> 当不及两岁的男孩，有祖母、姑妈、阿姨或其他女性长辈来访时，人家会教他表示对她的爱，于是他走去她面前，她教他亲她，他依言而行。然后妈妈会教他把烟掏出来给长辈看。他便撩起衣服，露出他的阳具，她拧一下阳具，闻闻嗅嗅，且说：“哦，味道很强的烟。”又说：“把烟收好。”如果当时有四五个女人，那么她们全都嗅闻过，表示满意，笑作一团。

用嘴接吻始于何时？对原始民族来说，由口中呼出的热气是灵魂的具体表现，而吻则是结合两个灵魂的方式。以动物学者锐利的眼光长期观察人类的莫里斯（Desmond Morris），他是研究舌头接触热情深吻的权威，他提出了如下有趣而可信的深吻源起。

在早期人类社会尚未发明婴儿食物时，父母在为孩子断奶时，用嘴咀嚼食物，再借双唇接触，把食物送入婴儿嘴里——这自然包括舌头的应用及双方口中的压力。这种类似鸟类的哺育方式如今看来虽然奇怪，但人类可能百万年来都一直以此种方式喂食，而成人充满热情的深吻也可以说是由此起源而来的遗迹……虽然我们不知道吻是代代相传而来，抑或人类天生就有接吻的癖好，但不论如何，随着现代情侣的深吻和舌头交缠，我们回到了远古母亲以口喂食婴儿的时期……如果年轻恋人以舌探索双方的口时，能感受到母亲以口喂食的舒适，就能协助他们增加相互的信任，建立深厚的感情。

以吻之名

我们的唇甘美柔软，反应灵敏，其触觉由脑中的一大部分负责，这对我们是多么大的恩赐。当然，我们不只浪漫地吻，我们也在掷骰子前亲吻它们，亲吻自己或情人受伤的手指，亲吻宗教的象征或肖像，亲吻自己的国旗或国土，亲吻幸运符，亲吻相片，亲吻国王或主教的戒指，亲吻我们自己的手指，代表向某人告别。古罗马人常做“死前之吻”，习俗认为能捕捉濒死的人的灵魂。在美国，我们抛弃某人时，称作与之“吻别”，人们生气时喊“吻我的屁股”。年轻女性把涂了口红的香唇印在信封背后，让唇上所有的细纹像指印般带着吻至其心上人处。我们常在撞球相接再滚至别处时，称之为“吻”，赫尔希（Hershey）公司贩卖小粒铝箔包的巧克力“吻”（kisses），让我们给自己或他人每一小口都含有爱。基督教会仪式中有所谓“和平之吻”（kiss of peace）的亲吻仪式，对象可能是圣物——圣徒遗物或十字架，也可能是其他教徒，有些基督徒将之改为较保守的握手。沃尔什

1897 年的书《流行风俗探奇》(*Curiosities of Popular Customs*) 引述了斯坦利 (Dean Stanley) 在《基督风俗》(*Christian Institutions*) 中的报道，提及旅人“在开罗大教堂中由埃及基督牧师抚摸、亲吻脸部，同时整个教堂中人人互相亲吻”。在古代埃及、东方、罗马和希腊，常以亲吻重要人物的衣角、脚或手为荣。妇人玛丽亲吻了基督的脚，苏丹下令要不同阶级的臣民亲吻他不同的部位：高官也许可以亲脚趾，其他人只能亲吻其围巾的边缘，贱民则只能一躬到地。在信尾画上一排 × × × × 代表吻的风俗源自中世纪，当时许多人都是文盲，所以在法律文件上画上十字记号，代表签名。十字代表的并非耶稣被钉死于十字架，也并非毫无意义的涂鸦，而是代表“圣安德鲁的记号”(St. Andrew’s mark)，人们以其圣名为誓，表示诚实。为表现其诚意，他们会吻他们的签名，久而久之，“×”便只代表了吻。

也许世上最有名的吻是罗丹 (Rodin) 的雕塑“吻”。一对恋人坐在突出的岩石或地面上，温柔地互拥，全身充满了精力，永远地拥抱。她的左手绕着他的脖子，她仿佛即将晕去，或是在向他的嘴里歌唱，而他把空着的右手放在她腿上，他多么熟悉又多么崇拜的腿，他似乎把它当作乐器，准备弹奏。他俩互相包容，在肩膀、手、脚、臀和胸部接触相连，他们将命运封缄，以嘴上的塞子封闭它。他的小腿和膝盖很美，她的足踝坚强而柔美，而她的臀、腰、胸部丰满而曲线玲珑。他俩每一寸都心醉神驰，虽然只有几个部位接触，却仿佛每一个细胞都接合在一起。尤其是他们无视我们、雕塑大师和世上除了他们之外的一切存在，仿佛他们互相坠入对方的深井，不只沉溺于自己，同时也沉溺于彼此之间。经常秘密描绘模特儿不相干动作的罗丹，给了这对恋人沉静的黄铜难以捕捉的活力和震颤，只有活生生、真正在亲吻的恋人，才能捕捉这流畅而抽象的抚摸与挤压。里尔克（Rilke）注意到罗丹如何使他的雕塑充满“深沉而内在的动力，充满了丰富且使人讶异的生命纷扰，甚至其中的宁静，也是由成百上千互相均衡的时刻构成……此处有深不可测的欲望，如此之饥渴，世上所有的水在其中就像一滴水般干涸”。

人类学者认为，嘴唇使我们想起阴唇，因为它们受刺激兴奋时，即充血变红且肿胀，这是女性出于意识或下意识常以唇膏使嘴更红润的原因。如今这种蜂螫式的嘴唇依然流行，模特儿画出更大、更诱人的唇，几乎总是粉红色或红色，再上一层亮光油使之看来光泽润湿。因此至少在人类学上，嘴上的吻，尤其是舌头缠绕、唾液互换的吻，是另一种形式的性交，难怪它使人身心汹涌澎湃。

视觉的官能

眼睛所拥抱的，记忆会随之抚触。婴儿时期，我们以手指为眼睛，得知世界的深度，所有的生物都富有曲折的地形，是三度空间的感受。于是只要望一眼蚌壳或肩膀，就足以点燃关于“弯曲”的触摸记忆。然后只要看到裸男躺在浅浅的河床上，就足以唤起你对“圆、硬、平、凸出、崎岖、混合”的感受。接着一名女子手持轻薄羽毛的照片，遮住不知名女子的下部，教人不由自主地想到羽毛的感觉。接着是女人脸孔的照片，她闭着眼睛作肉体的遐想，她双颊的肌肉柔软无力，受到爱的福赐，而男人的大拇指轻轻压在她的下唇上，使她张嘴，这足以使你吐出亲历其中的叹息。

双手已经到过眼睛所渴望前往之处，而我们也可以以辛劳或是愉悦的细节想象这个地域。这就足够了。的确，有些人只期待这一些。PET （positron-emission tomography，正电子发射断层显像）扫描显示，不论是体验一个事件，或只是想象它，都不会有什么差别，脑部的同一部位都会闪亮。难怪我们是热心的窥淫狂，欣赏着相片和影片的视觉伊甸。它们提供我们爱、兴奋、神秘、性冒险和暴力的同种疗法药物——全都隔着安全距离品味。感受，却并不实地体验，赌博，却并不真正冒险，仅仅以思想宽衣解带，渗透其间。这些是使人兴奋的刺激，充满创造力的脑每天都创造自己的虚拟实境，在某种心境之中——属于忠实的情妇的心境——人生的一切都是色欲的。要以眼睛爱世界，得要把眼睛当成双手；要以思想来爱世界，得把思想当成眼睛。

视觉影像需要细心的处理，它们吸引意义和情感，接着迅速转变成不可磨灭的印象。没有影像是孤单的岛屿，它包含了许多看不见的事物。柔软而如长颈鹿一般的女人全身赤裸地喂食真正的长颈鹿，她必得先在某处脱下自己的衣裳，而很快地，长颈鹿，伸着曲意奉承的长舌头，将会向她索讨叶子。而她和穿戴整齐站在她身后阴影里的人有什么关联呢？影像有时候如象形文字一般作用，例如，在我自己记忆的剪贴簿中，男人以双手捧着女人的脸，这样的影像意味着“柔情”。

曾有朋友从树上摘下一颗成熟苹果，啃了一口坚实的果肉，并把它递给我品尝。我们并不是恋人，但咬上他牙齿刚离开的齿痕，我和他一起啃食甜美多汁的果肉，肉感十分。我们的口唇在那小小的绿洲相遇。现在当我见到这样的苹果照片时，想到的不是妈妈、乡村和苹果派，这个形象和色欲沾染在一起，我想到：“亲吻。”

有的人可能会觉得电话收话器有感官之美，因为它提醒他燃烧整个夏天的热情电话，以及他手持平滑的塑胶话柄，仿佛是他意中人的手，在电话亭中所度过的美妙时光。其他人可能有更直接的感觉，因曲线玲珑的背脊、淘气的微笑，或是渴望的一瞥而感到激动。

什么是色欲？是想象力的杂耍表演，是我们泅泳其中的记忆之海，是我们用眼睛爱抚和崇拜事物的方式，是我们愿意因情欲景观而扰动的意愿。色欲乃是我们面对活泼生动的人生而有的热情。

奇特的与美妙的经历

爱的习俗

在阿姆斯特丹的钻石区每天切割心房之处，我在蓝紫的薄暮时分坐在长椅上，观看着太阳徐徐由空中消逝，半月如印加神明一样升起。一名身系蓝色丝巾的妇女，带着一网袋的菜匆忙地赶回家，她笨拙地扭动，避开路上的某物，过了一会儿，她再度扭了一下，一直到她扭了第三下，我才见到她的步态模式，也许是因臀部受伤而引起的？

就在那时候，我明白了由光线组成的项链已经在沿着运河的砖造建筑咽喉上形成，阿姆斯特丹张开了它的血脉，倾倒出城市的霓虹乳汁。我们着迷于灯光，它不是任意的，而是仔细安排的，也许那是我们把星座掷回天空的方式。

我们渴望图案，我们在身旁发现种种的图案，在沙丘和松果；我们仰望云朵和星空之时想象它，我们创造它，并且把它留在各处，就像脚印或爵士歌手一般。我们的建筑，我们的交响曲，我们的布料，我们的社会——全都显现出图案，甚至我们的行为，习惯、规则、仪式、日常活动、禁忌、运动、传统——我们有许多名称来称呼行为的图案。它们确保人生是稳定、秩序井然，可以预测的。

同样的情况也存在明喻和暗喻中，因为看起来不相关的事物也许会被它们逮到，接着结合它们的微妙图案就会更明白。这就是心灵如何借着比喻的桥抚慰自己，跨越未知的知觉或意义大陆到另一大陆去的情况。在会话中，我们就像河流一般蜿蜒。悲悼逝者的女人因哀伤而像风中杨柳一般恸哭。河流唱着歌，待回复的信件在凌乱的书桌上堆成小山。家族如树般分枝，音乐缭绕、回转而流泻。如蛛网的心智在类似的事物之间，编织了脆弱、黏稠的网，把它们胶合在一起待用。图案可能吸引我们，但它们也巧妙引诱我们，我们着迷于解谜；我们会在抽象画前肃立数小时，等着解析自己的意义。

为什么世界的图案需要我们的注意？也许因为我们是对称的生物，位于充满类似生物的星球。对称经常显示某物是活的。例如，现在站在庭院最低处的五只鹿，天衣无缝地融入冬日的森林，它们白、棕、黑的杂色斑点呼应了风景中微妙的色彩。难怪在我发觉这些鹿之前，它们已经站在那儿好一会儿了，泄露它们行踪的，是腿、耳朵和眼睛的规律图案，接着鹿这个字突然闪过我的脑海，我用眼睛再度追踪，这一次看到了它们的腰窝和鼻子。鹿！我的脑子肯定了它们的存在，一边检视着它们的图案。

一次是例子，两次可能是意外，但三次以上就是典范模型了。我们渴望在混乱的世界之中见到熟悉的事物，思想有其界限，其中法则和秩序的警察巡逻，寻找未在适当位置的事物。没有图案典范，我们就会觉得无助，人生可能就会如没有扶手引导我们前行的酒窖楼梯那样骇人。我们仰赖典范模型，我们也珍视并欣赏它们。很少有事物如涟漪、螺旋、蔷薇形饰物那般美丽。它们在视觉上相当有趣，心灵欣赏它们，这是一种安慰食物。

在我的庭院，两只鸽子如请愿者一般昂首阔步，它们上下疾动，摆出姿态，偶尔如歌剧一般婉转鸣唱，缠夹在以建立领土、成立联盟、保持和平为目的的戏剧中。每只鸽子都知道对方所要表演的舞步，上下疾动和昂首阔步本来就是鸽子的习惯。社会喜欢发明新的仪式，在大自然的法则中，添加它们自己的规则。因此它们对任何事情的法则，甚至对于调情、追求、婚姻和所谓的爱的习俗全都一致。但它们也反映出我们最古老、最深切的需要——用路径填满世界，用典范填满我们的生活。

追求

一男一女坐在餐厅中小小的烛光餐桌上，他邀她来晚餐，两人边吃边谈，眼光经常接触，他俩的凝视比一般的多一两秒。她微笑，把头上仰，害羞地看着他，他接着把眼睛垂下，朝其他地方瞥去。她望回来，笑着甩动她的头发。他俩谈话之时，他把手臂放在餐桌上靠近她之处，他的蓝眼睛闪闪发亮，充满兴奋，有些紧张。平时如铅笔芯一般窄小的瞳孔，现在放大到如相机快门一般，好容纳她更多的身影。这对男女天南地北地聊着无意义的话语，他们想让自己更具吸引力，但也吐露出更多真正的自我、创伤和梦想。渐渐地，微妙地，因为他们情感上的和谐，动作也出现同样的韵律，反映出对方的姿态。他向前倾时，她也向前倾；她喝饮料时，他也喝。他们俩就像两名不自觉的交际舞者，她挑逗他时，瞳孔如他的一般放大，释出情感或性方面的兴趣，但她克制不住，也不希望克制。他们不是青少年了，已经有这方面的经验。他们俩都没有说自己多么渴望一尝对方口中的味道，对方的爱抚触摸，对方身体的香味，对方热情的热度。

这叫作晚餐约会，但它真正的面目是“追求喂食”，很多动物都有这样的行为，想要和雌性动物交配的雄性动物会先提供食物或其他礼物，企鹅如此，猿人如此，蝎子如此，萤火虫如此，人类亦如此。其目的是要向雌性动物证明这只雄性是很好的供养者，可以满足她的需求。我们常把男人当成是求偶戏剧中的诱惑者，女性则做选择的工作。女性经常主动调情，发出微妙的信号，告诉男性可以继续追求，女性也决定她们是否愿意和他上床。其他的动物也都会有这种情况，雄性为雌性展示夸耀自己，然后由雌性决定她们想要选择哪一名雄性。居住在南美森林中的小绢猴，雄性负责育儿的任务，如果雄性想要和雌性动物交配，就会把猴宝宝背在背上，使雌猴动心。雄猴子其实是在告诉雌猴子说：“看我会是多么有爱心的父亲？我会好好照顾你的孩子。”

雌性还会以什么条件挑选雄性呢？高居名单之上的是健康。雌性会避开疾病、寄生虫，或残障的信号，追求时筋疲力尽的夸耀表演不但能让雌性了解雄性动物的认真程度，同时也显示雄性是否强健，他的心脏血管系统是否良好，他是否有能耐成为她的配偶。她也可以经由运动竞技、活泼的玩耍，或是派他为她办事来了解这一点。要不然她也可以要求他为她唱小夜曲。雌性的灰树蛙会受歌喉雄壮的雄树蛙吸引，雄蛙可以在加勒比海的夜晚，长久地演唱活泼轻快的歌曲。这个过程中，雄蛙会消耗大量的氧气，使自己筋疲力尽，但这却很适合雌蛙，她想要一只健壮有活力的低音歌手，能够做强健子孙的父亲。不过有时候雄蛙所冒的危险不只是疲惫而已。几年前，蝙蝠学者塔特尔（Merlin Tuttle）发现一种中美洲蝙蝠趾唇蝠（Trachops cirrhosus）会借着猎物的声音，悄悄潜近目标。它们喜欢蛙的味道，因此会聆听雄蛙在求偶时的鸣声。声音越大，蛙就越肥美多汁。这使雄蛙陷入进退维谷的窘境，它得歌唱求偶，繁衍后代——在热带的夜晚，充满了性的渴望，但歌声也向饥饿的蝙蝠泄露了它的行踪，如果它唱得无精打采，虽然蝙蝠会把它当成是患了相思病的蛙，但必定也引不起母蛙的兴趣；如果它充满骄傲地咽咽鸣叫，那么必然会有蝙蝠来捕捉，其方式残酷得无法形容。

财富也很重要，雌性想要与慷慨的雄性为伴，才能够保护和养育她的子女。当雄甲虫看中雌甲虫之后，会向它展示自己前额的深刻裂缝，夸耀自己。雌甲虫的确印象深刻，这真是深的裂痕。在甲虫的眼光看来，对方是性感、英俊、才华洋溢的甲虫，因此雌甲虫抓住雄甲虫的头，舔它，准许它交配。雄甲虫在裂缝之中含有少量雌甲虫能免疫的毒药，能够保护雌甲虫未来的蛋不会受到蚂蚁和其他掠食者吞食，雄甲虫只是让雌甲虫在前戏时尝尝味道，让它知道和自己交配最符合它的利益，因为交配之际，除了雄甲虫的精子之外，雌甲虫将会得到这宝贵的化学物质作为礼物。“这就好像雄甲虫向雌甲虫展示丰厚的荷包，”昆虫学者艾斯纳（Tom Eisner）解释说：“而且向雌甲虫表示：‘在我的金库中还有更多。’”

新几内亚的雌性造园鸟选择多才多艺的雄性，也就是收集最多装饰品，设计最豪华巢穴，表演最佳杂耍舞蹈的雄鸟。任何没有装潢设计、建筑天赋的雄鸟就是蠢材，因此雄鸟用长棍、青苔、羊齿植物和叶子来建造建筑奇景（有时候达 2.7 米高），接着它们又用兰花、蜗牛壳、蝴蝶翼、花朵、木炭、天堂鸟羽毛、种子、蕈类、甲虫外壳、原子笔尖、牙刷、手镯、霰弹枪子弹匣，或任何它们能找到的东西来装饰巢。为了装饰，雄鸟几乎疯狂，由于花朵会枯萎，所以它们每天都采集新鲜的花朵，颜色也经悉心考虑，蓝色是它们的最爱。学者已经算过，单一的鸟巢上至少有 500 种装饰品。雄鸟窃取邻居鸟巢时，会产生激烈的战斗，因此装饰精美的房舍展示出雄鸟的力量。雌鸟通常会受到规模大、设计美、状况良好的单身小窝吸引。要造富有吸引力的鸟巢，戴蒙德（Jared Diamond）说："雄鸟必须有强健的体能，灵敏和耐力，再加上搜寻的技巧和记忆——就像女性要以铁人三项比赛的标准选择丈夫，还另外增加棋赛和缝纫比赛的项目。"当雌鸟被吸引到拥有相当于豪华宅邸和红色跑车的雄鸟身旁时，他会匍匐在她脚下，咯咯啼叫，围绕着她边舞边叫，用他的喙指向各个装饰艺术品。雄鸟要给她的是他的精子，因此必须要有令人目眩神移的诱惑；追求是他的一切。雄鸟希望吸引并与越多雌鸟交配越好，但雌鸟却只要一只杰出的雄鸟使她受孕，接着就会飞离，建造朴实而不显眼的巢，在其中自行养育子女。

如果前面提到的男女决定晚餐后去跳舞，或是去夜总会或酒吧，他们会让自己的心灵浸润在流行歌曲之中，不论是摇滚、乡村或是抒情歌曲——全都是有关于爱的曲子。流行音乐总是以爱为主题。流行歌曲活体解剖男女关系，是青少年主要的爱情教育来源，无线电或电视广播已经成了我们的吟游诗人，全美的民众都可以打开汽车收音机、电视机或激光唱盘，在同一时刻听到同样歌曲。我们在流行歌曲中，分享爱的神话和理想。它们以一种令人难以忍受而商业化的方式，警告我们爱可能让我们有什么损失，但也警示我们爱如何伟大高贵。它们提供建议，告诉我们该爱那种人，如何判断是真爱，遭到背叛该如何是好，如果爱分裂崩解该怎么办？我们永远在恋爱，寻找爱，丧失爱，或受到爱的伤害。简言之，我们"被迷惑、受骚扰、着了魔"。我们的歌曲说出了这一切。

求偶之乐

就进化的角度而言，人类交配时并不需要音乐，但我们却觉得音乐具有魔力，充满诱惑。它是纯感性的语言，能够使追求更有情趣，而且大多数文化都把音乐包括在求偶仪式中。对北美印第安夏安族人，追求不但花费很长的时间，同时也充满浪漫。勇敢的人会躲藏在森林中，等待意中人经过，用特制的爱情之笛为她奏小夜曲，他的旋律打动了她，接着他会用恭维、礼物和殷勤追求她，但她不会在两人结婚之前和他发生性关系。夏安族女孩在青春期时就系上贞操带，一直穿到她结婚为止，她可能会让情郎等待 5 年左右，让他有足够的时间掌握笛子的技巧，这是他身体所提供的美丽音乐的阳具象征。

夏安族少女并不喜欢情郎唱出性意味明显的歌，我无法想象如果她听到如“性痊愈”之类的流行歌曲，会有什么样的反应。罗杰斯（Richard Rodgers，英国知名建筑师，其作品包括巴黎蓬皮杜国家艺术文化中心）说，20 世纪 20 年代的情歌“歌颂无忧无虑的夜晚和狂乱的白昼。接着轻率地闯入 30 年代的梦魇和幻想……如果有人能唱歌，那么等待发放面包的队伍就不再那么烦人”。在 30 年代至 50 年代，女性在情歌之中渴望爱情拯救她们，赐予她们生活意义和方向。没有爱情，女人就没有价值。不论男人如何蹂躏女性，只要他爱她，一切都值得。因此如“忍不住爱上那个男人”（Can’t Help Lovin’ That Man）这类歌曲也就大行其道。歌中的男人虽然懒惰无用，但歌者却不计一切地爱上他。男性把女性理想化为天使般的生物，拥有巫术般的能力，她们偷了他们的心，奴役了他们的思想，使他们丧失理性。在大部分情歌的情境中，都由女人掌控全局，用爱使男人疯狂是女性唯一的能力。性的享乐则不是女性能够公开谈论的，如荷莉戴

（Billie Holiday）之流的歌手低声呢喃性的美好，那可是教人愉快的恶意中伤。五六十年代摇滚乐风行时，情歌突然也反映了社会革命、无拘束的性、以爱为神秘主义和排斥中产阶级的禁忌。爱又成为一种宗教，如披头士等合唱团所宣称的，爱是可以拯救世界的宗教。到80年代，流行歌曲中的男性是孤单的，他们要性，却不要允诺。“宝贝，宝贝，不要迷上我。”典型的80年代歌曲这么警告，因为男人都坚强、贫乏、苦恼，正好不是“结婚的男人”。如今，流行歌曲变得俏皮而嘲讽，性唾手可得，抑制和拒绝已经让位给坦白，歌曲也由害羞、浪漫的委婉说辞变成了欲望坦白的咆哮，歌词更大胆，甚至可以说淫秽，而单纯的哀伤则由难以接受的事实和真相取代。但在当今的许多歌曲之中，歌手再一次地低吟浅唱，追求刻骨铭心的恋爱。心理学者施拉克特（Schlachet）和华森柏（Waxenberg）认为，也许这种：

> 重燃对永恒爱情的兴趣，乃是针对自恋和消费文化的反拨。在自恋和消费的文化中，强调个人主体超越人类相互需要、建立关系的重要，而使其成员觉得空虚孤立，除了迅速找出新官能刺激之外，别无他法提供暂时的舒解。

他们因琳达·朗丝黛（Linda Ronstadt）、芭芭拉·史翠珊（Barbra Streisand）和卡利·西蒙（Carly Simon）回归三四十年代民谣曲风的新专辑热卖，而见到希望。

为什么这么多人爱听情歌？在想象的渴望中，我们理想化了自己所欠缺的一切。渴望某物，使它由金属变为黄金。不论如何，限制“性”就会启发浪漫，因为人们因此被迫幻想它。浪漫之爱的确也发生在性唾手可得的部落（尤其如果某人被迫嫁娶自己不爱的人），却不会那么经常发生，也不会成为风俗。否认、压抑和限制都会使浪漫之爱更有味，因为人们成天想的就是满足自己生理的需求，却又得避免道德的限制。在这样的情况下，流行歌曲就触及最热切的幻想，让浪漫的想法不止息。对某些人来说，情歌是他们唯一的爱情故事，不论它让他们回想起过去，或是界定他们所等待的未来，都是美好的，这就有点像在被关的狮子前挥舞牛肉块，不让它会忘记新鲜猎物的气味。不擅长用言辞表达情感的男人，经常会唱出热情伤感的情歌，唱其他人所做的歌词似乎让他们有了可以支撑的围栏，一如口吃最严重的人经常可以流畅地歌唱一般，在情感上结巴的人，却可以用歌曲表达他们的情感。“如果音乐是爱的食粮，”莎士比亚说：“那么请继续演奏。”

在晚餐约会之后，男女双方感受到一种混合着希望和不确定的感觉，这是要让恋爱持续发展的要素。两人都经过恼人的离婚，他因前妻的不忠痛苦地分手，伤痕累累。而她的前夫一如巴比伦汉谟拉比（Hammurabi，公元前 18 世纪左右古代巴比伦王朝国王，以制定汉摩拉比法典闻名）那样自以为是，仿佛至高无上的裁判和法官。没有任何事物如爱那般，始于如此的兴奋与希望，或终于如此的失败。但他们却一再地追求诗人蒲柏（Alexander Pope）所描述的“世界的荣耀、玩笑和谜”。他们有很多相似的特质——包括年龄、工作、对音乐的品位、对人生的态度——但最重要的是时机。他们俩都做好冒爱的风险的准备——这是关键的阶段。一旦某人已经酝酿、愿意、能够爱，就会和一名他所邂逅的合适人选恋爱。两者都因爱的慢舞而受折磨，他们知道爱可以在任何地方发生：在沿着时光本身旋转的乡间小路，在白种工人怀抱的短暂时间，在公司的餐厅，在旧货车教人背脊发麻的座椅上，或是在穿过摇摇欲坠的乡村酒馆之间。开头只是肢体与欲望的单纯算术，可能突然变成了强烈情感的微积分，到那时，就算是八月月光下暗红色榆树的低声飒飒，就算是庭院中摇摆沉重的树枝的苹果树，就算是明亮如花园茶会大帐幕的池塘光辉，都不能阻止心灵等待。

“坠入情网”，我们这么说，仿佛坠入深坑之内，落出情网，仿佛掉出飞机。一恋爱，你就陷入它浓稠的菜羹之中，碗的两端滑溜，不论你如何努力想要爬出来，都会不断地滑回去。这对男女手牵着手漫步之时，无数对男女在芬兰、巴塔哥尼亚、马达加斯加坠入情网。人类学者詹克韦克（William Jankowiak）和费希尔（Edward Fischer）在研究 168 种文化之后，发现浪漫之爱 87％的男性都会给女性食物或其他小东西作为追求的礼物。虽然文化、时尚和世界观各有不同，但他们全都了解晚餐约会，他们全都知道穿透迷恋的大气坠落的滋味，唯有希望是唯一的降落伞。他们全都渴望成为“夫妻”——只有两片的情感拼图。

骨中的骨，肉中的肉：婚姻

第一桩婚姻乃是始于俘虏，当男性看到他渴望的女性之时（通常是在另一部落），就用暴力强占她。要绑架新娘，新郎必须获得战士朋友协助，他可以说是新郎的伴郎。史前世界一直都以抢婚为主要的婚姻形式，甚至到 13 世纪以前的英国，抢婚都还算合法。然而，后来以购买为主的婚姻取而代之，成为大家较喜爱的传统，虽然它不算公然地出卖新娘换取现金，但人人都了解她是作为交换土地、财产、政治结盟或是提升社会地位之用。女孩在父亲家中是帮手，但对新郎而言，她更是无价之宝。她不但可以和新郎一样辛勤工作，还可以生儿育女。盎格鲁–撒克逊语的婚姻（wedd）

这个词，指的是新郎结婚的盟誓，但也指新郎交给新娘父亲的马匹、牛或其他财产。因此“婚姻”其实是以传宗接代的目的购买女人并含有风险。此词源自赌博或打赌的词根，新郎的家人总会教他该娶谁，他们很少会让他婚前见到未来的新娘，因为如果他不喜欢她的长相，很可能就会悔婚。新娘的父亲把她“交付给”买主，而他则在大喜之日，揭开面纱，首次看到她的脸蛋。

我们总把蜜月当成是在热带天空之下肉体享乐的浪漫时光，但最初的蜜月却有更严肃的目的。就在新郎抢走或买下新娘之后，他和她一起失踪一阵子，让她的亲戚朋友无法救她。等他们找到这对夫妻之时，新娘已经怀有身孕。西方恋爱结婚的观念在人类的历史上发生得相当晚，而全世界许多文化都依然采用抢婚或买新娘的制度。根据吉尼斯世界纪录，最长久的婚姻延续了 86 年，由 1853 年结婚的奈瑞曼夫妇（Sir Temulji Bhicaji Nariman和Lady Nariman）所创，当时他们才只有 5 岁。订婚最长久的是墨西哥的吉伦（Octavio Guillen）和马丁内斯（Adriana Martinez），两人花了 67 年的时间确定是否相配。最大的结婚礼物是整个基色城（Gezer),《圣经》上说这是所罗门王和法老的女儿结婚时，法老送他的妆奁（列王纪上第 9 章第 16 节）。近代最昂贵的婚礼是 1981 年拉许德酋长之子（Sheik Rashid Bin Saeed Al Maktoum）在迪拜和莎勒玛公主（Princess Salama）的婚礼，总共举行了 7 天，共有 2 万名宾客参加，在特别为婚礼建造的礼堂中举行。不过我们来看看较普通的结婚景观，一场在加州旧金山市举行的婚礼。

卡罗尔和杰里要结婚了。他向她求婚，她接受，接着他们快乐地向亲友宣布他俩将永结同心。杰里送了订婚戒指给卡罗尔，她很骄傲地戴在左手的中指上，她的女性朋友为她举行了一次送礼聚会，她的父母亲表示愿意为新人举行豪华的教堂婚礼和婚宴，他的双亲愿意出钱让他们享受豪华的蜜月旅行。卡罗尔开始收集优美雅致的物品作为嫁妆，她邀请姊妹和闺蜜参加婚礼，同时选择最喜爱的侄女当花童，最喜爱的侄子当捧戒指的男孩。杰里请他的兄长当伴郎，请朋友当招待。在婚礼前夕，伴郎和招待为他举行男性聚会。婚礼当天，牧师在当地教堂举行典礼，典礼结束时，新娘新郎交换戒指并亲吻。

接着每一个人都到结婚礼堂吃喝跳舞，新娘新郎合切高达三层的结婚蛋糕，两人开舞，感激地接受大家的礼金和礼品。伴郎带领大家作一系列的敬酒，稍后新娘把她的花束投掷给一群未婚小姐；把袜带投掷给一群未婚男子，接着新郎登上汽车，车尾挡泥板挂着不相配的鞋子，“新婚”的字样以石灰漆在后车厢上，在他们开车离开时，宾客朝着他们身上撒米粒。他们前往机场，准备登上飞往夏威夷的飞机。

往后，当他们翻阅相片时可能会怀念相片中她母亲的表情，或是他叔叔在演奏口琴时的微笑，或是笑他弟弟对着相机扮鬼脸的表情。他们可能会惊叹那时候大家显得多么年轻快乐，他们很可能不会想到他们遵行的是古代仪式。让我们想想，以人类文化的眼光来看，他们身上究竟发生了什么。“永结同心”这样的措辞，回溯到罗马人，当时新娘穿着腰带，系上结，让新郎有解带的乐趣，这对夫妻生活的两条线索也系在一起。系绑的仪式在全世界都很流行：在古迦太基，夫妻的大拇指被用皮条结在一起；在印度，印度新郎在新娘颈项上系丝带，一旦系上，婚姻就合法有效。人们总是迷信结的魔力，在埃及，任何神圣的神秘事物都是“sheknot”。犹太人也害怕结的神奇力量，因此希伯来法律禁止在安息日系结。历史上绳索是系物最有力的方式，它象征了命运，因此说人们“永结同心”或是“被系束”

的确有其意义。我们的词汇还没有赶上我们的黏胶，后者对我们依然是新奇的物品。有关结婚的俚语迟早会加入如黏扣带（Valcro）、超级黏胶或其他新产品等的词汇。

看不见的钻石

在盎格鲁–撒克逊的时代，就曾有过关于订婚戒指的记录，无疑它们的历史更长久。圆圈总是象征永恒，我们可以在埃及的象形文字中看到它们。因此戒指用来显示两个人之间的情爱、订定盟誓，或是象征神圣的事物，也就不足为奇。在《圣经 · 创世记》第 41 章中，我们发现："法老对约瑟说，我派你治理埃及全地。法老就摘下手上打印的戒指，戴在约瑟的手上。"虽然订婚戒指原本就受欢迎，但中世纪的意大利人更喜爱钻石戒指，因为他们迷信钻石是由爱的火焰所创造。钻石（diamond）这个英文词来自希腊文"adamas"，意即"看不见的"。经由热和压力的锻炼，其结晶是地球上最坚固的物体，而浪漫的意大利人觉得有许多种风貌的爱也是一样的。另外，钻石看起来也像过去的悲哀或是未来喜乐冻结的泪水。

古斯巴达的士兵首先举行单身汉的聚会。新郎在大喜之日前夕和男性朋友饮宴，发誓他持续的忠实、友谊或爱。朋友们可能提供了斯巴达时代的脱衣舞女、色情片或是跃出蛋糕的裸女这般的娱乐。这个成人仪式的功能，是在向光棍时代的荒唐生活道别（其实单身汉"bachelor"这个词源自拉丁文的牧场工人"cowhand"，意指某人年轻而无经验），同时向伙伴们表达自己持续的忠诚。新郎必须向朋友保证，虽然他现在成了家，但绝不会因此而不欢迎他们。新娘的送礼聚会（shower）其用意也是要重申盟誓，为新娘准备结婚礼物，并在道德伦理上提供支持。然而送礼聚会这个词可以说是相当近代才有的，在 19 世纪 90 年代，一名女性为她刚订婚的朋友举行聚会，准新娘站在房子中间，装满小礼物的日本纸伞倒过来撒在她的头上，创造了一阵礼物的洗礼，当这个字眼登上时尚杂志时，读者为之着迷不已，人人都希望能够有他们自己的“洗礼”。

伴娘伴郎的想法有许多起源，其中一个可以回溯到盎格鲁–撒克逊时代，想要捕捉女人做新娘的男人需要其他光棍朋友的协助，这些人就叫作“伴郎”（bridesmen 或 bride-knights），这些人确定她会去教堂参加婚礼，接着去新郎的家，新娘有她自己的“伴娘”和一名已婚的“bride’s woman”来协助她。婚礼通常在夜幕降临之后举行，瞒着愤怒的家人和劲敌，因此经常是举着火把举行的仪式，宾客大半都全副武装。花童是中世纪时才加入仪式的附属品，她原先手执麦子，象征多产。捧戒指的男孩也是中世纪时才出现，也许是为了对称才安排的，是年轻的僮仆。

白色的结婚礼服在西方世界成了传统，是 1499 年布列塔尼的安妮（Anne）嫁给法国路易十二世（Louis Ⅻ）时所穿。在这之前，新娘在结婚当天穿上她最好的衣服，通常是黄色或红色。圣经时代，蓝色象征纯洁，因此新娘和新郎在结婚礼服的底端系上蓝色的带子，这就是为什么西方习俗新娘要穿点蓝色（something blue）的起源。在中国和日本，新婚之日新娘传统上会穿白色的服饰——原因只是白色象征悲悼，当新娘离开出生的娘家嫁入夫家时，她也经历了象征的死亡。

婚纱把新娘的美丽隐藏在薄纱的烟幕之后，是谦逊和恭谨的表示。某些文化用头纱把女性从头到脚覆盖住，她是丈夫的补偿，只有他独自揭开她的面纱。肉体的美对女人是如此有价值的资产，许多宗教都说明新娘使自己看起来不那么美的方式——隐藏她们的脸孔、头发或身体，或是剪下头发。这是让新娘不至于意外吸引其他男人，或是不让她觉得自己美得足以与其他男人纠缠不清，或是不让她丈夫太过兴奋，因为性应该只是为了生育而行的行为。

新娘常会戴着花朵或手持花束，虽然并不是婚礼的花束。14 世纪已经流行让新娘把袜带掷给男人（重演贵妇把缎带或旗子掷给骑士）的传统，但有时候情况却容易失控，因为喝醉的客人会试着在适当时刻之前除下袜带。投掷花束比较保险。

戒指、蛋糕、鞋子

结婚戒指是很古老的传统，史学家不确定第一枚婚戒是何时开始戴的，但它可能是铁做的。重要的是戒指必须用平实而坚韧的金属制成，使之不致断裂，否则就会是灾难的噩兆。自然，婚戒也有浪漫的含义——它象征和谐、永恒的爱等等。但它原先只是一种通知和提醒，让人知道这个女人已经有丈夫束缚（后者却不必戴戒指）。罗马人认为有一条小血管——vena amoris或称“爱的血管”，由中指流至心脏，而在中指上戴指环能够使这对夫妻的心和命运结合在一起。伊丽莎白时期的画作显示婚戒是戴在大拇指上，这可能是当时的时尚，但似乎不很舒服。在传统犹太的婚礼上，婚戒乃是戴在左手的第一指。但为什么会在手上戴上象征信物，为什么不如某些非洲女人那样选择颈部，或是足踝？为什么不选择象征的腰带或帽子呢？我们用手来建造城市、换宝宝的尿布、耕种田地、爱抚情人、掷矛、发掘身体的奥秘——我们的手教导我们自己的界限，双手让我们和世界联结。它们是你我、生物和无生物、朋友和仇敌之间的桥梁。我们执孩子的手教导他、保护他；我们执爱人的手，求取温暖和爱恋。我们的手使我们和其他生命发现相连，它们引导我们走出自己，踏上我们称之为生命的经验之旅。已婚的女人和她的丈夫产生联系，以戒指这么轻的物体，重重地压在她的生命之中。但在恋爱婚姻中，盟誓之轻重乃是最尖锐的矛盾，因为爱使他既沉重又快乐——沉重到不能再到个人所喜爱去的任何地方，却又心甘情愿受到如此之束缚。

生殖力的象征经常在婚礼上出现。某些文化中，新娘戴上小麦茎，这是阳具的象征，或甚至把玉米穗别在她的腰带上。古罗马人烘烤特制的小麦或大麦蛋糕，在新娘的头上打破，作为生育力的象征，同时在新郎新娘的头上撒小麦饼屑，由客人争夺。这些简单的蛋糕最后在英王查理二世时，发展成为造型复杂多变的结婚蛋糕，因为查理二世的法国厨师决定要把这传统的蛋糕变成可以吃的宫殿，并用白糖装饰。这成为英国新婚夫妇的习俗，把小蛋糕一个接一个堆积，越高越好，然后试着越过蛋糕塔亲吻而不碰倒它，如果成功，就表示一辈子的兴旺繁华。为确保他们的好运，手艺好的烘焙师傅会用糖霜接合一层层的蛋糕，由一堆加了香料的蛋糕和糖胶，发展成如今壮观多层的结婚蛋糕。

伴郎敬酒始于法国人，把一片面包放在玻璃杯底下，接着一举喝下，“干杯”。下面是一首特有趣的英国敬新娘的老歌：

> 爱，对她忠实；人生，对她亲爱；健康，接近她；欢乐，靠紧她；幸运，找出你可以为她做的，为她搜寻你的宝屋，追随她的脚步跨越宽广的世界，让她的丈夫永远是她恋人！

把鞋子系在汽车挡泥板上似乎是奇特的风俗，但这反映出鞋子对古文化的象征力量。亚述人（The Assyrians）和希伯来人在做商业盟约时，用便鞋作为信用良好的保证，把鞋子投掷到一块土地上，表示你要购买它（诗篇 108 章第 9 节“我要向以东抛鞋”）。埃及人交换财产或权力之时，也会交换便鞋。父亲把女儿的便鞋交托给新郎，表示她现在交付给他，由他照顾，她所行走的世界将会是他的。这也是盎格鲁–撒克逊婚姻的风俗，而新郎用这只鞋轻轻地敲新娘的头，让她对他的威权有更深刻的印象。后来人们就向新人掷鞋子，最后，到了汽车时代，就成把鞋子系在汽车上。

人们总是朝新娘新郎身上掷东西，通常是谷类或水果。希腊的新郎常把新娘带到炉边，用枣椰、无花果、坚果和小铜币撒在她身上；斯拉夫国家的人民则在新娘新郎身上撒玉米和蛇麻草；在印度则是撒上花瓣。由梵文、希腊文和许多其他来源，都可以看到许多类似的投掷习俗报道。为什么象征的投掷或倾注撒落或用芳香的投掷品攻击，会成为这么重要的婚礼特色？它是否依循着抢婚时代的轨迹，重演向新郎投掷矛或石头的旧事？它是否是繁殖力强、如种子一般表征的象征洗礼？还是好意祝福者因难以同时拥抱这对佳偶而产生的长距离触摸形式？它是否意味着贿赂或斥退魔鬼，避免邪魔的攻击？它是否提醒所有在场的人，新娘是适合耕种的土地？它是否原是本能，现在却只是仪式，代表把青春期的年轻人逐出父母的家——这种我们经常在其他动物之间所看到的离别形式？

当然，如果我们参加在非洲举行的婚礼，就会见到很大的不同。中非的木布提（Mbuti）矮人族，在女孩子达到青春期时就开始为她做婚姻和为人母的准备。接着两三个月，她和其他同龄女孩住在特别的茅屋中，接受关于性、婚姻和妇道的教诲。至这个阶段结束之时，一大队的女孩母亲站在茅屋之外，手提一篮精心挑选的石头，整个村子里的男孩子前来求爱，当然，母亲对他们的家庭和性格早已经了如指掌，也知道那个女孩是某个男孩恋慕的对象。如果母亲不同意追求者，丢掷目标就会直截了当；如果她喜欢他，她的攻击就敷衍了事。不论如何，要是这个男孩能够毫发无损地通过母亲们的弹火，那么他就可以向意中人求欢，女孩子也就顺理成章地成为他的未婚妻，但他依然得正式向其父亲求婚，并以捕获的鹿作为彩礼，证明他有良好的养家能力。然而，唯有女孩怀孕之后，订婚期才正式结束，婚姻才开始。

在东非的班图卡韦朗多（Bantu Kavirondo），新娘新郎在许多妇女和女孩的见证之下圆房，证明结合已经完成。非洲博茨瓦纳（Botswana）的布什曼（G'wi Bushmen）人，女孩和男孩在很小的时候订婚，女孩首次行经之时，应该斋戒而且静坐四天，腿部直直地伸在身前。接着新郎加入她，两人都按仪式净身刺青。他们的手、脚和背部都用剃刀切割，把两人的血混在一起，涂在伤处，让他们以血成婚。接着再用灰土和药草根制成的泥糊涂在伤口，确保割伤痊愈之后会有突起的疤。新娘的父亲正式把她介绍给新郎的亲戚，她的新家族。双方亲戚都把自己最宝贵的装饰品借给他们戴几天，新婚夫妻归还首饰之时，就开始了正式的婚姻生活。

有些结婚习俗似乎举世通用：把种子或多产的象征撒在新人身上，假装用绳子或丝巾束缚新人（由中国到意大利到非洲都可以看到同样的风俗），象征或真正地混合新人的血，立誓。甚至在天主教修女和基督的“婚约”之中，我们也可以见到戒指、束缚、混合血肉的意象。这种以绳把生命系结在一起的意象很容易教人理解，但和所爱的人混合血肉，则是另一种完全不同的挑战。在微小的意义上，我们可以合而为一。空气的每一个分子，物质的每一个原子，都可以在星球上和时间上分享。依此说来，我可以和约翰 · 多恩、柯莱特（Colette，法国女作家）、居里夫人和达·芬奇合而为一。物质回归为物质，许多创世的神话都如此告诉我们，但两个人唯一合而为一的方式（除非他们是连体婴），乃是成为母亲与胎儿。在潜意识中，所有这些传统都可以呼应人类所知的完美的爱，基于完全奉献、自我牺牲和保护的爱——在母亲和新生儿之间的爱。在人类学的术语中，他们乃是互相对对方说：我要你爱我、保护我，就像你在遗传上和我有所关联似的——骨中的骨，肉中的肉，因为那将是你和我们子孙之间的关联。

男女一旦结婚，就会有全新的一套习惯、规则和条例要协调。就仿佛社会的诏书还不够，亲戚没有足够的要求似的，已婚的夫妻也都喜爱发明他们自己私人的仪式。我所认识的大部分夫妻都有关于哪个假日要和哪个姻亲共度、哪些晚上要在卧室中“约会”、如何度过周日等的复杂规则。例如，他们可能习惯在冬日暖洋洋的阳光午后，带了一张读了一半的报纸蜷卧着打瞌睡，或是在某一家喜爱的熟食店吃午餐，接着花几小时在乡间漫游。

你一定记得情人节（Valentine’s Day），但谁知道瓦伦汀（Valentine）是谁？一个传说，4 世纪罗马的僧侣瓦伦汀秘密地为男女举行婚礼。因为皇帝克劳狄禁示结婚，当时正在打仗，他认为单身的士兵会更努力作战。另一个传说则把瓦伦汀描述成因为拒绝崇拜异教神明而遭囚禁的基督徒，他和狱卒失明的女儿为友，经由祈祷治愈了她，当行刑的那天，2 月 14 日，他送给她一张告别的纸条，署名“你的瓦伦汀”。其他的传说则把他和古罗马性爱的节庆联想在一起，而这些节庆正好都在 2 月举行。不论为了什么原因，他在中世纪时被封为圣徒，而且此后就成为情人的守护神。

热情可能渴望真心流露和骚动，但爱却希望它的假日是可靠甚至可资纪念，因此发明了仪式，让婚姻有历史和社会感。在爱情已经消退之时，使他们保持结合的不只是夫妻的誓言，而且包括共有的多种习惯、风俗和事件。对长久的伴侣而言，婚姻成了他们的家乡，有其自己的法规、神话和例行公事。离婚就仿佛是流放，因为他们是婚姻的子民，居住在婚姻忙碌的城邦。

生殖器：那些远古的称谓

中世纪时就已经有记录把“cock”当成男性生殖器的俚语。许多学者认为，此词必定源自公鸡啼叫的拟声：公鸡的俗称为“cock”，因此自鸣得意的男性生殖器就被俗称为公鸡。我觉得比较可能的解释是，中古时期的“cock”意为修水管，也就是指水阀或龙头。任何14岁的男孩都可以说出许多阴茎的俚语，中西部的委婉说法是“膝盖”，的确，美索不达米亚人膝盖和阴茎两者都用同一个单词“birku”：在一个重要的仪式中，父亲会把男孩抱在膝盖上，正式宣布他是他儿子。英文词“genuine”（属于膝盖的）也来自这个象征的行为。在拉丁文中，“birku”这个词变成了“virtu”，意即生殖力、雄风或勃起。

每一次我们说到英文词“fascinate”（迷惑），就是在说阴茎。在拉丁文中，“fascinum”乃是人们所崇拜的勃起的阴茎，他们把它悬挂在厨房或房内，或是挂在颈子上，作为护身符。阴茎有力，值得颂扬，甚至可以驱邪。最后，任何值得赞美研究，任何有力而神奇，任何如阴茎一样棒的事物，都被描述为“fascinating”。这种阴茎崇拜持续了一段时间。实际上，上百座文艺复兴时代的教堂都宣称拥有基督的阴茎圣体。基督被割去的包皮是他升天时唯一留在尘世间的肉身部分，被人当作协助生儿育女的神奇补助品。女人在基督的包皮上祈祷，祈求能够受孕。如今这样的圣体共有 13 个存在世上，最有名的存在于法国沙特尔的大修道院，据说协助成千名妇女受孕。

"Cunt" 这个词也有同样有意思的传统。我愿意如 14 世纪英国诗人乔叟一样，把它想成源自 "quaint" 这个词，意即多层包裹的神秘。牛津英语辞典提供了这个字的范例，始自 1230 年，包含了至少一个街名 "Gropecuntlane"，是中世纪时代牛津的红灯区，后来改称 "鹊街"。然而，更大的可能是此词源自印度，印度女神伽梨（Kali）象征着赋予世界生命的女阴，被称作 "Cunti" 或 "Kunda"。女性生殖器的古挪威语是 "kunta"，史前的德文则是 "kunton"。同源的文字可以在整个印欧语系中发现。如果我们再回头更远，就可以在印欧语根中发现它的起源 "geu"，意即 "空洞的地方"。"cunt" 不像 "cock" 那样，它不是俚语，而是我们词汇中的古老部分。我们许多日常词汇都是来自这个女性的起源，如 "cunning"（狡猾）、"kin"（亲戚）、"country"（国家）和 "kind"（亲切）。

伊丽莎白时代的人喜爱孟浪的双关语，对女性性器官有许多委婉的说法，他们最喜爱的是 "lap"、"ring"、"eye"、"circle" 和 "nothing"，因此莎士比亚在《哈姆雷特》中，写到哈姆雷特与奥菲丽亚同观戏剧时的淫猥笑话：

哈：小姐，我能躺在你膝上吗？

奥：不，殿下。

哈：我是说，我的头放在你膝上？

奥：是，殿下。

哈：你以为我是指鄙俗的事吗？

奥：我什么也没想，殿下。

哈：躺在女人的腿中是桩好玩的事。

奥：什么，殿下。

哈：没什么。

奥：你很高兴，殿下。

哈：谁，我？

最后，他建议她去修道院（妓院的俚语），但在此阶段他是爱的贫民，只梦想着躺在她膝上的奢侈享受。

值得注意的是，在我们谈论性别时，会说男人有阴茎而女人有阴道。这种分别，我们视为当然，却隐藏着女性卑下的偏见。男性取乐的器官是他的阴茎，而女性享乐的器官是阴蒂，而非阴道。就算我们谈的是生育，也一样不正确：男人的阴茎释出精子，可以让女人怀孕，而女人的子宫却含有卵子，可以受孕。把男性的阴茎和女性的阴道相提并论，其实意味着自然法则是让男人在性行为时享乐，而女人则拥有男人泄欲时的套管。（在古拉丁文，阴道"vagina"意即剑套，伊尼亚斯会把剑插入"vagina"。）这更加强了女性不该享受性的乐趣的想法，如果她们乐在其中，就是反抗自然和社会的法则。我不觉得这会很快改变，但它提醒我们，许多习俗以语言的离子体传播，几乎是隐形的。

如果"cock"和"cunt"在语文上有奇特而久远的历史，就也有同样丰富的背景，作为违犯法律、扰乱和平、挑战道德法则的工具。

边缘之爱

在敏感、文雅、亲切而利他的人看来，人类有时候实在是野蛮而有虐待倾向的种类。虽然明白我们自己的生物传承，甚至我自己偶尔也有不纯洁善良的时刻，虽然我从报纸上读到波斯尼亚残酷的屠杀，但私底下我依然不能了解人怎么能无冤无仇却会对另一个人怀抱这样的恶意、虐待欲或想要折磨另一个人，不论你内心隐藏了多大的愤怒或愤恨。或者甚至善恶两者复杂的情感怎么能同时控制我们。当然，在理智上，我非常了解它们的作用。

例如，曾有一段时间，通奸是最大胆而过分的行为。中古时代，丈夫们争相以最残酷的方式虐待通奸的妻子，不比邻居残酷就会使你失面子。处处可以听到这样恐怖的故事。一名贵妇被迫以香料涂敷死去爱人的心脏，然后吃下肚子，另一名则被交给一群麻风病患，丈夫请他们来强暴她，还有一名的丈夫残杀妻子的情郎后，把他的骨头放在教堂中，每天送她去，反省自己的罪行，用他的头骨饮水。但通奸的丈夫却很少受到处罚，做妻子的至少得要冒公开受辱的危险（通常得要把头发剪除），而最严重的，则得面对令人毛骨悚然的折磨，甚至死亡。她们的情郎则冒着去势或死亡的风险，但他们却游戏人间，以生命和肢体作为赌注。他们攀上自己热情的摩托车，发动引擎，朝向最高的悬崖开去，以高速跃向稀薄的空气，不知道自己是否能够在远远的那端安全落地。虽然冒了这么大的风险，但人们竟然还敢通奸，实在令人惊异，但他们却也觉得这好像迷幻药一样令人难以抗拒，值得冒死亡或解体的危险。

我的后院有爱的极端的活生生纪念碑。在林中深处，有一棵大桑树，倾斜的树枝伸向经过的行人。我偶尔会修剪，那却使它长得更强壮、更茂密，下一季它宽阔的肩部伸得更远。根据传说，桑树的果实原本是白色的，但当皮拉莫斯（Pyramus）和提斯柏（Thisbe）这对情人死后，却变成红色。这对男女是巴比伦拥挤大杂院里的邻居，两人深深相爱，但双方父母却禁止他俩结婚。每一晚，他们都会透过两人卧房的墙孔，诉说浪漫的秘密。最后，两人不能再忍耐这样的分离，因此皮拉莫斯提出在尼努斯王（Ninus）的墓前约会，就在两人都认识的一株桑树旁。提斯柏先爬出卧房，直接朝坟墓而去。但当她抵达之时惊动了一只正在捕杀猎物的母狮，它的嘴还滴着血。提斯柏逃走之际，母狮拉住了她的斗篷，但她还是设法逃脱了。不久皮拉莫斯抵达，见到她被撕裂的斗篷，看到母狮正在吃尸体，误以为他的爱人被狮子撕成碎片。他悲伤提斯柏的死，因绝望而疯狂，于是他驱走了狮子，拔出剑来，刺入自己身体，血喷洒在白色的桑树上。

最后，提斯柏设法回到了坟前，老远她就看到狮子已经离开，于是她赶来等待恋人，一如原先的计划。但却惊恐地发现他倒在地上，已经死去，她看到他的剑和她沾上血迹的斗篷在他身旁，立刻明白发生了什么。“你对我的爱杀了你，”她喊道：“好，我一样也可以勇敢，我也要证明我的爱，唯有死亡能够分离我们，但现在就连死也不能把我们分开。”她边说，边拔出他的剑，刺入心脏，死在他身旁。桑树是这场悲剧的唯一见证人，它同情他们，于是把所有的果实都染成鲜红色，提醒过路的行人这对情人的命运，以及人们为了爱会有什么程度的作为。

如果这个故事听起来如罗密欧与朱丽叶或特里斯坦和伊索尔德，那是因为许多古代的悲剧爱情故事都有相同的成分：年轻的恋人，使爱情圆满的约会，一名恋人表面上死亡，接着是另一个自杀，然后是原先那个的自杀。经常会有自然的纪念物标识出地点来。这样的故事围绕着分离的悲伤，必须要跨越障碍的性刺激，以及证明自己的爱的诚恳需要。

并不是所有的表达姿态都如此严肃或绝对。有些和烹调有关——有些则傻乎乎的。传说圆形肉馅水饺（tortellini）是用来荣耀维纳斯肚脐的：一名波隆纳人用钥匙孔偷窥维纳斯，注意到她身体构造的细部，决定用面食表达他的爱最好。路易十四（Louis XIV）的情妇变得暴躁而嫉妒时，国王决定用一个大胆的行动来安抚她。他要她躺下来，露出赤裸的乳房，然后命工匠依一只裸乳的模型铸造一模一样的玻璃杯，让他可以永远由她的乳房啜饮香槟。如今，我们依然由依他情妇乳房形状所制的玻璃杯饮用香槟。

为什么爱需要这样夸张的表达？为什么情人相信没有这一个独特的爱人，就不能独活？根据导引我们生活的经济理论，人为某物付出的越多，这件东西对他自己和他的同胞就越宝贵。因此只有泰姬陵是足够宽绰的，只有 50 克拉的钻石足够灿烂，只有自杀足够牺牲。

最近我听到有人问朋友说："《歌剧魅影》怎么样？"

"值得一死。"她朋友激情地回答。

园中的桑树在潮湿的林地中，兴旺茂盛，春天，嫩枝伸出浓浓锯齿状的墨绿叶子，上端虽然粗糙，下面却柔软而多毛。小小的绿色花朵成簇冒出，当圆圆的果实出现之时，鸣禽就吃掉它们。我经常看到它们坐在枝头，吞食着看来好像凝结的血的果实。桑树的树皮流出乳状的汁液，而在秋日，叶子则闪亮着柔和琥珀色的光泽。

散落在森林中，沉睡的水仙球根纪念着美丽公主的绑架。根据希腊神话，宙斯创造了这种花，协助他的兄弟冥王，冥王正热恋得墨忒耳女儿珀耳塞福涅（Persephone）。有一天，珀耳塞福涅和朋友在采花，她看到草地那端有明艳的花朵，朋友却没有注意到，于是她笑着跑去看那究竟是什么。

她从没有见过如此明艳的花朵，茎上有这么多的花，还有一股既甜美又诱惑的芳香。正当她伸出手去抚触它时，大地突然在她脚下张开，于是“从中跃出了如煤炭一般黑的马匹，拉着马车，由一名有黑暗光彩、庄严、美丽而可怕面容的人驾驶”。他紧紧抓住她，带着她疾驰而去逝者的世界，远离了春日阳光普照的喜悦。

我窗外低矮的灌木丛“leucothoe”，乃是根据波斯的公主命名的，她嫉妒的丈夫把她追到跳崖，跃入其下汹涌的波涛中，阿波罗对她有兴趣，把她变成海神，但当他厌烦她轻浮的举止后就把她变成了芳香的植物。艳红的秋牡丹（anemone）在夏天开花，它的名字来自阿杜尼斯。有一天，阿杜尼斯出外打猎，一只受伤的野熊出现，用獠牙咬了他的鼠蹊，使他去了势。这是非常痛苦而致命的伤，而他的爱人维纳斯发现他时，他已经不省人事，濒临死亡了，她边哭泣，边紧抱着他，悲悼着：

> 再吻我一次，最后，长长的吻，直到我把你的魂灵吸入口中并饮下你所有的爱。

但那时，他已经听不到她的言语，看不到她的泪水，他已经落入她伸手难及的冥界，当他的每一滴血落到地面上时，精致美丽的红花也就随之绽放。他被咬掉的阴茎则已经离开，变成了他的儿子，好色的神普里阿波斯（Priapus）。

不久紫色和深红色的风信子（hyacinths）就要在车库旁蜿蜒的石头小径冒出芽来了，风信子的名字来自阿波罗的年轻恋人，他不小心杀死的男孩。这两人正在举行友谊的铁饼投掷赛，西风之神也曾爱慕过这个少年，但却遭摈斥，因此他在一阵嫉妒的愤怒之下，朝阿波罗的手吹了口气，使他的手滑脱。铁饼以奇怪的角度飞去，打断了男孩的颈项。阿波罗惊骇之余，把男孩紧抱在胸前哭泣，少年的血流在草上，出现了一枝如阴茎形状一般的花朵，美丽的紫色圆柱，其花瓣上拼出了希腊词"Alas"（唉）。

今天，报纸上也有同样极端（甚至神秘的）的故事。最近就有一个复仇的丑闻，当事人是纽约州一名广受尊敬的首席法官，已经结婚 41 年，有 4 名子女。他和一名女子通奸，但她后来又琵琶别抱。于是这名法官精神失常，以疯狂的电话和勒索骚扰这名妇女和她女儿。他威胁要绑架小女孩之时，惊吓的母亲通知了警察，于是公开了热情、拒绝和绝望的故事。法官的生活完全破灭，他的前任女友希望和他不要再有任何牵连，他的婚姻生活是灾难，而他苦心经营，努力了这么多年的政治生涯也毁于一旦。原先有许多人都希望他来当州长，但他现在犯了法，连法官的工作都保不住。这个案子和其他一般的热情犯罪案之所以吸引我，是因为我觉得爱怎么会激发人们做一些显然是自毁的行为。法官会失去的远大于他努力要得到的。他无法掌握女友的爱，于是以控制她的恐惧来取代，那可不是很好的替代品，他明知道会有什么后果，却无法阻止自己。

报复

遭抛弃的爱人有时候会选择理想的形式报复。我所认识的一名女性，丈夫为了第三者而弃她而去，她很难接受分手的打击，这是个社会侵犯，对她的自尊也是打击。从前她的生存意义就是丈夫的太太：在离婚之后，她依然以他界定自己的角色，不过现在她是他的前妻。她展开大大小小的报复行动。为了种种原因，她决定搬出城去，让丈夫和新太太搬进这栋房子，这是他们离婚的协议。那是幢现代化而景致优美的大房子，花园中有许多罕见的植物。在她搬出城前的那个夏天，她拔掉了许多多年生植物，改种只够当季欣赏的草本植物，到她前夫和新娘搬来时，整个花园的植物都已经死光了。

我还认识一个嫁给作家的女人，她有点闹剧式的离开丈夫，一天早上她爬下他们的床，用他的书把床上她的位置填满，再用被盖住它们。另一名女性，当男友遗弃她时，把一大盆用过多次的猫砂倒在前男友的阳台上并留下一张纸条："算你走运，我没养大象！"另一名女性在男友打电话来，要来取盥洗用具时，才知道男友已经另结新欢，于是她用他的牙刷刷了马桶，再把它整齐地摆回袋子里。

男人也会复仇，但他们的动作比较没有那么细微，却更激烈。我家乡城市的报纸今天头版标题如下：男子涉嫌斩下 4 只猫头。报道说，一名 29 岁的男子，因为同居女友离他而去，心神涣散之余，斩下女友养的母猫及 3 只小猫的头，接着打开两层楼公寓的天然气管，威胁炸掉公寓。最后，他向警方投降，被送去精神病院。

关于极端复仇的流行小说，有一本是韦尔登（Fay Weldon）所著的《女人心，海底针》（*The Life and Loves of a She-Devil*）。一名丑陋、身材壮硕、婚姻幸福、住在郊区、拥有两个孩子的妈妈，发现她做会计师的丈夫和客户上床，这名客户是身材娇小、富有、高尚美丽的浪漫小说作家，住在时髦而重新装潢过的灯塔中。她感到羞辱、可耻和被遗弃，于是自命为女魔鬼，同时精心筹划穷凶极恶的阴谋，要让丈夫和情妇受到彻底的侮辱和破产。所有的计划都顺利付诸实现，不久丈夫和情妇陷入极端的私人、财务和专业上的危机。接着她更进一步，偷偷把钱藏到瑞士，让丈夫因挪用公款而坐牢，她再化身为他的情妇，借着大量的整形手术（包括把她的腿缩短），她成了她丈夫情妇的邪恶双胞胎姊妹，而这名情妇已经不堪骚扰而死。接着这名女魔鬼把她半疯狂的丈夫带出牢房，买下灯塔，把他带到原是他非法爱巢的地方和她住在一起。她让他保持贫穷和疾病，在他的眼前和新欢来往，折磨他至死方休。

这个故事显然令许多人肝胆俱裂，还被改编拍成电影。以致违反道德规则、侮蔑司法系统，让大众毛骨悚然的罪行，用爱来解释时都显得不再那么胆小。就像真理一样，爱是如磐石一般坚强的防卫，下意识我们把爱想象成有力的间歇泉，累积在我们的身体中，必须要在某处发泄其愤怒，不论是善是恶。我们也了解情人需要证明他们的爱，生动的、绝对的，以有时候难以控制的姿态，可能本身就会成为销蚀灵魂的结局。我们被热情的极端所魅惑，并不总觉得它们是悲哀的。观看别人以新方式探索身体、挑战旧的风格和想法，重新发明爱，都使人兴奋。打破禁忌，或只是观看他人打破禁忌，都可能成为积极、使人尊贵的刺激，毕竟，每一件伟大的艺术品都是热情的罪行。

方位刻度图的点

爱的种类

利他主义

几年前的某一天，在英国泽西岛上，一对年轻夫妇带着还在襁褓中的儿子到动物园，孩子似乎特别喜爱强有力的大猩猩，因此父母亲把他高高举到墙上，让他看得更清楚些。孩子突然滑落，掉到围篱内的大猩猩群中，他们惊恐万分，正在此时，一只巨大的银背大猩猩（背颈下方有银白毛的成年大猩猩）——最有势力的一只雄猩猩，跑向小宝宝，坐在他和其他猩猩之间，一直待在他身边保护他，直到管理员出现为止。

为什么这只权高位重的大猩猩会保护这个人类的孩子？这是一种自我牺牲的利他举动吗？为什么人有时候会冒自己生命的危险拯救陌生人的生命？在各种各样的爱中，利他主义也许是最难让人理解的。这似乎和驱使我们所有人的私利相左。我们最先的本能乃是生存，其次是确定自己的亲人能生存。为什么要协助饥饿无家可归的陌生人？为什么要拯救其他的物种？为什么在战时为挽救战友，而牺牲自己的生命？自我牺牲教我们印象深刻，我们赞美这样的特性。我们教导自己的孩子说，这是美好而高贵的感觉，但我们也一样为它迷惑。在生命残酷的经济法则中，这似乎一点也没意义。我们以为应该有某种秘密的动机，某种隐藏的利益。行为学者会说，大猩猩并不是因为任何如同情的感觉而拯救宝宝的，身为最有势力的雄猩猩，它自动自发地做出这样的举动，因为它脑中有根深蒂固的观念，要保护年幼的灵长类，当它见到一个灵长类宝宝陷入危险之时——虽然是长相怪异，身上又没有毛的一只宝宝，它还是很镇定地投身其间，做活生生的盾牌。

有些动物看起来自我牺牲，因为我们不理解它们的动机。其实它们是在进行相当微妙的贸易形式，交换服务或人情，科学家称之为“互惠的利他”。若干年前，在巴塔哥尼亚的海岸，我见到母露脊鲸和鲸宝宝在前往南极洲丰富的喂食场所途中，在作育儿之用的海湾停下。雄鲸知道它们可以在那儿找到雌鲸，而且经常前来此湾交配。一群雄鲸会围捕并强暴雌鲸，雌鲸滚转身体，背部朝下，把阴部朝向天空，避免交配，不过当然这意味着她的喷气孔在水面下，使她难以呼吸。接着雄鲸会包围她——两边各有一头，一头还在水下，因此当她滚转回来呼吸时，其中一头雄鲸就有机会靠近她的阴部。这需要数头雄鲸合作，才能确保某头雄鲸可以交配，因为如果不把雌鲸缠住，她就会逃走了。雄鲸为什么会合作？也许有两个原因：第一，也许雄鲸是和有亲戚关系的雄鲸合作，因此不论是哪一头雄鲸做父亲，家族的基因都可以传下去；第二，因为这种行为鼓励互相交换人情——这一次弗雷德让巴尼交配；下一次巴尼就会让弗雷德交配。当我们买往返票时，心中想的是整趟的旅程，往和返。互惠的利他主义就是往返票，后面那一半暂时隐藏看不见。

至于人类呢？我们是交换人情的专家，我们爱古老的交换，你帮我抓背，我也会帮你抓背，一只手帮另一只手冲洗。在沾沾自喜的时刻，我们把这个标记为一种美德——“合作”，并且称赞它是善良、信任和正当的神圣行为。心理学者不喜欢我们为此自豪，他们经常解释成一种快乐主义（我们做利他的行为因为这使我们舒服，这是我们渴望的愉悦），或是自我受到伤害的人提高自我价值的方法。我们想象自己处于牺牲者的困境，并前往拯救他时，它就成为自我之爱的行为。

这也许是对的，但如果我们的确有合作的天性，那么它就是一种古老的技巧，这种基因流传下来，因为越会合作的人，就有越高的存活机会。协助处于困境的他人，这种渴望部分是学习而来——有些家庭和文化较其他的更珍视它，但它也深深植根于我们的生理。孩子成长时，就会自动发现同情。到两岁左右，他们就会在看到别人处于困境时，觉得同情，并且试图援助。除了这种合作的精神之外，人们还较喜爱他们所熟悉的事物，不喜爱未知的事物——他们喜爱熟悉的，害怕新的。跨文化的研究发现，人们最喜爱自己的家庭，其次是姻亲的，第三是同胞，以及让他们想起家人、姻亲或同胞的人。外国人的面孔使他们害怕，而且他们会被暴君说服，把外人想成是不如人类的生物。

至于自我牺牲的利他主义呢？这可以在整个动物王国见到，尤其是在昆虫中。昆虫也是社会动物，因此很容易教人以我们自己的观点来想象它们。但昆虫有许多重要的地方和我们不同：它们互相有密切的关联，分享同样的基因，而它们也无情地保护这些基因。它们不但一起为共同的目标努力，甚至最好放弃自己的一切以求达到目标。人类经常温情地提到大家庭，但对一只蚂蚁而言，整个社会都是近亲，它宁可死亡，也不能容忍让基因传承干涸枯竭。另一方面，人类则以非常小、核心家庭的方式联系关系，相互之间有激烈的竞争。我们和蚂蚁不同，必须废除我们的私利才能合作，这要求可多了，也使利他主义更加不寻常。

虽然本书主要是谈浪漫之爱，但也有其他种类的爱——双亲的、利他的、宗教的、爱国的等，全都是我们人类爱与被爱同等浓烈而有力的表达方式。这些年来，我已经与闻许多慈善的行为，有些是公开的英雄表现，有些则只是慷慨为怀。接下来的两个戏剧一直萦绕在我心头，是利他主义之爱教人深深感动的例子。

对孩子的爱

圣佩德罗苏拉（San Pedro Sula）位于洪都拉斯西北角，在覆有雕像的科潘（Copán，洪都拉斯西部玛雅人古城址）玛雅楼梯和海岸珊瑚的环礁之间。九月，位于如守护神一样漂浮在附近山丘巨大的可口可乐标志之下，忙着在夜晚之前办事的人潮挤满了闹区。在市中心遮着树荫的街上，是圣佩德罗苏拉公立医院，一个曼延的迷宫，由一层楼高的建筑、门廊和中庭构成。其波状褶皱的屋顶多年来已经生锈，剥落的墙壁被漆成粉红色和茶色，齐眼睛的高度则有绿、黄、红（固定色彩）的丝带飘舞。屋外的凳子上满是病人和家人，坐在黄绿色瓷砖格子图上。人们挤满了病房，挤在走道上，甚至挤入中庭。人生的许多欢欣和折磨都在此展示：一名受刀伤的妇女由妒火中烧的情人送来眼科；烧伤严重的男人，全身包覆着纱布，蹒跚走出男性病房，呼吸一点新鲜空气；一名戴着草帽的男人，扶着一名孕妇的手肘，引导她朝一个叫“FARMCIA”的标志走；一对男女交换着迅速、突然中断的指控，他们的手在空中猛力挥动；一名年轻母亲坐在角落喂宝宝吃奶，她眼里满是痴迷的爱；一对兔唇双胞胎男孩在水泥地上比赛玩具车。到处有警察坐在凳子上，步枪放在一旁，看守病房中的病人。两名父母和一名小男孩在腰果树下野餐，浓厚的树枝中已经结着许多弯曲的绿色坚果。一株杧果树为一名洪都拉斯护士遮阴，她是美丽的鬈发女性，约 20 岁，她技巧纯熟地剥着橙子，直到果皮看起来仿佛是世界的投影。虽然有遮阴，而且还坐着，但汗珠却在她脸上凝结。在洪都拉斯，太阳使得当地盛产许多的水果——杧果、香蕉、木瓜、橙子、凤梨和世上最甜美的葡萄柚。但就算是静静坐着，依然笼罩在湿热的薄膜中，当你移动之时，汗水便浸湿了你的衣裳。然而大家依然穿着长袖和裤子。登革热，洪都拉斯地方的风土病，乃是由蚊子传播，没有药治。

跨过中庭，在候诊室，100 个人背贴着背坐在长长的火车站式座位上，全都等着美国国际整形组织（Interplast Team）的医生，这是位于加州帕洛阿图的一个组织。过去 20 年，这个组织提供义工，为这个第三世界国家有需要的儿童提供整形手术。劳布（Donald Laub）于 1965 年有了这个想法，当时他是斯坦福大学医学中心整形重建科的主任，为一名来自中美洲的 14 岁男孩整修兔唇和上颚，这个经验使他深深感动，因此他志愿投入更多的时间，进行这样的手术，最后也得到了同事的协助。1969 年，他创立国际整形组织，为天生缺陷的孩子修补缺陷，但也训练东道国的医生最新的技术，协助他们设立烧伤病房。在这样的整形机构中，国际整形组织是规模最大、经营最好的，已经改善了 18000 名有各种缺陷孩子的生命。光是 1990 年，国际整形组织就派了 20 梯次的医疗队，到洪都拉斯、秘鲁、哥伦比亚、尼泊尔、墨西哥、智利、巴西、萨摩亚和牙买加。外科医生为了 1313 名病人进行手术，提供了 15000 小时的免费教学，并捐献了价值

3209840 美元的外科手术。500 美元就足以支付一个孩子开刀的费用，而只要 15000 美元，就可以在财务上支持整个医疗队的行程。整形组织大部分的经费都来自个人的捐献。虽然有企业慷慨解囊，提供免费麻醉品、抗生素，及其他必需品，但医疗队偶尔还是得缩短行程，拒绝前来求诊的孩子，因为他们把必需品如缝线之类的用完了。

一支基本的服务队伍包括四名外科医生、四名麻醉师，六名护士、一名小儿科医生和三名助手。虽然我没有受过医学训练，但也以助手的身份加入了这个团队，在可能帮忙之处提供协助。医疗队和当地家庭同住，并与洪都拉斯的医生合作，请高中生当翻译。西弗吉尼亚州摩根市的整形外科医生福格蒂（David Fogarty）经常担任队长。他每年都奉献一个月以上的时间，和整形组织的人员一起前往由库斯科（Cuzco，秘鲁南部城市）到尼泊尔的世界各地。如果孩子需要整形重建，却又无法在本国进行，就被送回美国，作为整形组织的国内计划。福格蒂夫妇共有 7 个子女——其中两名是收养的（一名是洪都拉斯女孩，另一个是美国黑人男孩），他经常收留整形组织的孩子，亲自为他们开刀。

× × × ×

房内挤满了喋喋不休的成年人，父母亲忙着抚慰孩子，孩子们则玩着小玩具，或偶尔哭泣。一个巨大的温度计，显示室内温度为 90 华氏度（32 摄氏度）。壁钟显示现在才上午 9 点半，已经有满满一长龙蜿蜒在长凳之间。父母亲带着失明、眼部畸形、兔唇、脚部弯曲、手指相连畸形、烧伤严重的孩子前来。在他们之间流传的是成功的故事：回来做修饰手术的孩子，或是情况进步的孩子。有些家庭已经等了 24 小时，也有一些由遥远的山区或海边跋山涉水而来。爸妈忙着为宝宝喂奶或换尿布，较大的孩子则玩耍或躺着睡觉。头上有两座大电扇缓慢地转动，翻搅却并没有使闷热的空气凉爽下来。在茶、乳两色相间的走廊中，是树脂色泽的门，两扇门之上的木牌则是手绘的数目。

福格蒂是一名矮壮的男子，有浓密的红发和红色的胡子，他穿着蜡染的蓝色衬衫、长裤和皮便鞋，由走道一端出现，手臂围绕着一名害羞的印第安女孩，领她走过人群。这是昨晚才搭机飞抵此处的整形组织“看诊日”。手术开始之前，医生得要为孩子看诊，仔细检查他们的毛病，并且进行困难度分类。可悲的是有些需要一整天手术时间的病人，不得不被拒绝，因为同样的时间可以协助更多的人。眼睛和其他可能会造成严重并发症的手术，也不可能执行，医院没有设备、心脏仪器，或血液供应，以及其他发生危急状况时所需要的物品，因此他们必须选择大体上健康的孩童，他们的缺陷在限制极高的情况下尚能够手术。虽然队员来此的原因有许多，有些完全是利他的，有些则和自己有关，但了解如何以最少的条件进行手术——可以说了解究竟最少的条件是什么，可能也是其中之一。他们也有机会参与从前可能只是读到过的困难而挑战性的手术；以高科技发展之前的方式医治；以几乎没有医疗品的情况随自己的能力设法进行手术，解决因为拖延太久而除了专家几乎没法可治的困难危险情况；由其他面对相同严格考验的人学习技巧。这必会深深激励他们，促使他们检视自己对医学的感受，这也是吸引力。可以说，这是他们重申誓言的方式。

在 9 号诊室，外科医生卡尔（Ruth Carr）和索伦森（Dean Sorensen）坐在两张木桌后面，等着他们的第一批病人。卡尔是个整齐而矮小的女子，有及肩的金发，穿着牛仔裤和绿衬衫，胸部有一个小小的粉红色马球选手标志。她在加州圣塔摩尼卡工作，有个 1 岁零 8 个月大的儿子。这是她第二次来此服务。在她桌上，一个棕色的塑料罐中装着压舌板，旁边则是如小皮包大小的手电筒——她唯一的检查器具。在房间另一端，第二张桌子后面，坐着索伦森，这是一名高大、身体强壮、头发是浅茶色的男子，穿着浆烫的白外套和长裤，以及一件绿衬衫。卡尔会说西班牙语，但我们房中也请了当地国际高中的少女做翻译。她的同学则在其他诊疗所流动，翻译，送可口可乐和档案，跑腿。

一名年轻母亲进来，怀抱着的两个月大的女婴，索伦森请她坐在他桌旁的凳子上。这母亲穿着蓝色的宽松洋装，颈子上用黑色的细线挂着简单的黑色十字架，她把宝宝舒适地贴在肩上，整理宝宝亮红色的上衣、红袜子，以及用黄顶安全别针别住的尿布。伊莎贝尔的头发是一小撮的深棕色，她哭泣时，母亲轻摇着她。

母亲把孩子的脸朝向我们，让我们看见她完全裂开的兔唇和暴露的鼻管。这是严重破相的天生缺陷，嘴由内向外翻似乎裂成两半。若非如此，她就是个出色的小女孩，有如大地一般棕色的眼和棕色的皮肤。因为她的裂缝过宽，因此在她学说话的重要时刻，无法用舌头触碰嘴巴的顶部。今天要看诊的孩子，许多都有同样严重的裂缝，兔唇是在每 600 名婴儿中，就会发生一例的天生缺陷。由于美国人口众多（2.6 亿人），而且畸形的孩子立刻就动手术，因此兔唇的孩子不像在洪都拉斯那么明显，洪都拉斯人口只有 400 万，而近亲通婚和营养不良可能是造成孩子缺陷的原因。索伦森用手电筒和压舌板细看伊莎贝尔的嘴，询问母亲孩子的健康状况。接着拍下她的照片，最后在一张纸上匆匆写下她的名字，她是理想的手术对象。

索伦森向这名母亲解释，小女孩需要两次手术，一次是整形手术，让嘴巴看起来正常，另一次则是实际的手术，以修复上颚。他向她保证手术免费，她可以和孩子待在一起，现在她只需要花几天，但 6 个月之后得回来做第二次手术。他们可以一次只做一部分，最重要的是让孩子的嘴正常可以适应。当时伊莎贝尔无法微笑，因而无助、脆弱而无辜。如果她能正常说话，生活会容易得多，但若她不能微笑，那么会是可怕的梦魇。

婴儿的微笑

对婴儿来说，微笑是真正的人类货币，对毛利族的女孩和对新泽西州的男孩一样有价值。孩子必须以广阔开朗的笑容吸引成人，使他们停步，诱出他们的爱，把反感变成善意。微笑是有传染性的，而且能使人恢复活力。1906 年，法国医生温勃（Israel Waynbaum）提出理论，说明脸部表情如何影响我们的情绪。他说只要把嘴形成微笑的形状，就能增加脑部的血流量，使我们觉得兴奋。最近，在密歇根大学安娜堡分校，心理学者札永克（Robert B. Zajonc）更新并延伸他的理论。他发现微笑似乎能够改变脑部的温度和神经传导体的释出，加州大学旧金山市分校的心理学家所做的研究显示，表达厌恶、悲哀、恐惧和愤怒的脸部表情会引起神经的反应，接着会向脑部负责心跳和情绪的区域发出信号，虽然这在心理学者之中，依然是个争议颇大的议题，但证据强烈显示改变你的脸部表情可以改变你的情绪。长年鼓吹微笑治疗的卡曾斯（Norman Cousins）则力主用笑声来治疗多种疾病，同时还展示他自己的成功故事，在他自己对抗癌症的过程中，观赏教人捧腹的影片。成人总觉得微笑而快乐的孩子较有吸引力，而有吸引力的孩子也受到师长较多的注意，得到父母较多的鼓励和情感。微笑是我们称之为调情的默剧不可或缺的一部分。

但孩子需要正常的嘴才能进行我们用脸孔所做的非语言记号大戏目，根据一套人们直觉了解并期待的模式，流露情绪。有一套所有人类都共有的基本脸部表情——快乐、愤怒、恐惧、惊讶、厌恶，对不同文化、使用不同语言、相互之间从未遇见、似乎完全没有任何共同点的人，都可以辨识。脸孔只是骨头、软骨、组织和皮肤。但当这些成分如事先设计般完全一致地发挥作用之时，却创造出成千上万的微妙表情。天生失明的孩子和看得见的孩子一样，可以做出同样的表情。脸部自然而然地在心中想到言辞之前，形成了言辞。我们经常依赖脸部的旗语，告诉我们太微妙或太可耻或太羞愧或太情绪化或难以描述的真相。取消微笑和瞥视的语言，就使孩子注定一生的情感仪式和努力都会失败，使他弃于正常社会之外。

伊莎贝尔离开了，看诊继续进行：一名双眼距离宽阔的母亲带来一名有阿佩尔氏综合征的女婴，这个宝宝才 17 个月大，她的腿却弯曲变形，双脚各有 6 个趾头，两个两个连在一起。她的手指头也连在一起。卡尔和索伦森研究她手部的X光片，决定双手各帮她分开一指，好让她至少能握住东西。接着进来的是努比亚，一名 4 岁的女孩，有着卷曲的短发和特别长的眼睫毛，穿着蓝红格子连身裙和白领上衣，还有镶着花边的短袜。去年 5 月医生已经为她手部做过手术，在她手指中只剩下白色的小疤痕，卡尔检视之后点头，疤痕结得很漂亮。接着杰西卡来了，3 个月大的她头发才刚开始生长，仿佛难以控制的蓬草一样竖立着。她有个很宽的兔唇，嘴唇的一半消失在鼻内。接着是大卫，一名 5 岁大的孩子，耳朵畸形，看来更像悬摆小玩具。在大卫之后来的是乔斯：9 岁，腿部受到严重灼伤，疤痕看起来好像小山脊——他把鞭炮放在口袋里，没想到爆炸了。

到下午 3 点左右，所有的孩子都开始混合成一个受折磨的孩子，暂时被自己的身体背叛。如果这些孩子可以到美国接受治疗，就能受益，但国际整形组织一年只能负担 20 个孩子，因为它完全依赖私人捐献金钱、机票和设备。原则上它没有政府的专款（因此也没有政治的干扰），而特别昂贵的是机票。因此，整形组织的医生经常在孩子身上开始重建工作——例如除去烧伤疤痕的部分，或是做兔唇手术的第一部分，6 个月之后再由另一名医生接手手术。这很适合孩子，而且也使医生以有力的隐形链子系结在一起。因为这些为整形组织巡回世界的医生虽然很少会面，但他们却经常在某一个孩子的身体上相会。在 5 月间，某位医生会为兔唇做手术；9 月，另一名医生会检视前一名的结果，继续做上颚手术；接下来的 5 月一名医生会接着操刀，可能修补上颚的洞；再接下来的 9 月，另一名医生可能试着让鼻部有更长、更自然的人中。孩子的无期徒刑乃以这种方式改判，经过许多个月，经由许多双手，经由许多缝口。在美国医院，可能会有心理学者、外科医生、矫正牙科医生和小儿科医生的核心小组为这样的孩子会商，在此，得要迅速做决定。但在复杂的病例上，卡尔和索伦森偶尔也会延请托马斯（Dave Thomas）或福格蒂或毕斯（Luis Bueso，他负责洪都拉斯的计划），或是同时召请他们所有的人，检视情况奇特异常的儿童，讨论该怎么办。

× × × ×

到目前为止，腭裂是最常见的畸形。许多国家的民间传说，“兔唇”是怀孕的母亲受到兔子惊吓所造成的。另一种说法是，母亲只要跨过兔子的窝，就会造成畸形儿，这个灾难可以用一种方式化解，把她的衬裙依某种方式撕开即可。这种信仰在欧洲流传甚广，甚至有一条古挪威法律禁止屠夫当众悬挂兔子。很难说为什么人们选择兔子作为这咒语的主体，的确，兔子的上唇是裂开的，但猫的也是——许多动物都有这样的特色。兔子也和猫一样，被视为女巫的密友，在她们想要作恶之时，使用这种原本应该是无害的动物。在各个时代以及许多文化中，兔子也和月亮有关联。非洲曾有神话传说，愤怒的月亮如何分裂了兔子的唇，而在古墨西哥则传说，怀孕妇女如果观看月食，就会让孩子产生兔唇。不论如何，总是因为母亲的邪恶、罪或和魔鬼的合约，造成孩子畸形，作为惩罚。在中世纪，如果孩子的畸形看起来像某种动物，那么结论就是这名母亲和这个动物产生了性关系，因此畸形的孩子是他们的子女，这样的孩子就遭到杀害。因此，修补孩子的腭裂，其实也修补了这个家族超自然的负担。

许多来国际整形组织的孩子，都有欧洲和玛雅印第安人血统，医生根据当今欧洲对美的标准，使他们看起来更正常。但在玛雅族兴盛的时代，他们却会希望看起来不一样一些。玛雅人天生是宽头的族，他们故意破坏孩子的头骨，强调这个特征，使他们看起来尽量和窄头的同胞不同。婴儿出生之后四五天，他们就会用平木板绑在宝宝的头后部，再用另一块板子绑在他的前额上，这两块板子紧紧绑在一起，防止孩子的头正常扩展，而且因为它柔软可以延长，在压力之下很容易弯曲，因此头部会向上生长。几天之后，板子移开，但宝宝的头终生都会保持平坦。人们在玛雅雕像上所见的雕刻显示了如块状的头形——奇特地向后退的前额直板板地垂至鼻子。玛雅人对头颅形状的狂热上，倒并不独特。非洲人、米诺斯人

（Minoans）、英国人、埃及人和其他民族，也都会改变头颅的形状。为什么玛雅人喜爱长而尖的头形？也许因为他们居住在形状相类似的庙宇中，神圣的几何形状朝向天空形成弓形。玛雅人也觉得斜视的眼睛是美的，因此母亲会在孩子的头发上结上树脂球或其他小东西，让他们悬垂在眼睛上，吸引孩子的注意，训练眼睛朝内看。玛雅族不流行胡子，因此母亲会把男孩子的脸部烫过，防止脸部生长毛发，男人会在头部烧上一块圆的皮裂补片，使那块地方保持光秃，但其他地方的毛发却留得很长，可以编织起来，包在头外侧，让它落下形成很长的马尾垂在身后。男女两性都把牙齿锉成利角，看起来就像锯齿一样。男孩子把他们的脸孔和身体涂成黑色，但到他们结婚之时，他们却改漆成红色，莫特利（Sylvanus Griswold Motley）表示，这是为了“优雅的缘故”。成年的玛雅人经常全身刺青。

但这些 20 世纪的洪都拉斯儿童只希望依据我们西方的标准，看起来“正常”，部分是依据杂志和电视上的图像，部分则是依据家人和邻居的相貌。这就表示是简单而圆满的对称。

下午 6 点之时，候诊室中只剩几名成人，诊疗室也越来越暗。电扇依然转动厚重的热空气，压舌板散落满地，9 号诊室墙上有一条很长的裂痕，像痊愈的疤一样蜿蜒。唯一的日光灯在室内发出刺目强光，而房内一角有两个空的可口可乐瓶子，光是卡尔和索伦森在这个房间，就已经检视了 80 个病人，卡尔疲累地靠在墙上，说：“这是个无底洞。”

我们全身汗淋淋，收拾起随身物品，朝向中庭，走过小径，到达停车场，一名留着八字胡的司机等着载送我们。我们全都借宿在当地的上流家庭中，房子周边有围墙，富丽堂皇，有带步枪的守卫巡逻，大部分的夜晚都有晚餐等着我们，也有如绿洲一般有空调设备的卧室安眠。

× × × ×

第二天早上开始手术，因此我直接朝向“休息室”而去，这是一个小地方，主要的摆设是大型红色可口可乐冰箱和数十盒病人的图表。在暗淡的窄廊，我套上淡紫色的手术服，蓝白双色的鞋套，浴帽和面罩。我沿着长廊走，回旋门通往一间小房间，无灯罩的日光灯射出刺眼的光芒，其内有两张并排的手术台，相隔约10尺。蓝色的瓷砖墙壁在肩膀的高度变成绿色的漆，而橄榄绿的瓷砖地板看起来仿佛可以用来开田径大会。一拨拨的人群戴着同样的面罩和刷子，在室内忙碌着。

接着外科医生走入长廊，在两个瓷的洗手台清洗，其上有两大桶水，他们有条不紊地刷着双手、指甲、手臂，直到手肘的高度。10分钟后，他们进入手术室，双手举得高高的，仿佛准备要一起施咒似的。一名护士拉开一副手术手套，托马斯，他是一名高而威严的外科医生，年纪在三四十岁，来自盐湖城。他紧握手指，把手滑入手套之中。他接着又握紧第二只手穿入手套中。接着他再把橡皮套上手指，发出小小的清脆声响。三间手术室都已经有80多年的历史，其中之一有玻璃砖造的不透明墙壁。几年前，夜晚手术时突然停电，毕斯可跑到外面去，用车子的头灯照着玻璃墙，而护士则在手术台上用手电筒照射。两张手术台要同时使用，这在美国是严禁的行为，因为有交互感染的可能。但在洪都拉斯，手术室已经相当稀有，也不用担心医疗失当的控诉。缺乏医疗失当的法律也意味着我可以担任巡回护士，做跨越手术室中消毒和未消毒世界的桥梁。在美国，未经医学训练的人绝不可能有这个特权的。不论如何，今天的手术针对的是嘴巴，而嘴中充满细菌，在这间有双手术台的手术房内，医生由一张手术台走到另一张，提出建议，并且观察，而其经验也是双重而浓缩的。

一名有部分印第安血统的小男孩被送进来，躺在较近的桌子上，他的皮肤在灯光下看起来如蜡色一般，他睡在蓝色的头巾中，仿佛小王子一般。闪亮的铝夹把头巾夹紧，悬在他的头上，仿佛是珠宝一般。麻醉师把他的眼睛贴紧，在他的嘴中放入一根气管，接着她再把如塑胶晒衣夹似的装置夹在他的脚趾上，测量脉搏、血压和血中氧的浓度。护士在“后桌”依序安排闪闪发亮、以颜色编码的器具，依其大小和种类把它们分门别类聚在一起。托马斯把他戴着手套的手指弯起来，让它们保持直立，仿佛在祈祷一样。这是一个老习惯，不让他的手垂下来，以免遭污染。最后他把自己安顿在手术台前方的凳子上，而索伦森在一侧的凳子上坐下来，准备协助他，我也加入他们。

“颜料。”托马斯向护士说，她交给他一小瓶闪烁的墨水瓶，他抽出其内的蓝色端点棒子，沿着口鼻部画上蓝色的点状记号，绘出未来上唇的“爱神弓箭”。他用小的弯脚规，量出右边的人中，接着算出左边的鼻子和嘴巴该在何处，和索伦森讨论什么是最好的组合方式。他拿起一根针，在皮肤下搜寻，在要操刀之处外围注射掺有去甲腺上腺素的利多卡因（局部麻醉剂）。接着他把头灯接在绕着他前额的黑色宽带上，其前端有一个小卤素灯泡，正位于他视线。一根电线沿着他的背部而下，把灯连接到他腰上所戴的白皮带电池组。他把灯上如镜一般的碟形物倾斜到正确的角度，接着他要了一把手术小刀。

他稳稳地握住小刀，仿佛这是只有一支毛的画笔，以精细、轻柔的动作追踪他的蓝色图案。其实他一点也不像在和皮肤接触，有一段时间我还以为他是在演习他首次的切割。一条细细的血线在他抚触之后涌出，蓝色的墨水仿佛魔法一般，变成了红色。他用镊子掀起一片皮肤，并用小刀的啃啮轻轻割开其边缘。我的眼睛调整距离，观看闪耀在光线下的皮肉开口，托马斯开始切开连接到脸颊上鼻子的一端。他的手腕弯曲旋转，长手指捡起工具，在几个关节之处弯曲，摆出在口腔内工作时应该采取的尖锐角度。偶尔它们弯曲并摆出如祈祷的螳螂的姿态。他由鼻下切除了一大块多余的肉块。我朝向口腔内望去，可以看到粉红、柔软和如金刚砂板似的皮肤消失，而白色、平滑的鼻子开始出现 。当他切割之时，血涌了出来，他用镊子夹起这块地方，而索伦森则用焊枪加速镊子的移动，焊枪把电流传至肌肉，当下产生嘶嘶作响的火花，接着变成黑色。托马斯切开鼻子相连的部分，好把它拉回原来的地方，在 1 英寸之外，一块红色的弯月出现了，接着是更深的红色峡谷，他用镊子拉开现在已经和骨头脱离的鼻子，拉到它原该存在的地方。“会有点紧。”他说，可以说是叹息而非叙述。图表上说病人是雷哥勃多（Rigoberto），来自圣塔巴巴拉的 4 个月男婴，我记得曾在诊所看过他和父亲一起。一名和平护卫队（The Peace Corps）[①]的工作人员，来自密歇根州的 27 岁女子，在山区之间发现了他们，告诉他们毕斯可的计划，陪他们一起搭巴士前来。这趟旅程花了父亲 6 伦皮拉（洪都拉斯货币），是他一整天的薪资。

在没有暴力的情况下见到鲜血，并不会使人难过，反而美丽、迷人、启发人心。唯有在伴随恶意之时，才会使鲜血令人难以忍受。每当我瞥见杀戮电影时，总是感到恐惧和厌恶，不由得把头撇开；但观看手术却叫人因人体红白的海湾，以及驶入其间的外科医生技巧而迷惑。没有亲历其中的桥梁，没有在手术台上的可能是我的感受，身体展露出它的色泽和结构，

① 和平护卫队是一个由美国联邦政府管理的美国志愿者组织。使命包括三个：提供技术支持、帮助美国境外的人了解美国文化，帮助美国人了解其他国家的文化。

美丽而教人着迷。在一开始，看到他人的内脏暴露在灯下的确使人有轻微的震撼，但很快地，在你凝视原本是封闭的人体腺窝时，却有特权恩典的感受。身体只不过是一堆皮、肉和液体，但当你想到，由它竟然产生全能的思想家如蒙田（Montaigne），在肌肉的基座有心灵存在，于是很快消失了，取而代之的，是你会发现自己在想：纯物质竟然能造成这样的产物，是多么神奇啊，液体和骨头竟然能产生慈善、英雄主义和爱的行为，是多么了不起。

最后，几乎两小时之后，托马斯开始缝合，用弯曲的针刺入皮肤，慢慢地把肠线穿过。接着他把缝线绕过夹子，在工具和他的手指之间打出迅速而复杂的结，其动作仿佛蜘蛛在安排它的网一般。他把线拉紧，由护士帮他剪断。接着他把针推入另一个针脚。背后播放琳达 · 朗丝黛低唱着有点蓝调的“我该做什么，当你远去，而我如此忧郁……我该做什么？”她唱完之后，沉默如屠刀一般落下，接着过了几分钟，帕齐 · 克莱因（Patsy Cline，乡村歌手）开始着迷地唱“我疯狂了”。

× × × ×

同时，在房间那端另一张桌上，伊莎贝尔躺着，身上遍洒着光。毕斯可和福格蒂在她嘴巴的对面，面对对方，他们已经把它打开，仿佛是展开的纸鹤。他们的视线在她歪斜的唇上交会。一名护士低低地坐在桌前，等着回应他们的要求，她戴着手套的手交叠着。这一群人有一种亲密感——两个人坐在打着强光桌前破旧的凳上，其他人站得很近，朝前倾，每一个人的注意力都投射在同一点。一名画家，一名荷兰绘画大师，就可以把这幅景象画出——外科医生眼中专注的光彩，头顶的白色灯光照着孩子的脸，阴影投射在医生的身上，灯光落在他们脸孔的山坡、平原和山谷上，投射在福格蒂突起的眉毛和毕斯可的大眼镜上。他们一起打开了她肌肉的宅邸，他们的手在其中漫游。他们所有的知识、训练和历史就像电流一样通过他们的手臂。要有如他们一般稳定和试探的手，就是触摸生命本身，在细胞、血液、骨骼、黄色的脂肪草地上，仿佛野花一般在柔软的组织上绽放。他们的嘴戴上口罩，他们所说的是无关紧要的话语，但他们的手却说出沉静而流利的世界语。他们交换工具，互相接触，也接触孩子，他们的手在肌腱和神经的隐语之中交谈，流畅、诗意而且深沉。几个小时后，他们在女孩体内结束演说，他们的手终于说服她的肌肉，在他们离开之时，会以一小串星星缝起入口。

再回到第一张桌子，一名小女孩裹在床单中躺着，这个孩子看起来多么平静，她可能正在做梦，然而我知道这不可能。麻醉师喜欢给孩子药物，使他们的脑部电波停止。脑部的新陈代谢，它对氧气供应养分的需求，因而落到非常低的程度。在许多情况，这都有保护的作用，尤其是在医生进行可能会影响脑部血液供应的手术——例如，在供应脑部部分的血管，或是在做脸部或心脏手术时。的确，任何时候只要可能对脑部产生危险，就应该使用使脑部静止下来的麻醉剂。因此孩子们在手术时不会做梦，手术后也记不得任何事情。他们的脑部是停顿的。但孩子看起来并不像死亡，他们的皮肤发出柔和烛蜡光彩色泽，看起来也仿佛悬垂在时间和空间之上，就像正在冬眠的小航天员。

卡尔等了一会儿，用一把镊子掀起一块三角形的皮，摆了又摆，试了各种不同的结果。她的脸孔仿佛在说：“如果我把这个移过来，那个移到上面，这个移下去，那个搬过来，那么这些皮肤就会落在那里。”几个小时过去了，最后这个小脸依照她的逻辑安排成更整齐的口和鼻。她把裂缝处推在一起，做成整体，所有的皮肤现在都完整地安排在如以机器制成的拼图里。卡尔转动她狭窄的肩头，伸直背脊，过了一会儿，再朝向前倾，继续缝合。

× × × ×

所有的外科医生都不修边幅而且有趣。虽然有些美国外科医生较喜欢安静的手术室，但大部分则不然。打情骂俏、开玩笑、嘲弄戏谑在手术室中都经常发生，使人怀疑是否有很深的心理需要在发挥作用。外科医生执行的是克制的暴力行为——非恶意的暴力，治疗性的暴力，仪式化的暴力，但依然是暴力。我们全都对恐怖有某种直觉的反应，而切割开某人身体的保护甲胄，暴露出浓稠的糊状物，的确恐怖，虽然我们不想以这种方式想象自己，但我们是皮囊中一堆鲜红的液体，而我们也受教千万不要切开皮囊，因为生命很容易流失。外科医生似乎在以各种方式拆除这种恐怖——他故意消隐病人的个人资料，在病人的身体上垂挂布幔，让它看不出人形，让他们的手执行深刻、严肃和神圣的行为，而心智却退缩到相反的领域——粗糙、随便和猥亵的。“这是小女生还是小男生？”我偶尔会问托马斯，他总是回答：“我不知道。”只有几分钟之前，他还在看着病人的图，其上有各种个人的详细资料，还有相片，以及在看诊时所做的各种评估。他怎么可能在几分钟之后就“忘记”它是男孩或女孩？

“进行手术时，你是否把病人当成一个人看？”索伦森缝合裂腭时，我问他，他向上看着我，越过圆环的放大部分。有一会儿，他的蓝眼珠牢牢地瞪着我：“如果我这么想，就会吓呆。”

就为这个原因，使得卡尔在为一名除了生殖器外身体前半部几乎全部被灼烧的男子手术时，说："他那天一定穿着防火的内裤。"这使毕斯可在为一名身材曼妙的少女进行手术时，说："美丽的乳房拉力比牛车还强。"这也使福格蒂在为缝线针穿针，穿不过针眼时，傻笑着向一名洪都拉斯男医生说："如果这个洞外有毛发包围，我就不会错过了。"这样的嘲弄戏谑是外科医生的麻醉品。

清晨变成了下午和傍晚，西班牙语、法语、葡萄牙语和英语在手术室中混杂。一群孩子由他们的村落前来，他们突然出现在桌上，在毫无意识的时候，重新安排了他们的脸孔和生命，然后消失在恢复室，接着进入小儿科病房。不只是这些孩子脱离了时光的快门之外，我们全都暂时被拉出生活的正常轨道。那天有一种战区的感觉。整形外科医生在执行一般业务时，可以做相当精密、非急需的手术，修饰手术以及所有的精细作业。国际整形组织的团员则像突击队队员似的闯入城市，为丑陋的畸形手术，这群人在情感丰沛的情况之下成军，因此经常形成坚强的友谊和相互之间的依赖。接着这次行程的紧急警报突然结束，就像一场小小的死亡，队员们回家后经常会陷入沮丧。

"不知道从前和以后很奇怪。"托马斯说，一边为上臂收缩得宛如用气球扭成的动物一般的男孩手术。他划开收缩之处，作"Z–整补"，这是整形医生拉长时喜欢做的一种手术，其中两片皮肤被切割开来，由水平旋转到垂直的平面。他举起一片如帆形的上臂皮肤，把它朝一个方向折叠，接着再拿起第二片，把它朝相反的方向折叠。一小块鲜血沾在他的工作服和面罩上。他实事求是地说："这个病人很容易出血。"他夹住它，烧灼它，继续缝上两针，把它们拉紧，做成皮肤的小丑图案。Z变成了N。"这些孩子突然带着他们的困境出现，”他继续说：“然后又消失。你只会在那个时刻见到他们。那个时刻，你可能改变了他们整个的人生，但你却再也不会见到他们。不过整形外科很独特，许多手术，例如疝气，不可能马上看到结果，但我可以立刻看到我对手臂或尤其是脸部的改造结果。”

× × × ×

到周三左右，在所有孩子的身上已经可以看到我们出现的迹象：彩色的警长臂章、彩色的扁平帽和耳环、玩具卡车和拼图、新衣服和运动衫。儿童病房中，成排的小床和摇篮排在室内，有一股如老鼠的脓、尿和疾病的气味。一面墙上挂着装着框而泛黄的嘉宝（Gerber，婴儿食品品牌）宝宝完美的微笑脸庞，位于一朵盛放而含着露珠的红玫瑰中心。一只手绘的兔子带着快乐的微笑和长睫毛由墙上向下看，靠近衣服的挂钩。虽然医院又老又旧，但却很干净，而且其员工是一队其奉献热忱的护士。他们的薪酬很少——有时候好几周都没有领薪水——但他们却依然来工作。伊莎贝尔的母亲穿着那天带她来看诊的同一件蓝色洋装，用眼药水滴管喂女儿，她的嘴现在形状正常了，上面还有缝线的痕迹。她手臂上夹的夹板是用来防止她抓挠缝痕，直到它们溶解为止。只要可能，医生就用可溶解的缝线，因为他们不能期待病人听话合作，他们很可能没有足够的钱再回来看诊。母亲把伊莎贝尔抱在怀里，靠在胸前。她微笑着，松了口气，向每一个人道别和道谢，情绪激动，接着回身再度感谢他们，她离开房间的时候，护士清理摇篮，换了床单，不久另一名年轻母亲带着她的宝宝，被安顿在这个摇篮之中。在这个女孩卷曲金黄色的顶髻上，可以看到一个不雅观的囊肿突起，医生明天会把它切除。

在这一天的最后一个手术后，小组在休息室集合，换回便服，同时试着在长凳和学校课桌椅上找地方休息。有些人坐在桌上，有些靠在墙上。我们比预期提早结束，才只有6点半。闪电由漆黑的天空落下，而大雨则如橡皮一样厚重，雨如此浓密，我们开玩笑说我们需要的是大刀而非雨伞，没有人想跑过倾盆大雨到停车场去看司机是否驾着蓝色的旅行车在等我们。我们抓着装满手术服、药物和私人物品的背包和小皮包，终于跳上车子，全身湿透，纵声大笑。我们14个人通通挤上车，在闹市一家餐厅吃过晚餐后，朝向挂着闪亮彩球的舞厅，里面是彩色灯光、吵闹的音乐、当地的啤酒和永远不停歇的歌曲。今天我们已经进行了12个小时的手术，筋疲力尽，明天还会有12个小时的工作。连续闪光灯在舞者身上洒落灯光，把他们切成迅速而使人眩晕的快照。因为今天的工作疲倦，同时也有太多难以形容的冲突情绪，使得人们舞出了他们被抑制的愤怒。午夜如快车一般抵达，我们离开了。明天还有另一拨脸孔要治疗，100余人需要在本周结束之前手术，我们被疲劳淹没，叠架在旅行车上。如果可能，这无星的夜晚变得更热了，雨已经停了，但灯光依然在我们头上嘶嘶作响，为了颂扬当地政坛候选人，因此烟火就像烧灼器一样，填满了夜空。

对陌生人的爱：南海生与死

在南海，晨曦烫着水面，空气密闭而潮湿，而单一的热气倾倒在岛屿周遭。这种令人窒息的阵阵热风，连吹数天却既不凉爽也不提神，简直可以让人死亡。人们活在太阳残忍的探照灯下，不论你躲藏在何处，都可以把你找出来，处于它的刺眼强光之下。太阳同样也蹑手蹑脚地溜进最小、最阴森的洞穴，就像最聪明的老鼠一样，把每一个阴暗角落都填上一刻的光明。太阳黄色的光芒烙印在人的网膜上，并且把教人目眩的彗星掷在波涛之中。在这样的太阳下，人的身体就像感化院一样；在这样的太阳下，不论你走到那里，都穿着一汪洋的汗珠。但在黄昏时分，热躲在一堆红色的羽饰之后，在天空中擦起满身的汗沫，月亮升起，海洋变得荒凉而清澈。夜幕沉沉，压在太平洋的眉之上。

正是 4 月，我们由塔希提岛起航，这个神秘的地方，现在却因观光客变得俗丽而廉价。我们抵达土阿莫土群岛的马卡提亚（Makatéa）岛，在靠近提梅欧（Temao）港之处下锚。这里有锈迹斑斑的铁架塔，近海之处有个遭遗弃的磷酸盐矿，就像某种巨大的海鸟。60 年来，繁荣的矿业填满了 1200 个岛民的口袋和肚子。最后磷酸盐终于耗竭了，于是当地岛民前往塔希提岛和其他地方。为什么人们总觉得这样的港口难以抗拒？你以为堕落恶化有它自己小小的腐蚀吸引力，足以使高尚和朴实的人越过顽固的海洋和不能通行的陆地，成为霓虹垃圾。任何曾经看过动物尸体，见识过昆虫大军抵达，在肉体中汹涌骚动的人，都知道苍蝇习惯把动物健全的部分留下，只会冲向化脓的伤口，原因不详。当磷酸盐矿耗尽之时，马卡提亚的人就拥向塔希提岛，在当地的工厂、旅馆、餐厅和罪恶渊薮中工作。他们把岛屿小小的红色阳台留在身后。

载货平台早在很久以前就已经倒塌，遭到多盐分的热带暴风雨破坏，又因时间而凋零，伟大的时间漫不经心地重新安排地和人。偶尔，当地官员想要炸毁生锈的结构，恐怕有人会在其上受伤，但这样的努力总是失败，使得参差不齐的起重机只是笨拙地移动了几步，但却依然置于水面上。我们可以看到主输送带原先在什么地方，以及载货斜槽，在缠结不清如今因海藻而变绿、因盐分而处处凹痕麻点的金属之中。 在海岸线更远处，浓密而挂满藤蔓的树木上引向蜿蜒的山坡，神仙燕鸥就像白色完美的小天使一般，在其上振翅鼓翼；芙蓉和绒毛植物到处散布红色花朵，而浓密的灌木下则可看见一个小村落和遭遗弃的机器。这全都可以用望远镜看见，乘客聚在游艇的栏杆之处，等着首次探视在时间、距离和文化上都遥不可及的岛屿。

6个音符的钟声响了——这是船员称之为“叮当”的钟，接着是登陆的指示，而一如往常，每一个人都冲向甲板，在狭窄的走廊上排队，由挂钓上取下状如马颈圈的救生衣，穿过头部，系紧腰带。他们成排走向等待的救生艇，传递大块的木板，其上有金属挂钩，挂着上有数目字的号码牌。板子旁有一张旅客名单，上载所有乘客的名字和相对应的号码。当有人离开船只，就把自己的号码牌翻到红色的那面；回来之后，把号码牌再翻回黑色。船上的员工用这种方式，了解谁在船上，或谁迟到了还在岸上。

虽然只是上午8点半，但在橡皮筏开始朝主航道而去，穿过珊瑚礁，到遮护更好的小湾时，太阳已经爬上天空。一辆倾卸卡车等在山脚，要把不想徒步的人送上村落，再送到更远的内陆，到淡水洞窟，好让他们在中午游泳。已经有55人上岸，爬进货车，沿着小径走。我才开始走上小径，却立刻因为某件事回头，并没有声音或警告或任何不寻常的事物，只是一种隐形的拖扯，拉住我心上的袖子。我见到满满一橡皮筏的人，朝向航道，驾驶人是一段橘色，站在船后马达旁边。突然不知为什么，橡皮筏把宽的那一侧朝向海滩，和海滩保持水准一阵子，接着却又碰到由下涌起的浪，以慢动作滑向一侧，接着在澎湃大浪之中翻转船身，把驾驶者和12名乘客全都甩到礁湖外凶猛的水域之中。我的手臂突然失重似的举起，仿佛我可以伸手在空中抓住他们。水手之一彼得在瞬间见到同一景象，我们拔腿朝向水边跑去，其中 6 人已经冲向强而汹涌的波涛，一艘橡皮筏立刻穿过水域实施援救，救起大部分的人——包括两名小女孩和一名 70 来岁的妇女，她的头颈部分割伤很严重。同时，史蒂夫和迈克还有两名船员，把她的丈夫拖出大浪。他腰部以下是赤裸的——水的力量已经把他的衣服冲走了，但他依然穿着他的衬衫和蓝色的救生衣，带子上挂着救生筏的带子。也许在救生艇倾覆之际，他曾经努力地想攀住绳子，但却没有用。在我们的怀中，他步履蹒跚，他已经 80 来岁，小腹微凸，手臂和腿上有红色的毛发；他的皮肤很白，覆满了斑点，血液由他前额的切口渗出，一只眼睛严重的瘀青肿大。他的赤裸有其骇人的人性。

“我在战时参加两栖部队，”他在半昏迷中说，我们把他扶起来，引导他走向靠近海岸边其他等待援助的人。“我记得要屏息呼吸，游向水面……我知道该怎么做。”

“对的，对的，你做得很正确。”我说道，并试着迅速评估他的伤势，同时希望他不要问关于他太太的事，我见到别人把伤势严重的她拉出来，拉进救援的救生艇中。他的心灵只绊在这个小小的精确事实之中是好的，其他人的手加入来导引他，我们跑回大浪旁，船上的摄影师安娜独自在海滩上行走，像行尸走肉一般瞠目朝前瞪视。就在那时，已经是意外发生之后数分钟，我们才看见一个橘色的人影在波涛中翻腾，我们朝向他跑去，彼得、史蒂夫和我。他们把人影拉出来，举起他的手臂，赶回岸上，我也弯腰，试着在途中为他做嘴对嘴的人工呼吸。我用一只手把他的鼻子压紧，再用另一只手压下他的下颚，同时强使我的嘴压住他的嘴，向他的胸膛用力吹气，规律地、沉重地，尽我所能，他在两个男人之间摆荡，而浪头打在我们身上。最后我们抵达了浅滩中倾覆的橡皮艇上，把他高举放在其上，彼得跨骑在他腰部，开始心肺复苏术，而我则继续努力把空气吹入他口中。这好像向着没有回声的洞穴喊叫，他的利齿割破了我的齿龈，而他胃中所有的液体也都经由口鼻涌出，我很快地用咸水把它们洗净，继续朝他吹气。我想就在那时，彼得认出了这个人叫塔维达，一名菲律宾籍的橡皮筏驾驶员，他们一起工作了多年。彼得以认出和痛苦的声音叫他的名字。一阵白色的泡沫由塔维达的身体中涌出，我拉开他的眼皮，只见到大而睁开的瞳孔，没有脉搏，但我依然继续努力地把气息吹入他的身体之中。彼得向他吼叫不要走，并且叫着他的名字："塔维达，我的朋友，回来，回来！"史蒂夫跃上小舟，取代彼得，接着取代了我。医生一如我们一样浑身颤抖，不断地检查塔维达的脉搏，指导我们的动作，这是多么混乱而奇特的恐怖，亲吻张开大嘴的人，好像在亲吻恋人一样，把他抱在怀中，这原本该是热情的姿态，甚至和他交换液体——全都在死亡的竞技场上。他的下颚变得越来越僵硬，他的牙齿感觉越来越尖，而在我试着把空气更深地吹入他胸怀中时，它们撕裂了我的嘴唇。一小时后，我们终于放弃，他在我们怀中死亡，我满嘴是鲜血。

人们由海岸和船上注视着这一幕，他们紧绷的脸在恐怖之中冻结，我们拼命喊要船只送来的氧气在哪儿？需要多久才能请直升机抵达，把受伤的人送到帕皮提（塔希提岛首府）？我们把塔维达靠着防波堤放着，用条纹运动衫盖着他的脸。在他旁边则是一名红发男子，一名牧师，坚忍自制地坐在他身旁，有一个脱臼的肩膀、折断的手臂和伤痕很深的头，他的妻子被送上船只，死在上面。一名水手脸上受伤，恐怕需要整形外科才能复原。安娜以胎儿的姿势躺在石头码头，摆出勇敢的面容，但却诉苦说她不能移动臀部，她崩溃地躺在地上，看起来脆弱无助。安娜总是在耳后贴一片莨菪碱贴片以防晕船，其自然的副作用就是这会使她瞳孔放大，现在她的瞳孔小而紧缩，我首次见到它们这样，在码头对面卸货船坞，一水手站着背对着海岸上的乘客，谨慎地哭泣了起来 。

最后已没有什么可做，只能收拾善后。乘客和一名船员死亡，另有 4 人受伤，最好清理现场，照料最后的细节，因此，不可置信地，彼得把整船的乘客依原计划带上山，穿过村落。在发生这所有的事件之后，这段简单的步行似乎是不可能甚至不自然的。我也去了，因为我的肾上腺非常激动，太多受限制的行动和无能为力，令人难以承受，而现在我也没有其他事好做。的确，我真正需要的是撒腿狂奔，跑到筋疲力尽。我打了一场重要的战役，却失败了，而我也感觉到这场失败。我不知道其他人怎样，只知道我在生命中的一些场合中，曾经面对死亡，而我也在来不及思考之前，就做出反应。我后来反省，在所有这些情况之下，我的行动迅速而良好，但在这样一个战场，我不会考虑这些事，没有骄傲或荣耀，没有记分员，在你作战之时，甚至不会相信自己会赢。最后，赢家永远是同样的。你作战只是为了要保持你对人生的必要态度。我和塔维达只有点头之交，但我喜欢他，在航行之时，我依赖他的专业技巧。他有妻子、孩子和许多朋友，43 岁。

很快地，直升机由帕皮提抵达，把受伤的人带上天空，送他们到遥远的塔希提岛医院。乘客到船上，船长拉起锚，我们在下午起航，到晚上，船长和船员把乘客集中在会客厅中，想要尽其所能说明白天发生的事。接着乘客去吃晚餐，静静地谈话。船员坐在酒吧中，直至深夜。它是怎么发生的？惊涛骇浪？误会海岸上当地导游的错误讯息？马达失灵？注意力不集中？驾驶橡皮艇的第一要务，是绝不要让你的橡皮艇侧向海浪，是什么使得经验丰富的资深驾驶员塔维达犯下这种致命的错误？我不知道。没有人知道。这是古怪的意外。我到自己的舱房，失神地坐在床上，现在已经可以感受一切，因而使我觉得激动，想要彻底平静下来。电路的问题使我不能完全切断广播，因此威廉斯（Vaughan Williams）的《绿袖子》静静地演奏，声音几乎微弱不可闻，它一直是我最爱的曲子，现在我却觉得它悲哀而伤悼，我知道自己绝不可能再享受它了。

在接下来的日子，乘客被带上岸去看村落，或在礁湖中浮潜，而船上的船员勇敢地克服创伤，设法恢复航程轨道。但在幕后，船上却因为死亡的涉入而充满混沌和不安，人生是过程，有它自己的动力，甚至在生命停止之时依然继续。这就好像是跳远选手，张开双腿分开空气，重重地落地，接着又继续向前翻滚，虽然跳远已经结束。在世界之旅的半途，官样文章比日常更为烦琐。有法属玻利尼西亚的警察要面对，尸体必须进行解剖，教堂仪式则在土阿莫土的岛上举行。这是一场美而脱俗的仪式，有高亢而准确的和谐圣歌，还有花朵交给群众。塔维达的遗体被放在水手区，供人致敬凭吊。许多菲律宾男人和女人在船上工作，他们对死亡相当迷信，坚持要为船驱邪。乘客去搭玻璃船游览，到观光胜地喝一杯并游泳时，警察作笔录，同时棺材也卸了下来。我坐在船坞尾部一间草屋中，用望远镜看着船，见到船侧门送出长长的橘色箱子，被安置在一艘小游艇上。

接下来一周，每一次着陆之际，岛上的女人都用气味浓郁的缅栀和药草花环迎接我们。不到几小时，花朵就凋萎了，但当地人依然穿花环，戴着花环直到它枯萎，也以简单、奢侈、无所不在的花瓣香味，打扮陌生人，迎接他们，就算只有几个小时也无所谓。

宗教之爱

拜克圣塞维尔教堂（San Xavier del Bac）是曾经统御美洲边疆的西班牙殖民传教团体的最佳典范，它就像是炙热的海市蜃楼，飘浮在亚利桑那州土桑市外。当地印第安人用许多名称来称呼它，一如他们的祖先一样：沙漠的白鸽、蛋白糖结婚蛋糕、修女上浆的帽子等。水集中在那儿。在沙漠的骄阳下，或甚至在雨季当雨凝重如胶时，它看起来都超凡脱俗而神奇。这座白垩色的教堂饰有巨大的狮子和涡卷形花纹，是方圆数英里最高的建筑物。其外观复杂精巧，内在华丽，矗立在仙人掌、沙土和一层楼的保护建筑背景之前，就好像由外层空间落下来的事物一般。

基诺神父（Father Eusebio Francisco Kino）来自如太空一般远的地方，他是来自奥地利西部蒂罗尔山区的耶稣会会员，在1700年抵达这个荒凉的地点，决定在这儿建造他的传道所。这个村落的印第安名称是“拜克”，意即“水涌出来之处”，因此他把这个名字配上他的守护圣者塞维尔（Francisco Xavier）之名，结果乃集合成多种文化，音如旋律——拜克圣塞维尔。虽然基诺神父在1700年奠定教堂的基石，但一直到1797年，教堂才算真正落成。几乎两百年，教会在帕帕戈印第安人（Papago Indians，居住在亚利桑那州和墨西哥的北美印第安人）的生活中都占有一席之地。

教堂的外侧是灰泥、漆和石泥，手砍的豆科灌木梁和太阳晒干的泥砖。它高耸在太阳下，内部有内院和回廊，喷泉、葡萄架、畜栏、钟，外观如幽灵一般，其内则更奇特——拜占庭、摩尔式和墨西哥巴洛克式晚期的建筑混合陈列，包括假象，以挂锁扣住的木门除了给穿过墙壁或是朝向天堂而去的人之外，永远不会打开。一只红色的巨蟒，鳞片画成鲜红色，在窗下匐匍。数十排木制长凳表面上雕刻了半月图形，全都面朝前放置，就像永久的会众面对着祭坛。深红色的心安顿在绿白色的花圈中，挂在头上的横梁上，中央有一条裂缝，造成裂缝的是时间而非心碎的痛苦，但是对信徒而言，谁知道呢？滚动的蓝色浪涛贴在狭窄的横饰带上，滚向天花板，其上有一道细微的红色脉纹，而主祭坛镂以红、金两色，如钟表轮机一般是巴洛克式的，它高耸入圣堂，所有的使徒全都在列，圣依纳爵·罗耀拉（Saint Ignatius of Loyola）和圣塞维尔也都在。墙有1.8米厚，就像坟墓的墙一样，圣堂方形、长椭圆形的柱子和让人眼睛一亮、上下颠倒的金黄色角锥，使你的肋骨颤抖。如今，正在圣坛之前，一只黑狗走来走去，就好像魔鬼步行一般，而录音带播放着洪亮的弥撒，由修道院的兄弟和当地印第安人指挥。

特别教人印象深刻的，是陈列的天使，她们全都是金发的欧洲美女，两翼有栩栩如生的羽毛，穿着印花白棉布、淡色相配的衬裙、领口和繁复的蕾丝袖口。她们身穿最精美的蕾丝紧身胸衣和捏紧的腰身，告诉你在传道所建造之时，天堂对在此地崇拜的贫穷会众是什么意思。你在那儿还可以找到穿着白棉布裙的天使、玛格丽特（Magritte，比利时超现实主义画家）式的假门和画在白粉上的假画框？两名雕刻的天使斜靠着，就像由圣堂船首伸出的雕像，在忠实的群众之间隐约可见。西班牙的狮子也现了身，这是更世俗的一种尊敬顺从。摩尔式的帐篷帘幕用蓝色的饰带拉开，我们途经沙漠、海洋，或是人性的水域？

圣法兰西斯的坟墓安置在一个凹室中，求恳的人们把恐怖的手、腿、脚、手臂复制品、跪着的人形和相片、塑胶的医院手环复制品和其他的人工制品，别在他白色的蕾丝毯子上，他们希望他能治愈他们身体上的疾病，一如上帝治疗他们精神上的疾病一样。许愿的蜡烛冒着含蜡的烟雾使空气更加凝重，而崇拜的信徒坐在附近的长凳上，因虔诚和缺氧而神情恍惚。

被爱驱策

自 1798 年美国西南部的首次弥撒在此地随着音乐举行以来，几乎没有什么变化，在灼热中如冻结的白色衣着般矗立的建筑物没有变动，穿着小女孩装束的天使没有变化，到混杂形式建筑来崇拜或是在大街上出售器物的印第安人也没有变化。访客经常逗留在中庭的长凳上，倾听着沙漠不朽的沉默，因天堂有由穿着紧身衣的天使巡游而微笑，而且因文化在拜克圣塞维尔教堂的石头建筑博览会上交流而惊异不置。

这些圣徒和天使在这里做什么？基督教由希腊和罗马人借来了许多值得珍惜的习俗，包括把人变成神，使他们荣耀。这在中世纪特别流行，当时人们希望不只有一个神祇可供崇拜，而教会则提供长串的圣徒名单使他们满足。有些是异教徒的神，获得了基督徒的名字——阿耳忒弥斯被封为圣徒圣阿耳忒弥斯（Saint Artemidos），太阳神赫利俄斯（Helios）被封为圣艾利亚斯（Saint Elias），阿芙洛狄忒的神圣妓女之一，“爱的飨宴”（Love Feast）被封为圣阿加皮（Saint Agape），母丰女神雷切尔（Rachel）则被封为圣徒圣阿格纳丝（Saint Agnes），等等。其他的人则因为殉教或是神奇的行为而被封为圣徒，甚至佛陀也被封为圣约瑟法特（Saint Josasphat，菩提萨的错误发音）。熟悉的天使和圣徒居于天堂之中，他们就像俗世的人一样，有特定的容貌和专长，在信徒和上帝之间建起了一座桥梁，在他们被爱驱策时，能够更容易地跨越这座桥梁。

宗教之爱在最深情和神秘处，就像肉体之爱一般。身兼教士和诗人两

角的约翰 · 多恩，曾经写过一首引起官能的诗，他在其上帝“交换”他的心，蹂躏他。圣凯瑟琳（Saint Catherine of Siena）则宣称耶稣把包皮给她作为婚戒，因此她成为他的新娘，“不是以银制的戒指，而是用他的圣体所制的戒指，因为当他行割礼之时，这样的一圈皮由他的圣体割除”。她每天鞭打自己三次——一次是为自己的罪，一次是为死者的罪，一次则是为活在世上世人的罪。圣徒对自我否定、自我折磨和自虐的成效各有专精，视之为达列宗教狂喜的方式。修士、修女、教士和圣徒全都以通常用来描述性爱文学中的言辞，描写“热情”、“狂喜”和“结合”。想想圣奥古斯丁如何描述耶稣被钉死在十字架上的情景：

> 耶稣就像新郎一样，由他的房内走出，以自己婚礼的预感走出来……他来到了十字架的喜床，在那里，攀登其上，完成圆房。他充满爱意地让自己接受折磨，取代了他的新娘，而他也加入自己，成为永恒的女性。

对某些人来说，这样的想法是亵渎的。西方世界把教会和国家、教会与性分开。根据基督教的教义，玛利亚没有发生性行为就怀了基督，但一如我们所提及的，最古老的异教宗教只崇拜女性或男性生殖器，许多宗教依然围绕着强有力的性神话发展，要求信徒执行一种或另一种的生殖仪式，有时候甚至当众为之。始于中东的割礼，原先是男性的月经仪式，施于装扮成女孩的青春期男孩身上。严格说来，男孩甚至应该愿意牺牲自己的生殖能力，献给上帝，割下包皮就是这种奉献的象征。

对希腊人而言，爱本身就是一种宗教，希腊人崇拜阿芙洛狄忒，视之为女性的理想。18 世纪法国的一个时髦的性俱乐部取名为“阿芙洛狄忒”，专门投合贵族、教士和高阶政治人物和军官的需要。一名女贵族，加入这个俱乐部20年后，留下了一份有关她性关系的名单，其中包括272名王子和主教、439名修士、93名牧师、129名军官、342名银行家、119名音乐家、117名随从、1614名英国人和其他在革命时流亡伦敦的人、两名叔叔和12名堂兄弟。维纳斯（希腊神话中的阿芙洛狄忒）赤裸裸地从天神乌拉诺斯（Uranus）起泡的睾丸出生，而这对睾丸被抛掷到海中。波提切利把她画成端庄地站在牡蛎壳中，其壳的两半张开，就像骨盆的翼状部分，而她如珍珠一般的手则遮掩住她的生殖器。

但阿芙洛狄忒并没有对希腊人隐藏什么。以她之名享受热情乃是欢乐、正常、神圣的行为，同时人们也借此颂扬万物的创造和生育。还有什么更自然的？希腊人见到了世界的性能力，包括植物、动物和神祇的，他们了解它是使万物获得生命的活力，加入了它神圣的帝国。性能力乃是连接天堂与尘世、神圣与凡俗、强壮与孱弱的单一脉络，但对感官而言，他们却是新人。在中国，道教早已经发展出阴和阳，代表男性与女性的灵魂努力要达到和谐。道教把做爱和宇宙的力量结合在一起。印度教的《圣经》，吠陀经典中的赞美诗集（*Rig Veda*），把做爱描述为宗教行为，由湿婆（Shiva）和沙克蒂（Shakti）的结合，把宇宙的能力结合在一起，同时也是再制定世界开始的方式。湿婆的象征是阳具形的男性，而沙克蒂的则是形如阴道的女性形象。中世纪犹太教的神秘哲学似乎深受印度神秘主义的影响，其中男神渴望女性的伴侣，知道他们的结合会使宇宙平衡，达到和谐。人类的性交只不过是反映神圣的热情，因此丈夫和妻子之间的性被视为神圣、恭敬的行为。许多异教宗教都用十字架作为象征，把它和圆圈结合在一起，代表男性和女性的生殖器。

异教的官能

在整个中世纪的欧洲，复活节前后，基督教以围绕着五月柱的舞蹈来庆祝春天，他们以神圣的花环装饰性器官勃起的普里阿波斯（Priapus）雕像，或是其他阳具的象征。在那不勒斯，则以普里阿波斯夸张勃起状态的像游行街头，庄严神圣，而其阳具则被称为“神圣会员”（the Holy Member）。圣金诺（Saint Guignole）则被描述为有很巨大的勃起效果，由其中——

> 女性刮下碎片作为求子的符咒。这么多人刮削，使圣徒的生殖器必定全部都削完了。但牧师早有值得称赞的先见之明，已经先用木棒制作了他的阳具，一直通到雕像后方，由屏风遮住，可以在前面已经磨蚀之际，偶尔地轻推木槌，把它推向前方。

阳痿的男人可以向如圣柯斯摩（Saint Cosmo）或圣达米亚诺（Saint Damiano）等具有精力的圣徒祈祷，一般人可以买到他们的雕像，以及蜡制的阳具复制品和“圣柯斯摩的神油”，这些物品据说有极大的鼓舞力量。一名英国史学者探索曾经经过二战轰炸的古教会祭坛（1330年前所建），结果惊讶地发现其下有许多石制阳具。基督教接纳并且重新定义了异教的符号和仪式，尤其是来自女神教派的符号和仪式。也许它最戏剧化的改变乃是由母性转为父性的神，这意味着激烈的转变，把神由包含一切、养育一切的母亲变为要求、判断、惩罚或酬报——有时候也极端凶猛的父亲。是战神、嫉妒之神、带有武器的神。如果你的表现好，遵从他的规则，就会赢得他的喜爱。新约的上帝依然是善变的主人，依然如暴君一般，但他也提供宽宥和爱，要求不加区别、美化一切的爱作为回报。然而，人应该要害怕他，这倒不难，因为他正是睚眦必报的那种人，因为亚当与夏娃在多年前的背叛，尘世的人天生就带有“原罪”，这个上帝是每一个人个性的偶像。

异教的官能结合了年长家长的神和圣子的想法，圣子的身体乃是虔诚的来源。如我们所提过，修女常说自己是“基督的新娘”，她们戴着婚戒，为他保持贞洁，体验对他产生的热情，与他结合为一体——在圣餐时食用他的身体和血。牧师和神父有时以同性恋的言辞描述他们的宗教热情，他们神秘的目标是超越凡俗的爱，让自己和所爱的上帝合而为一。艾克哈特（Meister Eckehart）写道：

> 有些人想象他们要去见上帝，仿佛他就站那儿，而他们在这里似的，其实并非如此。上帝和我：我们是一体。认识上帝，使我拉近他，爱上帝，使我穿透了他。

狂喜（ecstasy）这个词（源自希腊词ekstasis）的意义乃是“裸体地站出来”，神秘主义者经常全裸着祈祷，誓言人应该抛去文化的面具、时尚的束缚、理性的甲壳，真正地净化自己，才能和上帝结合。在情人面前裸露身体，处于性狂喜的苦痛之时，经常一遍又一遍喊出上帝的名。

我们总有超越一切的形而上需要。虽然我是无神论者，不属于任何有组织的宗教，但我却相当虔诚，是大地的狂喜分子。我信仰生命的神圣，人的完美圆满。我认为旷野是神圣的地方，所有的生命都是神圣的。我经常以只能称之为宗教狂喜的热情，站在某个大峡谷朝下陷入的圣坛之前，吸入海上暴风雨的馨香，站在林木的礼拜堂之下，或赞美沙漠的星空。我们对完整、神圣的追求，就好像我们对蛋白质的需要一样，是传承的部分。如果我们注意印欧人的词汇，希望了解他们生活的组织构造，就会发现他们已经创造了一个专门用来表达神圣的词，其意义是所有生物健全的互相联系，一种对整体的联系感，一种甚至连隐藏之物都能够看见且欣赏的状态。他们用一个动词来描述“因敬畏而退缩”，另一个则用来“和神祇说话”。他们的诗人，无疑地因敬畏而退缩，和神祇说话，同时颂扬生命的神圣，被称为“Wek-womteks”——“编织言辞的人”。

我们提出了首批人类同样的问题，他们害怕夜晚，因生存而欣喜，而且感觉敬畏。我们是谁？我们来自哪里？我们该如何作为？我们该信任什么人？为什么人生如此艰难？有这样强力生命力的生物怎么会面对死亡？我们不停分析的脑子追求着人生的意义，却得不到答案，最后只得经由神迹、奇迹和信心来说明它的意义，至少这能阻止想要完全知道的无休止欲望——这是对某些人而言，但对其他人，这种不断的欲望永无止境。

宗教之爱也使我们回到童年，当时我们崇拜父母，绝对依赖他们，而他们也做了什么样的奇迹啊！母亲只要用亲吻就可疗伤止痛，或让水果悬浮在果冻之中，用神奇的结系好鞋带；父亲则带着玩具和食物出现，可以驾驭野兽或可怕的机器。

流奶与蜜之地

今晚，坚实的星光敲裂冬日的天空。对埃及人而言，夜的圆顶是伟大的母亲奈特（Nut），由她的乳房倾泻出银河。在坟墓的绘画中，她在头顶弯曲，双臂和双腿大大地张开，用手指尖和脚趾触摸大地最遥远的角落。她的情人盖伯（Geb）则躺在她身下的平地，他勃起的阴茎朝着她有光泽的身体伸去。法老经常被称为是她的儿子或恋人，如佩皮二世（Pepi II）说的，“在奈特的双胯下生活。”猎户星座刚刚升起，他的剑指向天狼星。在新石器时代，人们预言救世主的诞生。早在《圣经》之前，埃及人就崇拜他们的神中之神，奥西里斯（冥神）由死里复生的他为追随者提供救赎和永恒的生命。他的降临由 3 名圣者宣布，由猎户座的 3 颗星星参宿二（Alnilam）、参宿一（Alnitak）、参宿三（Mintaka）指着他的出生地。许多基督教的仪式和象征（十字架、念珠、圣餐、圣水等）都是来自对奥西里斯的崇拜仪式。今晚的大熊星座，这只母熊，守护着天极。我观看她的行踪，分辨月份和季节。如今在夜幕降临时，已经指向东方，因此我知道春天很快就会降临；当尾巴指向南方，夏天就近了；当它指向西方，代表秋天来了；当它指向北方，就表示冬天到了。

在那神秘星星涡旋的某处，我们定下了“天堂”的位置，这个是波斯词（pairidaeza），用来形容生命之树生长的花园；这也是个希伯来词（pardes），形容爱的花园，乃是男人的处女新娘等着被摘下花蕊。在两个花园中，空气浸润着香水，处处是甘美的食物，音乐不断地演奏，而美丽的女人奉献她无止境的爱作为抚慰。我们渴望失落的天堂乐园，这丰饶的世界能够满足我们所有的需要，是真正的“奶与蜜之地”——我们只有在婴儿时期体验到它，当时我们被爱，受到保护，以完美的幸福吮吸着母亲的乳房。这个丰富的欲望触及了所有爱的核心，不论是宗教或是肉欲的爱，一种重建关系的渴求，和大地之母、教会之母、母爱重建关系。

宗教之爱抚平了我们恐怖的孤寂和对家庭的需要，因为我们在某人的眼中是特别的、受到保护的、高贵的、受到宽宥的。“宗教”这个词意味着束缚或关联，含有重聚之义。我们进入崇拜、欢迎的庙堂或教堂，所有的人都被接纳，不论他是真的或只是在想象中犯罪，都随时有亲戚等待着你，亲戚绘在墙上或在窗上，有时甚至带着白棉布和缎带。我们在那儿得知了我们共有的历史，而且期待不再有伤心或饥饿的未来。我们在溺爱的父亲前下跪，要求他的祝福，为他唱甜美的歌曲。我们赞美他，我们仰慕他，我们恐惧他，我们承诺要服从他，我们穿着他喜爱的衣着，背诵他喜爱的格言。他的房子是堡垒，是华丽讲究的宫殿，就算是我们之中最穷的人，也可以居住其间。吟诵和宁静的馨香空气使我们进入催眠状态，因此我们开放而脆弱，就仿佛有人在灵魂的人事专栏中登了广告，而由理想的配偶处获得了回音。他有一千种面貌。和上帝接触的人说他富有同情心，回应他们个人的需要和悲哀，完全配合他们的波长，能够由数百万人的悲叹中，挑拣出他们结结巴巴的祈祷。没有任何事更教人恢复信心，没有任何拥抱教人更觉安慰，也没有任何结合更亲近。

爱的转移

今晨我到附近一家店吃早餐，同时和卡罗尔聊聊。她是红棕头发的漂亮单身女子，约 40 岁。因为身为动物学者的她出外远征探险，所以我们已经有好几个月没见面，因此我们俩也来了一段属于我们自己的女孩探险，赶上对方生活中所有的旅行。最后，话题落到她最近的想法：接受治疗，分析她生活中的模式，同时在她与男人的艰辛关系之中，寻找迂回的道路。她问我应该找男性还是女性的心理治疗师，因为她父亲酗酒，使她童年生活相当痛苦，因此我建议找一名男性。她害怕和人在人为环境下建立亲密的关系，这使我想到心理治疗的目的。

在治疗师心中，最重要的是不要让病人情况变得更严重，浇熄任何烈焰，研究难解的矛盾，协助病人更稳定地依赖自我、接纳自我。但治疗师工作的另一面，是与病人发展出安全、稳定、容易接受的关系，以例证向她说明何谓健全的依附关系，希望她能够辨识出其特色，同时在治疗之外，也寻找同样的关系。

“你相信他们的职责是提供爱给每一个病人吗？”卡罗尔问道。

“如果他们能提供任何帮助，那他们是长久的情人。”

“我要面对这个家伙，一周两次，关系亲密。”她说：“如果我爱上他怎么办？说你爱上你的分析师是流行的笑话，不是吗？”

“其实流行的笑话是，多少心理学者才能换好一个电灯泡？”

“我放弃这一题。”她道，边把一个墨西哥式蛋卷切成薄片。

“只要一个，但是电灯泡得要有更换的意愿才行。”我们笑了，同时女招待也带着数杯褐色的咖啡出现：

“你不必爱上你的治疗师，很多人都没有这样的感受，但这个情况——在你最脆弱的时刻，秘密地在静室和一个男人相会，他敞开胸怀，你和他分享你的幻想、创伤和梦想——这非常有诱惑力，它鼓励你滋生爱苗，让爱滋长。”

“假如我一头栽进爱河，全心全意，充满狂热？”

“这使人烦恼，但也很有帮助。的确，你会发现自己处于残酷痛苦的关系，得不到报答，你觉得在肉体上遭对方拒斥，却得按时会见他。你得一面坐在他对面，知道他知道你多么深爱着他，但也知道他不想要你——没有比这个更教人羞辱的事了，但你也有独特的享受，能够和他一起分析你自己的痛苦，挑出究竟是哪些伤害你，了解原因，哪些是基于事实，哪些是夸张和曲解，哪些反映出你由童年或过去的关系中，因其他男人而遭遇的伤痕。”

“但我会在那儿，渴望和他有一段真正的关系，一起做某件事，做爱……”

“让我们假设你能够如愿，他和你发生关系，有一段时间你可能觉得很快乐，但他很可能已婚，更不会离开他太太。我这么说是有统计数字做根据的——大约有7%的男性治疗师和他们的病人有婚外情，但其中大约只有0.01%会和她们结婚。不久之后，各种各样的男女问题都会出现，那么你就会又和男人有另一段恶劣的关系。他的工作不是要在你和男人不快的关系上加一笔，而是要协助你了解它们并且得以避免。就这方面而言，他却背叛了你的信赖，而且必然也使治疗不可能持续下去。你付钱给和你发生关系的男人，心里有什么样的感想？难道你不会觉得自己遭到剥削？你必然得再找其他治疗师来治疗你和上一位治疗师恶劣关系的问题。”

“好，假设我不会爱上他。很久以前，我曾经由女性治疗师治疗一段时间，但最后我却无法忍受破裂的关系。你原本和某个你喜欢而且信任的人保持亲密的关系，却突然发现相反的情况才是真的，你不会再看到他们，这真让人羞辱难过。”

“由治疗师的观点来看，我猜那是最安全的方法。有时候在电影或小说中，陌生人在火车上邂逅，甚至连名字都没有告诉对方，但他们却能够成为独一无二的恋人，发挥任何幻想，不受任何判断，不受任何抑制。他们可以泄露所有的事，做任何一种人。心理治疗就是如此，大部分的治疗师觉得他们不能和客户做朋友——甚至在治疗结束之后，因为这会在客户再回头求助时，破坏匿名的解放关系，因此他们的策略是：是一时亲密的知己，但却是永远的陌生人。弗洛伊德本人并不以此种原则行事，多年来，他和他特别喜爱的病人成了亲密的朋友，他们经常互相往来，双方都并没有说出他们圆满的友谊中产生任何问题。的确，我认识曼哈顿的一名心理治疗师，是相当棒的女人，年纪约 70 岁，她和一些病人在治疗之外建立了友谊；而且他们也极力赞扬她做人和作为治疗师的伟大。这得要相当了不起的人，才能够区分得特别好，但大部分治疗师难以做到这点，或根本不想把这当作准则。无论如何，你和他共享你生命中最亲密的关系，但他却和许多人建立亲密关系。他的日子填满了骚乱的人类戏剧和感同身受的剧烈时刻，面对它们必然需要精准专注。经过多个小时，他无疑会希望把自己心灵内的一切清除干净，而且为他自己的心灵健康，也需要如此。也许他最不希望发生的，就是用同样的心灵大屠杀，或甚至和使他想起这些的人，填补他的闲暇时间。我非常怀疑许多治疗师是否和他们的朋友，或是和他们的家庭，建立和客户一样亲密的关系。”

“不论如何，不论痛苦的经验，你依然觉得值得一试。”

“因为痛苦的经验，因为学习如何以不会自我毁灭的方式去爱，乃是生存必要的条件。你的世界似乎布满了隐藏的陷阱和炸弹，有些乃是人生趁着你不注意投掷下来的，有些则是你为自己安排的。拆除它们是一种考验，还能怎么样呢？但如果你能够拆除它们，世界可能会是更安全的场所。”

我知道我是送她去救赎，但她也许也会遇到严酷的折磨。在古代的象形诗中，爱是秘密，它如此教人着迷、如此销蚀一切。如此疯狂，使我们羞于承认我们已经放弃了多少生命。卡罗尔被陷在强烈的感情移转暗流中，无法向治疗师倾诉她销蚀了自己多少的心理和情感生命。因为她有颗敏感和温柔的心，她会诚实、美妙，以全心全意爱他，但因为他不会回报这种爱，甚至也不愿意坦然承认它的认真和程度，使得它显得很羞耻，她可以感受到对自己的憎恨，因为似乎是因为她单方面的错误，才会如此单恋他。她不会了解爱的形成——用司汤达的意象，自然得就像密封的盐矿中形成盐的结晶一样，她无法阻止它。爱并不是因为她的缺陷才出现的，它是一个整体，有时候在心理治疗的洞窟中成长——尤其如果治疗师鼓励它繁盛。但它会灼烧她敞开的伤口，它会折磨她。

卡罗尔也许决意深入情感移转的原始森林，但她能否全身而退呢？虽然两者都很简单，没有危险，但跃上龙背似乎比爬下来还要简单一点点。龙的意象很自然地来到我们心中，因为在很多地方，爱的转移都还是中古的架构，这是一种因障碍、禁忌和不可能而更崇高的爱，一如宫廷之爱一般。治疗师就像骑士，必须借着不和他的贵妇上床证实他的奉献，或者可以说，借着和她共枕却不碰她。毕竟，骑士之爱最终和最真诚的测试乃是，如果他能够潜入意中人的闺房，爬上床躺在她身边，她赤裸的身体引发着他正常的男性性欲，他却不动她一根毫毛。在治疗时，病人躺着——不论是真正的或是象征的，比赤裸还赤裸，比裸着身子所暴露出来的更多。治疗师以不做性反应证明他的奉献，他的任务是追回她自尊城堡所失去或遭窃的东西，这是个困难的任务，而他们俩都视之为一段旅程，充满了障碍、危险和争斗。有恶龙等着你宰杀，有旋风等待你驯服。外头有敌人，而内心中却有怪兽。

宠物之爱

仲夏的周日早晨，在湖边的农夫市场，一名年轻妇女正用皮带牵着宠物雪貂四处溜达，许多人停下来询问她这个动物，他们抚摸着它刚硬的毛发，谈论它刺鼻的气味，研究它小而黑的眼睛，而它的眼睛闪烁如明艳的甘草。她继续漫游，另一名男人带着两条爱尔兰猎狼犬，每一条都举止规矩，紧紧地绑着皮带，站起来约 1.2 米高。它们大约是小谢德兰犬的大小，每天要吃 10 磅的食物，而当然它们的粪便也一定填满家中院子。两个主人都对他们的宠物满怀骄傲，究竟宠物有什么样特别的恩宠？是不是因在野兽旁漫步而平安无事，暗示了克制的放纵？我们是否在欣羡和解脱间，想起了什么是我们和其他动物共有或并不共有的事物？

我们对自己的起源感到恐慌，我们害怕自己动物的本质，仿佛它不属于我们，仿佛它是个掠食者，可能在我们关灯时窃取我们的人性。我们使自己苦恼，文明使我们精神分裂，让我们过双重的生活——动物和非动物——每一种都害怕会死于另一种之手。我们不顾一切地要使自己和动物王国的其他动物分隔开来，许多人在看到这一行文字，听到他们自己被称为动物时，也不免会畏缩。这个想法令人难以忍受。它暗示着人类的生命无理性、野蛮、没有计划。我们挣扎着要向自己证明我们“不只是”动物，不会有土狼躲藏在浴室的镜子之中，我们不会再变回蛰伏在心内的动物。我们想象如掠食者和猎物的肉体马戏，人永远不够坚强，无法战胜角落边较大而较强的野兽。在这样的世界里，教你的孩子残暴，教导他们要狡猾，教他们要野蛮，也许是母亲的箴言。就在我想象此情此景之际，心中不由得浮现如人类——野犬之类的模糊生物，但更吸引我的，是它们在黑暗中移动。夜晚的世界让我们的意识动摇，我们的理智失去用处，使我们所有的人害怕。其他的生物掌握了夜晚的世界——蝙蝠、猫、蛇、老鼠、昆虫、狮子。神学家为了要让地狱更可憎，所以描述了一个黑暗的世界，只有摇曳不定的火焰照亮。其实，完全明亮的强制秩序世界、重复的形式和教人窒息的洁净，也和地狱没有两样。

我们见到动物在田野中吃草：这是我们失落的原始版本。我们不知道自己的未来。如信天翁或海豚这些动物在我们看来，是使者和征兆，充满了神谕似的神奇，能够提供我们所渴望但却不知为什么不能相互交换的友谊，这是我们雪花石膏的城市中，可怕寂寞的解毒剂，和我们原始的过去相连接。我们看着它们，知道它们存在于我们最初始的领域。我们在神话和家里布满了动物的形象，它们伴随我们一生，它们是我们给孩子最初的摇篮玩具，有时候女人在童话故事中和它们结婚，我们把它们当作黄道带的象征，用它们来数算我们生命中的时日。我们了解动物如何配合大自然的设计。至于我们自己，倒并不那么确定自己是谁，或来自何处，更不确定自己希望有什么样的未来。

如果我们凝视野兽，它会以为我们意图蛊惑它，不是要吞食它就是想要和它交配。难怪它不是攻击我们，就是掉头夹尾而去。要潜近一头正在吃草的鹿，最好的方法就是不要接触它的视线，而是假装懒散地在柔和的晨间光线中吃草，不经意地靠近它。若你凝视宠物过久，它就会假设你想要从它那儿获得什么。它会变得不安，把眼睛移开，接着就逃走。我们很习惯让猫狗陪伴我们，它们是可以享受情感和视线接触的温血动物。它们协助我们跨越我们和大自然、猿猴和文明之间的无人境界。当然，我们依然是猿人，无人境界依然是荒野。我们尝试要以相机镜头或观念跨越它，但我们越深入这个领域，它就显得越广大。我们渴望融入大自然，但我们也挣扎着要和它保持距离。

大自然逼近的侵犯使我们警觉，草地上的野草，爬进来的蛾，存在于各处的细菌。我们试着要消除它们，保持房子的“卫生”、整洁。我们擦洗自己的汗水，也除去房子里的水气，但我们也同样喜爱在房子里布满盆栽，并且以松香味的液体清洁我们的地板。还有比这更矛盾的吗？我们造起围墙，把异物隔离在外；然后又在家中装满了火炉、灯和空调，好让自己能够居住在永远的微风或温暖之中。为了要逃避野兽以保安全，我们建造了围篱、设置陷阱，甚至土拨鼠或浣熊都会惊吓到我们；无害的黄纹小蛇如果潜入屋内，会引起巨大的恐慌；蚂蚁或是盲蜘蛛的入侵也会造成一阵化学大战。但在我们心灵深处，却记得自己由动物陪伴：我们穿着同样的服饰，听到相同的呐喊，在我们细胞之中，也熟悉同样的方块舞。他们的旅程就是我们的旅程。我们接纳宠物，纵使一只坐在沙发上的猫，看起来或闻起来不像蹲伏在喷泉旁的狮子，至少也已经很接近了。一如我们对待自然环境或是气味一般，我们也给动物戴上皮带或是放在动物园中，使它们整洁。我们把自己的价值投射在它们身上，给它们盘子和食物，给它们衣着和镶有水晶石的领圈穿戴，而我们也喜欢它们有良好的举止。

拴在皮带上的动物并未由饲主驯服，饲主只是借着皮带，延伸自己性格中完全属于狗的部分，他只想要吃、睡、吼、在椅子上交配、快乐地在地板上便溺，同时从马桶池中饮水。我们旅行时依然需要行囊，有时候我们也创造自己的群体。在充满无助，既难以渗透，无道理可循的交叉阶级世界中，至少我们可以做自己房子里的主角，是我们宠物眼中的主要人物：它们相对的愚笨，更显得我们聪明。它们并不会判断我们，就如同孩子们小时候不会判断一样，它们需要我们，也尊敬我们。它们恭谨服从，就好像我们是最重要的人物一样看待我们。我们绑架诱拐它们，不让它们和同类接触。难怪它们像战俘一样，转向我们求取食物、舒适、接纳和情感。

家庭的一分子

最近的盖洛普测验发现，58%的美国家庭饲养宠物，其中40%养狗，26%养猫。其中90%的人说，他们视宠物为“家庭的一分子”，宠物使他们的生活完满无缺。拥有宠物乃是老年人健康和长寿的重要因素，光是抚触家中的动物就能够降低血压，看着它坐在身旁也有相同的效果。见到自然的生物使我们镇静，人们通常在无意识的情况下抚摸宠物，就像人的手漫不经心地互相抚触一样，或是配偶在睡眠之时互相挤压。拥有宠物在身旁能够使你的神经镇定，人们称之为“伴侣”，它们的友谊永不褪色，让饲主觉得有趣，也感受到生活的目的。宠物进入家庭的那一刻，就加入了家庭的动态，是好是坏，端视所涉及的人物。例如，宠物有时候变成了问题家庭的门诊病人。我年轻时曾有个叫巴巴拉的朋友，她的父母亲买了一只长毛小猎犬，取名贝比。它成了他们家“可爱的小女孩”，他们经常这么叫它，有时还说：“你妈妈来了，贝比。”或者，“贝比，到你姐姐那儿去。”巴巴拉的父母亲经常吵架，也经常透过贝比向对方说话。她父亲可能说：“贝比，告诉你妈我不要上街，绝不妥协！”而她母亲可能回答：“贝比，告诉他不管他怎么样，我就是要去！”贝比深深依恋巴巴拉的母亲，像个助手一样跟着她母亲各个房间打转，每天晚上和她一起睡，只要她母亲不在，她就难过得茶饭不思。有一天，巴巴拉的父母到欧洲度假，她母亲还打电话给照顾狗的人，确定贝比好好吃饭。如果她没打，那么一定会缩短假期。只要是照顾贝比，她从不嫌麻烦，甚至还亲手为它烘焙肉卷晚餐。而另一方面，巴巴拉正进入青春期，她和母亲似乎永远都在冲突，因为她的朋友、她衣着的品位、她的音乐、她的政治想法和成百上千其他的事情。她父亲整天工作，回家时又累脾气又不好，除了吼叫之外，他几乎很少和她说话。

于是巴巴拉的母亲对这只狗产生了相当强烈的爱，它也全心全意地爱她，每当她回家，它就兴奋地在地板上尿尿，从不会向她吠，也不会反抗她或是为了棘手的育儿问题和她争吵，从不提复杂的要求，大家也不期待它发挥潜能。她很容易对狗表达热情，她亲吻抚摸它，细心梳理它，而它的确也成为家中的好女孩。巴巴拉，贝比的“姐姐”则被贬为“坏女孩”。巴巴拉的父母亲虽不习惯互相或对孩子表达爱意，这只宠物却能够激发他们的情感，这使巴巴拉憎恨不已，她见到父母慷慨地表达对狗的爱，但却不能以相同的方式待她。这只狗加入了这个家庭，但巴巴拉却觉得自己被排挤在外。

宠物很容易就成为家庭的成员，因为它们使我们想起孩童，而孩童则刺激我们养育的本能。动物行为学者洛伦茨在他对人类行为的经典之作中推测，我们称为“可爱”的动物特性，是它们和人类婴儿共有的特色：和身体相比大大的头、高而突起的额头、大眼睛、圆的双颊、短短的四肢和笨拙可笑的动作、顺服和嬉戏的行为，这也是使我们联想起童年时期的行为。我们看到这样的生物，心中不由得涌起一股柔情，使我们渴望保护它们。它们天生就可爱，教我们情不自禁。不只动物如此，这些特色如果出现在成人身上，也会吸引我们。人类和其他物种不同的一个特色是“动态持续”，也就是许多少年时期的特色会保留到成年时期：我们称为“漂亮”的人通常比其他人保留更多这种特性。洋娃娃、卡通和填充玩具就有这同样的特点，但略微夸张，好让它们更可爱。给孩子一只泰迪熊，琥珀色的大眼睛、小鼻子（不像真熊的尖鼻子）、微微凸起的脸孔、粗短的四肢，孩子就很自然地接受它，希望拥抱保护它。为什么？你问这个孩子，答案是：

“因为它这么可爱。”填充玩具触发了孩子心中进化的引发电线，诱发了他们养育的本能。我们所喜爱的许多赏玩犬大都强调这些吸引人的五官，就像学者知道鸟会饲喂所有看起来像饥饿雏鸟的东西一般（包括水塘水面张开大嘴的鲤鱼），人类也会养育许多事物，有些有生命，有些则无生命。

我们时常把动物人性化，在卡通、神话和主题游乐园中。人类学者特恩布尔（Colin Turnbull），非常惊奇且不安地发现，许多人去非洲游览时，常会感到失望，因为他们发现那儿是一望无际的荒野，野生动物也和人保持一段距离，这和人们在迪士尼乐园的“大自然”经验不同，在迪士尼乐园，动物会说话，还会迎向访客，拥抱游客。幼稚的行为——企鹅摇摇摆摆的步履，新生的小牛犊挣扎着要站稳脚步，幼兽害羞和顺服的举止，或是任何的游戏行为——都有相同的效果，激发我们养育和保护的欲望。人们爱宠物如孩子，如免除了责任的孩子。它们永远不会长大成人，也不会玩纸牌游戏，或者通过大学入学考试，或是演奏萨克斯风。人们永远不会期待它们能发展、有伟大的成就，或满足父母私底下的愿望，成为医生、棒球选手，或是摇滚歌星。它们不会使我们失望，不会因行为不当而教我们骇异，或是违背我们的期盼。我们给它们做它们自己的自由，不必担心它们是否会成大器。我们让它们依自己的时刻表生活，依它自己的步调，但对真正的孩子，我们却做不到这点。我们不期待，所以我们爱它们，因为宠物永远使我们愉悦。

附笔　博物馆

我首次进入纽约的美国自然历史博物馆时，对它的设计和收藏一无所知。纯是发现宝物的灵光一闪使我进入了中央公园西侧的下层。我在那儿漫步至小而安静的画廊，站在微小的无脊椎动物展览之前，这些生物栖息在我们生命中微小的湿地中。轮虫和原生动物微毫毕现的玻璃模型在它们的展示橱窗闪耀着。这些模型，为了展示而放大多倍，其实是单细胞生物，居住在湖中、池塘、泥坑，湿地上，在苔藓中，在海滩的沙粒之间，甚至在岩石的小洼穴之内。原生动物也住在大多数的生物身上或体内，是寄生虫，或是共生体。有些是群体的，有些则是发磷光的，有的形状如登月小艇的组成单元，有些则如伊丽莎白女王镶满宝石的王冠，还有的如圣诞树的装饰品。其他的就像雪花一般，或是如亚马孙无花果树暴露的根系，或是如水母尾随着哥特式教堂的尖塔。

我欣赏着它们的错综复杂和种种变化，因欢喜而惊讶，眼中不禁充满了泪水。这是力量和清澄的宗教体验，描绘了生命的奇妙和神圣，不论是何种阶层的生命，就算是最隐秘的。我经常因微生物如教堂一般的结构而感动，我爱用扫描电子显微镜的照片研究它们。有一年，我把工作之余的时间都花在依白氨基酸、婴儿脑子、单个神经元和其他由这类似照相挖掘的图案（由偏光所见）所显示的如里亚（Rya，瑞典西南部村镇）式毯子的物体。

如果我能够以文字整理出我在无脊椎动物展览的感受，那就如下：就在我们周围的世界，虽然肉眼看不到，却充满了神奇。难以想象的复杂生物，令人屏息的脆弱而又坚强、持久，充满了我们称之为生命的永恒不朽的精力。无所不在的生物，不论水存在何处。这些生命形体虽然微小而又脆弱，但却能够经历飓风、地震和人类脚步的混乱而存活。我感受到惠特曼在描写星夜之时所有的感觉："我所见的明亮恒星和我所见的黑暗恒星，全都各安其位。"他的直觉表示了他对未知的信心，和对信仰延伸的探索，而那也是爱和宗教所需要的。见微知著，单一代表了整体的真理，一如它在自然历史博物馆中的表现，它其实是在说："这里有非洲大平原产的大羚羊，但世上还有更多的大羚羊，它只是一种物种的部分。这是它们所需要的，这是它们所害怕的，这是它们的行为，相信它。"我当时并没有在想这些事，或是担心原生动物会对人类的消化系统造成什么样的影响，只是觉得满心惊异。唯有赞美跃入我心，不知道仅是片面真理，而原宥一切的赞美。

自然历史博物馆是什么？它是纷扰世界中的寂静绿洲，隔绝现象，让人能够在不分心的情况下看清它们。博物馆的对象并不是文物本身，而是游客专注的注意力。博物馆在于观者的心中。它真正的收藏乃是在社会和个人分心事物的大漩涡中，对于神奇的永远感受。"收藏品"很适合形容真正发生的情况——并不是对它们，而是对你。人被魔力吸引，收集个人的好奇心，一如在加勒比海宝塔式的屋顶上收集雨水。每一个博物馆都是个人关心事物的博物馆，那就是我们虽然早已经熟知其收藏品，却依然经常造访博物馆的原因。它的作用就如同朝圣和守夜，我们到那儿去表达我们的爱、我们的谦卑、我们的崇拜。博物馆乃是我们贮藏我们对生命最喜爱的态度之处。

美国自然历史博物馆的天花板看来既通风良好又高，陈列室引导我们经过许多迷宫和层面。例如，由无脊椎动物厅到矿物宝石厅，你得先经过北美森林、软体动物和陨石——这也许还领你到西北海岸印第安人的雕刻，或到海洋生物厅去看 28.6 米长的蓝鲸。我总觉得这样漫步的设计相当合适，因为好奇心需要经过许多高低起伏，就像在巨大的阁楼里徘徊，其中的箱子和剪贴簿都已经打开。你很快就会被马的祖先所迷，一如你同样着迷于图腾柱一般。在矿物宝石厅，我通常驻足在翡翠和紫水晶巨大的石片之前，杏色的黄水晶有牛头般的大小，黑色的蓝水晶块（有些长达 12.7 厘米）人们视为目前存在最精良的矿物样本，法贝杰（Fabergé，沙俄时期珠宝师傅）精心雕琢的形形色色的宝石动物珍藏，包括玛瑙制的猪、镶有红宝石的眼睛和红玉髓的乳头。我惊叹于人们互相赠予作为爱的信物的各种闪烁的颜色和形状，接着我又匆匆赶赴蛋白石之处，千变万化的色彩吸引了我。我提醒自己，它们只不过是湿沙的一种形式，光线在硅土的分子之间和其空间滑过，但它们发出色彩明亮的闪电。我知道它们是如何做的，但依然永远因它们而吃惊。在蛋白石之旁则是敞开的蚌壳。每一个蚌壳都形成了珍珠，在游离的沙砾外覆了一层平滑如宝石一般的光泽。女人戴上它们以求优雅得体是多么奇怪啊，潜水员冒着肺部胀裂的危险去采集它们，仿佛它们是海洋深处僵硬的花束。鲸就像蚌壳一样，生产龙涎香，包覆在它们所摄取的凹凸不平的干扰物上（如乌贼的喙等）。珍珠和龙涎香都绝美，而我爱看着它们，因为它们提供如禅一般的教训，告诉我们如何对付刺激物。

在新的人类生物和进化厅中，有一个实景模型特别吸引我，我知道自己一定会时常来回观赏：实物大小，栩栩如生的“露西”和她的伴侣，她一定在300万年以前直立走过埃塞俄比亚。基于科学的事实和教育的臆测，这些模型特别有启发。我们最早的前人类亲戚（阿法南方古猿），他们的智商较我们低，但姿态、动作和基本的情感，都非常像人类。露西站起来约有3.5英尺（105厘米左右），重达60磅（274克），显然受到关节炎的折磨，而在20多岁时死亡。她细瘦的手指和脚趾比我们的更弯曲，而她也比现代女性拥有更多的体毛，但她却以脚穿过森林和平原，她的朋友和亲戚都会和她在一起，而且还有一名特定的男性朋友，她和他一起进食，而且也爱他。她把他们的孩子抱在怀中，她需要男性提供食物、保护和难以言传的事物——也许是当他们一起在高高的草中躺着时，如平静和完美的感受。她对其他的女性会觉得嫉妒，想要占有她的男伴，而且也发现其他男性也吸引她。偶尔，她也会受到其他男性的吸引，发生危险关系。在几年之内，她和她的男伴可能会分手，再开始第二个家庭。但那情感的激变在她和新情人一起旅行之际，却是最遥远的事。

背景上的火山爆发，白色的火山灰覆盖了大地，而当他们走过大草原之际，在草地上留下了脚印。露西的头朝左转，她的嘴巴张开，看起来好像因为我们而吃了一惊。她不知道自己会变成什么。她的伴侣朝前走着，手臂围绕着她的肩膀，这是我们熟悉的温柔姿态。她不知道晚餐约会、情人节、监护权之争，他们之间的追求行为是什么样子？他们会为什么事烦恼？他们会想象未来吗？他们的感官因何而愉悦？他们如何安抚幼儿？我渴望和他们面对面，跨越时空，接触他们，这就好像在繁忙的都市中越过街道辨识出个人的亲属。

自那时起，一大队的人类已经由爱到爱地演进发展，男人（Man）经常是由基本的字形容，如矿物一般纯洁。（Man是一个日耳曼民族的词，只意味着“man”。）但代表女人（woman）的词却意味着爱。在古时候，女人这个词——“hlaefdige”，意即“面包的制造者”，同时家中女主人是制面包者：“lady”。在拉丁文中，她是制作面包者，和“fingere”这个词相同，由其中我们得到了“feign”（假装）、“fiction”（虚构）、“figment”（想象）等词。“woman”和“fiction”两个词沿着相同的词源学向前走，追溯到“dhoigho”——由陶土或泥砖所制的墙；它也是“天堂”（paradise）这个词的起源。女人捏制家中的面包，把它塑造成形，使它温暖、结合不同个性的成分。由她如团块一般的身体，她使他们诞生，用她坚强的双手，塑造他们，以她的爱，把他们绑缚在一起。她的任务并不亚于创造天堂。

露西在艳阳下的草原饮水解渴时，并不知道这些。枯干的草闻起来有陈腐的气味，微风吹过它，就像看不见的镰刀一般。鸟由远方的树丛叫唤着，而蝉用它们的腿刮出歌声。苍蝇烦扰她胸怀中的宝宝，而她用手把苍蝇由脸上拂去。宝宝微笑，她也微笑回应，她的配偶伸出手臂替代她抱宝宝，宝宝攀爬上他的肩膀，把手臂绕在他的脖子上。云朵在头上混合，改变了形状和色彩。其中之一教他想起露西的脸庞，他笑了起来。她迷惑地看着他，他开玩笑地抚摸她的脸颊。对两个人而言，这是一个平静的时刻，能够生活而且在一起。这是否是他们感觉到的爱？可以说有一些。我们的情感金库，甚至最细微的，都由他们丰富的经验发展而来。我们是他们的继承人，只有两个人在博物馆的展览中走动，但却足以给予爱之谱系的感受。

如果博物馆的目的是要积聚，那么只会失败。但如果它的目的是要给予家庭和社区一种感受，那么就会因不完整而成功。会有直接如叙述一般的部分，各种各样的画像、历史和纪念品，还有许多古玩珍品。如果分开研究，它们会使你着迷；而放在一起，则会给予你巨大的镶嵌细工的小小感受。在航向太空的人们的行话中（一如我们现在的身份），自然历史博物馆提供我们地球上生命的意外事件样本。

就这方面而言，心灵也是博物馆，充满了人生之爱的展览品。我们记得冻结在时间里的它们，因距离而照亮，有时候在最不自然的光中清洗，却更显露出它们精细的地方。它们可以呼吸拥抱我们吗？不。但它们也不能威胁或伤害我们，如果它们受玻璃所限。它们是纪念性的，心灵就像是发行情感邮票一般发行它们，它们是象征表记的，细细搜寻你心中的爱的汁液，你就一定会发现它，就是正确的例子。我母亲曾告诉我应该如何搜寻，在她的少女时代，她深爱某个男孩，甚至偷偷把他丢弃的棒冰棍捡起来，保存在她枕下，在晚上吻它们。迄今她还记得那是女孩迷恋时的完美样品。同一个男孩，现在已经70多岁了，有一次碰到她的兄弟，温柔地问起她。他也一样没有忘记她。心灵是活的博物馆，在它每一间展览室，不论多么狭窄，灯光多么黯淡，就像神奇的硅藻一样，永久保存着我们爱与被爱的时刻。